Don`t look back

뒤돌아보면 언제나 사랑이 있다

DON'T LOOK BACK
by
Amanda Quick

Copyright © 2002 by Jayne A. Krentz
All rights reserved.

Korean Translation Copyright © 2002 by Big Tree Publishing Co.
Korean edition is published by arrangement with Bantam Books,
a division of Bantam Doubleday Dell Publishing Group
through Imprima Korea Agency.

뒤돌아보면 언제나 사랑이 있다

아만다 퀵 | 나채성 옮김

Don`t look back

큰나무

나 채 성

이화여자대학교 졸업. 역서로
『내가 사랑한 악당』, 『당신 품에 안겨』, 『거부할 수 없는 유혹』,
『다이아몬드 슬리퍼』, 『꿈이 시작되는 곳』, 『운명보다 깊은 사랑』,
『에메랄드 백조』, 『라이언의 딸』, 『내 사랑 영원히』, 『내가 꿈꾸던 사랑』 외 다수

뒤돌아보면 언제나 사랑이 있다

초판 인쇄 / 2002년 7월 5일
초판 발행 / 2002년 7월 10일

지은이 / 아만다 퀵
옮긴이 / 나채성
펴낸이 / 한익수
펴낸곳 / 도서출판 큰나무

등록 / 1993년 11월 30일(제5-396호)
주소 / 120-837 서울시 서대문구 충정로 3가 3-95 2층
전화 / 02) 365-1845 · 1846 팩스 / 02) 365-1847
e-mail / BTREEPUB@chollian.net
홈페이지 / www.bigtreepub.co.kr

값 8,500원

ISBN 89-7891-138-2 03840

"만약 늦은 오후 이만다 퀵의 책을 손에 들었다면

밤새도록 놓지 못하게 될 것이다."

— The Denver Post

"레밍턴 스틸"이라는 TV 프로그램을 아시는지.

거기서 레밍턴 스틸(피어스 브로스넌)과 로라(스테파니 짐발리스트)가 티격태격 하는 장면들이 시청자들에게 깨소금 같은 즐거움을 선사했었다. 실력도 없는 남자가 뻔뻔스럽게 구는데도 미워할 수 없는 매력 때문에 울며 겨자 먹기랄까, 하여튼 그 남자를 예뻐할 수밖에 없었던 기억이 난다. 그 피어스 브로스넌이 가장 섹시한 남자 중의 하나로 꼽힌다는 설문조사와 007에서의 그 매력적인 모습까지 오버랩 되면서 새삼스레 가슴이 콩당거린다.

이 작품을 보자마자 레밍턴 스틸이 생각났다.

이 작품의 두 주인공은 겉으로 표시하지는 않아도 서로 끔찍이 좋아한다. 하지만 곧잘 싸움이 벌어진다. 당신이 옳으냐, 아니면 내가 옳으냐. 당연히 내가 옳다.

아, 이것은 언제나 성격 강한 사람들이 만났을 때 피할 수 없는 싸움일 수밖에 없다. 이겨야 직성이 풀리는 사람들이 만났으니, 어느 누군들 지고도 참을 수 있겠는가. 당연히 참을 수 없다.

하지만 상대방에게 위험한 일이 닥치면 거의 물불을 가리지 않는다. 절대 참아 넘기지 않는다. 서로 힘을 합하여 적군을 물리치고는 흡족해 한다. 역시 우리는 찰떡궁합이야, 이러면서.

　　내가 보아도 그 두 사람은 하늘이 맺어준 찰떡궁합이다. 명석한 두뇌 회전! 지고는 못 배기는 성격! 위험이 닥쳐도 몸을 사리지 않는 그 왕성한 모험심! 게다가 궁금한 건 참지 못하는 그 한탄스러운 호기심까지!

　　그대들의 파트너십이 영원무궁하기를 바라마지 않는다!!

나채성

프롤로그

그는 양초를 옆에 내려놓고 낡은 가죽 장정 책을 펼쳤다. 그리고 찾는 페이지가 나올 때까지 조심스럽게 넘겨갔다.

…들리는 바에 의하면 그들은 한밤중에 은밀하게 모여 괴이한 의식을 거행한다고 한다. 그들이 뱀 머리카락의 고르곤(머리카락이 뱀으로 된 괴물 세 자매, 그 중 특히 메두사)을 숭배한다는 주장도 있고, 그 교주가 사람을 돌로 만들어버리는 메두사의 능력을 지녔다는 소문도 있다.

그 교주는 교묘하고 강력한 마력을 지녔다고 한다. 희생자들을 깊은 무아지경으로 끌어넣은 다음, 그들에게 명령을 내리고 최면을 풀면 그 대상들은 맹목적으로 명령을 수행한다. 가장 신비로운 것은 그들이 무아지경에 있을 때 어떤 지시를 받았는지 전혀 기억하지 못한다는 점이다.

그 교주의 능력은 그가 소유한 오묘한 보석의 힘으로 배가된다고 믿어진다. 그 돌에는 메두사의 무시무시한 형상이 조각되어 있으며, 메두사의 잘린 목 밑으로는 작은 지팡이 같은 것이 박혀 있다. 사교의 교주가 무아지경을 유도하는 장치로 이것을 사용한다는 것이다.

그 보석은 얼룩 마노와 비슷한 형태이나 거기에 교차되는 색채들은 흑백이 아니라 지극히 묘하고 희귀한 푸른빛이다. 바깥쪽 층은 아주 색이 짙어서 거의 검정으로 보인다. 그 부분에 메두사의 이미지가 형성되어 있으며, 두 번째 층은 고급스런 사파이어를 연상시키는 푸른 색조를 띤다. 또한 그 돌에 연결된 금팔찌는 미세한 구멍을 무수하게 뚫어 서로 뒤엉킨 뱀의 문양을 드러내고 있다.

그 교주는 공포와 두려움의 대상이다. 의식을 행할 때 항상 두건 달린 망토로 자신의 정체를 가리며, 그의 이름을 아는 사람은 아무도 없다. 하지만 고르곤의 머리가 새겨진 보석과 지팡이가 그의 상징이자 인장이며, 그것이 그의 힘의 근원이라고도 여겨진다.

그 돌의 이름은 푸른 메두사로 알려져 있다.

1

클레어몬트 레인 7번지의 계단을 오르는 라비니아를 보는 순간, 토비어스는 무언가 잘못되었음을 알았다. 항상 자신을 매혹시키던 보닛 챙 밑으로 드러난 그녀의 얼굴에 묘한 긴장감과 생각에 잠긴 표정이 서려 있었다.

그녀에 대한 그의 경험이 비록 제한되어 있긴 하지만, 라비니아는 어떤 문제를 곰곰이 생각하거나 후퇴하는 일이 드물었다. 오히려 즉각적으로 행동하는 편이었다. 그의 신중한 판단으로는 그런 경향이 너무 지나치다 싶을 정도였다. 그녀에 대해 제일 먼저 떠오르는 단어는 '무모함'과 '성급함'이었다.

그는 안락한 작은 응접실 창가에서 그녀를 지켜보며 온몸의 근육을 전투 태세로 긴장시켰다. 불길한 징조나 기타 다른 형이상학적인 미신들은 믿지 않았지만 자신의 육감만은 믿었다. 특히 자신의 새로운 파트너이자 연인에 대해서는 더욱 그랬다. 라비니아는 철저하게 동요된 듯 보였다. 그리고 그녀의 침착을 뒤흔들어놓을 정도면 분명 대단한 일이었음에 틀림없다.

"레이크 부인이 도착하셨소."

그가 흘깃 가정부를 돌아보며 알려주었다.

"오, 드디어."

칠튼 부인이 다행스럽게 차 쟁반을 내려놓고 문으로 종종걸음쳤다.

"영영 안 오시는 줄 알았어요. 제가 가서 코트와 장갑을 받아 드려야겠어요. 손님들에게 차 대접을 하고 싶으실 거예요. 본인도 한 잔 드시고 싶을 테구요."

보닛에 가려진 그녀의 얼굴 상태로 보아, 그녀에게는 지금 세리주 한 잔이 더 절실할 것 같았다. 하지만 그 술에 지금 손을 뻗을 수는 없으리라. 그녀는 우선 응접실에서 기다리고 있는 손님들을 접대해야 했다.

라비니아가 현관문 앞에서 커다란 손가방을 뒤져 열쇠를 찾는 동안, 토비어스는 이제 확실하게 그녀의 눈에 가득한 심란함을 읽을 수 있었다.

대체 무슨 일이지?

몇 주일 전 밀랍 인형 살인사건을 처리하면서 그는 라비니아를 꽤나 잘 알게 되었다고 생각했었다. 그녀는 쉽게 당황하거나 물러서거나 두려워하는 여자가 아니었다. 사립탐정으로서 가끔 위험한 일에 처하는 그였지만, 라비니아 레이크처럼 위협적인 상황에 침착하게 대응했던 사람을 만나는 일은 흔치 않았다.

그런 그녀의 표정을 저 정도로 일그러지게 만들었다면 몹시도 극적인 일이 생긴 것이리라. 그의 몸으로 번져 가는 불안감이 이미 약해질 대로 약해진 인내심에 더욱 부채질을 가했다. 그는 라비니아와 단 둘이 있게됨과 동시에 이 새로운 상황을 파악할 작정이었다.

하지만 불행히도 한동안은 그 목적을 이룰 수 없을 듯했다. 그녀의 손님들은 간단하게 대화를 끝낼 태세가 아니었다.

세련된 차림새의 신사, 닥터 하워드 허드슨은 라비니아 가족의 오랜 친구라고 자신을 소개했으며, 그의 아내 실레스트는 남자에게 미치는 자신의 영향력을 잘 알고 그 재능을 이용하여 남자를 조종하기에 주저함이 없는 그런 부류의 대단히 매력적인 여성이었다. 여름날의 하늘색 같은 눈동자와 머리 위로 높이 틀어 올린 금발머리가 눈길을 끌었다. 분홍색의 작은 장미 문양과 초록색 리본들로 장식한 얇은 모슬린 드레스 차림에 손가방에는 작은 부채가 매달려 있었다. 토비어스는 그 드레스의 목선이 쌀쌀한 초봄의 날씨에 비해 너무 깊이 패였다고 생각했지만, 그 깊이가 실레스트의 입장에서 신중하게 계산된 선택이었으리라는 점 또한 확신했다.

그 부부와 20여 분의 시간을 함께 보내면서 그는 피할 수 없는 두 가지 결론에 도달했다. 첫째는 닥터 하워드 허드슨이 돌팔이라는 것. 둘째는 실레스트가 약삭빠른 모험가라는 것. 하지만 라비니아의 기분을 고려해 자신의 의견을 발설하지는 않을 생각이었다.

"라비니아를 어서 만나보고 싶구려."

허드슨이 의자에 편안히 기대앉으며 입을 열었다.

"그 애를 마지막으로 본 것이 벌써 몇 년 전인지."

허드슨의 목소리는 숙련된 배우처럼 성량이 풍부하고 잘 조련된 악기 같은 깊은 울림을 지니고 있었다. 토비어스는 그 소리가 꽤나 거슬렸지만 그것이 섬뜩할 정도로 사람의 관심을 끌어당긴다는 점만은 인정해야 했다.

허드슨은 탁월하게 재단된 남색 코트와 스트라이프 조끼, 그리고 주름 잡힌 바지 차림이었다. 또한 정교하고 희한한 방식으로 묶여져 있는 넥 클로스(남성의 장식용 목도리)는 토비어스의 처남 앤서니가 보았다면 분명 크게 감탄할 만했다. 아직 21살의 어린 나이인 앤서니는 허드슨의 시계에 장식된 특이한 모양의 황금 인장에도 지극히 감탄해 마지않을 것이었다.

토비어스는 그 의사가 40대 중반쯤이리라 짐작했다. 하지만 그 나이에도 불구하고 지나가던 여자들이 뒤돌아볼 만큼 균형 잡힌 몸매

였고, 짙은 갈색 머리에 멋들어지게 은발이 섞여 있었다. 전성기의 브럼멜(영국 신사복 유행의 기본원칙을 이끌어낸 멋쟁이)이 탄복할 정도의 차분함과 권위를 풍겨냈다.

"하워드 아저씨."

응접실로 들어서는 순간 라비니아의 초록색 눈에서 근심이 사라졌다. 그녀가 열렬한 환영의 표시로 두 손을 활짝 펼쳤다.

"늦어서 죄송해요. 팔 몰에 쇼핑하러 갔다가 시간을 착각했어요. 길도 많이 막혔구요."

토비어스는 그녀의 그 순간적인 변화가 그저 놀라울 따름이었다. 계단에 오를 때의 표정을 보지 못했더라면 그녀가 심란한 상태라는 걸 짐작조차 못했을 것이었다.

그는 닥터 하워드 허드슨이 그녀의 기분을 이토록 상승시켜준다는 사실이 못마땅했다.

"라비니아, 얘야."

하워드가 자리에서 일어나 그녀의 두 손을 잡아 지긋이 눌렀다.

"널 다시 만나게 돼서 얼마나 기쁜지 모르겠다."

이상하게도 또 다른 불안감이 토비어스에게 밀려들었다. 목소리를 제외하고 허드슨의 가장 큰 특색은 눈동자였다. 갈색과 황금색의 묘한 조화는 가히 위력적이었다.

그 목소리와 눈동자가 그의 직업에 꽤나 쓸모 있으리라는 점은 의문의 여지가 없었다. 닥터 하워드 허드슨은 소위 최면술 과학이라 불리는 것을 활용하는 개업 의사였다.

"어제 아저씨 편지를 받고 정말 기뻤어요. 아저씨가 런던에 계신 줄 몰랐거든요."

허드슨이 미소지었다.

"네가 여기 있다는 걸 알게 돼서 내가 더 기뻤단다. 내가 얼마나 놀랐는지 아니? 너와 너의 질녀가 언더우드 부인과 함께 이탈리아로 떠났다는 소식을 들은 게 내가 아는 전부였단다."

"사정이 생겨서 에멀린과 함께 예상보다 일찍 영국으로 돌아와야 했어요."

라비니아가 매끄럽게 대답했다.

토비어스는 그 말에 눈썹을 들어올렸지만 현명하게 입을 다물었다.

"날 위해서는 아주 다행스런 일이로구나."

하워드가 다시 친근하게 그녀의 손을 쥐었다가 풀어냈다.

"나의 아내와 인사하려무나, 실레스트란다."

"안녕하세요, 레이크 부인. 하워드에게 얘기 많이 들었어요."

실레스트가 아름다운 목소리로 중얼거렸다.

그 태도가 잠시 토비어스의 관심을 끌었다. 우아하게 고개를 숙이긴 했지만, 그 예쁜 눈동자는 싸늘하게 상대방을 저울질하며 평가하는 듯했다. 그리고 즉시 라비니아를 위협적인 존재 혹은 중요한 존재가 아닌 것으로 무시해버렸음이 분명했다.

그는 처음으로 이 시간이 재미있어졌다. 라비니아를 무시하는 건 언제나 실수인데 말이다, 쯧쯧.

"정말 반가워요."

라비니아가 소파에 앉아 자줏빛 드레스 자락을 정돈하고 찻주전자를 집어들었다.

"아저씨께서 결혼하셨는지 몰랐어요. 하지만 기뻐요, 너무 오래 혼자 지내셨잖아요."

"일 년 전에 이 아름다운 실레스트를 보는 순간 나의 운명이 결정됐단다. 사랑스런 아내이자 친구이기도 하고, 나의 회계장부와 예약장부까지 아주 능숙하게 관리해 주는 보배야. 정말이지, 이제 실레스트 없이 내가 어떻게 살 수 있을지 모르겠다."

"너무 추켜세우지 마세요."

실레스트가 속눈썹을 내리깔았다.

"당신이 가르쳐주려고 했던 최면술 분야에는 전혀 재능이 없었잖아요."

그녀가 라비니아에게서 찻잔과 접시를 받아들었다.

"남편이 당신의 부모님과 절친한 친구 사이였다지요?"

"네, 아저씨가 예전에 우리 집에 자주 들르셨어요. 저의 부모님은 아저씨를 아주 좋아했을 뿐 아니라 가장 유능한 최면술사라고 칭찬하셨어요."

"너의 부모님도 뛰어나셨어. 각자 독특한 스타일을 지녔으면서도 놀라운 성과를 이루셨단다."

"부모님과 남편이 거의 같은 시기에 세상을 떠났다고 들었어요. 몹시 힘든 시간이었겠어요."

실레스트가 사뭇 사교적으로 말했다.

"그랬죠."

라비니아가 홍차를 두 잔 더 따랐다.

"하지만 에멀린이 와준 이후로는 아주 잘 지내고 있어요. 그 애도 같이 인사드렸으면 좋았을 텐데. 그 아이는 지금 로마의 분수와 유적지에 대한 강연을 들으러 갔답니다."

실레스트는 정중한 연민의 표정을 지어 보였다.

"그럼 이 세상에 당신과 질녀 둘 뿐인가요?"

"별로 외롭진 않아요. 우리에게는 서로가 있으니까요."

"그래도 둘밖에 없잖아요. 이 세상에 힘없는 여자 둘 뿐이라니……"

실레스트가 토비어스에게 슬쩍 눈길을 보냈다.

"나의 경험상, 조언과 위안을 구할 만한 남자가 없다는 건 여자에게 언제나 힘들고 불행한 상황이지요."

토비어스는 라비니아가 방금 건네준 찻잔과 접시를 떨어뜨릴 뻔했다. 라비니아의 독립적인 능력에 대한 실레스트의 부정확한 판단 때문이 아니었다. 방금 전에 분명히 그 여자가 자신에게 추파를 보냈다는 걸 맹세할 수 있다는 사실 때문이었다.

"에멀린과 전 아무 문제없이 잘 살고 있어요."

라비니아의 목소리에 은근한 칼날이 섰다.

"조심하세요, 토비어스. 차를 흘리겠어요."

그는 그녀의 태도에 짜증이 부글거리고 있음을 알아차렸다. 이번에는 또 그가 무얼 잘못한 걸까? 그들의 관계는 가시밭과 정열 사이를 휙휙 날아다닐 뿐, 그 중간 지점이란 것이 없는 듯했다. 둘 다 아직 그들 사이에 꽃핀 격렬한 연애 감정에 익숙해지질 않았다. 하지만 그들의 관계에 대해서 단 한 가지만은 확실하게 말할 수는 있었다. 절대 지루하지 않다는 것!

바로 그 점이 불행이었다. 라비니아와 지루한 시간을 함께 보낼 수만 있다면 그 무엇을 바쳐도 아깝지 않을 것 같던 순간이 여러 번이었다. 그럼 숨이라도 돌릴 수 있었을 텐데…….

하워드가 미묘한 주제를 시작하려는 사람처럼 입을 열었다.

"라비니아, 너의 직업이 바뀐 것에 대해 얘기하지 않을 수가 없구나. 부족한 인맥으로는 적당한 고객을 끌어들이기가 힘들다는 건 알지만, 그런 이유 때문에 최면술 과학을 포기한 거냐?"

놀랍게도 그 질문이 라비니아의 허를 찌른 모양이었다. 손에 든 접시가 떨릴 정도로 그녀가 움찔했다. 하지만 재빨리 냉정을 되찾았다.

"최면술 치료에 대한 수요가 전처럼 많다고는 해도 경쟁이 너무 치열해졌잖아요. 아저씨가 말씀하신 대로 사교계의 인맥이나 추천장 없이는 고급 고객들을 끌어들이기가 쉽지 않아요."

"이해한다."

하워드가 진지하게 고개를 끄덕였다.

"우리도 아마 일감이 줄어들 거야. 여기서 새롭게 개업하는 건 간단한 문제가 아닐 거야."

"이 전에는 어디서 활동하셨습니까?"

토비어스가 물었다.

"몇 년간 미국을 여행하며 최면술 과학을 강의했소. 하지만 일 년 전쯤 고향이 그리워서 영국으로 돌아왔다오."

실레스트가 부연 설명을 했다.

"내가 하워드를 만난 것도 작년 바스에서였어요. 그곳에서 병원이 아주 번창했었는데도 불구하고 하워드는 런던으로 돌아가야겠다고 결심했답니다."

"여기서 좀더 흥미롭고 특별한 사례를 접하고 싶소. 미국이나 바스에서는 대부분 일상적인 질병을 지닌 고객들이었지요. 류마티즘, 여성 히스테리, 불면증 같은 것들 말이오. 물론 환자들에게는 충분히 걱정스런 문제겠지만 나는 다소 그것이 지겨웠다오."

"하워드는 최면술을 실험하고 연구할 생각이에요."

실레스트가 남편에게 자랑스런 시선을 보냈다.

"그 과학의 유용성과 응용성을 찾아내는 데 아주 헌신적이랍니다. 책도 한 권 쓰고 싶어해요."

"책을 쓰기 위해서는 좀더 이색적인 신경 장애를 지닌 고객들을 실험해봐야 하오."

하워드의 말에 집중하고 있는 라비니아의 눈이 열정적으로 반짝거렸다.

"정말, 대단한 목표예요, 누군가 꼭 해야 할 일이기도 하구요. 최면술 과학의 진면목을 알리는 계기기 될 거예요."

그녀가 흘깃 토비어스 쪽을 바라보았다.

"아직도 어떤 무지한 사람들은 최면술사를 엉터리 돌팔이로 생각하거든요."

토비어스는 그 가시 돋친 말을 무시하고 홍차를 들이켰다.

허드슨이 무겁게 한숨지으며 고개를 흔들었다.

"솔직히 돌팔이 개업의가 많은 것도 사실이잖니."

"과학의 발전만이 그런 부류들을 몰아낼 수 있어요. 그래서 연구와 실험이 필요한 거죠."

문득 실레스트가 그녀에게 호기심 어린 시선을 던졌다.

"당신의 새 직업은 뭔가요, 레이크 부인? 여자로서 선택의 폭이 넓지는 않았을 텐데요."

"전 개인적으로 조사하고 싶어하는 사람들의 부탁을 받아 일하고 있어요. 여기 어딘가 명함이 있을 텐데."

그녀가 찻잔을 내려놓고 소파의 팔걸이로 몸을 기울여 테이블의 작은 서랍을 열었다.

"아, 여기 있군요."

서랍에서 하얀 명함을 두 장 꺼내어 하워드와 실레스트에게 하나씩 건네주었다.

토비어스는 그 작은 직사각형의 종이에 무슨 글씨가 박혀 있는지 정확히 알고 있었다.

사설 탐정
확실한 비밀 보장

"아주 특이하군요."

실레스트가 당황해하며 중얼거렸다.

"대단하구나."

하워드는 명함을 주머니에 갈무리한 다음 걱정스레 눈살을 찌푸렸다.

"하지만 네가 최면술사의 길을 포기한 게 너무나 유감스럽구나. 넌 재능이 있어. 그런 네가 다른 직업을 택하다니 그건 우리 분야의 커다란 손실이야."

곧이어 실레스트가 대뜸 물었다.

"그 과학을 포기한 이유가 단지 경쟁이 치열하기 때문이었나요?"

라비니아를 계속 지켜보고 있지 않았더라면, 토비어스는 그녀의 눈에 빠르게 스쳐 지나가는 흔들림이나 목의 근육이 살짝 긴장되는 것을 눈치채지 못했을 것이었다.

"사실…… 고객과 관련된 안 좋은 사건이 하나 있었어요. 수입도 기대에 못 미쳤구요. 시골에서는 요금을 비싸게 부르기가 힘들잖아요. 게다가 에멀린의 장래도 생각해야 했어요. 그 애한테 좀더 세상을 가르쳐주고 싶었어요. 우아함과 세련미를 갖추는데 여행만큼 좋은 게 어디 있겠어요? 그래서 이런저런 이유로 언더우드 부인의 제안을 받아들였던 거예요."

하워드는 그녀의 얼굴에서 시선을 떼지 않았다.

"북부의 작은 마을에서 이상한 소문이 들리던데, 그 일이 혹시 너한테 나쁜 영향을 미친 거냐?"

"아니에요, 물론 아니에요."

라비니아가 대답했다, 너무 빠르다 싶게.

"그냥 새로운 일을 해보고 싶었을 뿐이에요."

"그런데 여자에게 꽤나 어울리지 않을 듯한 일을 찾아냈군요."

실레스트가 토비어스를 바라보았다.

"당신은 어떠세요? 레이크 부인의 새로운 직업에 찬성하시나요?"

"솔직히 그 점에 대해서 극도의 의심과 불안에 빠졌던 순간이 있었습니다. 잠 못 이뤘던 밤들이 많았던 건 말할 것도 없지요."

"마치 씨께서 농담하시는 거예요."

리비니이가 책망하는 시선을 쏘아보냈다.

"이 분이 반대할 리 없답니다. 사실 이따금씩 저의 조수 역할까지 해주시는 걸요."

"조수요?"

실레스트의 눈이 충격으로 휘둥그래졌다.

"당신이 이 남자를 고용한다는 뜻인가요?"

"꼭 그렇지는 않소. 난 그녀의 파트너에 더 가깝소."

토비어스가 온화하게 대꾸했다.

하지만 실레스트와 하워드는 그의 말을 듣지 못한 듯했다. 그들은 경악스레 그를 응시할 뿐이었다.

"조수라고?"

하워드의 중얼거림에 토비어스가 고의적으로 다시 반복했다.

"파트너요."

라비니아가 경쾌하게 한 손을 흔들었다.

"이따금 까다로운 일이 있을 때마다 제가 도움을 받고 있어요. 그의 전문적인 기술이 필요할 때 말이죠."

그녀가 상냥하게 그에게 미소지었다.

"가외 수입이 생기는 게 싫진 않을 걸요, 그렇죠?"

그는 점점 이 대화가 지겨워지기 시작했다. 그녀 혼자만 혀를 지닌 게 아니라는 걸 알려줄 때가 되었다.

"내가 이 일에 동참하는 것은 돈 때문만이 아니오. 거기에 매우 유쾌한 보상이 추가된다는 걸 알았기 때문이오."

그녀는 최소한 얼굴을 붉힐 만큼의 교양은 있었다, 하지만 이내 상냥하게 손님들 쪽으로 시선을 돌렸다.

"이 일을 통해서 마치 씨는 논리적·연역적 추리력을 연습하고 계세요. 그래서 조수로서의 일을 아주 자극적이라고 생각하시죠."

"당신과의 일이 지난 수년간의 어떤 일보다 가장 자극적이라는 점은 인정해야겠소, 레이크 부인."

라비니아가 말없는 경고의 눈빛을 보냈다. 그는 만족스레 미소지으며 차 쟁반에 놓인 칠튼 부인의 건포도 잼 패스트리를 하나 집어 먹었다. 흐음, 맛이 기가 막히군.

실레스트가 찻잔 너머로 토비어스를 살펴보았다.

"아주 재미있군요. 당신의 특별한 기술이라는 게 뭔가요?"

"마치 씨는 내가 접근하기 힘든 곳에서 정보를 끌어내는 데 아주 능숙하세요."

토비어스가 대답하기 전에 라비니아가 얼른 설명했다.

"남자는 숙녀를 환영하지 않는 곳에도 자유롭게 드나들 수 있잖아요.”

"그거 아주 유익한 계약이로구나. 예전 직업보다 수입은 괜찮은 거냐?"

하워드가 물었다.

"가끔은 꽤 목돈이 들어와요. 불규칙적이라는 단점이 있긴 하지만요. 이제 제 직업에 대한 얘기는 그만두기로 해요."

라비니아가 씩씩하게 주제를 바꿨다.

"하워드 아저씨, 언제 새 병원을 개업하실 거예요?"

"가구 배치 같은 마무리 작업이 남아서 한 달 정도 기다려야 돼. 그 후에는 내가 고객을 받을 예정이라는 것과 특별한 신경 질환에만 관심이 있다는 소문을 적재적소에 알려야겠지. 히스테리를 치료해달라는 여자들이 몰려들지 않도록 조심할 생각이란다. 그런 평범한 질병에 시간을 낭비하고 싶지 않거든."

"그럼 신문에 광고를 내실 거예요? 저도 그런 생각을 하던 참이었는데."

토비어스가 먹던 동작을 멈추고 패스트리를 내려뜨렸다.

"그게 무슨 말이오? 나한테 그런 얘기 한 적 없잖소."

그녀가 살짝 손을 흔들었다.

"나중에 설명할게요. 최근에 궁리하고 있었을 뿐이에요."

"다른 일에 대해서나 궁리하시오."

그가 충고 한 마디를 던지고 남은 패스트리를 입 속으로 던져 넣었다. 라비니아가 흘깃 노려보았지만 그는 모른 척했다.

하워드가 흠흠 목기침을 했다.

"신문에 냈다가 평범한 환자들이 몰려들면 어쩌겠냐? 난 그럴 생각이 없단다."

"아, 그런 위험도 있겠군요. 그래도 사업은 사업이잖아요."

그 후의 대화는 최면술의 기술적이고 불가사의한 측면으로 이어졌다. 토비어스는 창가로 걸어가 그 대화를 묵묵히 듣기만 했다.

그는 사실 최면술을 그다지 신뢰하지 않았다. 라비니아를 만나기 전까지는 심각한 오해를 했던 측면도 있었다. 철저하게 프랑스 조사단이 내세운 결과를 옳다고 확신했었다. 저명한 과학자들이 모인 그 조사단은 동물자기(動物磁氣, 최면술을 실시했을 때 시술자로부터 피술자에게 흐른다고 생각되는 가정의 액체)라는 것이 존재하지 않으며, 따라서 최면술에 대한 과학적인 근거가 없다고 결론지었다. 그 시술 또한 철저한 사기 행각이라고 발표했다.

그는 최면술이 순진한 자들을 골려먹는 데나 어울리는 돌팔이의 짓이며, 아무리 숙련된 최면술사라 해도 심약한 사람들한테나 영향을 미칠 수 있을 거라고 생각했다. 하지만 많은 의학자와 과학자들의 견해에도 불구하고, 최면술에 대한 대중의 관심도는 점점 높아질 뿐 약화될 기미가 보이지 않았다.

30분 후에 허드슨 부부가 작별을 고하자 라비니아는 그들을 배웅하러 나갔고, 토비어스는 창가 자리에 남아 하워드 부부가 마차에 오르는 모습을 지켜보았다.

잠시 후, 라비니아가 현관문을 닫고 응접실로 돌아왔다. 아까 집에 도착했을 때보다 훨씬 안정된 모습이었다. 오랜 벗과의 만남이 효과를 발휘한 모양이었다. 토비어스는 허드슨이 라비니아에게 미치는 그 위력에 대한 자신의 느낌을 무어라 판단하기 힘들었다.

"한 잔 더 드시겠어요, 토비어스? 난 더 마셔야겠어요."

라비니아가 소파에 다시 자리잡으며 찻주전자를 집어들었다.

"고맙지만 사양하겠소."

그가 등뒤로 두 손을 부여잡고 그녀를 바라보았다.

"아까 밖에서 무슨 일이 있었던 거요?"

그녀가 움찔하는 순간 테이블에 홍차가 넘쳐흘렀다.

"놀랐잖아요."

그녀가 작은 냅킨으로 얼룩을 닦아내기 시작했다.

"왜 무슨 일이 있었다고 생각해요?"

"당신은 손님들이 기다리고 있다는 걸 알고 있었소. 당신이 초대했으니까."

"시간을 착각했다고 했잖아요, 길도 많이 막혔구요."

"라비니아, 난 절대로 아둔하지 않소."

"그만하세요."

그녀가 냅킨을 옆으로 던지며 험악하게 그를 노려보았다.

"지금은 당신한테 심문 받을 기분이 아니에요. 당신은 나의 사적인 일을 캐물을 권리도 없어요. 요즘 점점 남편처럼 행동하기 시작하는군요."

긴장된 침묵이 내려앉았다. '남편'이라는 단어가 그들 사이의 허공에 매달려 방황하는 듯했다.

토비어스는 아주 침착하게 입을 열었다.

"사실은 내가 당신의 일시적인 파트너이자 연인일 뿐이다, 그런 뜻이오?"

그녀의 뺨에 붉은 홍조가 떠올랐다.

"미안해요, 내가 왜 그랬는지 모르겠어요. 신경이 좀 날카로워졌나 봐요."

"그 점은 분명히 알겠소. 당신의 일시적인 파트너로서, 신경이 날카로워진 그 이유를 물어도 되겠소?"

그녀의 입술이 굳어졌다.

"그 여자가 당신한테 꼬리 쳤잖아요."

"뭐?"

"실레스트. 그 여자가 당신한테 꼬리를 쳤어요. 아니라는 말 말아요. 내가 봤으니까. 그 여자는 애써 숨기려 하지도 않더군요."

그는 그 예상치 못했던 대답에 잠시 멍한 상태였다.

"실레스트 허드슨?"

그제야 그 비난의 의미가 머릿속에 전달되었다.

"아, 그 여자가 그런 쪽으로 몇 번 시도하는 건 나도 알아차렸소,

하지만……."

라비니아가 등을 꼿꼿하게 펴며 앉았다.

"아주 역겨운 짓이었어요."

혹시 라비니아가 질투를 하는 걸까? 그 감미로운 가능성이 그를 무척이나 즐겁게 했다.

그가 살짝 미소지었다.

"그건 그냥 습관일 뿐 꼬리를 친 게 아니오. 하지만 역겹지는 않던데."

"결혼한 여자잖아요. 그런 식으로 당신한테 속눈썹을 깜박거릴 입장이 아니라구요."

"기혼이든 미혼이든 그렇게 아양떠는 여자들이 있소. 타고난 천성 탓일 거요."

"가엾은 하워드 아저씨가 얼마나 민망하겠어요. 보는 남자마다 꼬리를 치고 다니면 아저씨가 얼마나 수치스럽고 불행하겠냐구요?"

"그럴 것 같지는 않다오."

"무슨 말이에요?"

"그 가엾은 하워드 아저씨가 특별히 그 재능을 높이 산 것 같거든."

토비어스는 패스트리를 또 하나 집어들었다.

"그 재능 때문에 결혼했다고 해도 난 놀라지 않을 거요."

"말도 안 돼요."

"농담이 아니오. 바스에서 그녀가 여러 신사 고객들을 그의 병원으로 데려왔을 걸."

라비니아는 충격에 빠진 표정이었다.

"그런 쪽으로는 생각도 안 해봤어요. 그럼 그 여자가 단지 호객행위의 일종으로 당신한테 관심을 보였다는 건가요?"

"허드슨 부인의 속눈썹 깜박이는 태도가 병원을 광고하는 형태와 별반 다를 게 없다는 뜻이오."

"흐음."

"이제 그 문제는 마무리가 되었으니, 나의 질문으로 되돌아갑시다. 쇼핑하러 나갔을 때 무슨 일이 있었던 거요?"

그녀가 망설이다가 작게 한숨을 내쉬었다.

"별 일 없었어요. 전에 알던 사람을 거리에서 본 것 같았을 뿐이에요."

그녀가 차를 홀짝이며 뜸을 들였다.

"런던에서 보게 될 줄은 상상도 못했던 사람."

"누군데?"

그녀가 코를 찡그렸다.

"얘기하기 싫다고 분명히 했는데도 끈질기게 물고 늘어지는군요."

"그게 나의 여러 재능 중의 하나요. 당신이 계속 나를 조수로 고용하는 이유 중의 하나도 그것일 테고."

그녀는 아무 말도 하지 않았다. 반항기나 고집스러움이 아니라 대단히 동요된 탓에 어디서부터 시작해야 할지 모르는 듯했다.

그가 벌떡 자리에서 일어났다.

"일어나시오. 공원으로 산책 나갑시다."

2

"어때요, 하워드?"

실레스트가 마차 안의 작은 공간 너머로 남편을 바라보았다.

"오랜 친구의 가족을 꼭 만나보고 싶어했잖아요. 이제 만족하셨어요?"

그는 옆얼굴을 드러내며 거리 풍경을 물끄러미 응시했다.

"그런 것 같소. 하지만 라비니아가 그런 이상한 직업 때문에 최면술을 포기하다니 좀처럼 믿어지지가 않소."

"마치 씨 때문에 그 직업에 끌렸는지도 모르지요. 연인 사이인 것 같던 걸요."

"그럴지도 모르지……. 하지만 어떤 이유에서건 그 애가 포기했다는 건 믿기질 않아. 그 분야에 정말로 재능이 있었거든. 그 부모보다 더 성공적인 의사가 될 거라고 생각했소."

"정열도 아주 강력한 힘이에요."

그녀가 의미심장하게 미소지었다.

"그게 여자의 인생을 바꿔놓을 수도 있답니다. 당신과의 결혼으로 내 인생이 얼마나 변했는지만 봐도 알 수 있잖아요."

하워드의 표정이 부드러워지면서 그녀의 장갑 낀 손을 살짝 붙잡았다.

"당신 역시 내 인생을 변화시켰다오."

그의 풍성한 목소리가 부드럽게 울렸다.

"당신이 나와 운명을 함께 하기로 결정한 것을 영원히 감사할 거요."

'둘 다 입에 침도 안 바르고 거짓말을 하는군.'

그녀는 하워드에게 미소를 지어 보이며 생각했다. 하지만 둘 다 아주 빼어난 솜씨임에는 틀림없었다.

하워드가 바쁜 거리풍경으로 시선을 돌렸다.

"라비니아의 조수라는 그 남자는 어떤 것 같소?"

그녀는 잠시 토비어스 마치의 첫인상을 곰곰이 생각해 보았다. 솔직히 그녀는 스스로를 남자에 관련된 분야의 권위자로 여겨왔다. 지금껏 남자들에 대한 평가의 정확성과 그들을 조종하는 기술로 생활을 유지해온 것도 사실이었다.

그녀가 언제나 그 방면에 소질이 있긴 했지만, 진지하게 연구를 시작한 것은 첫 남편과 살 때부터였다. 그 때 그녀의 나이는 열 여섯이었고, 남편은 60대 나이의 상점 주인이었다. 그는 부부 생활의 의무를 필사적으로 수행하다가 그 와중에 세상을 하직했다. 당연히 그 상점을 그녀가 물려받았지만, 평생 카운터 뒤에서 썩을 마음이 없던 그녀는 꽤 만족스런 가격에 팔아치웠다.

상점을 판돈으로 그녀는 사회 계급의 사다리를 몇 계단 오르기 위해 필요한 옷가지와 장신구들을 사들였다. 그녀의 다음 희생양은 시골 지주의 멍청한 아들놈이었다. 넉 달 동안 꼬박꼬박 그녀에게 용돈을 갖다 바치다가 가족에게 들키는 바람에 떨어져 나갔다. 그 후에도 여러 남자들이 이어졌고, 그 중에는 제단 위에서 사랑을 나누면서 그녀가 천사임에 틀림없다고 주장한 성직자도 포함되었다.

그 일은 늙은 여자 신도에게 발각되는 것으로 끝나 버렸다. 그 노파가 제단 위에서 벌어지는 풍경에 혼절해 버렸고, 그녀의 애인이 쓰러진 신도의 코에 각성제를 뿌려주는 동안 실레스트는 옆문으로 살짝 빠져 나왔다. 물론 그 교회의 수많은 은제 도구들 중에서 티가 나지 않을 정도의 고급스런 촛대를 두 개 손에 쥐고서.

그 촛대들이 하워드를 만날 때까지 그녀의 경제력을 유지해 주었다. 몇 번의 데이트를 통해 하워드는 자신이 아주 훌륭한 전리품임을 증명했다. 그가 그녀에게 개인적으로 끌렸을 뿐 아니라 그녀의 영리한 성격에 감탄했기 때문에 문제는 쉽게 풀렸다. 솔직히 그녀는 그에게 큰 빚을 졌다. 그에게서 많은 것을 배울 수 있었기 때문이다.

그녀는 다시 토비어스 마치에 대한 첫인상으로 생각을 돌렸다. 제일 처음 눈에 띈 것은 그 남자가 넓은 어깨와 잘 빠진 몸매의 소유자이긴 하지만 패션에는 관심이 없다는 점이었다. 코트와 바지가 스타일보다는 편안함을 위주로 재단되었고, 크러뱃의 매듭도 단순하고 간소했다.

하지만 그녀는 겉 표면의 안쪽까지 꿰뚫어보는데 능숙한 남자 분야의 전문가였다. 그녀는 토비어스 마치가 다른 남자들과 매우 다르다는 것을 즉시 알아차렸다. 육체적인 힘과 상관없이 강철 같은 중심을 지닌 남자임이 분명했다. 그의 불가사의하고 깊은 눈동자에서 그것을 볼 수 있었다.

"레이크 부인의 말과 달리, 단순한 조수인 것 같지는 않아요."

마침내 그녀가 입을 열었다.

"마치 씨가 누구에게든 명령을 받는다는 건 상상이 안 돼요."

"나도 동감이오. 라비니아의 일시적인 파트너라고 말할 때, 자신감이 풍부한 자의 여유를 풍기더군."

"그래요. 그는 레이크 부인 밑에서 일하는 걸 부끄러워하지 않았어요, 화를 내지도 않았구요. 오히려 농담하는 것 같던 걸요."

그 점이 라비니아와 토비어스 사이의 친밀한 관계를 짐작케 했다.

그녀는 약간의 유혹으로 그 관계를 시험해보려 했지만, 별다른 성과를 얻지 못했다. 그 남자는 침착하고 알 수 없는 시선으로 바라보기만 했다.

하여튼 토비어스 마치는 분명 대단히 흥미롭고 다소 위험스런 신사였다. 그녀가 계획하는 새로운 미래에 매우 쓸모 있는 역할을 할 수 있을 것이었다. 물론 라비니아 레이크에게서 그를 떼어내는 것이 우선이겠지만 그 정도는 문젯거리도 아니었다. 그녀의 판단에 의하면 레이크 부인은 그녀와 경쟁할 수 있을 만한 상대가 전혀 아니었다.

실레스트는 손가방에 매달려 있는 작은 부채를 만지작거리며 살짝 미소지었다. 평생 살아오면서 그녀의 손에 놀아나지 않았던 남자가 한 명이라도 있었던가?

"레이크 부인에게 왜 그렇게 관심이 많아요, 하워드?"

그녀가 기분 좋게 물었다.

"계속 그러면 내가 질투하게 될지도 몰라요."

"그런 게 아니오."

그가 고개를 돌려 그 강렬한 눈동자로 그녀를 사로잡았다. 그의 목소리도 깊어졌다.

"장담하건대, 나의 모든 정열은 당신에게 향해 있소."

그녀의 숨이 목에서 턱 막혔다. 갈망이나 흥분 때문이 아니었다. 갑자기 그녀를 숨쉴 수 없게 만드는 건 두려움이었다. 하지만 애써 미소로 그 반응을 숨기며 시선을 내리깔았다.

"다행이에요."

자신의 목소리가 평소와 같을 거라고 확신했지만 그녀의 맥박은 아직도 무겁게 고동쳐댔다. 두 손을 움켜잡기 않기 위해서 의지력을 끌어 모아야 했다.

하워드가 잠시 더 그녀를 응시하고 나서 미소지으며 고개 돌렸다.

"라비니아와 마치의 얘기는 그만둡시다. 보기 드문 한 쌍이긴 하지만, 우리가 상관할 바는 아니오."

그의 시선이 거리로 되돌아가자 그녀는 조그맣게 안도의 한숨을 내쉬었다. 눈에 보이지 않는 올가미에서 풀려난 듯한 기분이었다. 서둘러서 흩어진 생각들을 정리하며 마음을 진정시켰다.

하워드의 태연자약한 태도에도 불구하고, 그녀는 런던에 있다는 사실을 라비니아에게 알린 그의 저의가 무엇일지 확신이 서지 않았다.

하지만 하워드의 정신이 분산되는 것은 환영할 만한 일이었다. 그녀의 계획을 실행할 중요한 순간에 그의 관심에서 벗어날 수 있을 테니까. 그럼에도 불구하고, 그녀는 무언가 놓치고 있다는 느낌을 지울 수 없었다.

그녀는 생각에 잠긴 그의 얼굴을 유심히 살펴보았다. 요즘 들어 하워드의 고립된 듯한 침묵이 점점 잦아지고 있었다. 그가 최면술의 단순한 연습 수준을 넘어 더 폭넓은 연구로 돌입하겠다고 결심했을 때부터 그런 증상이 시작되었다.

문득 남성에 대한 그녀의 단련된 직감이 진실을 알려주었다. 명명백백하게 이유를 알 수 있을 것 같았다.

"당신이 레이크 부인의 초대를 받아들인 건, 그녀가 당신처럼 최면술의 대가가 되어 있을지 알아내고 싶어서였군요. 그렇죠? 그녀가 당신의 경쟁 상대가 되어 있을지, 아니면 당신보다 더 나은 경지에 도달했을지 알고 싶었던 거로군요."

하워드의 몸이 다소 굳어졌다. 그 미미한 육체적 반응이 그녀의 결론을 확인시켜 주었다. 그가 재빠르게 그녀를 돌아보며 깊이를 알 수 없는 눈동자로 그녀를 응시했다. 아무 말 하지 않았음에도, 그녀는 그 자리에 얼어붙었다. 마차에 불이 붙었다 해도 움직일 수 있을 것 같지 않았다. 두려움이 솟구쳤다. 내 계획에 대해서 이 사람이 알리 없어, 그녀가 필사적으로 생각했다. 그가 어떻게 그녀의 계획을 알아낼 수 있겠는가. 그녀가 얼마나 신중하고 조심스러운 사람인데 말이다.

하워드가 미소로 작은 마력을 흐트러뜨렸다. 그 눈동자의 강렬함도 사그라졌다.

"대단하군, 당신의 통찰력은 언제나 감탄스럽소. 사실 나도 이전에는 라비니아에 대한 나의 호기심을 완전하게 이해하질 못했소. 그 애를 만나는 순간에야 깨달아지더군. 그 애한테는 믿을 수 없을 만큼의 재능이 있었다오. 그녀에게 필요한 건 시간과 연습뿐이었소."

실레스트는 깊이 숨을 들이켜 평정을 되찾았다.

"그녀가 당신 수준보다 높아졌을까봐 궁금하셨어요, 하워드?"

그가 잠시 망설였다.

"그랬을지도 모르오."

"그런 일은 불가능해요."

그녀가 절대적으로 자신 있게 말했다.

"당신보다 더 능력 있는 사람은 없어요. 위대한 메스머(독일의 정신과 의사로 처음 최면술을 질병 치료에 사용한 사람, 최면요법의 시조)조차도 당신의 재능에 탄복할 거예요."

하워드가 쿡쿡 웃음을 터트렸다.

"고맙구려, 하지만 아쉽게도 진실을 알아낼 방법이 이젠 없어졌다오."

"메스머가 몇 년 전에 죽은 게 유감이에요. 하지만 틀림없이 당신의 능력을 보았다면 깊은 감명을 받았을 거예요. 아니, 당신을 부러워했을 거예요. 레이크 부인에 대해서 말하자면, 당신은 걱정할 필요가 전혀 없어요. 당신의 상대도 안 돼요. 그 분야에 소질이 있든 없든 다른 직업을 위해 그걸 포기했는 걸요."

"그런 것 같더군."

그가 그녀의 손을 토닥였다.

"당신은 언제나 변함없이 나의 기분을 북돋아 주는구려. 당신 없이 내가 무얼 해낼 수 있겠소."

그녀가 미소지으며 긴장을 풀어냈다. 하지만 완전하게 경계심을 늦추지는 않았다. 눈앞에 닥친 중대한 일을 부주의하게 다룰 수 없었다. 전에도 모험을 했었지만, 이번 일은 그 어느 것보다 훨씬 위험한 계획이었다.

그래도 그만한 가치가 있다고 그녀는 생각했다. 모든 일이 계획대로 된다면 그녀의 운명이 바뀔 것이다. 그리고 사교계에 진입하여 너무나 오랫동안 갈망했던 모든 것을 드디어 거머쥘 수 있을 것이다.

그 과정의 유일한 장애물은 하워드였다. 이 남자를 과소평가하지 말아야 한다.

3

"오늘은 과거의 사람들과 마주칠 운명이었나봐요."

라비니아가 입을 열었다.

"처음에는 팔 몰에서 만난 사람, 그 다음에는 하워드 허드슨. 그 두 사람에 대한 내 감정은 전혀 다르지만요."

그들은 토비어스가 몇 년 전에 찾아낸 고딕 건물 폐허의 돌 벤치에 앉아 있었다. 우아한 기둥과 매력적으로 부식된 벽들을 지닌 그 건물은 한때 대단히 매력적인 장소였음에 틀림없었다. 하지만 커다란 공원의 구석지고 잡초가 무성한 곳에 위치해 있었으므로 대중들이 관심 있어할 리 없다는 것이 그의 판단이었다. 어차피 사람들이 공원에 오는 이유는 서로를 보고 보여지기 위해서였다. 사적인 공간과 은둔을 찾으려고 오는 것이 아니었다.

토비어스는 오랜 산책 끝에 그 폐허를 휴식 장소로 선택했다. 그가 이곳으로 데려온 유일한 사람이 자신뿐이라는 걸 라비니아는 알고 있었다.

그들은 이곳에서 사랑을 나누었었다. 그 기억이 떠오르자, 그녀의 마음에는 토비어스를 만나기 전까지 상상해보지도 못했던 격렬한 감정들이 출렁거렸다.

이 남자와의 관계에 단순하거나 간단한 것은 아무 것도 없었다. 가끔씩 그녀의 울화를 폭발시키는 참을 수 없는 사내였지만, 한편으로는 가장 자극적인 신사이기도 했다. 그와 가까이 앉아 있다는 사실만으로도 그녀의 몸은 강렬하게 그를 의식했다.

그녀는 아직 무엇이 그들을 사업과 정열의 복잡한 상태로 묶어놓았는지 알 수 없었다. 하지만 토비어스 마치와 관계를 맺은 이상 인생이 절대로 전과 같지 않으리라는 것만은 확실했다.

"그 사람이 누구요?"

토비어스가 물었다.

그녀는 잠시 치맛자락에 신경을 쏟으며 생각을 정리하기 위해 시간을 들였다.

"얘기하자면 길어요."

"난 바쁜 일 없소."

어떻게 시작해야 할까. 그녀는 토비어스가 대답을 들을 때까지 절대로 포기하지 않으리라는 것을 알만큼은 그를 잘 알았다. 그녀가 만나본 중에서 가장 짜증스럽고 자극적인 남자라는 항목에 더하여, 그는 가장 고집스럽고 집요하며 완강한 남자이기도 했다.

설명을 하는 편이 나으리라. 그렇지 않으면 어두워지기 전에 집에 돌아갈 방법이 없을 것이다.

"내가 북부에서 안 좋은 일이 있었다는 건 얘기했을 거예요."

"그렇소."

"팔 몰에서 언뜻 본 남자가 그 사건과 관련이 있어요. 이름은 오스카 펠링. 집에 늦게 도착한 것도 그 남자를 본 후에 마음을 진정시키려고 차 한 잔을 마셔야 했기 때문이었어요."

"오스카 펠링이 누구요?"

"간단히 말하자면, 자기 아내가 죽은 게 나 때문이라고 비난한 남자예요. 어쩌면 그 말이 맞을지도 모르구요."

토비어스는 그 솔직한 말을 받아들이며 잠시 침묵했다. 앞으로 몸을 기울여 허벅지에 팔꿈치를 올려놓고 무릎 사이에 두 손을 깍지끼었다. 그리곤 폐허 주위에 널린 잡초들을 내려다보았다.

"그자가 당신의 최면술 치료를 비난했소?"

"네."

"아……. 그래서 당신이 2년 전 그 일을 그만두고 다른 직업을 찾은 거로군. 또 다른 고객에게 피해를 끼치게 될까봐 두려웠던 거요?"

라비니아가 깊이 숨을 내쉬었다.

"당신이 사설 탐정 일로 뛰어든 게 놀랄 일도 아니군요. 추리력이 대단해요."

"전부 다 말해보시오."

"오스카 펠링의 아내 제시카는 잠깐 동안 내 고객이었어요. 신경과민 증상을 치료해달라고 찾아왔어요. 언뜻 보기에는 아주 상냥한 여자 같았어요. 얼굴도 예쁘고 키는 평균 이상이었고 우아했죠. 돈 많고 세련된 숙녀들이 그런 신경과민에 시달리는 예가 많이 있거든요."

"그런 얘기는 들었소."

"하지만 제시카의 상태는 내 예상보다 훨씬 심각했어요. 그런데도 최면에 빠지는 걸 아주 망설였어요."

"최면 치료를 받을 생각이 아니었으면 왜 당신을 찾아온 거요?"

"달리 의지할 곳이 없어서였는지도 몰라요. 그녀는 딱 세 번 나에게 왔었어요. 매번 극도로 불안해했죠. 두 번째 방문 때까지 최면 상태가 정확히 어떤 것인지 꼬치꼬치 캐물었어요."

"다른 사람한테 컨트롤 당하는 게 두려워서였을까?"

"그런 것 같진 않아요. 펠링 부인은 무의식 상태에서 개인적이고 사적인 정보를 발설했다가 나중에 자신이 기억하지 못할 가능성을 더 걱정하는 것 같았어요. 내가 무슨 말이든 정확하게 알려주겠다고 약속했지만 마음을 놓지 못하더군요."

"당신을 잘 몰랐군."

라비니아가 살짝 미소지었다.

"칭찬해줘서 고마워요, 토비어스."

그가 어깨를 으쓱했다.

"사실을 말한 것뿐이오. 난 어떤 비밀에 대해서도 당신을 믿을 수 있소."

"나도 당신을 믿어요."

그녀가 그의 넓은 어깨선을 바라보았다. 토비어스가 완고하고 거만할 수는 있지만, 믿음을 저버릴 사람은 절대로 아니었다.

"계속해 보시오."

"제시카 펠링은 그 경험을 불안해하면서도 다른 선택의 여지가 없다고 느끼는 것 같았어요."

"막다른 궁지에 몰렸군."

"그래요, 하지만 우울증은 아니었어요."

토비어스가 놀라워하며 흘깃 시선을 돌렸다.

"우울증에 시달린 게 아니었다는 거요?"

"그 당시에는 그런 것 같지 않았어요. 내가 말했다시피 그녀는 두 번 방문할 때까지 최면술의 치료적 특성에 대해서 캐물었고, 난 가능한 한 정확하게 설명해주려고 노력했어요."

토비어스는 몸을 펴고 무심하게 왼쪽 허벅지를 문지르기 시작했다.

"불안 증세를 치료하고 싶기는 하지만 최면술을 완벽하게 믿지는 못했던 모양이군. 그런 딜레마는 충분히 이해할 수 있소."

"당신이 그 과학을 무용지물로 여긴다는 건 알아요. 최면술을 사기 행각으로 여기는 거겠죠?"

"꼭 그렇지는 않소. 심약한 사람들은 최면에 빠져들 수도 있으리라 믿소. 하지만 나 같은 타입한테는 통할 리 없지."

그녀는 허벅지를 문지르는 그의 손동작을 응시했다. 총상의 후유증으로 인한 그 잦은 통증을 달래주기 위해 그녀가 최면요법을 사용해 보겠다고 제안했지만 그는 완강하게 거절했었다.

"하지만 전에 당신이 내 치료요법을 거부한 이유가 최면에 빠질까 봐 불안해서 그런 게 아니었던가요? 진실을 인정하라구요."

"당신 옆에 있을 때 나는 항상 최면에 빠진 기분이오."

"하, 그런 매력 없는 칭찬으로 날 기만하지 말아요."

"매력 없다고?"

그의 손동작이 멈췄다.

"너무하는군, 난 재치 있는 대꾸라고 생각했는데. 어쨌든, 최면술 도움 없이도 내 상처는 말끔하게 치료되었소."

"그래도 후유증에 시달리잖아요, 특히 날이 궂을 때는요. 지금도 상태가 안 좋아 보이는 걸요."

"브랜디 한두 잔이면 다 해결되오. 집에 가자마자 마셔야겠소. 그 얘긴 그만하고, 당신 얘기나 계속하시오."

그녀는 눈앞의 무성한 잡초더미로 관심을 돌렸다.

"제시카 펠링이 세 번째이자 마지막으로 내 사무실에 찾아왔을 때, 그녀는 몹시도 동요된 상태였어요. 더 이상 묻지도 않고 당장 치료요법을 써달라고 하더군요. 사실 그녀에게 최면을 거는 건 별로 어렵지 않았어요. 그 후에 난 불안감의 이유를 알아내기 위해서 그녀에게 질문을 하기 시작했어요. 충격적이게도, 그녀가 남편에 대한 공포에 휩싸여 있다는 걸 알게 됐어요."

"남편? 오스카 펠링?"

"네."

라비니아가 부르르 몸서리쳤다.

"결혼한지 겨우 일 년밖에 안됐는데 남편을 끔찍한 괴물처럼 묘사하더군요."

그녀는 제시카 펠링과 마지막으로 만났던 때를 자세히 떠올렸다.

"…남편이 오늘밤에 또 화를 냈어요."

제시카는 최면에 빠진 사람의 부자연스런 목소리로 말을 이었다.

"내가 저녁 식사용 접시를 잘못 골랐대요. 자기 권위를 무시하려고 일부러 그런 거래요. 내가 너무 반항적이래요. 벌을 내려야 한다고……."

"남편이 어젯밤에도 화를 냈나요, 제시카?"

"네, 그 사람이 벌을 내릴 때마다 난 너무 아파요. 자기가 폭력을 쓸 수밖에 없는 것도 다 내 잘못이래요."

"무슨 일이 있었죠, 제시카?"

"하인들을 다 쫓아보내고, 날 침실로 끌고 가요. 그리고…… 그리고 날 마구 때려요. 계속 쉴새없이 날 때려요."

제시카의 매력적인 얼굴에 멍이나 상처 자국은 보이지 않았다.

"남편이 어딜 때리나요, 제시카?"

"가슴, 배……. 얼굴만 빼고 어디든 다요. 그 사람은 내 얼굴에 상처가 나지 않도록 항상 조심해요. 다른 사람들이 날 가엾어하면 안 되기 때문이래요."

"남편이 자주 그런 짓을 하나요?"

"점점 자주 화를 내요. 이성을 잃어가는 것 같아요. 내 유산을 노리고 결혼했던 게 틀림없어요. 그 남자가 이제 곧 날 죽일 거예요."

라비니아는 그 끔찍한 기억에서 빠져 나왔다.

"난 더 이상 그 슬픈 얘기를 들을 수가 없었어요. 그래서 최면을 풀고 그녀가 했던 말을 그대로 얘기해 주었어요. 처음엔 아니라고 부인하더군요, 수치스러워했어요. 하지만 정신적 육체적으로 모두 지쳐 보인다고 얘기하자마자 그녀가 와락 울음을 터트렸어요."

"난 이제 어떻게 해야 하죠?"

제시카가 울면서 물었다.

"어떻게 하냐구요?"

라비니아는 그 질문에 어이가 없었다.

"당연히 그 사람 곁을 떠나야죠."

"나도 그럴까 생각해봤어요."

제시카는 라비니아가 건네준 손수건으로 눈물을 닦았다.

"하지만 그 사람이 내 재산을 다 가져갔어요. 난 도움을 청할 일가 친척 하나 없어요. 런던으로 갈 여비조차 없다구요. 도 망친다 한들 내가 무얼 어쩌겠어요? 돈버는 방법도 모르는데, 결국 거리에서 굶어죽고 말 거예요. 게다가 오스카가 쫓아올 까봐 무서워요. 그 사람은 반항적인 여자를 증오해요. 날 찾 아내서 끔찍하게 벌을 내릴 거예요. 날 죽일 거예요."

"그러니까 잘 숨어야죠. 이름을 바꾸고 미망인 행세를……."

"돈이 없이는 안 돼요. 난 꼼짝 못할 덫에 걸렸어요."

라비니아는 제시카가 끼고 있는 반지를 쳐다보았다.

"방법이 있을지도 몰라요……."

"당신이 그 일에 끼어든 건 별로 놀랍지도 않군."

토비어스가 심드렁하게 말했다.

"그래서 뭐라고 말했소?"

"제시카는 아주 특이한 반지를 끼고 있었어요. 꽃모양을 이룬 다 이아몬드들과 화려한 보석이 달린 금반지였어요. 부모님께 물려받은 것으로 학교를 졸업한 후부터 계속 끼고 있었던 거래요. 값이 꽤 나 갈 것 같았어요."

토비어스가 간단히 고개를 끄덕였다.

"그래서 그 반지를 팔아 새 인생을 찾으라고 했겠군."

라비니아가 어깨를 으쓱했다.

"그 방법이 제일 적당할 것 같았어요. 달리 방법이 있다면 오스카 펠링에게 독약을 먹이는 건데, 그 여자한테 그런 배짱이 있을 것 같지 않았거든요."

토비어스의 입술 끝이 살짝 올라갔다.

"당신과는 달리?"

"마지막 수단일 뿐이에요. 여하튼 나는 그 반지 계획이 최선이라고 생각했어요. 그걸 가지고 런던으로 와서 팔면 제법 목돈을 만들 수 있어요. 오랫동안 풍족하게 살 정도는 아니지만 새 직업을 찾을 수 있을 때까지는 해결됐을 거예요."

"아무래도 당신의 경험이 너무 다양했던 모양이오. 당신 같은 결단력과 수완을 지닌 사람이 흔치 않다는 사실을 간과한 걸 보니."

그녀가 한숨을 내쉬었다.

"당신 말이 맞을지도 몰라요. 나한테는 정말 멋진 계획인 것 같았는데 제시카는 황당해 했어요. 새로운 신분으로 직업을 찾아야 한다는 게 두려운 듯했어요. 항상 돈이 있었던 사람이니까."

"빌어먹게 불공평하군. 어차피 그 돈은 그 여자 건데."

"맞아요, 나도 그 점을 강조했어요. 내 생각에는 그 재산을 포기하고 새 이름으로 살던가, 아니면 독약 기술을 연구하는 것 중 하나를 골라야 할 것 같았어요. 하지만 그녀는 후자에 대해서도 그다지 내켜하는 것 같지 않더군요."

"가끔 당신은 날 소름끼치게 해, 라비니아."

"웃기지 말아요. 당신이 내 입장이었으면 당신도 똑같은 충고를 했을 거예요."

그는 어깨를 으쓱할 뿐 아무 말 하지 않았다.

그녀가 눈살을 찌푸리며 그 점을 다시 생각해 보았다.

"아니, 당신이라면 굳이 힘들게 새로운 신분을 찾으라고도 하지 않았겠군요. 펠링에게 아주 고약한 사건이 생기도록 조종했을 거예요."

"내가 당신 입장이 아니었으니까 그런 생각은 할 필요도 없소."

"당신도 가끔 날 소름끼치게 해요."

그는 당연히 그녀의 말을 농담으로 받아들이며 피식 미소지었다. 하지만 그녀는 농담이 아니었다. 때로는 정말이지 이 남자한테 조금 소름이 끼쳤다. 토비어스에게는 어딘지 비밀스런 구석이 있었다. 그에 대하여 모르는 것이 아직 너무나 많다는 걸 깨달을 수밖에 없을 때도 종종 있었다.

"제시카 펠링에게 무슨 일이 일어났소?"

그가 물었다.

"다시는 그녀를 보지 못했어요. 다음 날 자살했거든요."

"어떻게? 아편 과다 복용이었나? 양귀비 즙을 너무 많이 들이켰나?"

"아뇨, 그보다 더 드라마틱한 방법이었어요. 폭풍우가 몰아치는 한밤중에 말을 타고 나가서 강물에 몸을 던졌어요. 그 말이 주인 없이 혼자 집으로 돌아왔어요. 나중에 하녀 한 명이 펠링 부인의 방에서 자살하겠다는 메모를 발견했대요."

"흐음."

짧은 침묵이 흘렀다.

"시신을 찾지도 못했어요."

"흐음."

"그런 경우가 있어요."

라비니아는 무릎 위의 손을 힘껏 부여잡았다. 그 끔찍한 날의 기억들이 너무나 생생해서 숨쉬는 것조차 벅찰 지경이었다.

"강물이 너무 깊은 데다가 으슥한 곳이 많거든요. 운 나쁘게 물살에 휩쓸렸다가 영영 사라지는 사람들도 있어요."

"오스카 펠링이 그 일로 당신을 비난하던가?"

"그랬죠, 아내의 시신도 찾지 못하고…… 수색이 끝난 후에 거리에서 날 가로막았어요. 아주 격분한 상태였어요. 날 죽이지 않을까 싶을 정도로."

토비어스의 입이 꾹 다물어졌다.

"그자가 당신한테 손을 댔소? 폭력이라도 가한 거요?"

그의 눈동자가 무시무시했다. 그녀가 꿀꺽 침을 삼키고는 다급하게 말을 이었다.

"아니에요. 그렇게 증인들이 많은 앞에서 감히 날 공격할 수는 없죠. 하지만 나의 최면요법이 제시카를 죽음으로 몰아갔다고 비난을 퍼부었어요."

"그렇군."

"내가 무능하다는 소문이 그 지역 전체에 빠르게 퍼져 나갔어요. 그 남자는 나의 평판을 철저하게 파멸시켰어요. 순식간에 고객들이 다 떨어져 나가더군요……. 사실 나도 더 이상 그 일을 계속하고 싶지 않았어요."

"펠링의 말이 맞을까봐? 당신 치료가 제시카의 죽음에 영향을 미쳤을까봐?"

"그래요."

이제 다 털어놓았다. 그녀의 가장 어두운 비밀을 토비어스가 알게 되었다. 갑자기 그녀는 오스카 펠링을 보고 그렇게 동요했던 진짜 이유를 깨달았다. 직감적으로 자신이 순진한 여자의 죽음과 관련된 일을 토비어스가 알게 될 이 끔찍한 순간을 예상했기 때문이었다. 최면요법에 대한 그의 불신, 그런 일을 하는 사람에 대한 그의 견해를 너무나 잘 알고 있기 때문이었다. 그녀는 그의 반응을 기다리며 마음을 굳게 다잡았다, 마음 한 구석으로는 자신에 대한 그의 견해가 언제부터 어떻게 이토록 중요해졌을까 궁금해하면서. 자신에 대한 그의 생각에 왜 이렇게 신경이 쓰이는 걸까?

토비어스가 커다란 손을 뻗어 그녀의 꽉 쥔 두 손을 덮었다.

"당신은 잘못이 없소. 그 여자를 도와주려고 노력했을 뿐이야. 절망적인 상황이었기 때문에 절망적인 방법이 필요했던 거요. 반지를 팔아서 새 신분을 찾으라고 했던 당신 계획은 탁월했소. 그녀에게 그만한 용기와 의지가 없었던 건 당신 탓이 아니오."

처음에 그녀는 그의 말을 제대로 들은 것일까 의심스러웠다.

'토비어스가 날 비난하지 않아.'

세상이 약간 더 밝아지고, 공기의 상쾌함과 향긋함도 더해진 것 같았다. 그녀는 다시 숨을 들이쉬기 시작했다.

"하지만 내 말 때문에 그녀가 자기의 무기력함에 더 절망했는지도 몰라요. 내 말 때문에 아무런 희망도 없이 자살하는 길밖에 남지 않았다고 생각했는지도 모른다구요."

"당신은 선택 가능한 탈출구를 보여주었소. 그걸 사용하든 말든 그건 그녀의 몫이오."

토비어스가 그녀의 어깨에 한 팔을 둘러 자신의 옆으로 끌어당겼다.

"당신은 최선을 다했소."

그가 지독히도 까다로운 남자이긴 하지만 가끔 토비어스의 견고하고 흔들림 없는 힘이 그녀의 감각을 편안하게 달래주었다.

하여튼 그는 그 일에 대해서 그녀를 탓하지 않았다.

"사실 펠링을 봤다고 해서 이렇게 동요할 필요는 없었어요."

그녀가 잠시 후에 입을 열었다.

"돈 있는 신사가 쇼핑이나 사업상 일 때문에 런던으로 오는 건 당연하잖아요."

"맞는 말이오."

"팔 몰에서 그 사람을 만난 것도 전혀 이상할 게 없어요. 어차피 런던에 쇼핑할 곳이 많은 것도 아니니까."

"당신은 팔 몰에서 아는 얼굴을 본 것 때문에 놀란 게 아니오. 최면술사로서의 직업을 망쳐버린 그 사건이 기억났기 때문일 거요."

"어느 정도는 맞아요."

하지만 당신한테 모든 걸 고백해야 한다는 직감적인 이유가 더 컸어요, 그녀가 마음속으로 덧붙였다. 그래서 차 한 잔 마시며 마음을 진정시켜야 했던 거예요. 그래서 내가 늦었던 거예요. 당신에게 이 얘기를 하고 싶지 않았기 때문에.

하지만 다 끝났다. 진실이 밝혀졌고 토비어스는 그녀에게 반감을 갖지 않았다. 오히려 영웅처럼 대접해 주었다.

"당신은 이제 새로운 직업을 찾았소, 라비니아. 과거에 무슨 일이 있었건 간에 그것은 더 이상 중요치 않소."

그의 체온을 음미하며 그녀의 긴장이 조금 더 풀어졌다.

잠시 후 그가 그녀의 얼굴을 가슴에 끌어안으며 입술을 내렸다.

"이런 종류의 일을 하기엔 여기가 좀 춥지 않을까요?"

그녀가 그의 입술에 대고 속삭였다.

"내가 따듯하게 해줄게."

그가 약속했다.

4

에멀린의 주위를 둘러싼 젊은 사내들로 인해 앤서니는 매우 불안해졌다. 다들 방금 참석했던 강연 내용을 토론하고 싶다고 말하지만, 전혀 다른 동기를 지녔다는 게 그의 판단이었다. 하지만 에멀린은 그 가능성을 생각지 못하는 듯, 열심히 자신의 의견을 밝히는 중이었다.

"렉싱턴 씨는 이탈리아에서 많은 시간을 보내지 못하신 것 같아요."

에멀린이 단언했다.

"로마의 유적과 분수에 대한 묘사가 충분치 않더군요. 사실 제가 우연히도 이모님과 같이 거기서 살 기회가 있었는데……."

"그래서 당신의 패션 감각이 그렇게 뛰어나신 거로군요."

남자 하나가 열렬하게 칭찬했다.

"당신이 입고 있는 그 옷은 가장 절묘한 호박색이에요. 태양이 저물어가는 하늘같아요. 오직 당신의 그 화사한 눈동자만이 그 빛을 능가한답니다, 에멀린 양."

몇몇 동조하는 맞장구가 뒤따랐다.

"고마워요. 하여튼, 저는 운 좋게도 이모와 같이 몇 달간 로마에서 살 기회가 있었어요. 그 경험으로 말하건대, 렉싱턴 씨는 유적들의 진정한 우아함을 전달하지 못했어요. 제가 몇 군데 스케치해놓은 곳이 있는데……."

"당신의 그림을 볼 수 있다면 영광이겠습니다, 에멀린 양."

"저도요, 에멀린 양."

"아무리 아름다운 유적이라 해도 당신의 우아함에는 비할 수 없습니다, 에멀린 양."

더 이상 못 참겠어. 앤서니는 성마르게 주머니 시계를 꺼내보는 척했다.

"시간이 벌써 이렇게 됐나? 에멀린 양, 이모님께 5시까지 당신을 모셔다 드린다고 약속했으니, 어서 서둘러야겠어요."

"아, 알았어요."

에멀린이 눈앞의 사내들에게 매력적인 미소를 선사했다.

"싱클레어 씨 말씀이 맞아요. 우린 이만 출발해야 돼요. 정말 즐거운 대화였어요. 사실 놀라웠답니다. 로마의 분수와 유적에 관심 가지신 분들이 이렇게 많을 줄 몰랐거든요."

"황홀했습니다, 에멀린 양."

어떻게 팔을 움직이는지조차 알 수 없을 정도로 착 달라붙는 코트 차림의 남자 하나가 말했다.

"저는 그 분야에 대단히 매료되었답니다."

"환상적이었지요."

다른 사내도 한 마디 거들었다.

저마다 자신의 지적인 관심을 에멀린에게 확신시키기 위해서 경쟁적으로 찬사를 늘어놓았다.

앤서니는 이를 드러내며 으르렁대지 않으려고 최선을 다할 뿐이었다. 에멀린의 팔을 자신의 팔에 끼우고 빠르게 계단으로 끌어내렸다.

뒤에서 작별인사들이 합창을 했다.

"우리가 그렇게 시간에 구애받아야하는 줄은 몰랐어요."

에멀린이 중얼거렸다.

"걱정할 거 없어요. 당신의 이모님이 불안해하시기 전에 도착할 수 있으니까요."

"당신은 렉싱턴 씨의 강연이 어땠어요?"

그는 잠시 망설인 후에 어깨를 으쓱했다.

"솔직히, 아주 지겨웠어요."

그녀가 까르르 웃음을 터트렸다.

"그 점에는 저와 의견이 일치하는군요. 그래도 저에겐 아주 즐거운 시간이었어요."

"나도 그래요."

강연장에 모여든 사내 녀석들을 헤치고 다닐 필요가 없었더라면 훨씬 즐거웠으리라. 그는 그들이 로마 유적에 관심이 있어서 온 게 아니라고 확신했다. 그들은 분명 에멀린을 만나러 온 것이다. 그녀가 사교계의 중요한 무도회 몇 곳에서 아름다운 자태를 드러냈기 때문이었다.

물론 라비니아의 노력에도 불구하고, 이렇다할 유산이나 가문이 없는 에멀린이 오랫동안 사교계에서 활약하기는 힘들 것이었다. 게다가 약삭빠른 어머니들이 에멀린에게 진지하게 관심 보이는 아들 녀석들을 그대로 보고만 있을 리도 없었다.

하지만 그 사실이 이 사랑스러운 보석에게 끌리는 사교계의 젊은 이들을 막아내지도 못할 터였다. 재미 삼아 그녀를 유혹하려는 난봉꾼과 호색한들을 막아주지도 못할 것이었다.

앤서니는 스스로 에멀린의 수호천사가 되겠노라고 다짐했었다. 성가시게 달라붙는 사내들에게서 그녀를 보호하는 것이 자신의 의무라고 생각했다. 하지만 요즘 들어 그녀가 그 남자들의 관심을 받아들이겠다고 결정할 수도 있다는 점이 걱정스러워지기 시작했다.

그가 애정을 고백하며 청혼할 수 있는 입장이라면 차라리 문제는 간단했다. 하지만 그는 그녀에게 마땅한 삶의 질을 유지시켜줄 만한 경제력을 지니지 못했다.

그는 그 문제를 곰곰이 생각하며 실현 가능한 해결책들을 궁리해 보았다. 모든 것이 필연적인 결론으로 향해갔다. 경제 능력을 만들어야 했다. 그것도 하루 빨리 방법을 찾아야 했다. 에멀린의 주위에서 어슬렁거리는 사내놈 하나가 부모의 뜻을 거역하고 함께 도망치자고 그녀를 꾀어내기 전에.

"왜 그래요?"

작은 공원의 구불구불한 길을 돌아서면서 에멀린이 물었다.

"어디 아파요?"

그 말이 화들짝 그를 상념에서 벗어나게 했다. 무엇보다도 그녀가 그를 병약하게 여겼다는 점이 자존심상 용납되지 않았다.

"아프지 않아요. 생각 좀 하고 있었어요."

"아, 당신 표정이 이상하길래 나는 아까 먹은 아이스크림이 잘못됐나 싶었어요."

"분명히 말하는데, 난 아주 건강해요, 에멀린."

"그냥 걱정이 됐을 뿐이에요."

"에멀린, 당신 이모님은 결혼 문제를 고려하기 전에 당신이 한 시즌 더 활동하길 바라세요."

"이 일과 결혼이 무슨 상관이죠?"

"오늘 당신에게 말을 걸었던 그…… 그 신사들 중 하나가 언제 청혼하러 들이닥칠지 모르니까요."

"아, 그렇지 않을 걸요. 그들의 부모님이 좋아하지 않을 거예요. 그들은 나보다 더 나은 조건을 찾을 거예요."

"부모가 적당치 않다고 간주하는 사람과…… 도피행각을 벌이는 무모한 자들도 있어요."

앤서니가 험악하게 중얼거렸다.

"라비니아 이모가 좋아하는 연애시의 주인공들처럼 말인가요?"

에멀린이 킥킥거렸다.

"대단히 낭만적이네요. 하지만 내가 그런 정열을 불러일으키는 타입의 여자인지는 대단히 의심스럽답니다."

"당신은 바로 그런 타입이에요."

앤서니가 불쑥 멈춰 서서 그녀를 바라보았다.

"조심해야 해요, 에멀린. 어떤 불한당이 한밤중에 당신의 창문 밑에 나타나 마차를 대기시켜 놨으니 같이 도망치자고 애원할지 알 수 없다구요."

그 자신이 상상했던 게 바로 그런 일이었다.

"그레트나그린(영국에서 사랑의 도피를 한 남녀들의 결혼지로 유명)에서 결혼하는 거요? 말도 안 돼요. 그 어느 신사한테 그렇게 짜릿한 행동을 할 용기가 있겠어요?"

앤서니는 뱃속이 오그라드는 느낌이었다.

"골빈 사내놈과 같이 도망치는 게 짜릿하다는 건가요?"

"사실이 그렇잖아요."

그의 피가 차갑게 식어갔다.

다음 순간 그녀가 씩 미소지었다.

"당연히 불가능한 일이구요."

"불가능……. 맞아요. 절대로 불가능해요."

"그래요."

하지만 불가능하지 않다는 걸 그는 잘 알았다. 지난 시즌에 한 번 일어났던 그 일이 이번 시즌에 일어나지 말란 법은 없었다. 조만간 결혼 허락을 받지 못한 남녀 한 쌍이 그레트나그린으로 야반도주를 할 것이고, 그들의 성난 아버지가 예식이 끝나기 전에 그들을 붙잡지 못한다면 그들은 신혼부부로서 돌아올 것이었다. 그럼 그 부모는 어쩔 수 없이 결혼을 기정사실로 받아들일 테고, 사교계에는 맛좋은 소문 거리가 또 하나 생길 것이었다.

이쯤에서 입 다물고 있을 상식이 있다면 얼마나 좋겠는가. 하지만 그는 그 대신 흠흠 목을 가다듬었다.

"저, 그 일이 왜 불가능하다는 건가요?"

"당연히 내가 그런 남자들과 사랑에 빠지지 않았으니까요."

그녀가 외투에 고정된 작은 시계를 흘긋 확인한 다음 우중충하게 흐려지는 하늘을 쳐다보았다.

"어서 가요, 앤서니. 젖은 생쥐 꼴이 되긴 싫어요. 이 새 옷을 망쳤다가는 라비니아 이모가 거품 물고 쓰러질 거예요."

'내가 그런 남자들과 사랑에 빠지지 않았으니까.'

그것이 그녀가 그를 사랑한다는 뜻은 아니었다, 하지만 적어도 다른 누구에게건 애정이 생기지는 않았다는 뜻이었다.

그의 기운이 기적적으로 되살아났다.

"안심하세요, 에멀린. 토비어스 같은 남자를 파트너로 둔 사람이 드레스 하나 망가졌다고 쓰러질 리 없어요."

"마담 프란체스카의 드레스에 얼마나 큰돈이 들어갔는지 몰라서 하는 말씀이에요. 이모는 그걸 투자라고 생각하더군요."

불행히도, 그는 라비니아가 유명한 재단사의 옷에 투자하는 이유를 정확히 알고 있었다. 에멀린을 사교계 안으로 결혼시켜 보내려는 것이다.

클레어몬트 레인에 가까워지면서, 그는 7번지 계단을 오르는 토비어스와 라비니아를 알아보았다.

"늦게 도착한 사람이 우리 둘만은 아니군요."

에멀린이 쾌활하게 속삭였다.

"이모와 마치 씨가 운동하러 갔다 오시나봐요."

라비니아가 손가방에서 열쇠를 찾는 동안 토비어스는 난간에 기대어 기다리고 있었다. 앤서니는 멀리서도 매형의 깊은 만족감을 알아차릴 수 있었다. 성공적인 사냥을 마친 후에 느긋해진 야수 같은 모습이었다.

"꽤나 활발한 운동이었던 모양이에요."

앤서니가 중얼거렸다.

"뭐라구요?"

에멀린이 물어 보았지만, 다행히도 설명할 필요는 없었다. 그 순간 토비어스가 그들을 알아보았기 때문이다.

"안녕하시오, 에멀린 양. 강연회는 어땠소?"

토비어스가 아는 체했다.

"기대만큼 유익하지는 않았지만, 즐거운 하루였어요."

라비니아가 열쇠를 찾아든 찰나 칠튼 부인이 현관문을 열었다.

"들어와서 차 한잔 할래요?"

라비니아가 앤서니에게 초대말을 건넸다.

"고맙지만 사양해야겠어요."

그는 토비어스를 똑바로 바라보았다.

"매형과 얘기 좀 하고 싶어요."

토비어스가 한쪽 눈썹을 들어올리며 난간에서 몸을 떼어냈다.

"나중에 하면 안 되냐?"

"안 돼요. 아주 중요한 일이에요."

"알았다, 클럽으로 가면서 얘기하자."

토비어스가 라비니아에게 몸을 돌렸다.

"오늘은 이만 작별을 고해야겠소, 마담."

"안녕히 가세요."

그녀의 성격답지 않은 다소곳한 작별인사가 앤서니는 다소 놀라웠지만, 토비어스는 이상하게 여기지 않는 듯했다.

그들은 숙녀들이 안으로 안전하게 들어갈 때까지 기다렸다가 거리로 나와서 어렵지 않게 마차를 잡아탔다.

토비어스가 자리를 잡고 앉은 다음 앤서니를 빤히 쳐다보았다.

"어디 아프냐? 쓴 약이라도 삼킨 사람 같구나."

한 시간만에 그의 표정으로 아프다고 짐작한 사람이 벌써 두 명

째였다. 그 사실이 짜증스러웠다.

"돈이 필요해요."

그가 단도직입적으로 말했다.

"누군들 안 그렇겠냐? 한 몫 잡으면 나한테도 알려다오. 즐겁게 나눠 받으마."

"난 심각해요. 아내를 제대로 부양할 수 있을 만큼의 돈을 벌고 싶어요."

"빌어먹을."

토비어스가 그의 눈을 들여다보았다.

"에멀린 양을 사랑하는 거냐?"

"네."

"젠장할, 이런 일이 생길까봐 걱정이었어. 그녀한테도 고백했냐?"

"물론 아니죠. 지금 나는 청혼할 수 있는 입장이 아니잖아요."

토비어스가 이해한다는 듯 고개를 끄덕였다.

"재산이 없어서."

앤서니는 창턱에 손가락을 두들겨댔다.

"그 문제를 곰곰이 생각해봤어요."

"주여, 생각이 너무 많은 이 젊은이에게서 우리를 구원하소서."

"이제 결심이 섰어요."

"그래 보이는구나. 너에게 필요하다고 생각하는 그 재산을 벌 계획이 생겼다는 뜻이겠지?"

"난 카드게임에 재주가 있어요. 조금만 연습하면⋯⋯."

"안 돼."

"지금까지 매형이 반대해서 큰 내기를 건 적은 없지만, 내가 확실히 그쪽에 재주가 있긴 있어요."

"안 돼."

"내 말을 끝까지 들어보세요."

앤서니가 자신의 의견을 강조하기 위해 앞으로 몸을 기울였다.

"도박꾼들 대부분은 말짱한 정신으로 게임에 임하질 않아요. 얼큰하게 취한 다음에 게임하러 몰려들죠. 그러니 돈을 잃는 것도 이상할 게 없어요. 하지만 나는 수학적인 방식으로 접근할 생각이에요."

"내가 널 그런 소굴로 들여보낸다면 네 누나가 무덤을 박차고 뛰어나올 거다. 네가 도박에 빠지는 걸 얼마나 걱정했는지 알잖아."

"내가 아버지처럼 빈털터리가 될까봐요? 장담하지만, 그런 일은 없을 거예요."

"앤이 제일 끔찍해한 건 네 아버지가 노름으로 있는 재산 다 날린 사실이 아니야. 잃은 돈을 찾으려다가 싸움에 휘말려 죽었다는 거지. 결국 그런 일에는 승자가 없는 법이다."

"난 아버지와 달라요."

"그건 알아."

앤서니는 모종의 계획이 떠올랐던 순간부터 이런 말싸움을 예상했었다. 복잡한 전략이긴 해도 끝까지 고수해야만 했다.

"이런 일로 매형과 싸우긴 싫어요. 날 막을 수 없다는 거 알잖아요. 난 더 이상 어린애가 아니에요. 이건 내가 결정한 일이에요."

토비어스의 눈동자가 폭우에 휩싸인 바다처럼 짙어졌다. 앤서니의 몸으로 전율이 흘렀다.

"이 점만은 분명히 해두마."

토비어스가 아주 조용하고 위험스런 목소리로 입을 열었다.

"네가 한사코 도박소굴로 들어가겠다고 한다면 단단히 각오부터 해야 할거다. 난 네가 가는 곳이 어디든 그 앞에 서 있을 거다. 난 앤에게 약속했어. 그 약속을 저버리지 않을 거야."

결코 쉽지 않을 줄은 알고 있었다. 앤서니는 깊이 숨을 들이쉰 다음 어깨를 쭉 폈다.

"난 매형을 존경해요. 하지만 너무 절망적인 상황이라 달리 선택의 여지가 없어요."

다른 훈계를 늘어놓는 대신, 토비어스는 창 밖의 어두운 거리로 시선을 돌려버렸다. 그리곤 깊은 침묵으로 빠져들었다.

앤소니는 최대한 그 침묵을 견뎌내다가 이윽고 마차 안의 험악한 공기를 바꿔보기 위해 조심스럽게 말을 건넸다.

"토비어스? 이제 나랑 말 한 마디 안 할 작정이에요?"

애써 미소를 지어 보였다.

"그건 매형답지 않아요. 용돈을 삭감한다든가, 뭐 그런 협박이 있을 줄 알았는데요."

"너만 돈이 필요한 게 아니야."

앤서니는 그 갑작스런 주제의 변화에 호기심이 일었다.

"농담 아니었어요?"

"절대로 농담하는 거 아니다."

여름날의 번개처럼 그 이유를 알아차릴 수 있었다.

"맙소사, 레이크 부인 때문이군요, 그렇죠? 그분에게 청혼할 생각이에요?"

토비어스가 살짝 고개를 돌렸다.

"네가 에멀린 양에게 청혼할 입장이 아니듯 나 또한 마찬가지다."

매형이 이렇게 마음을 열어 보이는 경우는 흔치 않았다. 이제 앤서니가 신중하게 작성한 계획의 두 번째 단계로 돌입할 시간이었다.

"매형은 그 정도로 심각한 상황이 아니잖아요. 사실 난 매형이 부러워요. 자금줄이 완전히 없는 것도 아니고, 사설 탐정으로 가끔씩 큰돈을 벌잖아요."

"너무 불규칙해, 언제 수입이 생길지 예상할 수가 없어. 안정된 생활을 유지할 만한 직업이 아니야."

"지난번 밀랍인형 살인사건으로 도브 부인에게 꽤 많은 수고비를 받았잖아요. 그 돈으로 크랙번 백작님의 배에 투자도 했구요."

"그 정도는 큰 몫도 아니야. 게다가 그 빌어먹을 배가 동양에서 돌아올 때까지 수익이 얼마나 될지는 고사하고 성공할지의 여부조차 알 수가 없어. 몇 개월이나 기다려야 돼."

"그럼 그 때까지 시간이나 때우면서 레이크 부인이 다른 돈 많은 신사의 청혼에 흔들리지 않기만을 바래야겠군요."

"그래, 너도 이제 알겠지만 난 너의 힘든 처지를 이해 못하는 게 아니다."

앤서니가 어깨를 으쓱했다.

"혹시 위로가 될지 모르겠지만, 레이크 부인은 돈 때문에 결혼하실 분 같지 않아요."

토비어스는 아무 말 없이 창 밖으로 시선을 되돌렸다.

"그 부분에 대한 레이크 부인의 견해를 에멀린한테 들은 적이 있어요."

그 말이 토비어스의 관심을 끌어당겼다.

"에멀린 양이 뭐라고 하더냐?"

"레이크 부인이 항상 경제력의 중요성을 강조하긴 하지만, 은근히 로맨틱한 성격의 소유자라고 하더군요."

"라비니아가? 로맨틱? 도대체 무슨 근거로 그런 생각을 했다더냐?"

"로맨틱한 시를 좋아하는 취향 때문인가봐요."

토비어스는 잠시 생각에 잠긴 후에 고개를 흔들었다.

"집어치워, 라비니아가 시를 좋아하는 건 사실이지만 낭만에 흔들리기에는 너무 현실적이야."

앤서니는 속으로 한숨을 내쉬었다. 토비어스에게 여러 가지 우수한 장점들이 있음에도 불구하고, 낭만적이거나 감상적인 취향에 문외한인 것은 물론이고 숙녀들에게 매력적으로 구는 기술 또한 터득하질 못했다.

"그래도 에멀린은 그 낭만적인 감수성 때문에 레이크 부인이 사랑 없는 결혼을 하지 않을 거라고 확신하는 것 같았어요. 아무리 확실한 경제적 미래가 보장된다고 해도 말이죠."

"흐음."

다른 상황이었다면 토비어스의 울적한 분위기에 거의 웃음이 터졌을 것이었다. 하지만 이 순간 앤서니는 매형이 참으로 가엾다는 생각뿐이었다.

지난날 토비어스에게 연애 사건들이 아주 없었던 건 아니었다. 하지만 몇 년 전 앤과 아기가 한꺼번에 세상을 떠난 이후로, 여자 때문에 이런 종류의 막다른 골목까지 다다랐던 적은 한 번도 없었다. 레이크 부인에 대한 감정이 진심인 것이다. 토비어스에게는 지금 충고가 필요했다.

앤서니가 목을 가다듬었다.

"내 생각에는 매형이 레이크 부인에게 좀더 낭만적으로 접근하는 게 나을 것 같아요. 가끔 그분한테 무뚝뚝하게 구는 게 사실이잖아요."

"그 여자가 매사에 나랑 싸우려 드니까 그렇지. 그보다 더 고집센 여자는 만나본 적이 없어."

"그분도 매형의 고압적인 태도를 지겨워할 걸요."

토비어스의 턱이 굳어졌다.

"젠장할. 난 바이런이나 그 따위 나부랭이들을 흉내낼 생각이 추호도 없어. 우선, 그런 낭만적인 시인 노릇을 하기엔 내 나이가 너무 많아. 둘째로, 난 빌어먹을 싯귀절은 쓸 줄도 몰라."

"매형더러 시인이 되라는 게 아니에요. 시적으로 말하려는 노력을 해보라는 거예요."

토비어스의 눈이 가늘어졌다.

"예를 들면?"

"음, 아침에 처음 만나서 인사할 때 그분을 여신과 비교할 수 있겠죠."

"여신? 너 미쳤냐?"

"예를 들자면 그렇다는 거예요."

토비어스가 왼쪽 허벅지를 문지르면서 한참 동안 입을 다물었다.

"어떤 여신?"

잠시 후 은근슬쩍 물었다.

"글쎄요, 아마 비너스 여신이 제일 괜찮을 걸요."

"비너스? 하, 가당치도 않아. 라비니아가 날 신나게 비웃을 거다."

"안 그럴 걸요. 아침에 비너스 여신과 비교되는 걸 싫어할 여자는 없어요."

"하."

지금으로서 앤서니가 할 수 있는 일은 이 정도가 최선이었다. 이제는 더 중대한 문제로 관심을 집중시켜야 했다.

"필요한 자금만 마련할 수 있으면 크랙번 백작님이 나도 선박 투자에 한몫 끼워주지 않을까요?"

"카드놀이로 한몫 챙기려는 멍청이들이 우글거리는 지옥 소굴에서는 그런 자금을 얻어내지 못할 거다. 그래서 거길 지옥 소굴이라고 부르는 거야."

토비어스의 입술이 가늘어졌다.

"내가 여러 번 말했잖니, 넌 얼마든지 다른 안정된 직업을 찾을 수 있어. 수학적인 머리에다 세심함까지 갖추고 있어. 크랙번 씨가 기꺼이 추천장을 써주실 거다."

"그런 직업에는 흥미 없어요."

마차 안에 침묵이 내려앉았다.

"그럼 내가 다른 제안 하나 할게요."

앤서니는 자신의 궁극적인 목표를 향해 조심스럽게 접근해갔다.

토비어스의 표정이 긴장되었다.

"뭐냐?"

"날 매형의 조수로 받아주세요."

"이미 그 역할을 하고 있잖아."

"하지만 항상 비공식적인 방식이었죠."

앤서니가 점점 열을 올렸다. 오후 내내 그의 뇌리에 가득했던 것이 바로 이 제안이었다.

"나한테 공식적인 조수 자리를 달라는 거예요. 내가 매형 밑에서 일하는 동안 탐문하고 조사하는 기술을 가르쳐 주세요."

"그 일로 네가 기대하는 게 뭔데?"

"수입이죠."

"용돈 대신이라는 뜻이냐?"

"맞았어요. 가끔 보너스도 있으면 나쁠 거 없구요."

"내가 항상 말하듯이 보너스 따윈 없어."

"그래도 생각은 해보실 거죠?"

토비어스가 그의 눈을 마주보았다.

"진심이냐?"

"이보다 더할 수 없을 정도로 진심이에요. 난 이쪽 방면에 천부적인 재능이 있어요."

"이런 일에 천부적인 재능 같은 게 있는지는 모르겠다. 내 경험상 누군가 이런 일에 뛰어들 때는 구빈원에 들어가지 않을 다른 대안이 없을 때 뿐이야. 이건 매춘부들처럼 몸으로 먹고사는 직업이라구."

5

에멀린은 식탁 너머로 이모를 응시했다.

"어제 오스카 펠링을 봤던 거, 이제 정말로 괜찮으세요?"

"처음에 조금 놀랐던 건 인정해."

라비니아가 신문을 펼쳐들었다.

"하지만 이젠 말끔하게 회복됐어, 다행히도."

더 이상 토비어스에게 어두운 비밀을 숨길 필요가 없어진 덕분에, 그녀가 맘속으로 덧붙였다.

"이모는 언제나 그래요."

"뭐가?"

에멀린이 미소지었다.

"언제나 말끔하게 회복된다구요. 타고난 탄력성이 있나봐요."

"달리 방법이 없잖아."

라비니아가 커피를 한 모금 들이켰다.

"우리가 런던으로 돌아온 이상 펠링과 마주치지 않을 순 없어. 펠링처럼 자기 영지에 집착하는 사람도 가끔은 사업상 도시로 나올 일이 생길 거야. 적어도 그 남자가 날 알아본 것 같지는 않았어."

에멀린이 인상을 찡그렸다.

"끔찍한 남자예요. 어서 빨리 자기 집으로 돌아갔으면 좋겠어요."

"그럴 거야. 내 기억으로 그는 절대 사교를 즐기는 타입이 아니었거든."

라비니아가 신문의 페이지를 넘겨갔다. 토비어스가 진실을 알고 나서도 그녀를 비난하지 않은 지금, 펠링 따위에게 신경 쓸 이유가 뭐람? 오늘 아침에는 인생이 한결 밝고 화사해진 듯했다.

에멀린이 작은 단지에서 잼을 떠가며 말했다.

"얘기 좀 하고 싶어요, 이모."

"지금 얘기하고 있잖아."

"중요한 일을 상의하고 싶단 말이에요. 난 요즘 나의 직업에 대해서 생각하고 있어요."

"무슨 직업? 넌 그런 거 없잖아."

라비니아는 신문에서 시선을 들지도 않았다. 그녀의 커피잔 옆에는 종이 한 장과 펜 하나가 놓여 있었다. 신문에 광고를 내기 전에 사전 준비가 필요하다는 결론을 내렸고, 효과적인 광고 문구들을 조사해 보기로 결정했던 것이다. 자신의 사설 탐정 광고에 써넣을 가장 적절한 단어를 찾는 것이 그녀의 목표였다.

오늘 아침 신문의 광고는 아주 다양했다. '공원 풍경이 내다보이는 방 있습니다.', '탁월한 땀 흡수 효과가 있는 신사용 면 셔츠!'

그중 다필드 박사의 병원 광고가 가장 시선을 끌었다.

<섬세한 신경과 여성적 히스테리로 고통받는 미망인과 기혼 여성들을 전문적으로 치료합니다. 여성의 체질에 적합한 남다르게 뛰어난 처방을 제공합니다.>

"그게 내가 말하려는 거예요. 나한테 직업이 없다는 거요."

에멀린이 말했다.

"없는 게 당연하지."

라비니아는 히스테리 치료에 대한 광고문구를 곰곰이 생각해 보았다.

"<남다르게 뛰어난 처방>, 이 문장 어떤 것 같니?"

"너무 의학적인 냄새가 나요. 이모, 내 말 듣고 있어요? 난 나의 장래를 상의하는 거라구요."

"너의 장래에 무슨 문제가 있다는 거니?"

라비니아는 펜을 들어 '남다르게'와 '뛰어난'이라는 두 단어를 종이에 적었다.

"지금 착착 진행중이잖아. 조앤 도브 덕분에 이번 시즌의 가장 중요한 행사에 초대받았고…… . 아참, 그러고 보니까 마담 프란체스카에게 가봉하러 가야겠구나."

"알아요. 하지만 지금은 무도회나 패션에 대해서 얘기하는 게 아니에요. 나도 직업을 가져야겠어요, 이모."

"말도 안 돼."

라비니아는 모자가게 광고를 유심히 읽어보았다.

<…가장 세련된 보닛과 모자에 관심 있는 분들의 탁월한 선택>

"사교계 신사들은 직업 있는 아내를 원하지 않아…… . 에멀린, 내가 하는 일을 세련됐다고 표현할 수 있을까?"

"은밀한 조사를 어떻게 세련됐다고 말할 수 있겠어요?"

"그 반대야. 고급 고객들을 끌어들이려면 어떤 서비스를 제공하든 세련돼 보여야 돼. 사교계 사람들은 구닥다리를 혐오하거든."

"이모, 난 사교계의 어떤 신사와도 결혼할 마음이 없어요. 그보다 더 끔찍한 운명을 상상할 수 없을 정도예요."

라비니아는 '세련된'이라는 단어를 추가해 적었다.

"설마 농사꾼과 결혼하려는 건 아니겠지? 우리 둘 다 시골 체질은 아니란다."

"농사꾼과 결혼할 마음도 없어요. 난 이모의 조수가 되기로 결심했어요."

"그게 무슨 말이니? 넌 이미 내 조수야. 매일 같이 일하잖아. '호기심 많은 분들을 위한 현명한 선택, 은밀하고 신중하게 취급해 드립니다.' 이 문장 어때? 관심이 확 쏠리지 않니?"

에멀린이 살짝 눈살을 찌푸렸다.

"그렇긴 해요. 하지만 뜻이 확실하게 와 닿질 않아요."

"그래, 좀 문제가 있어. 단어를 조금 바꿔보면……."

문득 현관문 열리는 소리에 그녀의 말이 멈췄다.

"손님이 오셨나봐. 남의 집을 방문하기엔 너무 이른 시간 아니니? 새로운 고객일지도 몰라."

"아마 마치 씨일 걸요."

에멀린이 따뜻한 비스킷 하나를 집어들었다.

"요즘은 그분이 여기 오실 때 예의에 구애받지 않으시던데요."

"그 사람이 언제 예의 차린 적 있었니? 처음 로마에서 만났을 때도 우리 가게의 물건들을 신나게 부셔버렸잖아. 그 때 이후로도 전혀 예의범절이 나아지질 않았어."

에멀린은 미소지으며 비스킷을 깨물었다.

식당 쪽으로 발소리가 가까워졌다.

"오히려 무례함의 정도가 점점 심해지는 것 같아. 이번 주에만 벌써 두 번째 아침 식사 시간에 들이닥치는 거야."

에멀린의 눈동자가 밝아졌다.

"앤서니도 같이 오는지 몰라요."

"특별히 신경 쓸 거 없소, 칠튼 부인."

토비어스의 목소리가 식당까지 날아들었다.

"당신의 맛있는 계란과 감자 요리면 충분하오."

짜증스런 기분에도 불구하고, 라비니아는 언제나처럼 그의 발자국 소리에 귀를 기울였다. 다행히도 오늘은 다리 상태가 괜찮은 모양이었다. 틀림없이 화창한 날씨 때문이리라. 비가 오거나 축축한 안개가 뿌려질 때에는 그의 다리 상태가 심각해졌다.

토비어스가 문 앞에 떡 나타났다.

"안녕하시오, 숙녀 여러분."

"마치 씨."

에멀린이 환하게 웃으며 맞아들였다.

"만나서 반가워요. 싱클레어 씨도 같이 오셨나요?"

"아니, 같이 오고 싶어했지만 내가 심부름을 좀 보냈소."

그가 결연하게 눈을 번득이며 라비니아를 바라보았다.

"오늘 아주 사랑스러워 보이는군요, 마담. 바다에서 올라온 비너스의 현신 같소. 아침 햇살에 반짝이는 당신의 모습을 보니 나의 기분과 나의 생각과 나의 형이상학적인 사고력까지 명료해지는 듯하오."

"비너스의 현신?"

찻잔을 입으로 올리다 말고 라비니아가 걱정스레 눈살을 찌푸렸다.

"어디 아프세요, 토비어스? 당신답지 않게 이상한 소리를 하시네요."

"난 완벽하게 건강하오."

곧바로 그가 법랑 주전자에 기대감 어린 시선을 던졌다.

"커피 좀 남았소?"

라비니아가 그의 특이한 아침인사를 더 캐묻기 전에 에멀린이 얼른 대답했다.

"물론이죠, 이리 앉으세요. 제가 따라드릴게요. 할 일을 다한 후에 싱클레어 씨가 이리 찾아오실까요?"

"그렇게는 안 될 거요. 하루 종일 바쁠 예정이거든."

토비어스가 더 이상의 소란 없이 의자에 앉아 마지막 남은 비스킷을 집어들었다. 에멀린이 커피 한 잔을 따랐다.

"오늘 할 일이 있다는 말은 못 들었는데요."

"나의 조수가 되겠다고 나설 때까지 아무런 계획이 없었기 때문일 거요."

에멀린이 화들짝 시선을 들어올렸다.

"조수요?"

토비어스는 어깨를 으쓱하고는 버터와 잼 단지로 손을 뻗었다.

"사설 탐정을 직업으로 삼겠다더군. 나한테 일을 가르쳐 달라고 했소."

"어머나, 놀랍군요."

"개인적으로, 나는 대단히 우울하다오."

토비어스가 비스킷에 잼과 버터를 바른 다음 커다랗게 한 입 베어 물었다.

"난 좀더 안정된 직업을 바라고 있었거든. 사무원이 되는 녀석의 미래를 상상했었는데, 앤서니는 이것말고 달리 관심 있는 직업이 전문적인 도박꾼뿐이라고 했소."

"어머나, 신기한 우연의 일치로군요."

에멀린이 중얼거리자, 토비어스는 어이없이 그녀를 바라보았다.

"설마 당신도 그쪽에 관심이 있다는 뜻은 아니겠지요, 에멀린 양?"

"물론 도박 쪽에는 관심 없어요. 하지만 저도 방금 라비니아 이모에게 직업을 갖겠노라고 설명하던 참이었어요. 즉시 새 직업 준비를 시작하고 싶답니다."

"그리고 난 에멀린에게 그런 일을 꿈도 꾸지 말라고 말하던 참이었죠."

라비니아가 신문을 접었다.

"참석해야할 사교 행사들이 줄을 이었는데, 그런 준비할 시간이 어디 있겠어요?"

"난 이모의 뒤를 이을 거예요."

잠깐 지극히 무거운 침묵이 생겨났다.

라비니아는 마침내 자신의 입이 흉하게 떡 벌어져 있음을 깨닫고는 간신히 다물었다.

"말도 안 돼."

"앤서니가 마치 씨의 조수가 된 것처럼, 나도 이모의 조수가 되고 싶어요."

라비니아는 공포스레 의자에 얼어붙었다.

"말도 안 돼. 사랑하는 딸이 돈벌이에 나서는 걸 보시면 네 부모님이 충격 받으실 거야."

"부모님은 돌아가셨어요. 그러니 그분들에 대해서 생각할 필요 없어요."

"하지만 그분들이 살아 계셨다면 어떤 반응을 보이셨을지 알잖아. 난 그분들이 원하는 세상으로 널 안전하게 들여보낼 책임이 있어. 숙녀는 사업에 뛰어들지 않아."

"이모는 사업을 하시잖아요, 그래도 난 이모를 숙녀로 생각해요."

에멀린이 미소지으며 토비어스에게 시선을 돌렸다.

"마치 씨도 라비니아 이모를 숙녀로 생각하시죠?"

"그렇고말고. 그걸 부인하는 사람이 있다면 내가 결투를 신청할 판이야."

라비니아가 그에게 비난의 화살을 돌렸다.

"당신이 한 짓이군요. 당신이 앤서니와 에멀린의 머리에 이런 미친 망상을 심어줬군요."

토비어스는 비스킷을 삼키고 나서 두 손을 들어올렸다.

"맹세코, 난 결백하오."

에멀린이 찻잔 너머로 미소지었다.

"원망하시려면 이모 자신을 원망하세요. 이모와 같이 살기 시작한 후로 난 이모에게 가장 큰 영향을 받았는 걸요."

"나?"

라비니아의 입이 다시 벌어졌다. 금방이라도 혼절할 것 같은 기분이었다. 한 번도 기절해본 적은 없었지만, 이 숨막히는 공포감이 분명 그 직전의 징조이리라.

"그렇다니까요."

에멀린이 확고하게 말을 이었다.

"가장 절망적인 순간에도 반전을 성공시키는 이모의 능력은 언제나 나에게 감동적이었어요. 대개의 사람들은 무너지고 말았을 그런 일들이었죠. 이모의 그 특별한 탄력성과 영리함이 감탄스러워요."

토비어스가 한 마디 거들었다.

"가장 중요하고 배타적인 사교 행사의 초대장을 받아내는 천재적인 능력도 덧붙여야겠지. 내가 아는 사람 누구도 살인사건 조사와 함께 사교계에 젊은 숙녀를 성공적으로 안착시키는 일을 당신만큼 제대로 수행할 수 있었던 사람은 없소. 진정 경이로운 업적이오."

라비니아는 테이블에 팔꿈치를 기대고 두 손에 얼굴을 묻어버렸다.

"이건 재앙이야."

"에멀린이 당신을 이상형으로 삼는 것도 당연하오. 사실 당신에게 영감을 얻는 것보다 더 당연한 일은 없다고 해도 과언이 아니오."

라비니아가 고개를 쳐들고 그를 노려보았다.

"제발 농담 좀 그만하시겠어요? 난 받아줄 기분 아니에요."

토비어스가 대답하기 전에 칠튼 부인이 푸짐한 쟁반을 들고 식당으로 들어섰다.

"식사하세요, 계란과 감자요리예요."

"고맙소, 칠튼 부인. 당신의 요리 솜씨는 정말 대단해. 혹시 딴 데로 직장을 옮기고 싶으면 나에게 제일 먼저 찾아와 주길 간곡히 부탁하겠소."

칠튼 부인이 키득키득 웃었다.

"그런 일은 아마 없을 걸요. 하지만 말씀만이라도 감사합니다. 더 필요한 거 있으세요?"

토비어스가 작은 잼 단지를 기울여 안을 살폈다.

"당신의 환상적인 건포도 잼이 바닥났군. 단연코 내가 먹어본 중에서 최고의 맛이오."

"좀 더 갖다드릴게요."

칠튼 부인이 부엌으로 사라지자, 라비니아는 토비어스에게 매서운 시선을 던졌다. 하지만 그는 모르는 척 열심히 아침 식사를 입으로 가져가기 시작했다.

"내 사람을 빼가려는 짓은 용서 못해요."

에멀린이 작은 비명을 지르며 보디스에 고정된 시계를 확인했다.

"어머나, 내 정신 좀 봐."

냅킨을 접고 경쾌하게 자리에서 일어났다.

"전 이만 실례해야겠어요. 옷을 갈아입어야 하거든요. 프리실라와 그 어머님이 금방 오실 거예요. 함께 쇼핑 가기로 약속했답니다."

"에멀린, 그 직업 얘기는……."

라비니아가 입을 열었지만 에멀린은 문 앞에서 발랄하게 손을 흔들었다.

"나중에 얘기해요. 레이디 워스햄을 기다리게 할 순 없잖아요."

라비니아의 반대가 계속되기 전에 그녀가 냉큼 복도로 사라져갔다.

이제 식당은 아주 조용해졌다.

달리 목표물이 없었으므로 라비니아는 토비어스에게 시선을 돌렸다. 접시를 옆으로 밀어내고 테이블에 두 팔을 올렸다.

"앤서니가 당신과 같이 일하기로 한 게 에멀린에게도 잘못된 생각을 심어놓은 게 틀림없어요."

토비어스는 나이프와 포크를 내려놓고 그녀를 바라보았다. 농담기는 완전히 사라지고 사뭇 심각한 표정으로 바뀌었다.

"당신이 믿어줄지 모르겠지만, 나 또한 당신의 걱정을 깊이 이해하고 있소, 라비니아. 나도 앤서니가 탐정 일을 하는 게 전혀 내키질 않소."

"그럼 어떻게 그 애들 마음을 바꾸죠?"

"전혀 대책이 서질 않소. 이미 상황이 우리 손에서 떠난 것만 같은 생각이 든다오. 우리는 그 애들을 컨트롤할 수 없소."

"끔찍해요, 너무나 끔찍해요. 에멀린은 자기를 망치고 말 거예요."

"라비니아, 너무 과장하진 마시오. 이 상황이 마음에 들지는 않겠지만, 연극적으로 대응할 필요도 없소. 이건 비극이 아니오."

"당신 생각이 그렇다 해도 나에겐 완전히 비극이에요. 난 에멀린을 사랑해줄 수 있는 부유한 남자를 남편감으로 골라주고 싶었어요. 그 애가 안정된 가정을 꾸리길 바랐다구요. 그런데 맙소사, 사교계 신사들은 탐정 일하는 숙녀와 결혼하는 걸 생각조차 않을 거예요."

토비어스가 불가사의한 눈으로 그녀를 지켜보았다.

"당신도 그런 결혼을 꿈꾸고 있소, 마담?"

전혀 뜻밖의 질문에 그녀가 잠시 대답할 말을 잃어버렸다.

"당연히 아니죠."

마침내 퉁명스럽게 내뱉었다.

"다시 결혼하는 일에는 관심도 없어요."

"전 남편을 너무나 사랑했기 때문에 재혼을 염두에 두지 않으려는 거요?"

묘한 두려움이 그녀에게 엄습했다. 이건 대단히 위험한 대화 주제였다. 이런 얘기는 시작조차 하기 싫었다. 피할 수 없이, 전 부인에 대한 토비어스의 사랑이라는 고통스런 생각으로 이어져야 하기 때문이다. 그녀는 자신이 온화하고 아름다운 앤의 유령과 경쟁할 수 있을지 심히 의심스러웠다. 앤서니가 자기 누이를 천사라고 표현하지 않았던가.

'내가 머리로 살아갈 수 있는 여자의 소위 이상형이든 뭐든, 천사는 아니잖아.'

"우리의 대화 주제는 결혼이 아니었잖아요. 에멀린의 장래에 대해서였어요."

"앤서니의 장래도."

그녀가 한숨을 내쉬었다.

"그래요. 그 애들이 서로에게 호감을 갖고 있다는 건 알아요."

"그렇소."

"에멀린은 아직 어려요."

"앤서니도 마찬가지요."

"그렇게 어린 나이에는 자기 감정을 확실히 알기 힘들어요."

"당신이 결혼했을 때도 에멀린 정도의 나이였잖소. 당신은 확신이 있었나?"

그녀가 똑바로 몸을 세워 앉았다.

"그럼요. 내 감정에 확신이 없었다면 존과 결혼하지 않았을 거예요."

정말로 그녀는 자신의 감정을 확신했었다. 하지만 돌이켜보면 존에 대한 감정은 순수하고 아주 낭만적인 젊은 날의 달콤한 감상이었다. 존이 살아 있었다면 틀림없이 좀더 강하고 깊이 있는 사랑을 엮어갔을 테지만, 이제 남편에 대한 그녀의 기억은 마음속 어딘가에 아련하게 간직된 작은 기념품일 뿐이었다.

토비어스의 입술이 피식 뒤틀렸다.

"당신은 매사에 과감하고 확실한 견해를 지닌 모양이오."

"결단력이 있을 뿐이에요. 아마 어린 시절에 받은 최면술사 훈련 때문일 거에요."

"오히려 천성적으로 강한 의지력을 타고난 것 같소, 마담."

그녀의 시선이 가늘어졌다.

"귀하께도 똑같은 말씀을 드려야겠어요."

"우리에게 이다지도 공통점이 많다니 흥미롭지 않소?"

그가 기분 좋게 물었다.

6

다음 날 오후, 토비어스는 클럽 밖으로 나서며 주머니 시계를 확인했다. 2시가 막 지나고 있었다. 별달리 급할 이유도 없거니와 산책에 어울리는 화창한 날씨이기도 했다.

그는 마차를 잡지 않고 익숙한 골목과 거리들을 느긋하게 걸어나갔다. 목적지는 라비니아와 만나기로 약속한 서점이었다. 그녀와 아이스크림을 같이 먹은 다음, 운이 따라준다면 공원의 폐허로 가자고 설득해서 봄날의 햇살 아래서 사랑을 나눌 수도 있을 것 같았다.

그가 흘깃 하늘을 올려보았다. 정말로 햇살이 빛나고 있었다. 하지만 멀리에 검은 구름이 모여 있는 것도 알아차렸다. 라비니아와의 오붓한 시간이 끝날 때까지 비가 시작되지 말아야 할 텐데. 2주일 전 그 중요한 순간에 갑자기 비가 쏟아져서 그들의 낭만적인 분위기에 찬물을 끼얹은 바가 있었다.

그들의 밀회를 위해 적당한 장소를 물색해야 할 필요성이 점점 절실해졌다. 그는 이제 공원의 한적한 곳이나 비좁은 마차 안에서 도둑질하듯이 애정행각을 벌일 나이가 아니었다. 적당한 침대에서 즐길 수 있어야만 했다.

하지만 비공식적으로 연애하는 커플이 침대를 얻기란 쉽지 않은 일이다.

서점을 한 블록 앞에 두고 하루 이틀쯤 라비니아를 시골 여인숙으로 데려가 버릴까 하는 상상에 빠져 있을 때, 문득 모자가게 밖으로 분홍색의 덩어리가 빠져 나와 그의 몸과 충돌할 뻔했다.

"마치 씨."

실레스트 허드슨이 정교하게 묶은 리본과 연분홍 모자 밑으로 화사하게 미소지었다.

"이렇게 금방 다시 만나게 되다니 기뻐요."

"허드슨 부인."

그가 그녀의 균형을 잡아주기 위해 팔꿈치를 붙잡았다.

"저도 반갑습니다. 남편분과 함께 나오셨나요?"

"아뇨, 하워드는 여자들 쇼핑에 따라다닐 인내심이 없어요."

그녀의 웃음소리가 경쾌했다, 거의 거품이 이는 것처럼. 아니, 거의 잔물결이 이는 시내물 소리처럼. 하지만 인공적인 꽃이나 왜곡된 영상을 만드는 거울 같은 위선적인 느낌이 함께 묻어 났다. 토비어스는 라비니아가 그런 웃음소리를 지니지 않았다는 점이 지극히 다행스러웠다.

"나도 쇼핑을 좋아하는 편이 아니지요."

실레스트가 작은 부채를 펼치고 훈련으로 숙달되었으리라 짐작되는 아양 섞인 태도로 그를 건네 보았다.

그 부채는 아주 특이하고 현란한 패턴이었다. 반짝이는 구슬들이 수없이 매달렸고, 그 배합이 유혹적으로 햇살과 그의 눈을 사로잡았다. 거리보다는 무도회장에서나 어울릴 법한 소품이라는 것이 그의 생각이었다. 하지만 어차피 그는 여자들의 스타일에 대해서 거의 아는 바가 없었다.

"레이크 부인이 근처에 계신가요? 아니면 오늘 혼자 나오셨나요?"

실레스트가 허스키한 목소리로 물었다.

"지금 만나러 가는 참이오."

실레스트의 부채 움직임이 그의 신경에 거슬렸다. 그가 부채에서 시선을 떼어냈다.

"여기서 멀지 않은 서점에서 시집을 고르고 있지요."

"시집이요? 어머나, 저도 시를 무척 좋아해요."

실레스트는 반짝이는 장식들에 햇살이 반사되도록 묘하게 부채를 비틀었다.

"마침 서점에 갈까 생각 중이었는데, 같이 걸어도 될까요, 마치 씨?"

"물론이오."

그녀가 감탄할 수밖에 없는 우아한 동작으로 그의 팔짱을 끼고는 가벼운 춤을 추듯이 부채를 흔들었다.

"날씨가 참 좋죠?"

"이 날씨가 오래 유지될 것 같진 않소."

"너무 비관적으로 말씀하지 마세요, 마치 씨."

"비관적인 게 아니오."

그 빌어먹을 부채를 외면하기가 힘들었다. 실레스트는 어떻게 해서인지 계속 그것이 그의 시선을 방해하도록 각도를 틀어댔다. 그는 그 부채를 빼앗아 시궁창으로 던져버리고 싶었다.

"사실을 말했을 뿐이오."

그녀는 분홍색 보닛이 예쁜 얼굴을 강조하도록 살짝 고개를 갸우뚱했다.

"당신은 힘든 현실에 머물기를 더 좋아하시는 분 같아요. 환상과 꿈을 즐기지 못하는 쪽 말이에요."

"환상과 꿈은 거기 현혹되고 싶어하는 자들을 위한 것이오."

"제 생각은 달라요."

그녀가 반짝이는 구슬만큼 유혹적이고 밝은 눈동자로 부채 너머의 그를 바라보았다.

"가끔은 환상과 꿈들이 현실이 될 수도 있어요. 하지만 그 대가를 기꺼이 지불하고자 하는 사람들에게만 적용되죠."

"대가를 지불한 자들도 그것이 곧 사라질 거품이었음을 알게 될 거요."

이 부채의 구슬과 아주 비슷하게 생긴 거품들이겠지.

그녀가 미소지으며, 재빠른 손놀림으로 부채를 위아래로 움직였다.

"어쩌면 당신에게 그런 꿈과 마주칠 행운이 없었기 때문인지도 몰라요. 샘플을 맛볼 때까지는 상품의 가치를 평가하지 말아야 한답니다."

"공짜 샘플이 제공될 리 없으니, 내가 그 물건을 판단하게 될 일도 없을 것 같소."

"어머, 큰 착각을 하고 계시는군요."

실레스트가 까르르 웃으며 그의 팔을 가볍게 쥐었다.

"적당한 쇼핑 장소를 알기만 하면 무료 샘플을 받을 수가 있는 걸요."

"좀 전에 말했듯이, 난 쇼핑에 그다지 몰두하지 않소."

부채가 그녀의 손에서 퍼득이며 작은 광채들을 번쩍였다.

"제가 최고급 샘플이 있는 곳을 알려드릴 수 있어요. 게다가 그 샘플을 사용해보시면 완벽하게 만족하실 거예요."

그가 그녀의 반짝이는 눈을 들여다보았다.

"그 빌어먹을 부채 좀 치워주겠소, 허드슨 부인? 꽤나 거슬리는군요."

그녀가 놀란 듯 눈을 깜박거렸다. 부채의 움직임이 정지하고 그 눈동자의 초대와 유혹기도 흐릿해졌다.

"물론이지요, 마치 씨."

그녀가 착 부채를 접었다.

"이걸 싫어하시는 줄 몰랐어요."

"허드슨 부인."

거리 중간쯤에서 라비니아가 큰소리로 불렀다.

"깜짝 놀랐어요. 길 한가운데서 마치 씨와 당신을 만나게 되다니요."

토비어스의 얼굴에 미소가 살아났다. 라비니아의 목소리는 실레스트의 넌더리나는 끈적거림을 한방에 날려버리는 상쾌하고 강력한 해독제였다.

그는 그들 쪽으로 성큼성큼 걸어오는 라비니아를 지켜보았다. 새로 구입한 시집임이 틀림없는 꾸러미와 초록과 흰색의 양산을 양쪽 손에 들고 있었다. 짙은 에메랄드빛 드레스와 줄 쳐진 초록색의 외투 차림이었다. 저것도 마담 프란체스카의 작품이리라. 그 보석 같은 색채가 작은 초록색 모자 아래 말아 올려진 그녀의 빨간 머리를 돋보이게 했다.

그녀가 그의 앞에 딱 멈춰 서서 차갑게 미소지었다.

"늦으셨네요."

기분 좋은 상태가 아니로군, 그가 알아차렸다. 모자의 얇은 망사 뒤에서 그녀의 눈동자가 위험스레 번득이고 있었다.

"내 잘못이에요."

실레스트가 토비어스의 팔을 풀어내지 않은 채 입을 열었다.

"우연히 마주쳐서 잠시 얘기를 나누었답니다. 내가 마치 씨의 정신을 잠시 분산시켰다 해도 용서해 주시겠지요?"

"마치 씨는 자신이 원하지 않는 한 정신이 분산되지 않는 사람이랍니다."

라비니아가 또다시 얼음장 같은 미소를 토비어스에게 던졌다.

"흥미로운 대화를 나누던 중이셨나 보죠?"

"쇼핑의 즐거움에 대한 내용이었소."

토비어스가 대답하며 작지만 결연한 동작으로 실레스트의 손아귀를 풀어내는데 성공했다.

"쇼핑이요? 제가 알기로 그건 당신이 선호하는 주제가 아닐 텐데요."

라비니아가 눈썹을 들어올리고 나서 실레스트에게 시선을 돌렸다.

"아참, 당신의 부채가 눈에 띄더군요, 허드슨 부인. 대단히 특이했어요. 어디서 구입하셨는지 물어봐도 될까요? 저도 하나 사고 싶어요."

"이건 구입할 수 없는 물건이에요. 내가 직접 만들었거든요."

실레스트가 손가방 안에 부채를 밀어 넣었다.

"어머나, 세상에."

라비니아의 눈이 감탄스레 커졌다.

"대단하시군요. 불행히도 저한테는 그런 예술적인 재능이 없답니다."

"다른 재능이 있으시겠지요, 레이크 부인."

이제 실레스트의 목소리에는 명백한 칼날이 배어들었다. 흐르는 시냇물 같은 효과는 완전히 사라졌다.

라비니아가 짐짓 공손하게 대꾸했다.

"저도 한두 가지 사소한 솜씨를 지녔다고 믿고 싶어요. 예를 들자면 쇼핑할 때 말이죠. 한눈에 싸구려 위조 상품을 구별해낼 수가 있지요."

"오호, 그래요?"

실레스트의 몸이 굳어졌지만 아량 있는 듯한 미소는 흔들리지 않았다.

"반면에 나는 사기꾼과 돌팔이를 가려낼 줄 아는 재주가 있답니다. 그런 사람들이 당신에겐 부담스럽겠지요?"

"그건 무슨 뜻인가요?"

실레스트가 정교하게 한쪽 어깨를 들어올렸다.

"누구든 입증할 수도 없는 기술을 주장하며 탐정으로 나설 수 있을 테니까요."

"뭐라구요?"

"고객들이 탐정의 자질을 어떻게 판단할 수 있겠어요?"

"현명한 사람은 최면술사를 고르는 것과 똑같은 방법으로 탐정을 선택하지요. 추천 말이에요."

"당신도 추천 받으신 적이 있나요, 레이크 부인? 놀랍군요."

이제 끼어들 때가 됐어, 토비어스가 결론지었다. 이런 말싸움에 관여하는 게 내키지는 않았지만, 라비니아의 일시적 파트너로서 해야 할 의무가 무엇인지는 분명했다. 거리 한복판에서 볼썽 사나운 장면이 생기는 것을 옆에서 지켜보고만 있을 수는 없었다. 그런 식으로 망신을 당하게 내버려뒀다가는 그녀가 결코 그를 용서하지 않을 것이었다.

라비니아가 실레스트의 도전장을 받아들이려는 순간, 그가 재빨리 입을 열었다.

"허드슨 씨와 당신은 바스에서 훌륭한 추천을 받으셨겠군요."

"물론이지요."

실레스트가 라비니아를 노려보았다.

"하워드는 최고급 고객들만 받아들였어요. 내가 그렇게 만들었죠."

"우리 고객보다 더 훌륭하지는 못할 걸요."

"과연 그럴까요?"

실레스트가 한심하다는 표정을 지었다.

"당신의 고객 명단에 거닝 경과 노햄프턴 경 같은 저명인사들이 있나요?"

라비니아가 보복하려 입을 열었지만, 토비어스가 그녀의 팔을 꽉 움켜쥐었다. 그녀가 불만스럽게 그를 쏘아보면서도 다행스럽게 입을 다물었다. 대신 토비어스가 재빨리 대꾸했다.

"대단하군요. 아쉽게도 레이크 부인에게는 아직 그렇게 저명한 고객이 없었답니다, 하지만 언젠가는 생기리라 믿습니다. 우린 이만 실례해야겠군요. 약속이 있어서요."

"약속 같은 거 없어요."

라비니아가 말했다.

"있소, 잊어버렸나보군."

그가 실레스트에게 미소지었다.

"안녕히 가십시오, 마담."

실레스트가 그에게 시선을 돌리는 순간, 금세 그 눈동자의 반짝임과 따뜻하고 허스키한 목소리가 되살아났다.

"안녕히 가세요, 마치 씨. 만나서 반가웠어요. 조만간 다시 만나게 되길 바랄게요. 그 때 특별한 상품의 무료 샘플을 얻어내는 방법에 대해 계속 토론해보고 싶어요."

"그렇게 하지요."

그가 돌아서서 라비니아를 이끌고 성큼성큼 발길을 옮겼다.

라비니아의 격분이 몸 전체로 번져 나왔다.

"저 여자가 그 멍청한 부채로 당신한테 최면을 걸려고 했어요."

"그런 생각이 들긴 하더군. 흥미로운 경험이었소. 지난번 최면술 쪽에 재능이 없다는 그녀의 주장에 비추어 볼 때 더더욱."

라비니아가 경멸을 고스란히 드러내며 코웃음쳤다.

"재능이 없긴 없어요. 하지만 일 년간 하워드와 같이 일했으니, 초보적인 기술 몇 개쯤은 습득했겠죠."

"그래서 날 연습 대상으로 고른 걸까? 왜 하필 날 택했을지 궁금하군."

"바보 같은 소리 말아요. 뻔하잖아요. 그 여자는 당신을 유혹할 작정이었어요. 그 한심한 최면 기술을 사용해서 그 목적을 이룰 생각이었다구요."

그가 미소지었다.

"정말로 그게 그녀의 목적이었을까?"

"확실해요. 당신을 매력적으로 여긴 거예요, 도전해볼 만한 상대로 생각한 거라구요."

"나로선 우쭐한 일이었을 거요, 실레스트가 모든 남자를 딱 두 종류로 분류한다는 인상만 아니었다면 말이오. 쓸모 있는 남자와 쓸모없는 남자. 그녀가 날 전자 쪽으로 결정했다는 의심이 드는군."

라비니아가 양산을 기울여 그를 빤히 쳐다보았다.

"그녀가 당신을 이용할 수 있다고 생각했을까요?"

"물론 내 자존심이 상하는 일이긴 하오. 그럼에도 나에 대한 그녀의 관심을 그렇게밖에 설명할 수 없을 것 같소."

"당신을 어떻게 이용하려던 거였을까요?"

"내가 어찌 알겠소."

"말도 안 돼요. 그 여자는 당신에게 끌려서 연애를 해볼 셈이었을 거예요."

그가 씩 웃었다.

"내가 풋내기 최면술사에게 홀리는 남자가 아니니, 그녀의 진짜 의도를 알아낼 방법도 없겠군."

"확신할 수 없어요."

"혹시 지금 당신 질투하는 거요?"

"그 한심한 최면 기술을요? 물론 아니죠."

"그녀의 최면 능력에 대한 게 아니라……."

그의 목소리가 낮아졌다.

"나에 대한 그녀의 관심 말이오."

그녀가 똑바로 앞을 쳐다보았다.

"내가 질투를 느껴야 할 이유라도 있나요?"

"아니."

그녀의 표정이 밝아졌다.

"그럼 그 주제는 얘기하지 말기로 해요."

"이미 그 주제가 나왔는데 당신이 회피하고 있잖소."

"토비어스, 당신은 명예를 존중하는 남자예요. 자기 약속을 지킬 줄도 알구요. 난 당신을 믿어요."

"난 그걸 물어본 게 아닌데."

"무료 샘플 어쩌구 하면서 그 여자가 당신한테 자길 내주려 하던 가요?"

라비니아가 의심스레 그를 쳐다보았다.

"당신도 알다시피, 난 희롱이나 암시의 기술에 능하질 못하오. 그러니 그 여자의 말이 무슨 뜻이었을지 알 수도 없소."

"빌어먹을."

라비니아가 우뚝 멈춰 그에게 휙 돌아섰다.

"그걸 모른다는 거예요? 그 여자는 싸구려 상품의 무료 샘플로 자신을 당신한테 팔려던 거였다구요. 뻔뻔스러워라."

"당신 질투하는군."

왠지 그는 아주 유쾌한 기분이었다.

"그 여자를 절대 믿을 수 없다고만 해두죠."

"그 점에는 우리의 의견이 완벽하게 일치하오."

토비어스는 방금 전 실레스트가 서 있던 곳을 돌아보았다.

"그 상품이 쌀지는 몰라. 하지만 허드슨 부인이 제공하는 게 무엇이든 공짜일 것 같지는 않소."

7

어두운 강가에 솟아 있는 불꺼진 창고의 모습이 섬뜩했다. 생전 처음으로 진짜 두려움이 무엇인지 알 것 같았다. 그녀의 손바닥에서부터 시작된 차가운 전율이 팔을 통해 가슴으로 번져 나가 숨까지 틀어막았다.

'왜 이러는 거야? 거의 끝나가잖아.'

지금 와서 용기를 잃어버리기에는 너무 멀리까지 와버렸다.

숨을 깊이 들이켜자 불안감이 다소 가라앉았다. 그녀는 다시 한 번 자신을 다그쳤다. 그녀의 앞에 찬란한 미래가 놓여 있었다. 오늘 밤의 일을 마무리하기만 하면 마침내 사교계의 화려한 무도회장과 우아한 응접실로 들어서게 될 것이었다.

랜턴을 들어올리며 창고 문을 조심스럽게 열었다. 녹슨 경첩이 끼이익 신음했다.

문지방에서 멈춰 동굴 같은 내부를 살펴보았다. 랜턴의 너울거리는 불빛이 텅 빈 궤짝과 통들 위로 날카로운 그림자를 뿌렸다. 한순간 그것들이 버려진 묘지 주위에 흩어진 비석 같아 보였다. 그녀가 부르르 몸서리쳤다.

'돌아가기엔 너무 늦었어. 너무 멀리 왔어. 걱정 마. 이제 곧 사교계로 입성하게 될 거야.'

두 개의 커다란 궤짝 사이에서 날렵한 움직임이 일어났다. 그녀의 몸이 움츠러들었다.

쥐새끼들. 쥐들이 불빛에 놀라 달아난 것뿐이었다.

그녀의 뒤에서 부츠 소리가 들렸다. 또다시 공포의 전율이 그녀의 몸을 훑고 지나갔다. 괜찮아, 그녀가 자신을 안심시켰다. 그가 그녀의 연락을 받고 만나러왔을 뿐이다. 이번 거래가 끝나기만 하면 모든 게 해결될 것이었다. 그녀에게 황금빛 미래가 열릴 것이었다.

"실레스트."

부드럽고 낮은 남자의 목소리였다.

"당신을 기다리고 있었어."

그 때 그녀는 무언가 끔찍이 잘못되었음을 알았다. 미친 듯이 작은 부채를 찾으며 돌아서려 했다. 위험이 따르는 계획이라는 건 알고 있었다. 목숨을 건 거래였다. 그래서 새로운 가격을 타협하는 동안 생명의 담보물로 푸른 메두사를 안전한 곳에 남겨두었던 것이다.

하지만 거래할 시간이 없었다. 그가 이미 그녀의 목에 크러뱃을 옭아매, 말조차 할 수 없게 만들었다. 빨간 어둠이 눈앞에 가득 차는 그 마지막 순간, 그녀는 자신의 치명적인 실수를 깨달았다. 이 남자가 잔인할 수 있다는 것, 집착이 크다는 것은 알았다. 하지만 지금까지 그의 광기는 미처 알아차리지 못했다.

그 일이 끝난 후, 그는 자신의 작품을 내려다보며 만족했다. 다시는 이 계집이 그에게나 다른 어떤 사내에게나 잔재주를 부리지 못할 것이었다.

그는 그녀의 손가방을 들어올려 내용물을 쏟아 부었다. 누구라도 예상할 만한 물건들이 바닥에 흩어졌다. 손수건 하나, 이제는 부르지도 못하게 된 전세마차용 동전. 하지만 그가 찾는 물건은 없었다.

그의 몸에 순간적인 긴장감이 흘렀다. 그는 시체의 옆으로 돌아가 망토 주머니를 뒤적였다.

그곳에도 없었다.

공포에 가까운 불안감이 엄습하기 시작했다. 재빨리 그 느낌을 짓누르고 그녀의 옷가지를 이리저리 더듬었다.

여전히 아무 것도 없었다.

그는 가랑이 사이에 숨겼는지 확인하기 위해 치마까지 들쳐 올렸다. 하지만 아무 흔적이 없었다.

절망적으로 벌떡 일어나서 랜턴을 들어올려 주변을 확인했다. 어쩌면 그 여자가 몸부림치다가 떨어뜨렸을지도 몰랐다.

하지만 잠시 후 그는 끔찍한 진실에 직면해야 했다. 푸른 메두사가 사라졌다. 그것이 숨겨진 곳을 말해줄 수 있는 단 한 명을 자신이 방금 죽여버린 것이다.

8

"이 계란요리 더 있소, 칠튼 부인?"

토비어스가 자신이 가져온 아침신문을 넘기며 물었다.

"아주 기막힌 맛이오."

"더 갖다 드릴게요."

칠튼 부인이 부엌으로 연결된 문을 향했다.

"건포도 비스킷이 거기에 잘 어울리겠는데. 당신의 건포도 요리는 타의 추종을 불허한다오, 칠튼 부인."

"많이 있어요. 아침에 들르실 줄 예상했거든요."

라비니아가 자신의 신문에서 시선을 들어 건너편의 토비어스를 응시했다.

"사실, 당신이 아침 식사 시간에 찾아온 게 이번 주에 벌써 세 번째예요. 당신의 습관을 예상할 수 있을 정도죠. 당신의 도착시간으로 우리 시계를 맞춰야 할 지경이에요."

"난 이제 건강을 돌봐야 할 만한 나이요. 규칙적인 습관과 영양가 있는 아침 식사가 건강에 필수적이지."

"그래서 그 필수 원칙과 여기서 매일 아침 식사하는 걸 결합시키기로 결심하셨나요?"

"그 습관 덕분에 매일 걸을 수도 있소. 그것 또한 건강에 지극히 필요한 활동이오."

"오늘 아침에는 걸어오지 않았잖아요. 마차에서 내리는 걸 봤어요."

"날 기다리고 있었소?"

그가 신문을 내려놓고 흡족한 표정을 지었다.

"오늘 마차를 탄 건 어젯밤에 비가 왔기 때문이오. 아직도 날이 구질구질하잖소."

"어머나."

그녀가 입술을 깨물었다. 순간적으로 솟구치는 걱정이 짜증스런 기분을 밀어냈다.

"오늘도 다리가 많이 아파요?"

"푸짐한 아침 식사로 치료할 수 있소. 그나저나 오늘 아침 당신의 모습이 남쪽 바다에서 뛰노는 바다 요정 같다는 말, 내가 했던가?"

그녀가 서릿발을 세우며 노려보았다.

"그렇게 한심한 유머를 발휘하기엔 너무 이른 시간이에요."

식당 문이 다시 열리며, 칠튼 부인이 계란과 두 개의 건포도 비스킷이 담긴 접시를 들고 들어섰다.

"많이 드세요, 마치 씨."

"아, 고맙소, 칠튼 부인, 당신의 요리는 하루를 맞이하는 남자에게 꼭 필요한 활력을 준다오."

현관 쪽에서 묵직한 고리쇠 소리가 날아들었다.

라비니아가 입을 열었다.

"에멀린의 친구일 거예요. 칠튼 부인, 그 애가 싱클레어 씨와 산책 나갔다고 전해줘요."

"네, 마담."

칠튼 부인이 복도로 사라졌다. 하지만 잠시 후 현관문이 열렸을 때 들린 목소리는 에멀린의 친구 중 하나가 아니었다. 하워드 허드슨의 낮고 풍부한 음색이 복도에 메아리쳤다.

"허드슨."

토비어스의 인상이 찡그려졌다.

"이렇게 예의 없는 시간에 왜 찾아왔지?"

"굳이 한 말씀 드리자면, 당신은 그보다 더 일찍 도착하셨답니다."

라비니아가 냅킨을 접고 재빠르게 일어났다.

"가서 손님을 맞아야겠어요."

"나도 같이 가겠소."

"그러실 필요 없어요."

토비어스는 그 말을 못들은 척, 이미 자리를 털고 일어났다. 그의 표정으로 보아 그녀가 하워드를 맞이하는 동안 식당에 밀려나 있을 마음이 전혀 없는 듯했다.

그녀가 문으로 나서면서 중얼거렸다.

"내가 착각하는 건지 모르겠지만, 당신이 하워드 아저씨를 별로 좋아하지 않는다는 느낌이 드는군요."

"그자는 최면술사요. 그런 직업을 가진 사람은 믿을 수가 없어."

"나도 최면술사예요."

"전직 최면술사였지. 당신은 이제 새로운 직업세계에 들어섰잖소."

그가 그녀의 뒤를 따라 복도로 나섰다.

"그 새로운 직업에도 당신이 그리 열광하지는 않았던 걸로 기억하는데요."

"그건 전적으로 다른 문제요."

그 순간 응접실 입구에 도착했으므로 그녀는 그의 말에 대꾸할 여유가 없었다.

하워드가 팽팽하게 긴장된 채 창가에 서 있었다. 옷은 구겨지고 넥 클로스도 아무렇게나 묶였으며 부츠 또한 윤기가 흐르지 않았다.

얼굴을 돌리고 있어서 표정을 볼 수는 없었지만 무언가 심각한 일이 벌어졌음을 당장 알 수 있었다.

"하워드 아저씨?"

그녀가 앞으로 달려갔다.

"무슨 일이에요? 왜 그러세요?"

하워드가 빙글 돌아서서 헤아릴 수 없는 눈으로 그녀를 응시했다. 한순간 그녀는 묘하게 형이상학적인 공간으로 이동한 듯했다. 주위의 분위기가 갑자기 적막해지고, 거리의 마차 소리도 아주 다른 세계의 것인 양 멀어졌다.

그녀는 애써 그 묘한 감각을 떨쳐버렸다. 그러자 일상의 소음들이 되돌아왔고 하워드의 시선도 다시 한 번 평범해 보였다.

그녀는 토비어스를 흘깃 바라보았다. 유심히 하워드를 관찰하고 있었지만 방금 전의 그 미묘한 분위기 변화를 감지한 것 같지는 않았다. 틀림없이 그녀의 상상일 뿐이었으리라.

"실레스트가 죽었어."

하워드가 무겁게 입을 열었다.

"그저께 밤에 강도에게 당했어. 아니, 경관이 그렇게 말하더구나."

그가 관자놀이를 손가락으로 꾹꾹 눌렀다.

"아직도 믿어지질 않아. 어제 아침에 내 눈으로 시신을 확인하지 않았더라면, 결코……."

"맙소사."

라비니아가 얼른 그 옆으로 다가섰다.

"앉으세요, 아저씨. 차 한잔 들여오라고 할게요."

그가 소파 끝에 털썩 주저앉았다.

"그럴 필요 없다. 아무 것도 목으로 넘길 수가 없어."

라비니아가 그 옆으로 내려앉았다.

"날 좀 도와다오, 라비니아. 난 지금 너무나 절망적이다."

하워드의 표정이 처절하게 일그러졌다.

토비어스는 창가로 걸어가서 아침햇살을 뒤로하고 돌아섰다. 그것이 그의 습관이었다. 자신의 얼굴을 그늘에 가리면서도 상대방의 모습을 환히 볼 수 있다는 이점 때문이었다.

"무슨 일인지 설명해 보십시오."

토비어스가 억양 없이 말했다.

하워드의 눈동자가 두려움과 절망으로 짙어졌다.

"아직도 뭐가 뭔지 잘 모르겠소. 처음에는 아내가 죽고, 그 후에 또 다른 일이 생기고."

라비니아가 그의 소매에 손을 올렸다.

"침착하게 말씀하세요. 처음부터 시작해 보세요."

"처음이라……."

하워드는 관자놀이에서 손을 떼어내며 멍하니 카펫을 응시했다.

"2주일 전에 실레스트에게 애인이 있다는 걸 알았어."

"어머나, 세상에."

그녀가 흘깃 토비어스를 바라보았다. 그는 냉정하게 이 상황과 정보를 판단하는 초연한 자세로 하워드를 주시하고 있었다. 언제나 고립된 영역으로 들어갈 수 있는 그 능력이 그녀에게는 감탄스럽기도 하고 짜증스럽기도 했다. 그런 분위기일 때 그는 상황적으로 자연스러운 감정이나 감상 표현을 철저하게 배제했다.

"그녀는 너무 젊고 아름다웠어."

하워드의 설명이 계속되었다.

"그녀가 나와 결혼해준 행운을 난 거의 믿을 수가 없었어. 마음 한구석으로는 언젠가 이런 일이 생길 줄 알고 있었어. 시간 문제일 뿐이었지. 하지만 난 사랑에 빠졌어. 그러니 달리 어떻게 할 수 있었겠니?"

"애인이 생긴 게 확실합니까?"

토비어스가 건조하게 물었다.

하워드는 힘없이 고개를 끄덕였다.

"얼마나 오래 됐는지는 모르지만 진실을 부인할 수는 없었소. 정말이지 아니길 바랐는데."

"그 일로 그녀를 다그쳤습니까?"

라비니아는 토비어스의 냉혹한 심문 태도에 움찔하며 좀더 부드럽게 하라는 신호를 보내려 했다. 하지만 그는 알아차리질 못했다.

하워드는 고개를 흔들었다.

"그럴 수 없었소. 그녀가 아직 젊으니까 어쩔 수 없는 거라고, 불장난으로 끝날 거라고 믿고 싶었소. 결국에는 나한테 돌아와 주길 바랐소."

"그 애인의 정체를 아십니까?"

"모르오."

"궁금하셨을 텐데요."

그 매서운 어조가 라비니아를 긴장시켰다. 그의 어조에 감정이나 억양이 담기지 않았음에도 불구하고 눈동자에서는 싸늘한 냉기가 흘렀다. 아마 토비어스가 하워드의 입장이었다면 그자의 정체를 알아내기 위해 무슨 짓이든 했을 것이었다. 그 후에 그가 무슨 짓을 저지를지는 생각하고 싶지도 않았다.

"그저께 밤에 아내가 그자를 만나러 간 것 같소."

하워드가 중얼거렸다.

"그녀의 들떠 있는 태도로 알 수 있었소. 우린 그날 코스그로브라는 사내가 펼치는 동물자기 시연회에 참석할 예정이었소. 하지만 출발하기 직전에 그녀는 몸이 안 좋다면서 나 혼자 가라고 했소. 내가 그 시연회에 꼭 가고 싶어하는 걸 알고 있었거든."

"그래서 그곳에 가셨나요?"

라비니아가 물었다. 토비어스의 심문하는 태도를 완화시키기 위해 부드럽고 달래는 어조를 유지했다.

"그래, 하지만 완전 사기꾼이란 걸 알게 돼서 실망이 아주 컸어. 집에 돌아오니 실레스트가 보이질 않더구나. 애인을 만나러 나갔던 거야. 난 밤새도록 그녀가 돌아오길 기다렸다. 하지만 돌아오지 않았어. 다음 날 아침 경관이 찾아와 강가 창고에서 그녀의 시체가 발견됐다고 알려왔어. 지난 하루 반나절 동안 난 거의 제정신이 아니었다."

"칼에 찔렸던가요? 아니면 총에 맞았던가요?"

토비어스가 태연스레 물었다.

"목이 졸렸다고 했소. 그녀를 발견했을 때 그 목에 여전히 크러뱃이 감겨 있었다더군."

"맙소사."

라비니아는 무의식적으로 자신의 목에 손을 올리며 꿀꺽 침을 삼켰다.

"목격자는 있습니까?"

"내가 아는 바로는 없소. 목격자로 나선 사람도 없고, 앞으로도 없을 것 같소. 경관은 강도에게 당했다고 하더군."

"크러뱃을 살인무기로 사용하는 강도가 있던가요?"

토비어스가 침착하게 지적했다.

"대개는 그런 걸 갖고 다니지도 않습니다. 강도들은 패션에 관심이 없거든요."

"경관은 그 강도가 저녁 무렵에 강도짓을 한 신사한테 훔쳤을 거라고 했소."

"다소 지나친 비약이로군요."

라비니아는 그의 어조가 너무 냉담하게 들린다고 생각했다.

"충분히 가능한 일이에요."

그 후로 잠시 침묵이 흘렀다.

하워드와 토비어스는 한참 동안 서로를 마주보았다. 여자를 완전히 배제한 남자 대 남자의 대결 같았다.

"시신을 발견한 자는 누굽니까?"

토비어스가 다시 물었다.

"그게 뭐가 중요하오?"

"중요할 수도 있지요."

하워드는 다시 관자놀이를 문지르며 생각에 잠겼다.

"강가의 빈 건물에서 기숙하는 거지 하나가 경관에게 알렸다더군. 하지만 그게 다가 아니었소. 너한테 꼭 말해야만 할 다른 일이 일어났단다, 라비니아. 아주 이상한 일이었어."

그녀가 그의 어깨를 어루만졌다.

"무슨 일인데요?"

"어젯밤 늦게, 아니 사실은 새벽녘에 어떤 남자가 찾아왔어. 난 슬픔을 내보이기가 싫어서 가정부를 내보냈었거든. 그런데 새벽녘에 누군가 문을 심하게 두드리는 거야."

"누구였어요?"

"아주 괴상하게 작은 사내였는데 불빛 안으로 들어오질 않아서 얼굴은 못 봤다. 자기를 나이팅게일이라고 소개했어. 일종의 거래를 중개하는 사람이라고 하더구나."

"어떤 종류의 거래입니까?"

토비어스가 물었다.

"그자의 말에 따르면 '지극히 신중하게' 골동품을 사고 팔고자 하는 사람들의 중간 역할이라더군. 구매자와 판매자의 익명성을 보장한다고 했소."

"다른 말로 하면 합법적인 성격이 아니라는 거로군요."

"그런 모양이오."

하워드가 무겁게 한숨지었다.

"그자는 최근에 아주 귀한 골동품 하나가 도난 당했고, 그 일에 실레스트가 관여했다는 소문을 들었다고 했소."

라비니아가 아연실색하는 표정을 지었다.

"실레스트가 도둑질을 했다구요?"

"난 그 말을 믿지 않았어. 나의 실레스트는 도둑이 아니야. 그런데도 나이팅게일이란 자는 그녀가 그 빌어먹을 물건 때문에 살해당했다는 소문이 암흑가에 파다하게 퍼졌다고 했어."

"그 물건이 어떤 겁니까?"

처음으로 진짜 흥미를 드러내며 토비어스가 질문했다.

하워드는 귀족적인 콧날 위로 눈썹을 모았다.

"로마식 디자인의 황금 팔찌라고 하오. 영국이 로마제국의 영토였던 시대 것으로, 메두사의 이미지가 조각된 푸른 보석이오."

"그자가 아저씨에게 무얼 바라던가요?"

라비니아가 물었다.

"그 빌어먹을 물건이 어떤 수집가들에게 아주 특별하고 귀한 물건인 모양이야. 내가 그 보석의 행방과 관련된 뭔가를 안다고 짐작했나봐. 그 물건의 거래가 벌써 성사된 상태라, 내가 그걸 돌려주기만 하면 수고비를 잘 쳐주겠다고 했어."

"그래서 뭐라고 대답하셨습니까?"

토비어스가 물었다.

"무슨 대답을 할 수 있겠소? 당연히 그 메두사에 대해서 아는 바가 없다고 했지. 그러나 그자는 내 말을 믿지 않는 것 같았어, 그리고는 내가 진실을 말하는 것이라 해도 심각한 위험에 빠져 있다고 경고했소."

"아저씨가 왜 위험해요?"

"그 보석의 실종 소식이 암흑가에 번지고 있는 이상, 수집가들이 찾아 나설 거라더군. 그 중에서 몇몇은 원하는 것을 위해서라면 수단 방법을 가리지 않는 위험한 사람들이라는구나. 침몰한 배 주위로 몰려드는 상어들 같다고 했어. 그리고 난파선에 매달린 유일한 생존자가 바로 나라고."

"아저씨한테 겁을 주려한 거예요."

"그게 목표였다면 아주 성공적이었다고 말해야겠구나. 하여튼 나이팅게일은 내가 할 수 있는 유일한 행동이 즉시 자기에게 골동품을

넘기는 거라고 했어. 하지만 난 그걸 갖고 있지 않으니 그렇게 할 수
도 없는 입장이다."

세 사람은 각자 저마다의 생각에 잠겼다.

토비어스가 살짝 몸을 움직여, 창턱에 한쪽 어깨를 기대고 앞으로
팔짱을 꼈다.

"그게 어떻게 생겼습니까?"

하워드는 그를 쳐다보지 않고, 라비니아에게만 시선을 고정시켰다.
그녀는 용기를 북돋아주기 위해 최선을 다했다.

"나도 본 적이 없어. 나이팅게일한테 들은 내용 뿐이야. 이름이 푸
른 메두사라던데, 그 보석의 특이한 색채와 관련이 있는 것 같았소."

"메두사······. 아름다운 머릿결을 지녔었는데 아테네와 자신을 견
주려다가 무시무시한 괴물로 변해버렸던 여자."

"그 얼굴을 보는 사람을 돌로 만들어버리죠."

라비니아가 덧붙였다.

"그 얼굴을 보면 죽어야 하기 때문에 누구도 그녀를 죽일 수가 없
었소. 결국에는 페르세우스에게 당했지, 아주 영리하게도 그녀가 잠
든 사이 방패를 거울 삼아 뒤로 다가가서 목을 잘랐어."

"아름다운 보석에 걸맞는 이름은 아닌 것 같소."

하워드가 중얼거렸다.

"사실 메두사는 고대 보석들의 흔한 주제였어요."

라비니아가 설명했다.

"이탈리아에 있을 때 메두사 머리모양으로 장식한 반지와 펜던트
들을 많이 봤어요. 악마를 물리쳐주는 힘이 있다더군요."

"보석 소유주의 원수나 위협 상대들을 돌로 만들어 버린다? 그거
재미있군."

토비어스가 어깨를 으쓱했다.

하워드가 다시 목을 가다듬었다.

"나이팅게일은 그 보석이 아주 특별한 거라고 했어. 고대 영국에

서 은밀하게 번성했던 사교의 상징이라더구나, 반짝이는 눈의 여자 얼굴과 그 머리에서 꿈틀거리는 뱀 모양이 아주 정교하고, 그 잘린 모가지 밑에 작은 지팡이가 달렸다고 했어."

"그것 외에 무슨 얘기를 하던가요?"

"그 팔찌는 순금에 미세한 구멍들을 뚫어 엉킨 뱀 모양을 형성한 탁월한 물건이라고 했어."

"저도 그런 종류의 제품을 이탈리아에서 본 적이 있어요. 4세기의 금화와 같이 무덤에서 발굴된 거였는데, 지극히 아름다웠어요. 금실로 짠 레이스처럼 섬세하고 고급스러웠어요."

하워드는 생명줄이라도 되는 것처럼 그녀를 계속 응시했다.

"푸른 메두사에 대해서는 더 이상 아는 바가 없다. 하여튼 나는 실레스트에 관련된 말을 다 믿을 수가 없어."

"아저씨 생각은 어떠신데요?"

"곰곰이 생각해본 결과 한 가지 결론에 이르렀어. 나의 실레스트가 도둑일 리는 없지만, 아직 젊고 충동적인 성격이잖니. 틀림없이 애인에게 이용당했을 거야."

"그 애인이 팔찌를 훔치도록 조종한 다음에 죽였다는 거예요?"

"나로선 그렇게밖에 생각할 수 없다."

하워드가 주먹을 불끈 쥐며 허벅지를 눌렀다.

"그날 밤 실레스트는 그자식을 만나러 갔던 거였어. 그놈이 팔찌를 가져오라고 지시했을 테고, 나의 순진한 실레스트는 아무 의심도 없이 한밤중에 만나러 갔던 거야. 그리고 그 나쁜 자식이 크러뱃으로 그녀의 목을 조른 다음 팔찌를 훔쳐간 거지."

라비니아는 토비어스의 반응을 살피기 위해 흘깃 쳐다보았다. 그는 깊은 생각에 빠져 있었다. 아니면 지루한 표정일지도 몰랐다. 그의 생각을 읽어내기가 힘들었다.

그녀가 다시 하워드를 돌아보았다.

"이런 일이 생기다니, 정말 유감이에요, 아저씨."

"라비니아, 나 좀 도와다오."

하워드가 와락 그녀의 두 손을 움켜잡았다.

"누구한테 부탁해야 할지 모르겠어. 네가 개인적인 조사를 대행해주는 직업이라고 했잖니. 실레스트의 살인자 찾는 일을 너에게 맡기고 싶다."

"아저씨……."

"제발 부탁이다. 아내의 살인범을 찾고 싶어. 부디 내 청을 거절하지 말아다오."

"물론이지요, 저희가 도와드릴게요."

갑자기 토비어스의 표정이 날카로워졌다. 그가 팔짱을 풀어내며 창턱에서 몸을 세웠다.

"라비니아, 일을 맡기 전에 의논부터 합시다."

"난 이미 받아들였어요. 당신은 이 일에 파트너로 참여할 수도 있고 거절할 수도 있어요. 당신이 알아서 선택하세요."

"빌어먹을."

"고맙다, 애야. 어떻게 감사를 표해야할지 모르겠구나."

하워드가 라비니아의 손을 들어올려 입을 맞췄다.

토비어스는 생쥐를 주시하는 매처럼 그를 응시했다.

"감사하기에 앞서서 수고비 문제가 남아 있습니다, 하워드."

"돈은 얼마가 들든 상관없소."

하워드가 확실하게 답했다.

"그런 말을 듣는 건 항상 기분 좋은 일이지요."

9

"난 이 일이 내키질 않소, 라비니아."

"그래요, 그런 것 같군요. 사실 너무나 분명하게 의사를 밝히셨지요. 당신은 하워드 아저씨께 너무 무례하게 굴었어요."

그녀는 작은 서재에 들어서자마자 곧장 책상으로 걸어가 자리 잡았다. 토비어스와 불쾌하게 언쟁을 벌일 때마다 항상 커다란 마호가니를 사이에 두면 마음이 다소 편해졌다.

그에게 위축당하는 거라고 인정할 수는 없지만, 토비어스에게 아무리 영악한 사람이라도 긴장하게 만드는 만만치 않은 의지력과 강인함을 드러내는 능력이 있는 것만은 분명했다.

'내 서재의 커다란 책상 뒤에 앉아 있는 지금은 내가 주도권자야.'

그녀가 마음을 굳게 다졌다.

그는 벽난로 위의 선반을 한 손으로 잡으며 구부정하게 몸을 숙였다.

"아마 그랬겠지, 하워드를 믿을 수가 없거든."

그녀는 불길 앞의 그를 지켜보았다. 날씨가 좋을 때라도 그는 웬만하면 왼쪽 다리를 따듯하게 만들어두고 싶어했다. 그 상처에 대해서 물어보려다가 다시 입을 다물었다. 그에게 동정을 표시해봤자 고마워하지 않을 테니까.

그녀는 책상 위로 두 손을 모았다.

"최면술사에 대한 부정적인 감정을 하워드 아저씨한테까지 적용시키진 마세요. 그건 융통성 없는 행동이에요."

그가 일렁이는 불길을 물끄러미 들여다보았다.

"허드슨은 진실을 다 말하지 않았소."

"그래요, 그래요."

그녀가 숨김없이 짜증을 드러냈다.

"고객들이 항상 거짓말한다는 게 당신의 전문가적인 견해죠. 하지만 꼭 하워드 아저씨한테까지 그렇게 편협하고 왜곡된 이론을 적용해야 하나요? 그분은 아내의 살인자를 찾아내고 싶어하는 절망에 빠진 신사일 뿐이에요."

"과연 살인자를 찾는 게 그의 목적일까?"

그녀가 충격적으로 그를 쳐다보았다.

"그게 무슨 말이에요? 당연히 그 악당을 찾아내려는 거죠."

"그보다는 사라진 팔찌를 더 찾고 싶어하는 것 같던데."

"뭐라구요?"

"물론 그가 실레스트의 애인을 찾고 싶어한다는 건 의심하지 않소."

토비어스가 벽난로 선반을 움켜쥐고 몸을 세웠다.

"그 애인이 팔찌를 갖고 있다고 생각할 테니까."

"그 애인이 살인자잖아요."

"꼭 그렇지는 않소."

그는 창가로 걸어가 창 밖의 작은 정원을 바라보았다.

"나의 전문가적인 견해로는 하워드 허드슨이 실레스트의 살인범일 가능성이 높소."

그녀는 그 단호한 어조에 할 말을 잃은 채 잠시 멍해졌다.

"당신 미쳤어요?"

마침내 간신히 말을 토해냈다.

"당신이 그를 오랜 친구로 여긴다는 건 알지만, 개인적인 감정을 배제한 시각으로 한 번 생각해 보시오. 허드슨이 젊고 매력적인 아내한테 다른 사내가 생겼다는 걸 알았소. 그 애인의 정체를 알아내고 싶어서 미칠 지경이었겠지. 어느 날 밤 최면술 시연회에 참석한다는 핑계를 대고 그는 일찌감치 자리를 빠져 나왔소. 그 후에 아내의 뒤를 밟았소. 그녀가 혼자 있는 순간에, 어쩌면 애인을 기다리고 있었던 시간에 울분을 토하며 다그쳤을 거요. 격렬한 싸움이 벌어졌겠지. 그 와중에 그가 자신의 크러뱃으로 그녀의 목을 조른 거요."

그녀가 깊이 숨을 들이켰다.

"그 애인은 어떻게 되구요?"

"어쩌면 싸움이 한창일 때 도착해서 뭔가 잘못됐다는 걸 깨닫고 발각되기 전에 도망쳤을지도 모르오. 전혀 그 자리에 나타나지 않았을 수도 있고."

"하지만 하워드 아저씨가 왜 실레스트를 죽이겠어요? 사랑하는 사람인데요."

"배신과 분노의 불길이 더해질 때 그 사랑이 증오로 돌변할 수 있다는 걸, 우리 둘 다 잘 알잖소."

반박을 하려다가 그녀는 지난번 사건의 기억을 떠올리며 멈칫했다.

커다란 괘종시계가 규칙적으로 똑딱똑딱 움직여갔다.

이윽고 그녀가 다시 입을 열었다.

"난 하워드 아저씨를 실레스트의 살인범으로 생각지 않지만, 그를 개인적으로 모르는 전문 탐정으로서 그런 가능성을 생각할 수 있다는 건 이해해요."

"나 역시 하워드를 정직한 자로 믿고 싶어하는 당신의 마음을 이해하오. 이번 재회가 당신에게 어떤 의미일지도 알아. 그는 당신 부모님이 친구로 여기셨던 사람이고, 당신의 행복했던 시절을 어느 정도 함께 했던 사람이오. 그러니 그의 존재가 당신이 이 세상에 혼자가 아니었던 때를 기억하게 해주었을 거요."

그녀는 마지못해 그 말을 인정해야 했다. 하워드 아저씨를 만난 게 반가웠던 이유는 그가 그녀의 과거에 속해 있기 때문이었다. 부모님이 살아 계셨던 때의 안전함과 따뜻함을 다시 느낄 수 있었기에 그녀는 요즘 세상이 한결 경쾌해지고 미래도 먹구름 하나 없는 장밋빛인 것 같았었다.

"하워드 아저씨를 다시 만난 건 물론 기뻐요. 하지만 그렇다고 사실에 대한 나의 판단력까지 흐려지진 않았어요. 그분은 분노나 격한 감정에 흔들리는 사람이 아니에요. 언제나 자제력을 지닌 학자의 모습이었어요. 폭력적인 성향은 없어요."

"당신은 그를 집에 찾아온 손님으로만 알고 있잖소. 그런 상황에서는 대부분 좋은 모습만 보이는 법이오. 당신은 그의 내면을 알 수 없소."

그녀는 잠시 생각에 잠겼다.

"그 말도 일리가 있어요."

그가 한쪽 눈썹을 들어올리며 창가에서 돌아보았다.

"놀랍구려, 마담. 당신이 이렇듯 쉽게 동의할 줄은 몰랐소."

"동의한다고 말한 적은 없어요. 하지만 당신이 어떤 견해를 가졌는지 이해할 수는 있어요. 이제 우리 이야기의 핵심으로 들어가죠. 그래서 이 일에 참여하고 싶지 않다는 건가요, 토비어스?"

"빌어먹을."

그가 홱 돌아서서 성큼성큼 그녀에게 걸어왔다.

"내가 이 일을 포기하는 경우는 당신이 이 일을 포기한다는 전제 하에서만 가능하오. 그런데 그 가능성이 보이질 않소."

"맞아요, 그럴 가능성은 전혀 없어요."

그가 책상 앞으로 몸을 기울여 흩어진 종잇장들 위로 커다란 손을 펼쳤다.

"한 가지 확실히 해둡시다, 라비니아. 난 살인이 관련된 일에 당신 혼자 뛰어드는 걸 절대로 방관할 마음이 없소."

"내가 어떤 사건을 맡든 당신이 상관할 일은 아니에요."

"젠장할, 내가 당신 목숨이 위태로운 상황을 두고 볼 거라고 생각한다면……."

"그만하세요."

그녀가 벌떡 일어났다.

"당신한테 고압적인 기질이 있다는 걸 알고 있었어요, 하지만 밀랍인형 살인사건 이후로 그런 성향이 훨씬 심각해진 것 같아요. 분명히 말하지만 그런 점은 전혀 매력적이지 않답니다."

"난 고압적인 게 아니오."

그가 이를 갈며 내뱉었다.

"아니, 고압적이에요. 당신이 깨닫지 못하고 있을 뿐이죠."

"난 단지 이 상황에 상식을 불어넣으려 노력할 뿐이오."

"당신은 지금 나한테 명령하려 하고 있어요. 난 그게 마음에 안 들구요. 내 말 잘 들으세요."

그녀가 고개를 앞으로 바짝 내밀었다.

"우리가 이 일에 동등한 파트너가 되든가, 아니면 나 혼자서 사건을 풀어 나가든가 둘 중 하나예요. 당신이 선택하세요."

"당신은 세상에서 제일 분통터지게 고집스럽고 무모한 여자요."

"당신은 내가 만난 중에서 제일 거만하고 지배적인 남자예요."

그들은 커다란 책상 너머로 한참 동안 서로를 노려보았다.

"빌어먹을."

토비어스가 불쑥 몸을 세웠다.

"선택의 여지가 없군. 당신 혼자 이 일을 처리하게 놔둘 순 없소."

그녀는 안도감의 한숨을 애써 억눌렀다. 그녀가 살인사건 조사에

극히 제한된 경험밖에 없다는 것이 지금의 불행한 현실이었다. 정확히 말하면 그 방면으로 딱 한 번의 사건만 맡아보았을 뿐이었다. 아직 새로운 직업에 대해서 배울 점이 많은 그녀에게 길을 인도해줄 수 있는 사람은 토비어스 뿐이었다.

"그럼 결정됐어요. 우린 이 일에 파트너가 되기로 동의한 거예요."

"그렇소."

"좋아요."

그녀가 다시 내려앉았다.

"우선 계획부터 세워야겠죠? 당신은 계획 세우는 걸 좋아하잖아요."

"당신을 더 효과적으로 다룰 수 있는 계획이 있다면 얼마나 좋을까."

그녀는 태연하게 미소지었다.

"어머나, 날 에멀린이 본받아야 할 이상형으로 추켜세운 게 언제였죠?"

"내가 왜 그런 말을 했는지 모르겠소. 잠시 정신이 이상해졌던 거야."

그가 머리카락을 긁어 올렸다.

"당신 근처에 있을 때는 자주 그런 일이 발생하곤 하오."

그녀는 그 말을 무시하기로 했다.

"계획이나 세우자구요. 이 수수께끼를 여러 가지 다른 각도로 접근해봐야 할 거예요."

그가 생각에 잠긴 채 턱을 매만졌다.

"당신 말이 맞소. 그 골동품 자체를 조사해봐야 돼. 그걸 잃어버린 주인의 정체도 알아봐야 하고."

"골동품 취급하는 사람들은 내가 좀 알아요. 푸른 메두사가 희귀한 보석이라니까, 그게 없어졌다는 소문이 퍼졌을 거예요. 내가 그쪽을 조사해볼까요?"

"좋았어. 당신은 합법적인 가게와 상인들을 만나보시오. 난 다른 쪽으로 알아보겠소."

그가 걸어다니기 시작했다.

"교활한 잭이 암흑가에 정보망을 갖고 있으니까 나이팅게일이라는 의문의 사내에 대해서도 알고 있을 거야. 그자를 만나게 해달라고 해야겠소."

지금이 며칠 동안 궁리했던 문제를 꺼낼 절호의 기회였다. 그녀가 조심스럽게 목을 가다듬었다.

"그 교활한 잭과 안면을 익힐 수 있다면 나에게도 도움이 될 거예요."

"안 될 말이오. 숙녀를 그리폰으로 데려갈 순 없소."

이 정도 저항은 예상했었다.

"변장하면 되잖아요."

그의 입술이 험악하게 뒤틀렸다.

"어떤 걸로? 술집 작부로?"

"뭐 어때요?"

"절대 안 되오. 내가 교활한 잭한테 당신을 소개시키는 일은 결코 없을 거요."

"하지만 내가 직접 그를 만나야 할 상황이 생길지도 몰라요. 그럴 때 얼마나 편리하겠어요. 그런 일이 생길 때마다 당신한테 폐 끼칠 필요가 없잖아요."

"헛수고 마시오, 라비니아. 안 돼."

그녀가 반대하려고 입을 벌리자 그가 즉시 손을 들어올렸다.

"우리 계획으로 돌아갑시다. 당신이 진심으로 그 일을 맡을 생각이라면, 다른 데 신경 쓸 시간이 없소."

"주제를 바꾸려 하는군요."

"바꾸려는 게 아니라 주제를 바꾸는 거요, 마담."

그의 말이 옳긴 했다. 사소한 일로 말다툼할 시간이 없었다. 그녀가 마지못해 항복하며, 책상에 팔꿈치를 올리고 손등에 턱을 기댔다.

"이런 말 하긴 싫지만, 우리의 견습생이 될 젊은이들에게 이상적인 기회가 생긴 것 같아요."

토비어스가 책상 앞에 멈춰 서서 그녀의 시선을 마주보았다. 아무 말도 없었지만, 그녀는 그의 생각을 알 수 있었다. 그들의 보호 하에 있는 젊은이들에 대한 책임감을 둘 다 막중하게 느끼고 있었다.

그녀가 피식 미소지었다.

"내가 에멀린에게 가르치고 싶은 것만큼 당신도 앤서니를 훈련시키고 싶겠죠?"

그가 깊은 한숨을 토해냈다.

"이런 건 앤이 바라는 일이 아니란 말이오."

"하지만 앤이 결정할 수 있는 일도 아니에요. 앤서니가 결정할 일이랍니다."

"에멀린의 경우도 그렇소."

"알아요. 나는 그 애 부모님이 바랄 만한 인생을 만들어주고 싶었어요. 그분들은 그 애가 안전하게 결혼하길 바라셨을 거예요. 하지만 지난번 오스카 펠링을 보고 난 후로, 결혼이 항상 안전한 것도 아니라는 슬픈 깨달음을 얻었어요."

토비어스가 진지한 시선으로 그녀를 바라보았다.

그의 흔들림 없는 시선이 왠지 그녀를 불안하게 했다.

"이거든 저거든 다 장단점이 있어요, 그렇죠?"

그녀가 광고문구를 작성하던 종이를 옆으로 밀어내고, 펜과 새 종이 하나를 앞으로 끌어들였다.

"앉으세요. 구체적으로 계획을 세워보기로 해요."

그가 그녀의 맞은편에 자리잡았다.

"실레스트 허드슨에 대해서도 더 알아봐야 할 것 같소."

"그건 하워드 아저씨에게 물어보면 돼요."

"기분 나빠하지 마시오, 라비니아. 하지만 그의 대답에 기대할 건 별로 없을 듯하오."

"아저씨가 거짓말할 거라는 뜻이에요? 왜 그런 짓을 하겠어요?"

"당신 주장대로 그가 살인자가 아니라면, 아내의 진짜 모습을 모른다고 밖에 말할 수 없소."

"그 말이 맞을지도 모르죠. 하지만 그런 남편이 한 둘은 아니잖아요?"

"그렇소. 사교계의 어느 남자가 아내를 제대로 알고 있을지 의심스럽소. 그 반대도 마찬가지고."

"그럼 실레스트에 대해서 어떻게 알아낼 작정이에요?"

그가 희미하게 미소지었다.

"당신이 일전에 제안했던 유능한 최면술사나 탐정을 선택하는 방법으로. 추천 말이오."

"추천? 아, 그 여자가 언급했던 거닝 경과 노햄프턴 경 말이에요?"

"그렇소."

"그 사람들을 알아요?"

"아니, 하지만 크랙번 경이 알고 있을 거요. 모른다 해도 그들을 아는 사람을 알고 있을 거요."

"크랙번 경 얘기를 여러 번 하던데, 그분이 당신에게 많은 도움을 주시나봐요."

"그분은 사교계의 모든 신사와 그 주위를 맴도는 엄청난 인원들까지 알고 있소."

"나도 안면을 트고 싶어요."

그녀가 가장 사랑스러운 미소를 지어 보였다.

"그분에게는 날 소개시켜줄 수 있겠죠? 그분은 점잖은 신사잖아요."

"반대하진 않소만, 그런 상황이 생길 것 같지 않소."

그녀의 미소가 금세 사라졌다.

"왜요?"

"아내를 잃은 후로 크랙번은 거의 클럽을 떠나지 않소. 그래서 정보에 빠르고, 다른 누구보다 먼저 소문을 듣게 되지."

그녀가 노려보았다.

"가끔은 집에 가실 거 아니에요."

"내가 아는 바로는 그런 적 없소."

"클럽 안에서만 살 수 있는 사람이 어디 있어요?"

"크랙번에게는 가능하오. 클럽이란 남자들에게 또 하나의 집이거든."

"하지만……."

그가 흘깃 괘종시계를 확인했다.

"이럴 시간 없다고 했을 텐데."

그녀는 턱을 앙 다물었다. 하지만 반박할 말이 없었다. 어쩔 수 없이 눈앞의 종이로 관심을 되돌렸다.

"좋아요. 당신이 계속 그렇게 무례하게 굴 작정이라면 하는 수 없겠죠."

"물론 난 무례하게 굴 거요. 그쪽 방면에 재능이 있거든."

그가 책상 위의 종이들을 무심코 살펴보다가 순간적으로 시선을 가늘게 떴다.

"이게 뭐요? <사적인 조사를 의뢰하고자 하시는 분들에게 탁월하고 고급스런 서비스를 제공합니다>?"

"아, 그거요? 신문에 광고를 낼까 생각중이라고 했잖아요. 오늘 아침 신문을 훑어보고 나서 잊어버리기 전에 적어둔 거예요."

그의 눈살이 찌푸려졌다.

"현명한 생각이 아니라고 내가 말했잖소. 온갖 괴상한 고객들을 끌어들일 거요. 우리 일은 입 소문으로 퍼지는 게 훨씬 낫소."

"당신이 구시대적으로 사업을 하든 말든 당신 마음이에요, 하지만 난 현대적인 방법을 택하기로 결심했어요. 고객의 관심을 끌려면 눈에 띄는 행동이 있어야 돼요."

그가 고개를 기울여 다른 문구를 읽었다.

"<자극을 찾는 신사들을 위한 비밀스럽고 효과적인 방법>"

그녀가 만족스럽게 그 문장을 바라보았다.

"꽤 매력적인 느낌이 나지 않아요? 특히 '자극을 찾는 신사'라는 구절 말이에요."

"꽤나 자극적이군."

"나는 신사들만이 아니라 숙녀들도 찾아와 주길 바래요. 그러니까 단어를 조금 고칠 필요가 있기는 하죠. 어때요? <자극을 찾는 신사와 숙녀들에게 개인적이고 비밀스런 서비스를 제공합니다>"

책상 맞은편은 아주 조용했다. 그녀가 휙 고개를 들어올리자, 토비어스의 입술이 부들부들 떨리고 있었다.

"어때요? 어떤 것 같냐구요?"

"오늘 이후로 '자극을 찾는 신사들'을 겨냥한 당신의 광고가 나간다면 대단히 흥미로운 부류의 고객들이 당신 문 앞으로 몰려들 거라고 장담할 수 있소."

"당신도 그 광고 봤어요?"

"봤소, 아주 관심이 생기더군."

"그거 봐요, 그 단어가 시선을 잡아 끈다니까요."

그녀가 잠시 머뭇거렸다.

"하지만 솔직히 말하면, 정확히 어떤 물건을 판다는 건지 판단하기는 힘들더군요."

"그건 콘돔 광고였소, 라비니아."

10

라비니아는 그날 오후 2시 골동품 가게로 걸어 들어갔다. 에멀린이 들뜬 얼굴로 그 뒤를 따랐다.

구겨진 바지와 구겨진 넥 클로스 차림의 에드먼드 트레들로가 음탕해 보이는 팬(그리스의 목신, 허리 위로는 사람이고 염소의 다리와 뿔을 지녔음)의 조각상을 닦다 말고, 안경 너머로 그들을 쳐다보았다.

"레이크 부인, 에멀린 양. 이거 반갑습니다."

그가 걸레를 내려놓고 서둘러 달려왔다.

"안녕하세요, 트레들로 씨. 시간이 괜찮으시면 몇 마디 나눌까 해서 찾아왔어요."

"내놓을 골동품이 또 있으신가요? 저의 걱정에도 불구하고, 지난번에 가져오신 아폴로상은 꽤 괜찮은 값을 받을 수 있었습니다. 구입하신 분도 품질에 대단히 만족스러워하셨죠."

"다행히도 지금은 이탈리아에서 가져온 골동품을 팔 필요가 없답니다."

라비니아가 사교적으로 대답했다.

"하지만 당신의 전문가적인 경험을 나눠주신다면 감사하겠어요."

트레들로의 표정이 즉시 조심스러워졌다.

"정확히, 무얼 알고 싶으신가요?"

에멀린이 화사하기 그지없는 미소를 지으며 끼어 들었다.

"런던에서 트레들로 씨만큼 이 시장을 잘 알고 있는 골동품상이 없다고 들었어요."

트레들로의 얼굴이 다소 붉어졌다. 라비니아는 그가 심장마비라도 일으킨 것인지 걱정했지만, 곧바로 그저 얼굴이 빨개진 것임을 알아차렸다. 그 예외적인 풍경에 그녀는 순간 어이가 없어졌다.

"수년간 이 일에 종사했으니 아는 게 조금 있긴 하지요."

트레들로가 더듬더듬 대답하자, 에멀린은 감탄스럽게 가게 안을 둘러보았다.

"멋진 물건들이 아주 많군요. 다른 가게에서는 이렇게 고급스런 그리스 도자기들을 본 적이 없어요."

"난 최상품만 취급해요. 좋은 평판을 유지하는 게 생명이니까요."

'사이렌의 초대장이라도 받아든 남자 같아.'

라비니아가 생각했다.

에멀린이 상냥하게 그를 바라보았다.

"여길 둘러볼 시간이 없다는 게 정말 유감이에요. 골동품에 대해서 많은 가르침을 받을 수 있을 텐데 말이에요."

"언제라도 들르십시오, 에멀린 양. 기꺼이 가르쳐드리겠습니다. 저 뒷방에 훌륭한 그리스 화병들이 있는데 그건 주요 고객한테만 파는 물건이지요. 한 번 둘러보실 약속을 정하시겠습니까?"

라비니아가 흠흠 목기침을 했다.

"제 질문에 대해서 말인데요, 트레들로 씨."

그는 에멀린만 쳐다볼 뿐이었다.

에멀린이 미소지었다.

"제 이모님이 당신의 고견을 듣고 싶으시대요. 협조해주시면 정말 감사하겠어요."

"아, 네."

그가 마지못해 라비니아에게 시선을 돌렸다.

"뭘 도와드릴까요, 레이크 부인?"

"제가 가끔씩 다른 분들을 위해서 개인적인 조사를 대행해준다는 것을 알고 계시겠지요?"

"당신이 괴상한 직업을 가졌다는 말은 들었습니다."

"이모님이 절 조수로 받아주셨어요. 저에게 이 일을 가르쳐주시기로 하셨답니다."

에멀린이 말하자 그는 지극히 걱정스런 표정이었다.

"젊은 숙녀에게 적당한 직업은 아니로군요."

"그리스 화병을 보여주겠다는 당신 제안보다는 훨씬 적당해요."

라비니아가 톡 쏘아붙였다.

그 그리스 화병의 그림들은 미혼의 숙녀들이 감당하기에 결코 쉽지 않은 것들이었다.

"자, 거래를 시작해 볼까요?"

그가 숱 많은 턱수염을 쓰윽 쓰다듬었다.

"거래라고 한다면, 나의 정보에 대가를 지불하겠다는 뜻인가요?"

"물론이에요. 쓸만한 정보라면요."

트레들로의 표정이 눈에 띄게 밝아졌다.

"그렇군요. 자, 그럼 알고 싶은 게 뭡니까?"

"며칠 전에 고대 로마식의 팔찌가 도둑 맞았다고 믿을 만한 사건이 있었어요. 그 골동품은 이탈리아산이 아니라 원래 영국에 있었던 것이고, 메두사 머리가 조각된 특이한 푸른 보석이 달린 거예요. 그 돌에 작은 지팡이가 박혔구요. 그 사건에 대해서 들으셨나요?"

트레들로의 입이 한껏 오므라들었다.

"푸른 메두사를 말하는 거요?"

"그걸 아세요?"

"들은 적이 있지요. 하지만 그게 사라졌는지는 몰랐는데……. 그 소식이 확실합니까?"

"그런 것 같아요."

"푸른 메두사가 사라지다니. 흥미롭군, 금방 소문이 퍼지겠어."

그가 교활한 눈빛을 번득이며 중얼거렸다.

라비니아는 에멀린에게 대하던 태도보다 지금의 그 태도가 더 마음에 들지 않았다.

"트레들로 씨, 우린 그 팔찌의 주인을 알고 싶어요."

그가 안경 너머로 그녀를 흘끔거렸다.

"당신이 그를 모른다는 건, 이 조사를 의뢰한 사람이 다른 사람이라는 뜻이겠군요."

"그래요, 우린 다른 분을 위해서 일하고 있어요."

"그 물건이 사라졌다면 그걸 도둑질한 사람은 골동품 전문가를 찾고 있을 거요. 그 유물을 제대로 평가해줄 수 있는 사람, 신중한 판매를 도와줄 사람이 필요해질 거요."

라비니아의 머리에 경고음이 울렸다.

에멀린을 흘깃 쳐다보니 그녀 또한 새로운 문제점을 알아차린 듯했다.

그녀가 트레들로에게 시선을 돌렸다.

"그 도둑에게 협조하려는 생각은 안 하시는 게 좋을 거예요. 그자는 이미 한 번 살인을 저질렀어요, 두 번째라고 망설일 것 같지 않답니다."

"살인!"

트레들로의 눈이 휘둥그래졌다.

"그게 정말이오?"

"그자는 입을 틀어막으려고 한 여자를 죽였어요."

"맙소사, 맙소사. 끔찍해라……. 혹시 우발적인 사고였을 수도 있지 않겠소?"

"전혀요, 그는 크러뱃으로 여자의 목을 졸랐어요."

트레들로가 깊은 한숨을 내쉬었다.

"불행한 일이군. 유익한 거래는 안 되겠어."

"자, 이제 메두사 팔찌의 주인 이름을 말해주세요. 물론 말씀해 주실 거죠?"

"그보다 먼저 나의 수고비를 알아야겠소."

라비니아는 하워드의 말을 떠올렸다. 돈은 상관없다고 했었다.

"다른 데 가서도 굳이 어렵지 않게 알아낼 수 있는 이 사소한 정보의 대가로 얼마나 받고 싶으신가요, 트레들로 씨?"

트레들로가 즉시 열성적으로 흥정을 시작했다. 에로틱한 그리스 화병을 수집한 후로 대단히 능숙해진 분야이기도 했다. 하지만 이탈리아에서 가게를 꾸려본 경험이 있는 라비니아도 이런 방면의 문외한이 아니었다.

거래가 성사된 후에 드디어 트레들로가 입을 열었다.

"뱅스 경이 메두사의 주인이오. 일 년 반쯤 전에 프렌더개스트네 가게에 그 유물이 들어왔었지요. 프렌더개스트는 현명하게도 그 가격을 결정할 때 나와 상의를 했답니다. 그는 로마식 영국 골동품에 대해서 아는 게 별로 없었소."

"그렇군요."

라비니아는 프렌더개스트와 트레들로 사이의 오랜 라이벌 관계를 잘 알고 있었다.

"나중에 프렌더개스트한테 물어봤더니 그걸 뱅스에게 팔았다고 하더군요. 난 사실 조금 놀라웠소. 한때 뱅스가 활동적인 골동품 수집가이긴 했지만 몇 년 전 아내가 죽은 뒤로는 대부분을 없애버렸거든. 그 사람이 왜 푸른 메두사를 사들였는지 모르겠소. 하지만 그의 소유가 된 건 분명합니다."

"그럼 왜 도둑 맞았다는 신고를 하지 않았을까요?"

에멀린이 어리둥절하게 중얼거렸다.

트레들로가 코웃음쳤다.

"그는 아주 나이가 많아요. 이미 무덤에 두 발 다 들여놓은 상태죠. 심장이 안 좋은데다 최근에는 정신까지 이상해졌다더군요. 자기한테 푸른 메두사가 있는지는 고사하고, 아침 식사로 뭘 먹었는지조차 기억 못할 거요."

"그렇다면 신고하지 않은 이유가 설명되는군요."

라비니아는 부츠 끝을 탁탁거리며 생각에 잠겼다.

"잃어버린 걸 알아채지도 못할 사람보다 더 좋은 먹잇감이 어디 있겠어요? 그래도 집안에서 그 팔찌가 사라졌다는 걸 알아챈 사람이 누군가 있긴 할 텐데."

트레들로가 어깨를 으쓱했다.

"그의 유일한 친척은 질녀인 러쉬톤 부인뿐이죠, 몇 달 전에 뱅스가 오늘내일 한다는 걸 알고 그 집으로 이사왔답니다. 아마 이렇게까지 오래 살 줄은 몰랐을 거야."

라비니아의 몸으로 흥분이 흘러들었다.

토비어스의 말에 의하면 성미 급한 후계자는 언제나 유력한 용의자가 될 수 있었다.

"그 러쉬톤 부인이 뱅스의 재산을 물려받게 되나요?"

"난 그렇게 들었소."

"그녀도 골동품 수집가인가요?"

트레들로가 투덜거렸다.

"그 여자가 골동품에 관심이 있었으면 내 가게에 한 번쯤은 나타났을 거요. 내가 그 여자를 본 적이 없으니, 수집가도 아니고 푸른 메두사 같은 물건의 가치도 아마 전혀 모를 거요. 그 팔찌가 도난 당한 걸 알고나 있을지 모르겠소."

"하지만 암흑가에는 이미 소문이 퍼졌는 걸요."

에멀린이 한 마디 했다.

"그 물건의 구매자를 끌어들이려고 도둑이 소문을 퍼뜨린 거겠지요."

"뱅스의 주소를 알고 계신가요?"

라비니아가 재빠르게 물었다.

"에지미어 광장에서 유령의 장원 같은 걸 찾으면 바로 그 집이오."

"고마워요, 트레들로 씨. 많은 도움이 됐어요."

그녀가 보닛의 끈을 다시 묶으며 문으로 향했다.

"가자, 에멀린."

트레들로가 그들의 뒤로 따라와 정중하게 문을 열어주었다. 깊이 고개 숙여 인사한 다음 라비니아에게 은근한 시선을 보냈다.

"나의 수고비는 언제 주실 건가요, 레이크 부인?"

"걱정 마세요. 제가 수고비를 받는 즉시 드릴게요."

"아니, 이봐요……."

라비니아는 날렵하게 밖으로 걸어나갔다.

에멀린이 트레들로에게 상냥한 미소를 보내고 나서 뒤따랐다. 그리곤 문이 닫혔다.

거리로 나선 직후 에멀린이 라비니아를 바라보았다.

"러쉬톤 부인의 이름이 나올 때 이모 눈이 반짝거리더군요. 무슨 생각을 하신 거예요?"

"뱅스의 상속인 러쉬톤 부인이 이 일에 관련돼 있을 수도 있어. 그 도둑질에 동참을 했든가……."

"그럴 것 같진 않아요. 어차피 다른 재산들처럼 그 팔찌도 자기가 물려받을 거잖아요."

"아니면 그녀도 뱅스처럼 희생자일 수 있겠지. 네 말대로 그녀가 상속인이니까. 그렇다면 뱅스의 재산 손실은 자신의 손실이기도 해."

"그게 어떤 의미일까요?"

"그녀가 레이크·마치 탐정소의 잠재 고객일 수 있다는 뜻."

에멀린이 감탄스레 그녀를 바라보았다.

"이모, 대단하세요. 이 일의 두 번째 고객을 찾을 수도 있겠군요."

라비니아는 흥분을 내색하지 않으려 노력했다. 하지만 쉽지 않았다. 한 가지 사건으로 두 명의 고객을 잡는다면 수고비를 두 배로 받을 수 있었다.

"마치 씨도 기뻐하실 거예요."

"내 의견에 제대로 감탄하는지 두고 봐야겠어. 요즘엔 내 일에 너무 권위적으로 간섭하기 시작했거든."

"권위적이요?"

"그래."

라비니아는 농부의 짐수레가 지나가길 기다리며 거리에 멈춰 섰다.

"고압적이라고까지 말할 수 있어. 심지어 내가 신문에 광고하는 것까지 막으려 하더라."

"어머나."

"그게 자기랑 무슨 관련이라도 있는 것처럼 말야."

"걱정돼서 하신 말씀이었을 거예요."

"아니, 내가 유능한 탐정이 되는 게 탐탁스럽지 않은 거야. 파트너로 일하지 않을 때 내가 자기 경쟁자가 될까봐 그러는 거라구."

"이모, 그분이 충고해야 할 의무감을 느끼는 건 당연해요. 어차피 이모보다 더 오랜 경험자잖아요."

"그는 내 경험을 제한하려고 최선을 다하고 있어."

"왜 그런 말을 하세요?"

"오늘만 해도 암흑가의 정보원에게 날 소개시켜 달랬더니 딱 잘라 거절했어."

"이모가 그런 사람과 만나는 게 부적절하다고 생각했기 때문일 거예요."

"내가 아는 한, 마치 씨는 예의 범절에 매달리는 타입이 아니야. 부적절한 일을 막아주려는 게 아니라 교활한 잭의 정보를 독차지하려는 거야."

"정말로 그렇게 생각하세요?"

"그래, 점잖은 신사 크랙번 경에게도 날 소개시켜주지 않으려 했다는 게 그 증거야."

"흐음."

"크랙번이 클럽에서 한 발짝도 나오지 않는다나 뭐라나, 흥 말도 안 되는 핑계지."

"좀 이상한 핑계인 것 같긴 하네요."

"내 일에 감놔라 배놔라 참견하는 것도 그렇고, 정보통을 소개시켜 주지 않으려는 것도 그렇고, 게다가 아침 식사 때 너무 자주 찾아오고 있어."

에멀린이 고개를 끄덕였다.

"요즘 아침마다 자주 뵙게 되는 것 같긴 해요."

"그렇게 먹성 좋은 남자를 먹이려면 돈이 많이 든단 말이야. 자기 음식이 아니잖아, 그건 우리 음식이라구."

"어떻게 된 건지 알겠어요. 이모는 마치 씨가 너무 다그친다고 생각하는군요."

"그 정도가 아니야. 그 남자는 날 아주 납작하게 깔아뭉갤 속셈이야."

"이모, 그건……."

"하여튼 내가 그 사람 간섭 없이도 충분히 일할 수 있다는 걸 보여줘야겠어. 나 혼자서도 사건의 실마리와 용의자를 찾아낼 수 있어. 그래서 러쉬톤 부인이 중요해."

"무슨 뜻이에요?"

"에지미어 광장은 여기서 가까워. 집에 가는 길에 들러봐야겠어."

"훌륭해요. 나도 이모의 탐문 기술을 지켜보고 싶어요."

"기술 얘기가 나왔으니 말인데……. 네가 트레들로 씨에게 꿀처럼 미소지으며 추켜세우는 방식이 아주 인상적이었어. 너의 태도가 그의 협조를 받아내는데 아주 효과적이었다구."

에멀린이 기쁜 표정을 지었다.

"나의 대화 기술이 이모와 다소 다르긴 해도, 나름대로 가능성이 있다는 거겠죠?"

"그래, 남자를 조사할 때 특히 쓸만한 것 같아. 에멀린, 그런 기술 배우는 거 어렵니?"

"아뇨, 아주 쉽던데요."

토비어스는 다리를 쭉 뻗으며 크랙번을 바라보았다. 이 시간의 클럽은 조용했다.

벽난로의 장작 타는 소리, 찻잔 달그락거리는 소리, 신문 넘기는 소리만이 이어지고 있었다.

"다른 사건을 맡았나?"

크랙번이 신문에서 시선을 들지도 않고 물었다.

"레이크 부인과 같이 닥터 하워드 허드슨의 일을 조사해주기로 했어요."

"아, 아내가 목 졸려 죽었다는 그 최면술사로군."

"벌써 소식을 들으셨군요. 언제나 그렇지만 정말 놀랍습니다."

토비어스가 불길 쪽으로 시선을 돌렸다.

"그자는 아내가 애인한테 조종당해서 팔찌를 훔쳐낸 다음 그것 때문에 애인한테 살해당했다고 짐작하더군요."

"그 말이 의심스러운가?"

"실레스트 허드슨은 남편보다 훨씬 젊고 사내들과 잘 어울렸습니다. 은밀한 연애에 빠져 있었을 수도 있죠."

"다시 말해서, 그 남편이 죽였을 수도 있다는 뜻이군."

"그럴 가능성이 충분해요. 그렇다고 그자의 얘기를 전부 다 의심하는 건 아닙니다. 실레스트 허드슨한테 애인이 있었고 진짜로 그 유물을 훔치는데 공모했을 가능성도 있지요. 하지만 라비니아는 허드슨이 살인이나 도둑질에 가담하지 않고 죽은 아내의 복수를 원할 뿐이라고 믿는 반면에, 저는 그자가 그날 밤 사라진 그 유물을 찾고 싶어하는 거라고 믿습니다."

"자네의 이론에 반박하고 싶진 않네만, 그런 경우에는 한 가지 문제점이 있어."

"저도 압니다. 제 생각대로 허드슨이 살인범이라면 라비니아와 저의 수고비가 날아가는 셈이죠."

"그렇다네."

크랙번이 신문을 접고 안경테 너머로 올려다보았다.

"내가 도와줄 일이 있나?"

"거닝 경과 노햄프턴 경에 대해서 아는 게 있으신가요? 바스나 그 근처에 살고 있으며, 한때 허드슨의 고객이었다는 게 제가 아는 전부입니다."

크랙번이 잠시 생각에 잠긴 후에 어깨를 으쓱했다.

"특별히 아는 건 없어. 내가 짐작하는 사람들이 맞다면, 둘 다 나이가 많고, 건강상의 문제가 있는 부자라는 거지. 이 클럽의 회원이긴 하지만 최근 몇 년간 여기서 본 적은 없어."

"그것뿐입니까?"

"그렇다네. 하지만 자네가 원한다면 정보를 더 얻어낼 수 있는지 알아보겠네."

"그래주시면 감사하겠습니다."

"자네의 추리 사업을 돕는 게 나도 즐겁다네."

크랙번이 커피잔을 집어들었다.

"자네가 전쟁 때 윗분들을 위해서 비밀스런 조사를 할 때만큼이나 흥미로워."

"즐거우시다니 다행이군요. 하지만 저로서는 레이크 부인의 일시적인 파트너로 일하는 것보다 그 때가 더 속편하고 정신적인 스트레스도 적었습니다."

뱅스 장원은 고딕 스타일의 음침하고 거대한 돌 건물이었다. 높은 담에 둘러싸인 정원 사이에 우뚝 솟은 위층의 좁은 창문들마다 짙은 색 커튼들이 늘어진 모양새가, 유령이 등장하는 공포소설에나 어울릴 법했다.

"집주인이 저 안에서 썩어간다 해도 믿겠어요."

에멀린이 중얼거렸다.

"정말 괴기스럽긴 하다."

라비니아가 청동 고리쇠를 쿵쿵 두드렸다.

"하지만 주인이 죽어가고 있으니, 당연하지 않겠어."

가정부가 문을 열고 익숙하지 않은 햇살에 눈을 깜박였다.

"러쉬톤 부인을 만나러 왔어요."

라비니아가 여자의 앙상한 손에 명함을 밀어 넣었다.

"이걸 전해주세요. 아주 중요한 일이라고 말씀드려 주세요."

가정부는 한껏 눈살을 찌푸리며 명함을 바라보았다.

"러쉬톤 부인은 지금 안 계세요. 치료받으러 가셨어요."

"치료? 무슨 치료요?"

"신경과민이죠. 몇 주일 전부터 최면술사에게 다니기 시작하셨어요. 내가 보기엔 별 차이도 없더구만, 본인은 효과 만점이라고 하시더군요. 하여튼 결론적으로 그분은 집에 안 계세요."

가정부가 라비니아의 면전에서 문을 쿵 닫았다.

에멀린이 흥분으로 눈을 반짝이며 속삭였다.

"러쉬톤 부인이 최면술사에게 다닌대요."

라비니아도 굳이 만족감을 숨기지 않은 채 계단을 내려섰다.

"꽤나 흥미로운 소식이야."

"그런데 그게 무슨 의미일까요?"

"그게 우릴 어떤 방향으로 이끌어 줄지는 모르겠어. 하지만 모종의 관련이 있는 건 분명해."

에멀린이 서둘러 그 뒤를 쫓아갔다.

"마치 씨에게 이 소식을 언제 전할 거예요?"

"오늘밤 스틸워터 무도회장에서. 최대한 뜸들인 다음에 알려줄 거야. 내가 제대로 해냈다는 걸 인정해야 할 걸. 그 인간이 혼자 잘난 척하는 건 참을 수가 없어."

11

"오스카 펠링을 찾았어요."

앤서니의 목소리에 자부심과 흥분을 감추려 애쓰는 흔적이 역력히 나타났다.

"쉽진 않았어요. 여인숙을 몇 군데나 수소문해야 했거든요. 지금 셔틀 레인의 비어스 헤드에 머물고 있어요."

"잘했다."

토비어스가 마차 커튼을 걷어내고 밤거리를 살펴보았다. 9시가 막 시간이었다. 코를 찌르는 강물의 악취가 목적지에 가까워졌음을 알려주었다.

"런던에 무슨 일로 왔는지 알아냈냐?"

"그 여인숙의 마구간지기와 얘길 해봤어요."

토비어스가 살짝 눈살을 찌푸리며 돌아보았다.

"정체를 드러낸 건 아니겠지? 우리가 뒷조사하는 걸 펠링이 알아채면 곤란해."

앤서니는 모욕당한 듯한 표정이었다.

"당연하죠. 마차들의 도착 시간에 대한 얘기로 시작해서 시골 유지들이 런던에 와서 하는 일들로 대화를 옮겨갔어요."

"그자가 뭘 하고 다닌다더냐?"

"별다른 건 없어요. 레이크 부인의 짐작대로 평범한 이유로 온 것 같아요. 어차피 돈 많은 사람이잖아요. 양장점과 구두점에 드나든대요. 런던에 자주 오지 못하는 부자들이 흔히 하는 일들이죠."

"흠…… . 그 마구간지기는 펠링에 대해서는 아는 게 없는 모양이군."

"그렇겠죠, 어차피 마구간지기인 걸요."

앤서니가 잠시 뜸을 들였다.

"그 외에는 펠링이 그 여인숙 근처에서 장사하는 창녀 하나와 밤마다 재미를 본다고…… ."

"그럼 그 여자를 찾아봐."

앤서니의 얼굴이 빨개졌다.

"저기…… ."

"무슨 문제 있냐?"

"아뇨, 당장 조사해 볼게요."

앤서니가 얼른 대답했다. 그리곤 다시 한 번 기침으로 목을 가다듬었다.

"저…… . 레이크 부인이나 에멀린 양에게는 그 조사에 대해서 말하지 않는 게 낫겠어요."

토비어스는 즉시 앤서니가 망설이는 이유를 알아차렸다. 창녀와 접촉하는 사실을 에멀린이 알아차릴까봐 걱정인 것이다.

"걱정 마라. 펠링 건은 아직 얘기 안 했어."

"나중에 레이크 부인이 알면 싫어하실 텐데요."

"별 문제가 생기지 않는 한 이 일을 알릴 이유가 없어. 그 창녀를 찾아내면 나한테 알려줘. 내가 개인적으로 처리할 거다."

앤서니의 얼굴에 다행스러운 안도감이 번졌다.

"알았어요."

토비어스는 다시 창 밖을 흘깃 보았다.

"도착했군."

마차 지붕을 두들겨 마부에게 정지 신호를 보냈다.

마차가 덜그럭 멈춰 섰다. 토비어스가 문을 열고 문틀을 움켜쥔 채 바닥으로 내려섰다. 비가 그친 덕분에 다리 상태가 어제보다 많이 나아졌지만 예전처럼 마차 안팎으로 뛰어다닐 형편은 아니었다. 그는 이것이 나이 탓이 아니라, 이탈리아에서 당한 상처 탓이라고 애써 자신을 다독거렸다.

"마부한테 꼭 기다리라고 하세요."

앤서니가 말했다.

"이런 동네에서 마차도 없이 걸어다니고 싶진 않아요. 더구나 이런 밤 시간에는요."

앤서니는 토비어스의 소리 없는 한숨을 불러일으킬 정도로 가뿐하게 마차에서 뛰어내렸다.

"곧 돌아올 테니 기다리시오."

토비어스가 마부석의 남자한테 동전 몇 개를 던져주며 확답을 받고 나서 술집 쪽으로 걸어갔다.

"명심해라, 잭의 사무실에 들어설 때까지 입을 열면 안 돼. 네 말투가 즉시 늘통날 거야. 알겠냐?"

앤서니가 인상을 찡그렸다.

"한 번만 더 들으면 열 번이에요."

"그만한 이유가 있으니까 자꾸 말하는 거야. 여기서 싸움 나는 건 절대 사절이야."

"알았어요, 입도 뻥긋 안 할게요."

토비어스는 선술집 창문의 음침한 불빛을 쳐다보며 고개를 흔들었다.

"너는 절대 믿지 못하겠지만 라비니아가 아까 여길 따라오겠다고 했단다. 교활한 잭을 소개시켜달라나. 술집 작부로 변장을 하겠다더라."

앤서니가 부르르 몸을 떨었다.

"맙소사, 당연히 안 된다고 하셨겠지요?"

"이런 곳에 여자를 데려올 수야 없잖냐. 하지만 라비니아는 나한테 화가 난 것 같았어. 내가 정보원과의 연결을 일부러 막는다고 생각한 모양이야."

"그게 사실이긴 하잖아요."

"그래, 하지만 그녀를 위해서야. 이런 곳을 돌아다니게 할 순 없잖아. 그렇지 않아도 무모한 성격인데 여기까지 손을 뻗으면 어쩌란 말이냐."

토비어스가 그리폰의 문 앞에 멈춰서 마지막으로 조수의 모습을 점검했다.

앤서니는 부두 노동자 같은 옷차림이었다. 묵직한 부츠와 펑퍼짐한 바지, 그리고 코트가 근처 선창가에서 수하물을 내리며 고된 하루를 보낸 사람처럼 보였다. 커다란 벙거지 모자가 세련되게 깎은 머리와 얼굴을 가려주었다.

토비어스 또한 비슷한 차림새였다. 막노동꾼의 옷차림에다 약간 절룩거리는 행동으로 그 진실성을 더했다. 그리폰의 손님들은 대부분 위험한 직업으로 먹고 사는 자들이었다. 외다리나 외팔이, 애꾸눈이 결코 드물지 않았다.

토비어스가 연기 자욱한 술집의 문을 밀었다.

"똑바로 사람을 쳐다보면 안 돼. 여기서 그런 행동은 모욕으로 간주돼."

"그 말도 일곱 번쯤 들었어요."

깊숙이 내려쓴 모자 밑으로 앤서니의 미소가 떠올랐다 사라졌다.

"진정하세요, 걱정 마시라구요. 일을 망치지 않을 테니까요."

"오히려 내가 널 망칠까봐 불안한 거다."

앤서니가 화들짝 고개를 돌렸다.

"그런 말 마세요. 이건 내가 선택한 일이에요."

"그만 됐어, 할 일이나 끝내자."

그가 문을 열고 절룩거리며 요란한 술집 안으로 들어갔다. 앤서니가 그 뒤로 따라붙었다.

거대한 벽난로에서 타오르는 불길이 그곳 분위기에 딱 어울리는 누런빛으로 부산스런 공간을 비추었다. 나무 걸상들마다 술 마시고 노름하며 튼실해 보이는 여종업원들과 노닥거리는 사내들로 들어차 있었다.

토비어스는 그 사이를 헤치고 나아가며 다시 앤서니를 확인하러 돌아보았다. 그의 시선이 가슴 풍만한 여자에게 머물러 있었다. 맥주 잔 세 개를 내려놓는 여자의 거대한 젖가슴이 보디스 밖으로 쏟아질 듯 출렁거렸다.

"다들 빵빵한 몸매들이야. 교활한 잭이 거기엔 사족을 못 쓰거든."

토비어스의 중얼거림에 앤서니가 피식 웃었다.

그들은 복도를 걸어가 교활한 잭의 사무실 앞에 도달했다. 토비어스가 한 번 노크를 하고 문을 열었다.

"안녕하신가, 잭."

토비어스는 오래 전 스파이로 활동하던 시절부터 잭을 알고 있었다. 그 딩시 밀수입자로 활동했던 잭이 왕실에 도움될 만한 정보들을 많이 건져주었다.

몇 년 전에 술집 주인이라는 새로운 직업을 선택하긴 했지만, 쓸모 있는 소문거리들을 수집하는 그의 능력은 변함이 없었다. 크랙번이 신사들의 클럽 세상을 자유자재로 주무르듯이, 그는 이 거친 세상을 손아귀에 넣고 있었다.

브랜디를 따르던 잭이 시선을 들어올렸다. 토비어스에게 환한 미소를 지어 보이자 입에서 귀까지 이어진 긴 상처가 흡사 시체의 미소처럼 섬뜩하게 뒤틀렸다.

"제 시간에 왔군."

잭이 지대한 관심으로 앤서니를 흘끔거렸다.

"데려온 사람은 누구야?"

"내 처남 앤서니 싱클레어일세. 탐정 일을 가르쳐주는 중이야."

"드디어 만나게 됐구만, 싱클레어."

잭이 낄낄거렸다.

"탐정 일을 하겠다고?"

"네."

앤서니가 자랑스럽게 대답했다.

"가업을 이어받는 거야 좋지. 게다가 마치만큼 이런 방면에 능숙한 사람은 없어. 다른 인간들 비밀을 캐내는 데 진짜 선수거든. 몇 년씩이나 이 일을 해오면서 명줄이 붙어 있다는 게 그 재능의 증거야."

"거창하게 추천해줘서 고맙소."

토비어스가 중얼거렸다.

"이제 더 중요한 문제를 얘기해 보자구. 아까 오후에 당신 연락을 받았소. 나이팅게일에 대해서 말할 게 있다고?"

"차차 설명해줄게. 일단 앉아서 브랜디나 한 잔씩 하지."

토비어스가 벽난로 옆의 딱딱한 의자 하나를 골라서 습관대로 의자를 돌려 척 걸터앉았다. 그 모습을 주시하고 있던 앤서니가 즉시 다른 의자를 사용하여 매형과 똑같은 자세를 취했다. 토비어스와 똑같이 의자 등에 팔을 걸치고 잭이 건네주는 브랜디 잔을 받아들었다.

"난 나이팅게일과 접촉할 일이 별로 없어."

교활한 잭이 넓은 책상 뒤로 돌아가 커다란 의자에 육중한 체구를 내렸다.

"그자는 훔친 골동품이나 보석, 예술품 같은 것들을 다뤄. 아주 고급스럽고 귀한 물건들만. 고객도 아주 고급 부류들이고 말이야. 나 같은 밑바닥 인생보다는 한 수 위라고 해야겠지."

토비어스가 브랜디를 홀짝였다.

"밀수업자나 술집 주인이나 장물아비나 별반 다를 건 없소. 고급 고객들에 대해서도 당신이 주눅들 이유가 없소."

잭이 킥킥 웃었다.

"친절하게 말해줘서 고맙네, 친구. 자, 나이팅게일에 대해서 말인데 그자는 다양한 이유로 대면하고 싶어하지 않는 고객들 사이를 중개하고 있어. 경매와 판매를 담당하지."

앤서니가 눈살을 찌푸렸다.

"불법적인 경매를 어떻게 진행하죠?"

교활한 잭이 선생님 같은 태도로 의자 깊이 몸을 묻었다.

"경매물로 나온 물건을 관심 있어하는 부류들에게 공지한 다음 입찰을 시작하는 거야. 익명성은 철저하게 보장돼. 그 덕에 나이팅게일이 꽤 두둑한 수수료를 챙기는 것 같더라구."

토비어스는 생각에 잠겨 의자 등을 손가락으로 두드렸다.

"도둑질도 사주한 적이 있었나?"

잭이 불룩한 배에 한 손을 올린 채 잠시 생각했다.

"그건 모르겠어. 하지만 액수가 크다 싶으면 그런 짓도 마다하지는 않을 거야."

"그자와 거래한 고급 고객들을 알 수 있을까?"

"아니, 아까 말했다시피 그들은 철저한 비밀 보장을 조건으로 해. 나이팅게일이 그걸 확실하게 지켜주고 말이야. 어차피 평판이 그자의 장사 밑천이잖아."

토비어스는 라비니아의 명함에 적힌 단어를 떠올렸다.

'완벽한 비밀 보장'

"나의 파트너 레이크 부인만 비밀 보장으로 손님을 끌어들이는 게 아니군."

잭이 어깨를 으쓱했다.

"사업을 하려면 이익 챙기는 방법을 강구해야 돼. 하여튼 나이팅게일한테 자네가 만나고 싶어한다는 전갈을 보냈어. 당장 답장이 왔다네. 자네만큼이나 그 잃어버린 골동품 건을 상의하고 싶은 모양이야."

"언제, 어디서?"

"그건 나이팅게일한테 달렸어. 자넨 신경 쓸 거 없어. 그자가 접근할 테니까."

"시간 낭비하긴 싫은데."

"내 생각엔 곧 만나게 될 것 같아, 곧."

토비어스가 브랜디를 한 모금 더 삼키고 내려놓았다.

"다른 정보는 없나? 그자가 어떻게 생겼지?"

"내가 그자를 한두 번 만난 적은 있어, 하지만 솔직히, 거리에서 마주치더라도 알아볼 자신은 없어. 고객한테든 일과 관련된 사람들한테든, 환한 곳에는 나타나질 않거든."

"어떻게 그럴 수 있죠?"

앤서니가 궁금한 듯 물었다.

"그자는 밤에만 일해, 그럴 때도 어두운 데만 서 있어. 연락할 때는 거리의 꼬마들을 이용하지. 내가 본 바로 말할 수 있는 건, 체구가 아주 작다는 것 뿐이야. 목소리로 봤을 때 젊은 나이는 아니야. 그렇다고 늙은이도 아니지. 한 번은 안개 낀 거리에서 멀어지는 걸 봤는데, 이상하게 걸어가더라구."

"어떻게?"

토비어스가 물었다.

"그런 거 있잖아, 오래 전에 한두 번 불행한 사건을 겪고 나서 제대로 치료가 안 된 것처럼 비비꼬면서 질질 끌어대는 걸음걸이 말이야."

"하는 일의 종류로 볼 때 사고를 당했다 해도 놀랄 일은 아니겠지. 아마 성난 고객한테 당했을 거야."

앤서니가 자기 의견을 말해도 되는지 물어보는 것처럼 슬쩍 토비어스를 바라보았다.

"뭔데? 말해봐."

"나이팅게일이 변장의 일부로 절름거렸을 가능성도 있을 것 같아요."

"훌륭한 지적이다. 그럴 가능성도 충분히 있지."

잭이 토비어스에게 찡긋 윙크를 보냈다.

"조수가 이런 일에 영 맹탕은 아니로구만."

"그래서 더 걱정이오."

앤서니가 즐겁게 미소지었다.

"그나저나, 그 일시적인 파트너와 또 다른 사건을 맡았나?"

"우리의 고객은 그 골동품을 훔치게 한 자가 자기 아내를 살해했다고 주장하더군."

토비어스가 감정 없이 말했다.

"아, 그 최면술사 부인."

"그 소식 들으셨어요?"

앤서니가 몸을 곧추세우며 물었다.

잭이 브랜디를 꿀꺽 삼켰다.

"그런 소식은 언제든 그리폰으로 흘러들게 마련이야."

그가 토비어스를 바라보았다.

"이번에도 살인자를 찾는 긴가, 친구?"

"그런 것 같소."

앤서니가 놀란 듯 토비어스에게 시선을 돌렸다.

"그런 것 같다니요? 허드슨 부인이 살해당한 건 분명하잖아요."

"그래, 그 여자가 죽은 건 맞아. 하지만 그 살인범이 우리가 모르는 자라는 확신은 없어."

"이해가 안 돼요."

"그 여자는 살해당한 밤, 애인과 만날 예정이었어. 그 여자 남편은 그 사실을 알고 있었고. 자기 입으로도 인정했어. 그 남편은 그날 밤 최면술 시연회에 참석했어. 그 여자는 나중에 목 졸려 발견됐고. 그게 지금 우리가 알고 있는 전부야."

"허드슨이 그 약속장소에 따라가서 질투심으로 죽여버렸다고 생각해요?"

토비어스는 어깨를 들썩였다.

"꽤 설득력 있는 설명이야."

"그럼 너무 늦게 그 여자가 귀중한 골동품을 갖고 있었고 그게 사라졌다는 걸 알게 된 거겠군. 거참 쌤통이다."

잭이 코웃음쳤다.

앤서니가 다시 입을 열었다.

"그럼 허드슨이 아내의 살인범이 아닌 그 팔찌를 찾으려고 탐정을 고용했다는 건가요?"

"간단히 말하자면, 그렇다."

"고객의 말을 거짓으로 생각한다면 왜 사건을 맡았죠?"

"선택의 여지가 없었어."

토비어스가 브랜디를 마저 마셨다.

"나의 '파트너'가 혼자서라도 그 애인과 팔찌를 찾겠다고 결심했거든."

"그래서 그분 혼자 위험한 일을 하게 놔둘 수가 없었군요."

"아주 정확한 상황 요약이다."

토비어스가 잭을 바라보았다.

"달리 말해줄 건 없소?"

"조심하라는 충고를 안 할 수가 없겠지. 나이팅게일이 끼어 있는 일이라서 걱정이야. 그의 고객 몇몇은 돈이 많을 뿐 아니라 수집품을 위해서라면 앞 뒤 안 가린다는 소문이 있거든."

"이상하게 나도 이미 그런 결론에 도달했소."

토비어스가 일어서며 빈 술잔을 내려놓았다.

"가자, 앤서니. 자정까지 스틸워터 무도회에 도착하려면 지금 출발해야 돼. 나이팅게일이 오래 미적거리지 않기만 바랄 뿐이다."

"그렇진 않을 걸."

잭이 덧붙였다.

"조만간, 틀림없이, 어두울 때 나타날 거야."

12

자정이 지난 직후, 라비니아는 레이디 스틸워터의 우아한 무도회장 구석에 토비어스와 함께 서 있었다. 왈츠에 푹 빠진 앤서니와 에멀린의 모습을 지켜보며 피할 수 없다는 체념이 그녀에게 스며들었다.

"두 사람이 잘 어울리네요, 그렇죠?"

"그렇군."

토비어스의 목소리에는 억양이 담기지 않았다.

"당신이 에멀린을 부자에게 시집보내고 싶어하는 건 알지만, 사랑이라는 게 멋진 계획을 틀어버리는 경우도 종종 있소."

그녀는 춤추는 커플을 물끄러미 응시했다.

"일시적인 감정일지도 몰라요."

"너무 희망을 품진 마시오. 난 최악의 상황을 걱정하는 중이니까."

그녀의 몸이 움찔했다.

"저 애들이 사랑에 빠지는 게 최악의 상황인가요?"

"그게 당신의 시각이잖소."

그의 목소리가 지나치다 싶을 정도로 무미건조했다.

왠지 '사랑에 빠지는 것'을 최악의 상황으로 동의하는 그의 태도가 그녀의 기분을 울적하게 했다. 토비어스 자신도 사랑에 빠지는 걸 가장 끔찍한 운명으로 여기는 걸까?

"불행히도 앤서니가 탐정 일에 재능이 있는 것 같다는 소식을 전해야겠소."

토비어스가 덧붙였다.

"이 일에 맛을 들인 이상 안정된 직업을 찾아보라고 설득할 방법이 없소."

그녀는 그 목소리의 험악한 체념을 이해했다. 그녀가 에멀린에게 안전한 미래를 찾아주려 애썼던 것처럼 그도 어린 처남에게 아버지 역할을 해주려 최선을 다해왔었다.

"우리가 저 애들을 망친 걸까요?"

그녀가 조용히 물었다.

"모르겠소. 하지만 저렇게 행복해하는 모습을 보면서, 인생이 망가졌다고 느끼기는 어렵군."

그녀의 표정이 다소 밝아졌다.

"사랑에 뭔가 특별한 게 있을 거예요, 그렇죠?"

"뭔가 있긴 하겠지. 하지만 정확히 그게 뭔지는 모르겠소."

그녀는 그 말의 속뜻을 파악할 수 없었으므로 주제를 바꾸기로 했다.

"앤서니만 탐정 일에 자질을 보인 건 아니랍니다. 에멀린도 오늘 오후에 놀랄 만한 탐문 기술을 선보였어요."

"그 팔찌와 뱅스 경과의 연관관계를 알아내다니 아주 잘했소."

"고마워요."

그녀는 그 칭찬에 잠시 정신이 팔렸다. 하지만 다시 본래의 주제를 기억해냈다.

"트레들로가 에멀린의 미소와 칭찬에 넋이 나간 것 같았어요. 내가 수고비를 제안하지 않았다 해도 아마 정보를 제공했을 거예요."

"상대를 매료시키는 능력은 언제나 쓸모가 있소. 그리고 에멀린 양에게는 그 재능이 있소."

라비니아가 고개를 끄덕였다.

"그 애가 우아함을 지녔다는 건 전부터 알고 있었어요. 하지만 오늘날까지 신사를 매료시키는 능력이 탐정업에 얼마나 유용한지는 미처 몰랐답니다."

"흐음."

"아까 에멀린의 탁월한 능력을 지켜보면서 한 가지 생각이 떠올랐어요."

잠시 조심스런 침묵이 흘렀다.

"무슨 생각?"

"신사들에게 정보를 빼내는 그 매료 기술을 에멀린한테 가르쳐달라고 해야겠어요."

샴페인을 삼키려던 토비어스가 갑자기 사례가 들려 캑캑 기침을 해댔다.

"어머나, 당신 괜찮아요?"

그녀가 재빨리 작은 구슬 가방에서 손수건을 꺼내 건넸다.

"고맙소, 아무래도 와인 한 잔 들이켜야겠어."

그가 섬세하게 수놓인 손수건에 대고 웅얼거리며, 지나가는 하인에게서 샴페인 잔을 낚아챘다.

"지금은 이걸로 만족해야겠군."

그가 샴페인의 반을 단숨에 들이켰다. 그녀는 그 모습을 걱정스레 바라보았다.

"다리가 또 아파요?"

"날 괴롭히는 건 다리가 아니오."

"그럼 뭐예요?"

"라비니아, 당신은 감탄할 만한 기술과 재능을 여럿 지니고 있소.

하지만 당신의 충실한 일시적 파트너로서 말하건대, 나의 신중한 견해로는 신사들을 매료시켜 비밀을 알아내려는 기술 연마는 당신에게 완벽한 시간 낭비일 것 같소."

그 말이 그녀에게 즉각적인 불쾌감을 전했다. 그녀가 차갑게 되물었다.

"나한테 남자들을 녹일 능력이 부족하다는 뜻인가요?"

"전혀 아니오."

그가 씩 웃으며 하얀 이를 드러냈다.

"나한테는 가끔 그런 효과를 발휘하고 있소."

그녀가 노려보았다.

"이 상황이 재미있으신가요?"

"우리 둘 다 이성을 매료시키는 방면에는 자질이 없는 것 같아서 유감이오. 우연히도 앤서니가 그 기술을 나에게 가르쳐주려고 시도한 적이 있었기 때문에 내가 자신 있게 말할 수 있소."

그녀의 눈이 커다래졌다.

"당신이 그런 걸 배웠어요?"

"그렇다오. 최근 당신에게 한두 번 실험해봤소, 그리고 내가 아는 한 전혀 아무런 효과가 없었소."

"나한테 그 방법을 시험해봤다구요?"

"틀림없이 그렇다오. 당신은 나의 그 노력조차 알아차리질 못한 듯하군."

"언제 그런……."

그녀의 뇌리에 아침 식사 때 중얼거렸던 그의 야릇한 말이 떠올랐다.

"아, 나더러 비너스의 현신이라고 했던 거?"

"멋들어지게 바다의 요정과 비유했던 것도 있지. 당신 집으로 걸어가면서 내내 연습했던 거였소."

"하지만 당신이 실패했다고 해서 나까지 실패하란 법은 없답니다."

"헛수고 마시오, 라비니아. 난 그 매료 기술을 타고나야 하는 것으로 결론지었소. 에멀린 양과 앤서니처럼 태어나면서부터 자연스럽게 지닌 사람이 있는가 하면, 반대로 전혀 지니지 못한 사람도 있소. 그런 사람은 아무리 노력을 해도 터득할 수가 없소."

"말도 안 돼요."

"난 사실 당신이 왜 남자 홀리는 법을 배우려 드는지 알 수가 없소. 그런 기술 없이도 그럭저럭 잘 지내고 있잖소."

"모욕적이군요."

"그런 뜻으로 한 말이 아닌데."

그녀가 가느다랗게 눈을 좁혔다.

"내가 어떤 신사를 홀리고 싶어하는지도 모르잖아요."

"나 말이오?"

그가 상냥하게 미소지었다.

"노력은 가상하지만 그럴 필요 없소. 난 지금의 당신 모습으로 만족하오."

"진심이에요?"

"진심이오. 당신과 나는 가식적인 말이나 의미 없는 칭찬이 없어도 될 만큼 서로의 성격을 잘 이해하고 있소."

"그 말이 맞을지도 모르죠. 하지만 그래도 난 그 기술이 아주 유용하다고 생각해요, 포기하기 전에 직접 실험해보고 싶어요."

"조심해 주길 바라겠소, 마담. 내가 당신의 그 충격적인 매력을 견뎌낼 수 있을지 모르겠소."

그녀는 더 이상 그의 조롱을 참을 수 없었다.

"걱정 마세요. 힘겹게 배운 기술을 당신한테 낭비할 마음은 없으니까. 어쨌든 당신은 그런 매력에 끄떡할 것 같지도 않아요."

"그렇긴 하오."

그의 목소리가 농담기를 벗어나 다소 낮아졌다.

"그렇다 해도 그 매력을 시험해볼 거라면 나에게 미리 알려주시오."

"내가 왜 당신에게 일일이 알려야 하나요?"

"나의 양심상 다른 순진한 신사가 위험에 빠지는 걸 두고 볼 수 없기 때문이오."

"당신한테 양심이 있었던가요?"

그의 시선이 그녀의 어깨 너머로 옮겨갔다.

"저기 진정한 매료 기술을 아는 도브 부인이 오시는군."

라비니아는 조앤이 하필 이 순간을 택한 것이 원망스러웠다. 토비어스와의 신랄한 문답이 즐거웠었는데. 하지만 무엇보다도 일이 우선이었다.

그녀는 마음을 고쳐먹고 그들에게 다가오는 눈부신 여자 쪽으로 돌아섰다.

조앤 도브는 40대 중반의 나이였지만 고전적인 얼굴 윤곽과 세련된 스타일이 나이보다 더 젊어 보이게 했다. 아주 가까이 다가서기 전에는 눈가의 가느다란 주름살과 그 눈에 담긴 연륜을 알아차리지 못할 것이었다. 남편이 죽은 지 일 년이 지났는데도 여전히 은색과 검은색 일색의 옷차림이었다. 하지만 제한된 색채에도 불구하고 마담 프란체스카 덕분에 유행의 선두주자임에는 반문의 여지가 없었다.

오늘밤에는 섬세한 검은색 장미들로 장식한 은색의 드레스 차림이었다. 고상한 어깨와 가슴의 형태가 드러날 정도로 목선이 깊이 패였고, 치맛자락은 발목까지 펼쳐져 있었다.

"도착했군요, 라비니아. 토비어스."

조앤이 두 사람에게 미소지었다.

"에멀린와 앤서니는 댄스홀에서 즐기고 있더군요."

"네, 그 두 젊은이에게 성공적인 자리가 될 거예요."

"잘 됐군요, 저도 기쁘네요. 난 당신과 토비어스를 좋은 친구일 뿐 아니라 훌륭한 동료라고 생각한답니다."

라비니아와 토비어스의 시선이 마주쳤다. 그들은 말이 필요 없는 상호 이해의 시선을 교환했다. 사실 동료라는 조앤의 말이 반가운 것만은 아니었다. 자신의 인맥을 이용해서 그들에게 협조하겠다고 먼저 제안한 것도 조앤이었다. 라비니아는 조앤이 첫번째 고객으로서 경제 능력을 부여해주었을 뿐 아니라 마담 프란체스카를 소개시켜주었다는 이유로 항상 고마워하면서도, 그녀를 상담역으로 받아들이기에는 다소 문제점이 있다는 판단이었다. 하지만 무료로 서비스를 제공받을 수 있다는 점은 긍정적인 부분이었다.

조앤은 어두운 과거를 지닌 의문의 여자였다. 라비니아가 확실히 아는 것 하나는, 갑작스레 세상을 하직한 그녀의 남편 필딩 도브가 블루 챔버라고 알려진 범죄조직의 우두머리였다는 사실이었다. 그 절정기에 영국을 비롯해 대륙까지 합법적·불법적 이익 사업의 세력을 넓혔던 막강한 조직이었다.

작년에 필딩 도브의 죽음으로 와해되었으리라 여겨지긴 하지만, 챔버의 사업체들이 완전히 괴멸되지 않았다고 믿을 만한 암흑가의 소문도 무성했다. 그들에게 새로운 대장이 생겼다는 것이었다.

그리고 토비어스와 라비니아가 판단하는 한, 그 새로운 대장은 조앤 도브일 가능성이 가장 유력했다.

하지만 해답 없이 남겨두어야 할 질문들도 있는 법이라는 것이 라비니아의 결론이었다.

"오늘 저녁에 내가 레이크·마치 탐정소를 위해 분주하게 조사했음을 알려드리게 돼서 기뻐요."

조앤이 명랑하게 말했다.

그 목소리의 열성이 라비니아의 관심을 잡아끌었다. 그녀는 조앤의 얼굴을 좀더 유심히 살펴보았다. 전에 없던 경쾌함이 묻어나는 듯했다. 마침내 조앤이 슬픔에서 벗어난 것일까?

"레이크·마치 탐정소라, 듣기 좋네요."

"개인적으로 난 못마땅하오."

토비어스가 입을 열었다.

"우리의 일시적인 동업 관계를 굳이 규정해야 한다면, 마치·레이크 탐정소로 부르는 게 옳을 겁니다, 조앤."

"말도 안 돼요. 레이크·마치가 더 적당해요."

라비니아가 즉시 반박했다.

"아니, 연륜 높은 파트너의 이름이 앞에 나와야 하는 법이오."

"당연히 나이도 참작해 드려야겠죠, 하지만……."

"난 직업상의 경력을 말한 거요, 내 나이가 아니라."

라비니아는 시무룩한 토비어스에게 고소해하는 미소를 던지며 조앤을 돌아보았다.

"아참, 무슨 말을 하려던 거였죠, 조앤?"

"두 사람이 사소한 이름상의 언쟁으로 무례하게 나의 말을 가로막기 전에 말인가요?"

조앤의 눈에 보기 드문 즐거움이 반짝였다.

"난 골동품에 관심 많은 사교계 일원들 사이에 번진 소문에 대해서 말하려던 참이었어요."

토비어스가 샴페인 잔을 내려놓고 조앤을 바라보았다.

"정신 집중하고 듣겠습니다, 마담."

라비니아도 흥분 어린 목소리로 말했다.

"그럴 줄 알았어요. 메두사 소식이 사교계에 번진 거겠죠? 그래서 내가 아까 도움을 청했던 거예요, 조앤. 당신이 그런 정보를 얻어낼 아주 이상적인 위치에 있으니까요."

"나한테 상의해줘서 기뻐요."

조앤이 사람들을 둘러보며 은밀하게 목소리를 낮췄다.

"푸른 메두사의 소식이 어느 수집가의 관심을 사로잡았어요. 원하는 건 무엇이든 차지한다는 평판을 지닌 돈 많고 막강한 신사죠."

"그 사람이 팔찌를 원한다는 걸 어떻게 알죠?"

"아무리 초대장을 보내도 사교 행사에 거의 모습을 드러내지 않는 사람이니까요. 그 사람이 이 무도회장에 나타났다는 사실이 바로 팔찌를 쫓고 있다는 증거예요. 다른 이유가 있을 리 없거든요."

라비니아가 조앤의 시선을 따라 야자수 나무 근처의 한 남자를 바라보았다. 직위와 부유함에서 우러나오는 거만함과 자신감을 풍긴다는 면에서는 오늘밤 무도회장에 모인 다른 남자들과 그리 다르지 않았다. 하지만 왠지 다른 사람들보다 두드러졌다. 그 자신은 오히려 배경 속에 묻혀버리려 노력하는 듯한데도 불구하고 라비니아는 조앤이 가리키는 사람을 그 즉시 알 수 있었다. 다채로운 작은 물고기들 사이에서 제 모습을 위장하지 못하는 상어 같았다.

토비어스와 비슷해, 라비니아가 불편하게 생각하며 꿀꺽 샴페인을 삼켰다.

하지만 신체적으로 두 사람의 공통점은 별로 없었다. 우선 그 남자는 토비어스보나 나이가 많았다. 40대 후반쯤인 것 같았다. 이마 위의 머리선도 휑하니 올라갔고, 토비어스보다 키도 컸으며 더 홀쭉했다.

"저 사람이 누구예요?"

라비니아가 물었다.

"배일 경이에요."

조앤의 목소리에 담긴 무언가가 라비니아의 시선을 돌아보게 했다. 놀랍게도 그녀의 얼굴에 흥미가 담겨 있었다. 조앤이 이런 식으로 다른 남자를 바라본 적은 없었는데 말이다.

"빌어먹을, 배일이 이 일에 관련되었다는 겁니까?"

토비어스가 인상을 찌푸렸다.

"그런 것 같아요. 게다가 두 사람이 조사중이라는 사실도 아는 것 같아요. 그렇지 않고서야 오늘밤에 여기 나타날 이유가 없죠."

토비어스가 남은 샴페인 잔을 내려놓았다.

"제기랄, 일이 더 복잡해지게 생겼군."

라비니아가 그를 바라보았다.

"왜 그렇게 걱정해요?"

"조앤의 말대로 배일은 대단히 특별한 취향의 수집가요. 그 취향을 즐길 만한 경제력도 충분하오. 돈만으로 원하는 걸 손에 넣을 수 없다면 다른 수단과 방법을 다 동원한다는 소문이오."

"아주 배타적인 클럽의 설립자이기도 해요."

조앤이 설명했다.

"그 회원들은 스스로를 카너서(미술품 감정 전문가)라고 불러요. 아주 이색적이고 특이한 골동품을 지닌 사람만 가입할 수 있답니다. 공석이 나는 경우도 거의 없죠. 공석이 생길 경우에는 클럽의 개별 박물관에 어울리는 유물을 기증해야만 허가 받을 수 있어요. 그리고 우연히도 지금 한 자리가 비어 있답니다."

"그걸 어떻게 아세요?"

"일 년 전 남편의 사망으로 생긴 자리이니까요. 그 이도 몇 년간 카너서의 회원이었어요."

"배일 경이 왜 아직껏 그 자리를 채우지 않았을까요?"

"마땅한 후보자가 없었나봐요. 가입 신청을 하려면 고급스러울 뿐 아니라 대단히 특별하고 희귀한 것으로 간주되는 유물을 내놓아야 하거든요. 그런 유물을 찾는다는 게 쉽지는 않겠죠."

라비니아가 숨을 죽였다.

"메두사 팔찌 정도면 자격요건이 되겠군요."

"그래요, 그 클럽의 박물관은 철저하게 회원 위주라서 외부에 공개되질 않아요. 그 물건이 이색적이고 희귀하기만 하다면 배일이나 다른 회원들은 출처 따위에 신경 쓰지 않을 거랍니다. 하지만 오늘 밤 여기 나타난 걸 보면, 배일 경이 다른 사람에게 푸른 메두사를 넘길 의향이 없나봐요. 직접 차지할 계획인 것 같아요."

토비어스가 흘깃 조앤을 바라보았다.

"그와 잘 아는 사이인가요?"

조앤이 잠시 머뭇거렸다.

"남편이 살아 있을 때 가끔 우리 집에 손님으로 찾아왔어요. 필딩이 그를 좋아했죠, 서로 존중하는 사이였어요. 하지만 내가 배일을 잘 안다고 말할 수는 없어요. 그런 말을 할 수 있는 사람은 거의 없을 거예요."

"아마 그렇겠지요."

"당신은 그를 만난 적이 있나요?"

이번에는 조앤이 물었다.

"크랙번에게 소개받은 적이 있습니다. 하지만 친하다고 말할 순 없습니다. 어차피 노는 물이 다르니까요."

"저기 봐요, 배일 경이 우리 쪽으로 오고 있어요."

라비니아가 속삭였다.

"그렇군. 당신 말이 맞았군요, 조앤. 그가 라비니아와 날 알고 있는 모양입니다."

그들은 배일 경이 유연하게 댄스홀 가장자리로 움직이는 모습을 지켜보았다. 알아보지도 못할 정도로 이따금씩 고개를 끄덕이며 한두 번 인사를 나누느라 멈춰 서긴 했지만, 그의 목적지가 자신들이 서 있는 곳이라는 건 분명했다.

"아마 두 사람을 심문하려 시도할 거예요. 무례하게 굴진 않겠지만, 그는 아주 영리한 사람이에요. 비밀을 지키고 싶으면 입 조심하는 게 나을 거예요."

조앤이 경고했다.

그 순간 배일 경이 사람들 틈에서 빠져 나와 그들 앞에 섰다. 라비니아는 은밀하게 그를 관찰하며 신체적으로 토비어스와 또 다른 점 하나를 알아차렸다.

배일 경은 낭만적인 예술가의 눈동자를 지니고 있었다.

"조앤."

그가 우아하게 그녀의 손을 잡으며 고개 숙였다.

"다시 사교계에서 만나게 되어 기쁘군요. 참으로 오랜만입니다."

"안녕하세요, 배일 경."

그녀가 부드럽게 손을 잡아 뺐다.

"이쪽은 나의 친구들이에요. 레이크 부인과 마치 씨죠."

"마치."

배일 경이 토비어스에게 고개를 끄덕인 다음 라비니아에게 시선을 돌렸다.

"만나서 반갑습니다, 레이크 부인."

그에게 손을 내어주었을 때 그녀는 그의 묘하게 생긴 반지를 알아차렸다. 작은 열쇠 같은 모양이었다. 그녀는 최대한 매력적인 미소를 지으려 노력하며 살짝 예를 갖추었다.

"안녕하세요, 배일 경."

하지만 그는 그녀의 노력에 그다지 현혹된 것 같지 않았다. 간단히 고개를 숙인 다음 조앤에게 돌아섰다.

"함께 춤추는 영광을 주시겠소, 마담?"

조앤의 몸이 아주 살짝 굳어졌다. 라비니아가 그녀를 지켜보고 있지 않았더라면 그 미약한 망설임을 알아차리지 못했을 정도였다.

"네, 물론이지요."

조앤이 금세 침착을 되찾고는 라비니아에게 당혹스런 시선을 던지며 배일 경의 손에 이끌려갔다.

라비니아는 댄스홀로 향하는 남녀를 유심히 지켜보았다.

"심문을 예상했던 우리가 무색해지는군요. 조앤과 춤추는 것 말고 다른 생각이 없는 것 같아요."

"너무 자신하진 마시오. 조앤의 말대로 교묘한 자니까."

토비어스가 그녀의 팔을 붙잡았다.

"별달리 할 일도 없으니 바람이나 쐬러 나갑시다."

"약간 답답하긴 해요, 그렇죠?"

그녀가 순순히 테라스 문으로 따라갔다. 토비어스는 테라스에서 멈춰 서지 않았다. 계속 돌계단을 내려가 랜턴이 켜진 정원으로 발길을 이어갔다. 그리곤 장원 뒤쪽의 어두운 온실을 향해 오솔길을 걸어갔다. 커다란 온실의 창문들이 달빛에 반짝거리고 있었다.

라비니아는 배일 경이 춤을 청했을 때 조앤의 눈에 서렸던 그 놀라움과 불안을 곰곰이 되새겼다. 조앤을 당황하게 할 수 있는 일은 드물었다. 그런데 배일 경의 춤 신청이 조앤으로 하여금 그 상태를 이끌어낼 뻔했다.

"배일 경이 오늘밤 나타난 이유를 우리가 잘못 짚었는지도 몰라요."

그녀가 입을 열었다.

"왜 그렇게 생각하오?"

"배일 경은 우리의 조사 상황을 알아보는 게 아니라 조앤과 춤추는 게 목적인 것 같았어요."

"배일 경은 자기 목적을 숨기는데 능숙하오. 조앤도 그 방면으로 둘째가라면 서러울 테고."

그의 목소리에 왠지 모를 짜증이 담겨 있었다. 그녀가 눈을 깜박였다.

"당신 화났군요."

"아니오."

"화가 났는 걸요. 뭔가가 속에서 틀어졌어요. 왜 그래요? 배일 경이 우리한테 아무 말도 안 해서 그래요?"

"아니."

"토비어스, 또 까탈스러워지기 시작하는군요."

그가 온실 앞에 멈춰 유리문을 열었다.

그는 부드럽게 그녀를 안쪽으로 끌어들인 다음 문을 닫았다. 그 즉시 풍성한 흙과 풀내음이 콧속으로 밀려들었다. 수많은 창으로 스며드는 달빛이 야자수와 다른 식물들의 단정한 배열을 비추고 있었다. 그 상쾌함을 음미하며 그녀가 미소지었다.

"근사해요."

그녀는 축 늘어진 잎사귀들을 살피며 천천히 통로로 걸어가기 시작했다.

"밀림을 걷는 게 이런 기분일까요? 설마 뱀이나 야수들이 나타나진 않겠죠?"

토비어스가 그녀의 옆으로 따라붙었다.

"확실친 않소."

"아직도 저기압이군요."

그녀가 반짝이는 잎사귀 하나를 매만졌다.

토비어스가 대뜸 그녀를 뒤로 잡아당겼다.

"너무 가까이 가지 마시오. 그게 뭔지도 모르잖소."

그녀가 홱 눈살을 찌푸리며 돌아섰다.

"정말 왜 이래요? 말해봐요, 이유가 뭐예요?"

그는 음울한 시선으로 그녀를 바라보았다.

"꼭 알아야겠다면, 배일 경이 조앤을 댄스홀로 데려갈 때 나도 당신과 춤추고 싶은 충동에 휩싸였다고 말해야겠소."

그가 하늘을 날 수 있다고 선언했더라도 이 정도로 놀랍지는 않았으리라.

"나랑 춤추고 싶었어요?"

"왜 그런 기분이었는지 전혀 모르겠소."

"그렇군요."

"춤에는 관심도 없었는데. 이 빌어먹을 다리로는 그런 종류의 운동이 적당치도 않소. 댄스홀에서 바보 꼴이 됐을 거요."

멀리 무도회장에서 왈츠의 가락이 은은하게 들려오고 있었다. 라비니아는 감미로운 쾌감에 젖어 그에게 미소지었다.

"여긴 당신의 어색한 모습을 볼 사람이 없어요."

"당신만 빼고."

"하지만 난 당신이 바보가 아니라는 걸 이미 알아요. 당신의 어떤 말이나 행동도 나한테 다른 생각을 심어주지 못할 테구요."

그는 한참 동안 그녀를 응시했다. 그런 다음 말없이 손을 내밀어 그녀를 품으로 끌어들였다.

서로를 알게 된 후로 처음으로 함께 춤을 추는 순간이었다.

그의 스텝은 어색하고 조심스러웠다, 혹시라도 그녀의 발을 밟거나 넘어뜨릴까봐 두려운 듯이. 하지만 그건 그녀에게 중요하지 않았다. 중요한 건 은은한 음악이 들리고 그의 머리에 달빛이 쏟아지고 있다는 사실이었다. 중요한 건 그들 주위에 먼 나라의 이색적인 향기들이 가득 찼다는 사실이었다. 중요한 건 그녀가 그의 품 안에서 춤을 추고 있으며 거의 시간이 멎어버린 듯하다는 사실이었다.

추상적인 황홀경의 순간, 그녀가 좋아하는 시집에서나 나올 수 있는 순간이었다.

토비어스는 느릿하고 정확하게 열대 나무들이 이어진 통로로 그녀를 옮겨갔다. 그녀는 그의 넓은 어깨에 머리를 기댔다. 왈츠의 선율은 마치 요정 나라의 음악 같았고 달빛은 흐르는 은의 물결 같았다. 주위의 풍성한 나뭇잎들이 마법의 정원 같았다.

끝부분의 작은 벤치에 도착하자 그가 발길을 멈춰 그녀를 바짝 끌어안았다. 그리곤 그녀의 맨 어깨에 입술을 눌렀다.

"토비어스."

감미로운 다급함이 그녀에게 번져갔다. 그녀가 그의 목을 끌어안으며 그의 입술을 맞아들였다.

그의 키스가 그녀의 숨을 앗아갔다.

그는 그녀의 작은 소맷자락에서 팔을 빼내 보디스를 허리까지 끌어내렸다. 그의 강하고 능숙한 손이 놀라울 정도로 부드럽게 그녀의 젖가슴을 감싸쥐었다. 그 엄지손가락이 젖꼭지를 스치자 그녀의 몸이 부르르 떨렸다.

그가 벤치에 내려앉아 그녀를 허벅지 위로 걸터앉혔다. 그녀의 출렁거리는 치맛자락 안으로 손을 움직여 다리를 더듬어 올라갔다.

그의 손이 허벅지 사이의 작은 틈 사이로 들어서는 순간 그녀가 헉 숨을 들이키며 꿈틀거렸다.

그가 다른 손으로 바지앞섶을 풀어냈다. 그녀는 즉시 그의 해방된 남성으로 손을 뻗어 감싸쥐었다. 그 넓게 팽창된 부분을 사랑스럽게 쓰다듬었다.

그가 격한 쾌감으로 신음하며 그녀의 목덜미에 대고 속삭였다.

"이럴 땐 당신의 최면술을 의심할 수가 없어. 완전히 내 혼을 빼놓거든."

달빛과 마법이 그들의 주위를 감쌌다.

13

남편이 죽은 후로 처음 추는 춤이었다.

조앤은 배일의 손에 이끌려 빙글빙글 돌아가며 묘하게 들뜬 기분이었다.

다시 다른 남자와 춤을 추게 되리라고는 생각지도 못했다. 사랑하는 필딩 이외의 다른 사람과 함께 이런 우아함을 즐기게 되리라고는 꿈도 꾸지 못했다. 그런데도 지금 그녀는 그의 가장 위험스런 친구의 품에 안겨 있었다.

"드레스가 매혹적이군요, 마담."

배일 경이 입을 열었다.

"하지만 여전히 상복의 색채라고 말할 수밖에 없군요. 필딩이 세상을 떠난 지 일 년이나 지났는데 말이오."

"아직 그이가 그리워요."

그녀가 조용히 대답했다.

"이해합니다, 나도 그 친구가 그립습니다. 하지만 당신이 남은 평생 회색과 검은색의 옷만 입는 것을 그 친구가 바랄 것 같지는 않소."

그녀는 무슨 말을 해야 할지 알 수 없었다. 사실 최근까지만 해도 애도를 끝낸다는 건 상상조차 하지 않았다. 그럴 마음도 없었다. 영원히 우울한 색의 옷을 입게 될 거라는 예감마저 들었다.

하지만 요즘 들어 우울하게 남은 인생을 살아야 할 운명에 대한 확신이 흔들리기 시작했다. 라비니아와 토비어스가 그녀를 옭아매고 있던 암울한 상태를 부셔주었다. 그들이 필딩의 죽음에 관련된 의문을 풀어주었고, 그 후부터 사그라지지 않을 것 같던 우울증이 차츰 희미해져갔다.

"생각해 볼게요."

배일 경은 그녀의 대답이 만족스러운 듯 미소지었다. 그리고 유연하게 다시 그녀를 빙글 돌렸다.

그의 춤 솜씨는 훌륭했다. 그녀도 긴장을 풀어내고 왈츠의 감미로운 선율과 그의 강인한 팔에 몸을 내맡겼다.

"흥미로운 친구들을 사귄 것 같더군요."

잠시 후에 배일 경이 입을 열었다.

그 말이 화들짝 그녀를 현실로 되돌렸다. 이것은 유쾌한 꿈이 아니었다. 배일 경은 아무런 이유 없이 행동할 사람이 아니었다. 신중해야만 했다.

"레이크 부인과 마치 씨 말씀이군요. 사실 평범치 않은 사람들이긴 해요. 하지만 난 그들과 어울리는 게 즐겁답니다."

그가 살짝 웃었다.

"당신도 전혀 평범치 않기 때문이겠지요. 레이크 부인에 대해서는 아는 바 없지만, 마치에 대해서는 몇몇 소문을 들은 것이 있소."

"놀랍군요. 당신은 소문에 귀 기울일 타입이 아닌 줄 알았는데요."

"당신도 알다시피, 난 특별한 종류의 소문에는 관심을 쏟는 편이지요."

"마치 씨에 대해서 어떤 소문이 나 있던가요?"

"우선은 전쟁 중에 스파이로 활약했다는 것과 그 후에도 비정상적인 직업을 지녔다는 소문이지요."

배일이 의미심장한 시선을 보냈다.

"보 스트리트를 피하고 싶어하는 사람들을 위해 개인적인 조사를 대행해주는 걸로 알고 있소."

"매우 특이한 직업이군요. 흥미롭기도 하구요."

"그 남자와 아마도 그의 좋은 친구일 듯한 레이크 부인이 현재 어떤 골동품을 찾는다는 소문도 들었소."

"아."

그가 재미있다는 표정을 지었다.

"그건 어떤 의미인가요, 마담?"

"당신이 그 유물을 언급했다는 사실이 당신 또한 그걸 찾고 있다는 뜻이 아니겠어요?"

그가 짐짓 한숨을 내쉬었다.

"당신에게 당할 수가 없군요, 마담. 당신은 날 너무나 잘 알고 있소."

"그 반대로 난 당신에 대해서 아무 것도 몰라요. 하지만 희귀 골동품에 관한 당신의 취향 정도는 알고 있지요."

"물론 그렇겠지요. 필딩과 나와 같이 여러 번 수집의 즐거움을 토론한 적이 있으니까요."

그가 다시 한 번 그녀를 빙글 돌렸다.

"당신도 그 방면에 권위가 있으리라 믿소."

"당신과 필딩의 대화를 들으면서 유물에 대해 많은 걸 배웠다는 건 인정해야겠지요."

"당신은 도브의 탁월한 수집품들을 물려받기도 했지요. 말해보시오, 그 수집 목록에 다른 유물을 추가할 생각인가요?"

계속 짐작하게 놔둬야 돼. 진실을 숨겨야 돼.

"푸른 메두사를 차지할 계획이냐고 묻는 거라면, 아직은 대답드릴 수가 없겠어요. 마음을 결정하지 못했거든요."

"그렇군요."

그는 능숙하게 한적한 구석 쪽으로 그녀를 이끌었다.

"내가 당신과 경쟁하는 일이 발생하지 않기를 바라겠습니다."

"하지만 그런 이유로 행동을 중단하실 마음은 없으시겠지요?"

그가 미소지으며 그 질문을 무시했다.

"이 상황에는 날 놀라게 하는 다른 측면도 있습니다, 마담."

"저도 놀랍군요. 어떤 일도 당신을 놀라게 할 수 없을 줄 알았거든요."

"그 반대지요. 당신은 내가 친구라고 부르는 몇 안 되는 남자의 미망인입니다, 그래서 당신이 위험에 빠지는 걸 막는 것이 필딩에 대한 나의 책임이라고 생각합니다."

"전 위험에 빠져 있지 않답니다."

"이 일에서 차지하는 당신의 역할이 걱정스럽습니다."

"저 때문에 괜한 심려하지 마세요. 제 일은 제가 알아서 할 수 있어요. 남편이 골동품 뿐 아니라 다른 방면으로도 잘 가르쳐 주었거든요."

"물론 그렇겠지요."

그녀의 대답을 좋아하는 것 같지 않았지만 그는 예의바르게 고개를 숙였다.

"당신의 사적인 일에 간섭해서 미안합니다."

"사과할 필요 없으세요. 제가 레이크 부인과 마치 씨의 조사에 협력하고 있다는 점은 기꺼이 말씀드릴 수 있어요."

그의 몸이 굳어졌다. 그녀가 그 놀란 표정을 목격하지 않았더라면 그가 이 정도로 놀랄 수 있다는 사실을 결코 믿지 못했을 것이었다. 그녀의 몸에 승리의 전율이 흘렀다.

"그들에게 협조한다구요?"

그가 멍하니 되물었다.

"맙소사, 그게 대체 무슨 말이오?"

"진정하세요. 저의 취미일 뿐이에요."

이 정도로 그를 당혹스럽게 만들었다는 점이 그녀는 이상하게 즐거웠다.

"하지만 재미있더군요."

"이해할 수가 없소."

"간단해요. 난 그들에게 없는 인맥이 있거든요. 그 인맥이 필요해질 때 이용할 수가 있지요."

그의 입술이 불쾌하게 뒤틀렸다.

"내가 그 인맥 중의 하나요? 그래서 나의 춤 신청을 받아들인 거요? 마치와 레이크 부인을 위한 조사의 일환이었소?"

"아니에요, 당신이 먼저 춤을 청해왔고 내가 받아들이고 싶었기 때문이었지요."

그의 눈에 짜증이 번득였지만 그는 정중하게 그녀의 손을 잡으며 고개 숙였다.

"즐거우셨으리라 믿소, 마담."

"아, 그럼요. 당신이 오늘밤 여기 오신 이유가 그 팔찌를 쫓기 위해서 그리고 이 일에 관련된 내 친구들과 나의 역할을 알고 싶어서였다는 걸 알지만 그럼에도 불구하고 매우 즐거웠어요. 당신도 조사 결과에 만족하셨으리라 믿어요."

그가 그녀의 손을 풀어놓지 않은 채 몸을 세웠다.

"경고 한 마디하겠소, 조앤. 메두사 일은 대단히 위험하오."

"명심할게요."

"오늘은 이만 작별을 고해야겠군요, 마담."

"안녕히 가세요, 배일 경."

그녀가 도도하게 예를 갖췄다.

"명백한 동기가 있었음을 알지만, 오늘밤 저에게 찾아와 주셔서 영광이었습니다."

그가 돌아서려다가 우뚝 멈춰 섰다.

"오히려 내가 영광이오. 하지만 한 가지 오해하시고 있는 듯하군요. 난 오직 팔찌의 일을 물어보기 위해서 당신에게 춤을 청한 게 아니었소."

"아니라구요?"

"당신과 진심으로 춤을 추고 싶었기 때문이었소."

그녀가 반응을 보이기도 전에 그는 사람들 사이로 사라져버렸다.

그녀는 한참 동안 그 자리에 서서 배일의 품에 안겼던 그 순간의 즐거움을 되새겼다.

토비어스는 한쪽 발을 바닥에 대고 벤치에 드러누운 채 눈을 열었다. 옆의 나뭇가지에 내려앉은 달빛이 시야로 들어왔다. 라비니아가 그의 허벅지 주위에 치맛자락을 감고 그의 가슴에 기대어 있었다. 이대로 움직이지 않아도 된다면 얼마나 좋을까.

그는 라비니아가 이런 종류의 일을 불편하게 여기는 게 아닐지 궁금했다. 따뜻한 침대를 제공해주지 못한 것 말이다.

라비니아가 꿈틀꿈틀 안겨들려다가 움찔했다.

"맙소사, 너무 늦었어요."

그의 가슴을 밀어내며 화들짝 일어나 앉았다.

"무도회장으로 돌아가야 해요. 지금쯤 우리가 사라진 걸 알아차렸을 거예요. 이런 모습을 들키기라도 하면 큰일이에요."

그가 천천히 일어나 앉으며 온실의 지붕 유리 너머로 달의 위치를 확인했다.

"그리 오래 되진 않았소. 우리가 사라진 걸 눈치챈 사람은 없을 거요."

"하여튼 더 이상 빈둥거리면 안 돼요."

그녀가 열심히 보디스 자락을 끌어올렸다.

"내 머리 헝클어졌어요?"

그녀의 머리 매만지는 모습을 토비어스가 살펴보았다.

"괜찮아 보이는데."

"아, 다행이에요."

그녀가 소맷자락을 어깨로 끌어올린 다음 일어나서 치맛자락을 탁탁 털었다.

"얼마나 창피스럽겠어요, 레이디 스틸워터의 고상한 무도회장에 이런…… 이런 모습으로 들어가면……."

"방금 사랑을 나눈 모습 말이오?"

그가 일어나서 허리춤으로 셔츠자락을 쑤셔 넣었다.

"내 생각엔 놀라는 사람이 그리 많지 않을 것 같은데."

"뭐라구요?"

그녀가 휘둥그래진 눈으로 홱 돌아보았다.

"모두들 알고 있다는 거예요, 우리가……."

불쑥 말을 끊어버리고는 격하게 손사래를 쳤다.

"우리가 연인인 것 말이오?"

그녀의 공포스러워하는 표정에 그가 씩 웃었다.

"그럴 것 같은데."

"사람들이 어떻게 알겠어요? 난 아무한테도 얘기 안했다구요."

그녀의 눈이 가늘어졌다.

"토비어스, 누구한테든 우리의 사적인 관계를 말한 거라면 당신 목을 졸라버릴 거예요."

"모욕적이군요, 마담. 난 신사요. 그런 내밀한 얘길 떠들어대진 않소. 하지만 우리의 친구와 친지들 중에서 우리가 연인이라는 걸 눈치채지 못하는 사람은 아마 천하에 둘도 없는 멍청이일 거요."

"어머나, 세상에."

그녀의 얼굴이 일그러졌다.

"정말 그렇게 생각해요?"

"진정하시오, 라비니아. 우리가 평판을 고려해야 하는 미혼의 젊은

이들도 아니잖소. 우린 이미 세상을 경험한 어른이오. 우리가 신중하게 굴기로 결정한다면 아무도 아는 척하지 않을 거요."

"하지만 에멀린과 앤서니는 어쩌구요? 우린 그 애들에게 모범을 보여야 한다구요."

"그렇지 않소."

그가 단호하게 말하며 코트를 걸쳐 입었다.

"나이와 경험에 따라서 사람마다 규칙이 다른 법이오. 에멀린과 앤서니도 그 점을 잘 알고 있소."

그녀가 망설였다.

"당신 말이 맞을 것 같기도 해요. 하지만 앞으로 이런 종류의 일을 할 때는 좀더 조심해야겠어요."

"당신 걱정을 이해 못하는 건 아니오. 게다가 나 또한 이런 은밀한 작업에 몇 가지 단점이 있다는 걸 알게 됐소. 항상 인적이 없는 곳을 찾아봐야 하고, 실내의 장소를 찾기도 힘들고, 날씨를 항상 눈여겨봐야 하잖소."

"맞아요, 하지만 난 최근에 긍정적인 측면도 있다는 결론을 내렸어요."

그의 몸에 서늘한 두려움이 흘렀다.

"어떤 측면?"

"들킬까봐 걱정스럽기도 하고 아슬아슬한 순간마다 두렵긴 해요. 하지만 때때로 꽤나 자극적이라는 것도 인정해야겠어요."

"자극적."

그가 건조하게 되뇌었다.

"그래요, 이상하게도 여기 포함된 위험요소가 흥분을 돋구는 게 아닐까 하는 생각이 들기 시작했어요."

"흥분."

"그래요, 그리고 잦은 장소의 변화가 특이함도 더해주는 것 같구요."

"특이함."

맙소사, 그녀는 이 불편한 장소와 은밀한 측면을 오히려 즐기게 된 모양이었다. 이건 모두 그의 잘못이었다. 새로 나온 공포소설의 프랑켄슈타인처럼 그가 괴물을 창조하고 말았다.

"온실에서 사랑을 나누는 사람이 몇이나 되겠어요?"

그녀가 연구하는 학자인양 말을 이었다.

"모르겠소."

그가 홱 문을 열었다.

"알고 싶은 마음도 없소."

"이거 알아요? 우리의 대담한 밀회가 가끔은 시의 한 장면을 연상시켜요. 특히 바이런의 시가 떠올라요."

"빌어먹을."

그가 불쑥 돌아섰다.

"당신은 어떤지 모르겠지만, 난 평생 지저분한 마차나 으슥한 공원 구석을 찾아다니고 싶지는 않소……."

문득 길게 끌리는 부츠 소리가 그의 피를 얼어붙게 했다. 그가 재빠르게 라비니아를 자신의 뒤로 숨기며 돌아섰다.

"거기 누구요?"

맞은편에서 움직임이 일어났다. 작고 불룩한 형체가 나무 사이를 돌아 달빛의 끝자락에 멈춰 섰다.

겹겹이 쌓인 외투로 목에서부터 발목까지 휘감았고, 널찍한 모자가 그의 얼굴을 가리고 있었다. 한 손에 지팡이를 든 채 그가 비스듬하게 몸을 기울여 섰다.

"방해해서 미안합니다."

듣기 거슬리는 목소리로 그 이방인이 사과했다.

"두 분의 할 일이 끝난 것 같았거든요."

라비니아가 토비어스의 어깨 너머로 작은 사내를 바라보았다.

"당신은 누구세요?"

"나이팅게일이겠지."

토비어스가 그 사내를 뚫어져라 응시했다.

"당신이 어두운 곳에서 나타날 거라는 말은 들었소."

"아, 어둠은 다른 방법으로 얻어내기 힘든 은밀함을 제공하지요."

나이팅게일이 작게 절하는 시늉을 했다.

"만나서 반갑습니다."

"이 정원에는 어떻게 들어왔어요?"

라비니아가 물었다.

"하인들이 구석구석 배치되어 있을 텐데요. 그들을 어떻게 뚫고 들어왔죠?"

"이렇게 많은 사람이 드나드는 밤에는 정문으로 들어오기가 의외로 간단하지요. 그리 오래 머물 생각도 없지만 말이죠."

자신의 농담이 자못 만족스러운 듯 그가 웃었다.

"춤에는 전혀 관심이 없거든요."

"우리한테 원하는 게 뭐요?"

토비어스가 물었다.

"당신들이 어떤 물건을 찾고 있다는 소문을 들었습니다."

"정확히 말하자면, 그 물건을 훔치려고 여자를 살해한 작자를 찾고 있소."

나이팅게일은 어깨를 으쓱이는 것이라 짐작되는 동작을 보였다.

"하여튼 푸른 메두사를 찾는 건 맞잖소?"

"그래요."

라비니아가 대답했다.

"그걸 찾아내면 살인자의 정체도 알아낼 수 있을 거예요. 우릴 도와주실 수 있나요?"

"난 살인에 관심이 없소. 살인은 내 사업에 악영향을 미치지요. 아, 간혹 가격을 올려줄 때도 있긴 하지만 가격을 낮추는 경우도 그만큼 많다는 게 불행이랍니다. 살인이 관련된 일에는 불안해하는 고객이 많거든요."

"그럼 당신의 관심사는 뭐요?"

토비어스가 물었다.

"카너서라는 클럽에 대해서 들어보셨소?"

"알고 있긴 하오. 그게 이 일과 무슨 상관이오?"

"그 클럽의 회원수는 제한돼 있소. 공석이 나는 경우가 극히 드물지요. 회원이 죽거나 탈퇴하거나 방출 당할 때에만 빈자리가 생깁니다. 그 클럽에 들어가려는 경쟁도 아주 치열하고."

"계속하시오."

"그런데 일 년 정도 비어 있던 그 자리가 드디어 채워질 거라는 소문이오. 카너서 회원들이 신청서를 받고 있다더군요."

"그 회원이 되려면 클럽 박물관에 귀한 물건을 내놓아야 한다고 알고 있소. 가장 적당한 것으로 판단되는 제공자에게만 가입이 허용된다던데."

"잘 알고 있군요, 마치 씨."

나이팅게일이 감탄스레 고개를 끄덕였다.

"클럽 박물관의 관리자가 최종 결정을 내리는데, 그 마감 시한이 2주일도 채 남지 않았소."

"푸른 메두사가 거기 나타날 거라고 생각하오?"

"그 관리자는 로마식 영국 골동품을 대단히 선호하지요. 거의 집착이라고 말할 정도로."

나이팅게일이 고개를 흔들었다.

"난 이해할 수가 없소. 대개의 수집가들은 해외에서 출토된 유물을 선호하는 편이오. 폼페이에서 발굴된 조각상과 영국 농가에서 발견된 돌조각을 비교할 순 없지. 하지만 사람마다 입맛이 다른 법이니까."

"그 관리자의 취향으로 볼 때, 푸른 메두사 정도면 회원 자격을 얻기에 충분하겠군요."

라비니아가 단언했다.

"그렇소, 그걸 가져오는 사람이 누구든 카너서에 가입할 수 있을 거요."

"당신은 왜 그 팔찌에 관심을 쏟는 거요? 카너서 회원이 되려는 건가?"

토비어스가 물었다.

"내가?"

나이팅게일은 아주 우스운 농담이라도 들은 것처럼 웃어젖혔다.

"난 고급 클럽 따위에 관심 없소. 그 과정에서 생길 돈에 흥미가 있을 뿐이오. 아주 은밀한 경매를 벌일 생각이거든. 일류급 고객들만 입찰에 초대할 거요."

"카너서에 가입하고 싶어서 안달인 사람, 그 목표를 위해 무슨 수를 써서라도 팔찌를 차지하고 싶어하는 사람이라는 뜻이겠지?"

"정확히 맞았소."

"우리가 팔찌를 찾았을 경우에, 그걸 당신에게 넘겨줄 이유가 있을까?"

"당신도 사업을 하는 사람이잖소. 내가 제안을 하겠소. 당신들이 팔찌를 가져다준다면 섭섭지 않게 수고비를 쳐주겠소."

"당신한테 팔찌를 넘길 수는 없어요."

라비니아가 씩씩하게 입을 열었다.

"라비니아……."

토비어스가 막아보려 했지만 그녀의 말은 계속 이어졌다.

"우리가 그 물건을 찾아낸다면 원래 주인에게 돌려주어야 할 의무가 있어요."

"곧 장례 치러야할 그 사람 말이오?"

나이팅게일이 작게 코웃음쳤다.

"그자가 갈 곳에는 그런 물건이 필요 없을 텐데."

"그렇다고 해서 당신이 그의 재산을 훔칠 권리가 있는 건 아니죠."

토비어스가 다시 시도했다.

"라비니아, 그만 하는 게 좋겠소."

"난 그 빌어먹을 팔찌를 훔치겠다는 게 아니오. 사업상의 거래를 제안하는 거요."

나이팅게일이 험악하게 인상을 찌푸렸다.

라비니아는 턱을 치켜들고 그 조그만 사내를 한껏 내려다보았다. 그녀의 체구로 내려다볼 수 있는 사람은 이 세상에 몇 되지 않았다.

"우린 당신이 제안하는 그런 불법적인 거래를 받아들이지 않아요. 그렇죠, 마치 씨?"

"우리 모두에게 이익이 되는 합법적인 거래의 가능성도 있을 거요."

토비어스가 조심스럽게 말했다.

라비니아와 나이팅게일이 동시에 그를 바라보았다.

"어떻게요?"

"아직은 모르겠소. 하지만 이 일에 걸린 액수로 볼 때, 조만간 영감이 떠오르지 않을까 싶소."

나이팅게일이 꾸르륵 웃음을 흘렸다.

"나랑 비슷한 인간이 또 있군. 당신도 손에 잡힌 기회를 놓치지 않는 편인가?"

"가능하다면."

토비어스가 인정했다.

"당신이 우리의 협조를 바란다면 몇 가지 질문에 대답을 해주시오."

"어떤?"

"최면술사의 부인에 대한 소문 들었소?"

"이 일로 살해됐다는 여자 말이오? 그 여자가 애인과 공모해서 팔찌를 훔쳤고, 그 후에 남자가 여자를 목 조르고 물건을 가져갔다고 하더군. 또 어떤 사람은 그 여자 남편이 그날 밤에 미행해서 죽였다고도 하고. 일이 어찌됐건 간에 그 물건은 사라졌소. 내가 아는 건 그게 전부요."

토비어스가 그를 응시했다.

"하지만 메두사는 지하 시장에 나타나지 않았소, 그랬으면 당신이 우리 협조를 구할 리도 없었을 거요."

"그렇소, 그 빌어먹을 물건이 시장에 나왔다는 소문은 없소. 전혀."

"그게 좀 이상하지 않소?"

"뭐가 말이오?"

라비니아도 토비어스를 쳐다보았다.

"그게 왜 이상해요?"

"메두사의 가치가 크다는 걸 알 테니 그 살인자는 가능한 한 빨리 전문적인 거래인과, 이를테면 여기 있는 나이팅게일 같은 사람과 접촉하려 들었을 거요. 당장 돈을 챙기고 싶어서 안달이 났겠지."

"살인사건이 흐지부지될 때까지 기다리는 지도 모르죠."

"하지만 그 팔찌를 쥐고 있는 건 너무 위험해. 그걸 갖고 있다는 것 자체가 살인의 증거잖소, 교수대로 직행할 수도 있는 증거물이오."

라비니아가 잠시 생각했다.

"일리가 있어요. 게다가 그 살인자는 지금쯤 우리가 조사중인 걸 알았을 거예요. 그러니 최대한 빨리 메두사를 처분하고 싶을 거예요."

나이팅게일이 헐렁한 모자 밑으로 토비어스를 관찰했다.

"아까 말했듯이, 난 살인에 관심 없소. 이 일이 잘 풀릴 경우에 얻게 될 이익에만 관심이 있소. 어떻소? 나와 거래를 하시겠소?"

"레이크 부인 말대로, 우리가 팔찌를 발견한다면 원래 주인에게 돌려주어야 하오."

"이것 보시오."

나이팅게일의 목소리가 당장 높아졌다.

"방금 전에 당신이……."

토비어스가 한 손을 들어 가로막았다.

"하지만 그 주인은 건강이 좋지 않은 상태이고, 유산을 물려받을 레이디는 골동품에 그다지 관심이 없는 것 같소. 내가 기꺼이 당신의 제안을 그녀에게 전달하겠소. 그녀가 당신과 거래할지는 모르겠지만, 최소한 메두사를 얻을 기회는 남아 있는 셈이오."

나이팅게일이 한참 동안 생각에 골몰했다.

"메두사를 뱅스의 상속인에게 사야 한다면 이익이 많이 줄어들 거요. 그 여자에게 유물 값을 제대로 치러야 하고 거기다 당신네 수고비까지 없으려면……."

"그 정도 문제는 당신이 조절할 수 있을 거라 믿소."

토비어스가 태연스레 말했다.

"가격을 올려 부른다 해서 당신의 고객이 물러나진 않을 거요. 그들이 원하는 건 메두사 획득뿐이니까."

"다른 장점도 있어요."

라비니아가 부드럽게 말을 이었다.

"뱅스의 상속인과 거래하면 위험할 거 전혀 없이 합법적인 거래가 돼요."

나이팅게일은 쓸데없다는 듯 손을 내저었다.

"그런 건 상관도 없소."

"하지만 우리로선 이 정도밖에 제안할 수 없소. 받아들이든 말든 당신 마음대로 하시오."

토비어스가 단호하게 선언했다.

"빌어먹을. 이봐, 그 상속인을 거치지 않는 게 우리 모두에게 훨씬 이득이라는 걸 모르나?"

분통이 터지는 듯 나이팅게일이 짜증을 냈다.

"불행히도 우리는 고려해야 할 평판이 있소. 마치·레이크 탐정소가 상속인들을 이용한다는 소문이 나게 할 순 없지. 사업상 도움이 안 된단 말이오."

"흐음."

나이팅게일은 지팡이를 쿵쿵 땅으로 내리쳤다.

"좋아, 그 방법밖에 없다면 받아들여야겠지. 하지만 메두사가 다른 통로로 내 손에 들어온다면 우리 거래는 완전 무효요. 난 당신이나 뱅스의 상속인에게 동전 한푼 줄 의무가 없어."

그가 확 돌아 한쪽 발을 무겁게 끌면서 어둠 속으로 사라지려 했다.

"하지만 일이 그런 식으로 풀어지면……."

토비어스가 그의 등에 대고 조용히 지적했다.

"그 상속인이 도둑 맞은 팔찌를 찾아달라고 우리를 고용할 수도 있소. 그럼 우리는 그걸 어디서 찾아야 하는지 확실히 알고 있겠지."

나이팅게일이 멈칫하고는 구부정한 어깨 너머로 돌아보았다.

"그건 협박인가, 마치?"

"전문가적인 충고의 성격으로 받아들이시오."

"하, 그 보답으로 나도 충고 한 마디 해주지. 당신들이 탐정 일로 한 재산 챙기고 싶다면 돈 문제에 좀더 현실적인 태도를 길러야 할 거요."

나이팅게일이 반응을 기다리지도 않고 울타리를 돌아갔다.

주위는 다시 조용해졌다. 그들 둘만 남았다는 확신이 들자, 토비어스가 라비니아의 팔을 잡고 무도회장 불빛 쪽으로 이끌어가기 시작했다.

"당신에게 알려드릴 일이 있어요."

라비니아가 조용히 입을 열었다.

"당신이 그런 말을 할 때마다 난 공포스러워서 견딜 수가 없소, 마담."

"러쉬톤 부인에 대한 거예요."

"무슨?"

"그녀가 이 일에 어떤 식으로든 개입했을 수도 있어요."

그가 옆으로 돌아서서 그녀의 얼굴을 유심히 살폈다.

"도대체 무슨 말을 하려는 거요?"

"아까 뱅스의 이름을 알아낸 후에 내가 뱅스의 장원에 찾아갔었다는 말을 미처 못했을 거예요."

"아, 당신은 분명히 그 사소한 언급에 게을렀소. 이유가 뭐요?"

그녀가 인상을 찡그렸다.

"놀라게 해 줄려구요."

"한 가지 알려드리겠소, 마담. 난 정보조사 과정에서 놀라게 되는 일을 극도로 싫어하오."

그가 어금니를 꽉 깨물고 중얼거렸다.

"당신한테 깊은 인상을 심어주고 싶었거나, 확실히 해두고 싶었는지도 모르죠."

"뭘 말이오?"

그녀의 눈에 신랄함이 스쳤다.

"당신은 항상 자기가 선생이고 전문가라고 생각하잖아요. 개인적인 정보원과 만나는 것도 당신이구요. 나한테는 소개시켜 주지 않는 정보원 말이에요."

"빌어먹을, 라비니아……."

"나도 완벽하게 한 몫을 담당할 수 있다는 걸 보이고 싶었어요."

그는 아무 말도 하지 않았다.

"그런 식으로 쳐다볼 거 없어요, 토비어스. 우린 동등한 파트너예요. 나도 기회가 닥쳤을 때 독립적으로 조사할 권리가 있어요."

"빌어먹을."

"그 때는 뱅스의 장원에 가보는 게 논리적인 행동이었어요. 러쉬톤도 용의자 중 한사람이니까요."

"용의자? 러쉬톤 부인이?"

"상속자들이 자주 성급해지는 경향이 있다고 말한 건 당신이었어요. 게다가 용의자가 아니라면 그녀는 우리 고객이 될 가능성도 있어요. 도둑 맞은 메두사를 찾고 싶은 마음이 있다면 우리한테 그 일을 맡길지도 모르죠."

그는 그녀의 논리에 반박할 수 없었다. 하지만 기분은 전혀 나아지지 않았다.

"러쉬톤 부인을 만나봤소?"

"아뇨, 외출 중이었어요."

"그렇군."

그의 긴장이 다소 풀어졌다.

"일 주일마다 최면 치료를 받는대요."

라비니아가 고의적으로 덧붙였다.

"신경쇠약으로 고생하고 있는 것 같았어요."

"그게 뭐 놀랄 일인가?"

"이상한 우연의 일치잖아요."

"라비니아, 런던 인구의 반이 신경증이나 류마티즘으로 최면 치료를 받고 있소."

"반은 아니에요."

그녀가 노려보았다.

"이 사건은 최면요법과 밀접하게 관련된 여자의 죽음이 포함돼 있어요. 그런데 용의자 선상의 한 사람이 최면 치료를 받으러 다닌대요. 난 러쉬톤 부인을 더 자세히 조사해볼 거예요."

"언제?"

"내일 아침."

그는 테라스 벽을 움켜쥔 채 여러 가능성들을 검토했다.

"내가 같이 가겠소."

"고맙지만 그럴 필요 없어요. 이 일은 나 혼자 다룰 수 있어요."

"그 점은 의심하지 않소, 마담."

그가 차갑게 미소지었다.

"하지만 난 당신이 작업하는 모습을 지켜보고 싶소. 당신 말처럼 내가 이 동업자 관계에 기여하는 당신의 역할을 경시하는지도 모르오. 당신에게 배울 게 있을지 알아볼 생각이오."

14

다음 날 오후 라비니아와 토비어스는 묵직하게 커튼이 드리워진 응접실로 안내 받았다.

뱅스 장원의 내부도 외부만큼이나 심란해 보였다. 우중충한 색채들과 커다랗고 무거운 구식 가구들이라니.

나이를 확신하기 힘든 근엄한 표정의 여자가 창가에서 책을 읽고 있었다. 칙칙한 갈색의 옷차림이었고, 허리춤에 몇 개의 열쇠들이 달린 장식고리가 매달려 있었다. 머리는 단단하게 뒤로 묶은 모양새였다.

"안녕하세요."

러쉬톤 부인이 그리 반갑지 않은 어조로 인사했다. 책을 내려놓고 무관심하게 라비니아를 먼저 쳐다보았다.

하지만 토비어스에게 시선을 돌리는 순간 그녀의 표정이 즉시 밝아졌다.

정원에서 새 한 마리를 발견한 고양이 같군, 그것이 라비니아의 생각이었다.

"만나주셔서 감사합니다."

라비니아가 의도했던 것보다 더 쌀쌀맞게 입을 열었다.

"시간을 오래 뺏지 않도록 노력하겠습니다, 하지만 우리 얘기에 틀림없이 관심을 갖게 되시리라 믿습니다."

"앉으세요."

러쉬톤 부인이 갈색 소파를 손짓하며 토비어스에게 따뜻한 미소를 건넸다.

라비니아가 자리에 앉았다. 하지만 토비어스는 평소의 습관대로 창 쪽으로 걸어가 그나마 스며드는 빛을 가로막고 섰다.

"곧장 본론으로 들어갈게요."

라비니아가 말했다.

"마치 씨와 저는 개인적인 조사를 대행해주는 일을 하고 있어요."

그 내용이 러쉬톤 부인의 시선을 잠깐 토비어스에게서 떼어내는데 성공했다.

그녀가 몇 번 눈을 깜박이며 라비니아를 바라보았다.

"그런 일은 보 스트리트에서 맡는 걸로 알고 있는데요."

"우리는 그보다 더 배타적이고 특별한 고객들을 받습니다."

"그렇군요."

러쉬톤 부인은 멍한 표정이었다.

"최대한의 신중함을 요구하는 종류의 손님들이죠."

라비니아가 명확성을 위해 설명을 덧붙였다.

눈꼬리 끝으로 토비어스의 입술이 뒤틀리는 것을 보았지만 무시해 버리기로 했다.

잠재 고객에게 강한 인상을 심어주어야 했다. 토비어스가 그런 걸 모른다 해도, 그녀만은 잘 알고 있었다.

러쉬톤 부인의 관심이 토비어스에게 되돌아갔다.

"매우 흥미롭군요."

"지금 우리는 살인자를 찾고 있어요."

라비니아가 싸늘하게 알렸다.

"맙소사."

러쉬톤 부인이 가슴으로 손을 올리며 휘둥그래진 눈을 되돌렸다.

"괴상하기도 해라. 여자가 그런 일에 끼어 든다는 말은 들어본 적이 없어요."

"흔한 일은 아니겠죠. 하지만 그건 상관없어요. 저희의 이번 사건을 설명 드릴게요. 우린 최근 살해당한 여자가 죽기 직전에 이 집 안에서 상당히 귀한 물건을 훔쳤다고 생각하고 있어요."

"뭐라구요?"

러쉬톤 부인이 그녀를 빤히 응시했다.

"그럴 리 없어요. 이 집 안에 침입한 사람은 없었어요. 잃어버린 건 아무 것도 없어요."

"그 의문의 물건은 아주 낡은 팔찌예요."

"말도 안 돼요. 내 보석상자에서 팔찌가 없어졌다면 내가 금방 알아차렸을 거예요."

"수집가들 사이에 푸른 메두사라고 알려진 아주 오래된 유물이에요. 그걸 아시나요?"

러쉬톤 부인이 인상을 찌푸렸다.

"삼촌 응접실에 있는 그 낡은 팔찌를 말하는 거라면 물론 알고 있죠. 아주 볼품없는 물건이에요. 흥미로운 골동품이라고 할 만한 게 아니에요. 이곳 영국에서 발견된 거라더군요. 그리스나 로마의 폐허에서 발굴된 것도 아니에요."

"뱅스 경이 다른 수집품들을 다 팔아치운 후에 왜 유독 그 유물을 사들였을까요?"

토비어스의 질문에, 러쉬톤 부인은 낮게 코웃음쳤다.

"비양심적인 장사꾼이 삼촌의 흐릿한 정신 상태를 악용했던 거겠죠. 일 년 반 전에 몇 번 쓰러진 후부터 그렇게 됐어요."

"푸른 메두사는 어떤 사람들에게 아주 귀중한 것으로 여겨진답니다."

라비니아가 조심스럽게 설명했다.

"금세공이 탁월하다는 건 인정해요. 하지만 끼고 다닐 마음은 전혀 안 생겨요. 삼촌이 숨을 거두는 즉시 팔아치울 생각이에요. 의사 말로는 한 달 이상 버티지 못하실 거라더군요."

"뱅스 경의 병환에 대해선 들었어요. 많이 힘드시겠어요."

"꽤 오랫동안 상태가 좋질 못했어요. 다른 세상으로 떠나시는 게 오히려 축복일 거예요."

누구한테 축복일까? 라비니아는 의심스러웠다.

"그분을 돌보기 위해서 이사오셨다고 들었습니다."

토비어스가 말했다.

"의무를 다해야 하잖아요."

러쉬톤 부인이 순교자 같은 태도로 한숨지었다.

"나 말고 달리 도와드릴 사람이 없어요. 최선을 다해오긴 했지만, 그게 쉽지는 않았죠. 나의 신경이 강하지 않은지라 굉장한 스트레스를 받았답니다."

"그러셨겠지요."

"어렸을 때 어머니께서는 항상 나의 섬세한 신경에 무리를 가하지 말라고 말씀하셨어요. 그분 말씀이 옳았어요. 3년 전 남편이 세상을 떠난 후로 신경쇠약증에 시달렸답니다. 힘든 질병이에요. 의사에게 정기적으로 치료를 받아야 할 정도죠."

라비니아가 치료 쪽으로 더 질문하기 전에 얼른 토비어스가 방향을 바꿨다.

"그 메두사를 뱅스의 금고에서 확인한지 얼마나 되셨습니까?"

"네? 아, 그 고물 보석이요."

러쉬톤 부인은 마지못해 자신의 신경 치료에 대한 주제를 포기했다.

"금고를 열어본지가 꽤 되긴 했지만, 무사히 있을 거예요."

"메두사가 아직 거기 있는지 확인하는 게 좋을 듯합니다."

"그럴 필요는 없……."

"그래야 저의 마음이 편해집니다, 러쉬톤 부인. 저의 신경조직도 당신처럼 다소 섬세한 편이지요. 마음이 안정되지 않으면 상당한 불안감을 느끼게 된답니다."

"어머나."

그녀가 당장 일어나 토비어스의 곁으로 다가섰다. 미소지으며 그의 팔을 토닥토닥 두들겼다.

"당신이 그런 병으로 고생하는지는 몰랐어요. 이해하고 말고요. 사실 당해보지 않은 사람은 그 고통을 이해할 수가 없지요."

"고맙습니다. 그 팔찌는……."

그녀가 찡긋 윙크했다

"잠시만 기다려주시면 제가 얼른 가서 살펴보고 올게요. 당신 마음을 편안하게 해드려야지요."

그녀가 서둘러 응접실을 빠져나갔다.

라비니아가 그에게 눈썹을 들어올렸다.

"섬세한 신경이라구요? 당신이?"

"당신은 아마 내가 그런 고통을 받는지 짐작도 못했을 거요."

"상상해본 적도 없어요. 당신은 절대 여성적인 신경과민증에 시달릴 리가 없어요."

"그 점에 대해서 매일 감사한다오. 남성적인 신경과민증이 있다면 모를까."

그녀가 눈살을 찌푸렸다.

"팔찌가 금고에 있다면 상당히 어색해지겠는 걸요."

"그럴 리 없소. 나이팅게일은 근거도 없는 소문을 쫓아다닐 타입이 아니오."

잠시 후 러쉬톤 부인이 응접실로 되돌아왔다. 놀라고 당황스런 표정이었다.

"맙소사, 팔찌가 사라졌어요."

열쇠고리를 움켜쥔 채 양탄자 위에 우뚝 멈춰 섰다.

"이해할 수가 없어요. 이 집에 도둑이 들었던 적은 없었다구요. 창문이나 자물쇠가 깨진 흔적도 없구요. 가정부가 잘 지켜보고 있어요. 귀중품이 사라졌으면 진작에 나한테 알렸을 거예요."

토비어스는 그녀의 손에 들린 열쇠고리를 바라보았다.

"방금 금고를 열 때 확실하게 잠겨 있었나요?"

"네, 분명히 잠겨 있었어요."

"금고 열쇠가 그것말고 또 있나요?"

"아뇨, 이것뿐이에요. 이 집에 이사온 날부터 내가 모든 열쇠를 관리했어요."

"그런데도 팔찌가 사라졌군요."

라비니아가 말했다.

"당신이 그 물건을 높이 평가하지 않는다 해도 어떤 사람들에게는 대단한 가치를 지닌 것이에요. 그걸 찾고 싶으시겠죠?"

"그럼요, 당연하죠."

라비니아는 가장 전문가적인 미소를 지어 보였다.

"그렇다면 마치 씨와 제가 그 일을 맡아드릴 수 있어요."

러쉬톤 부인이 인상을 찡그리며 망설였다.

"돈을 내야 하나요?"

"그런 경우가 일반적이죠."

"글쎄요, 잘 모르겠군요. 너무 당황스러워요. 이미 이 상황 때문에 나의 신경이 스트레스를 받기 시작했어요."

토비어스가 가슴 앞으로 팔짱을 꼈다.

"그 팔찌는 당신이 상속받을 유산의 일부입니다. 하지만 골동품 시장에 익숙하지 않은 분이 중개인과 유리한 거래를 하기는 어렵다고 말씀드려야겠습니다. 이득을 챙기기에 주저함이 없는 노골적인 범죄자들 뿐 아니라 사기꾼들도 아주 많거든요."

"네, 그런 얘기는 들었어요."

러쉬톤 부인이 차츰 진정을 했다.

"삼촌이 그런 거래에 지극히 신중해야 한다는 말씀을 여러 번 하셨어요."

"맞습니다, 우연히도 레이크 부인과 난 그 시장에 경험이 있습니다. 메두사를 성공적으로 찾아낸다면 아주 후한 가격에 팔 수 있도록 도와드리겠습니다."

"물론 그 부분에도 수고비가 포함되지요."

라비니아가 재빨리 언급했다.

러쉬톤 부인의 눈에 약삭빠른 표정이 나타났다. 그녀가 천천히 의자에 내려앉았다.

"팔찌를 판 돈이 내 손에 들어올 때까지 그 두 번째 수고비는 낼 필요가 없는 거겠죠?"

"당연합니다."

토비어스가 대답했다.

"이 일을 우리에게 맡기시겠습니까?"

러쉬톤 부인이 잠시 생각에 잠겼다가 단호하게 고개를 끄덕였다.

"당신들이 팔찌를 찾지 못할 경우 수고비를 낼 필요가 없다는 조건하에서, 이 일을 의뢰하겠어요."

"좋아요."

라비니아가 받아들였다.

"거래가 성사되었으니, 이제 몇 가지 질문을 드려야겠군요."

"어떤 질문인가요?"

"부인께서 신경과민증에 시달린다고 하셨지요?"

"그래요."

"어제 오후에 들렀을 때, 최면술사에게 정기적으로 치료받으러 가신다고 들었어요."

"그래요."

러쉬톤 부인의 목소리가 열성적으로 바뀌었다.

"다필드 박사님이에요. 정말이지 훌륭한 의사랍니다."

라비니아는 며칠 전에 보았던 광고 문구를 떠올렸다.

"신문에서 그분의 광고를 봤어요. 기혼 여성과 미망인의 여성 히스테리 증상을 전문으로 다루신다고 하더군요."

"내가 수년간 여러 의사들에게 다양한 치료를 받아봤지만, 이번처럼 효과적이었던 적은 없었어요. 다필드 선생님이 기적 같은 안도감과 행복감을 안겨주셨답니다."

"하워드 허드슨 박사와 상담해보신 적은 있으신가요?"

라비니아가 숨을 죽인 채 물었다.

"허드슨?"

러쉬톤 부인의 눈썹이 가운데로 모였다.

"허드슨? 아뇨, 그 이름은 들은 적 없어요. 그분도 나 같은 사례를 치료하시나요?"

젠장할, 라비니아가 속으로 욕설을 삼켰다.

러쉬톤 부인과 실레스트 허드슨 사이의 연관관계가 드러날 줄 알았는데.

"허드슨 박사의 부인이 살해당한 그 여성이랍니다."

토비어스가 설명했다.

"그리고 우린 그녀가 팔찌의 도난 사건에 관련돼 있다고 생각합니다."

"맙소사, 갈수록 묘해지는 사건이군요."

러쉬톤 부인의 손이 다시 가슴으로 올라갔다. 그리곤 녹일 듯한 시선으로 토비어스를 바라보았다.

"당신처럼 건강한 신체를 지니신 분이 조사를 담당하신다니 다행스러워요, 마치 씨."

라비니아가 흠흠 목기침을 했다.

"저도 이 사건을 조사하고 있어요. 저 또한 마치 씨처럼 건강하다고 장담드리겠습니다."

라비니아는 자신의 서재에 들어서자마자 곧장 셰리주 캐비닛으로 향했다. 두 잔을 따라서 한 잔을 토비어스에게 건네고 자신은 좋아하는 의자에 털썩 내려앉았다.

무릎 방석에 발목을 올리며 불을 지피려고 쭈그려 앉는 토비어스를 응시했다. 오늘은 별 불편함 없이 움직이는 것 같았다. 날씨가 화창하기 때문이리라.

"빌어먹을."

그녀가 입을 열었다.

"러쉬톤 부인과 실레스트 허드슨이 어떻게든 관련이 있을 줄 알았는데."

"그랬더라면 일이 아주 간단해졌겠지."

토비어스가 선반을 움켜쥐고 몸을 일으킨 다음 길게 셰리주를 들이켰다.

"사건이 간단해지진 않을 모양이오. 하지만 좋은 쪽으로 생각하자구. 우리에게 고객이 하나 더 생겼잖소."

"나에게 고마워하세요."

그가 건배하듯이 잔을 들어올렸다.

"아주 잘 했소."

그녀가 셰리주를 홀짝였다.

"러쉬톤 부인한테 접근하는 게 내 생각이긴 했지만, 우리가 일감을 따낸 건 당신의 특별히 건강한 신체조건 때문인 것 같아요."

"내가 작은 일조를 할 수 있었다니 기쁘오."

"작은 일조가 아니었어요."

"뭐라고?"

"당신의 특별히 건강한 신체조건에 대한 러쉬톤 부인의 흥미가 적지 않았기 때문에 우리 제의가 받아들여진 거라구요."

그가 씩 웃었다.

"질투하는 거요?"

"그 여자는 호색적인 난봉꾼의 여성판이에요. 나의 전 고용주 언더우드 부인을 연상시키더군요."

"하여튼 우릴 고용했다는 자체가 도둑질에 관련돼 있을 가능성을 없애주는 것 같소."

"그런 것 같아요."

"팔찌가 없어진 걸 알고 난 후의 그 표정을 봤잖소. 그 전까지 그게 없어진 걸 전혀 눈치채지 못했던 게 분명했소."

"연기를 아주 잘하는 건지도 모르죠."

라비니아가 쿠션에 머리를 기댔다.

"하지만 나도 동감이에요. 일부러 그러는 것 같지 않았어요. 팔찌가 없어진 걸 진심으로 어이없어하는 것 같았어요."

"그렇소."

토비어스가 창가로 걸어가 작은 정원을 내다보았다.

"이제 우리가 할 일은, 그 빌어먹을 메두사와 살인자를 찾는 거요. 처음엔 이 사건이 탐탁지 않았지만 각기 다른 고객에게 수고비를 받을 수 있게 됐으니 드디어 이익의 가능성이 보이기 시작하는군."

"다음에 할 행동은 뭐죠?"

"러쉬톤 부인이 그 집에 이사오기 전부터 살았던 하인들. 그들이 집안 사정을 더 잘 알고 있을 수도 있소. 그 중에서 열쇠를 관리했던 사람이 있을 거요."

"하인들과 얘길 해봐야겠군요?"

"손해볼 건 없겠지. 하지만 뱅스의 그 많은 하인들에게 일일이 물어보려면 시간이 걸릴 테니, 앤서니에게 맡기는 게 낫겠소. 그 애한테 좋은 훈련이 될 거요."

"에멀린도 같이 보내야겠어요. 그 애는 사람한테 대답을 끌어내는 재주가 있거든요."

"훌륭한 팀이 되겠군. 아니면 혹시 이번 일로 지겨워하지 않을까? 그럼 더 이상 이 직업에 매달리지 않을지도 몰라."

라비니아가 한숨을 쉬었다.

"그 전략에 너무 희망을 품지는 마세요."

그가 천천히 돌아서서 피식 미소지었다.

"당신 말이 맞소. 그 정도 지루한 작업으로는 그들을 떼어버릴 수 없을 거요."

"그래요, 그나저나 하워드 아저씨에겐 뭐라고 말하죠? 걱정이에요, 지금 정신적으로 너무 힘드실 텐데."

"최면 치료를 받아보라고 하면 어떨까?"

"농담할 문제가 아니에요."

"농담 아닌데."

"당신은 하워드 아저씨가 불쌍하지도 않아요?"

"난 그 남자가 질투심으로 아내를 살해했을 가능성이 있다고 봐. 그를 좋아한다고도 말할 수 없소."

"언제든 이 일을 그만두셔도 된답니다."

"그게 불가능하다는 거, 당신도 알잖소."

그가 그녀에게 다가와 팔걸이를 부여잡고 바짝 얼굴을 들이댔다.

"당신이 이 일에 포함되어 있는 한 나도 물러날 수 없소."

그 차갑고 결연한 표정에 그녀의 봄으로 설명할 수 없는 전율이 흘렀다.

"왜 하워드 아저씨를 의심하는 거예요? 아무 증거도 없잖아요."

"증거가 없다 해도 동기는 있소. 게다가 그는 죽은 아내의 복수에 관심 있는 게 아니라 그 빌어먹을 팔찌를 찾으려고 당신을 이용하는 거요."

"말도 안 돼요. 당신은 실레스트가 죽기 전부터 아저씨를 싫어했어요."

"좋아, 그 점은 인정하오. 난 그자의 아내가 죽기 전부터 그자를 좋아하지 않았고, 지금도 전혀 신뢰하지 않소."

"그건 진작에 알고 있었어요. 하지만 도대체 왜 처음부터 그분한
테 악감정을 갖게 된 거예요?"

한순간 그녀는 대답을 듣지 못할 거라고 생각했다. 그가 의자 팔
걸이를 힘껏 움켜쥐고, 돌로 조각해 놓은 듯 그의 얼굴이 불가사의
하게 정지했다. 다른 남자였다면 무서워지고도 남을 만한 모습이었
다.

하지만 이 사람은 토비어스였다.

그가 위험스러울 수 있다는 건 알지만 그녀에게 그 성향을 발산하
지는 않을 것이었다. 그가 유일하게 위협할 수 있는 부분은 그녀의
마음뿐이었다.

"허드슨은 당신을 갖고 싶어해."

마침내 토비어스가 중얼거렸다.

"뭐라구요?"

그녀는 어이없이 그를 쳐다보았다.

"그자가 당신을 원한다구."

"당신 미쳤어요? 맙소사, 그분은 내 가족의 오랜 친구예요. 난 그
분을…… 삼촌처럼 생각하며 자랐어요. 그분도 날 질녀처럼 생각하
실 거예요."

"그래도 그자가 당신을 원한다는 사실은 변하지 않아."

"하지만 절대…… 한 번도…… 그런……."

그녀가 더듬더듬 말을 찾아 헤매며 정신 차리라고 자신에게 명령
했다.

"분명히 말하지만, 하워드 아저씨는 나한테 그런 식으로 관심을
내보인 적이 한 번도 없었어요. 나한테 그런 말 한 적도 없어요. 오
히려 나의 결혼식에 와서 행복을 빌어주셨어요, 진심으로."

"그 당시에는 그랬는지 몰라도, 당신을 다시 만났을 때 뭔가가 변
했어."

"토비어스……."

"남자들끼리는 척 보면 알아. 허드슨은 당신을 원해."

"진심으로 하는 말이에요?"

"진심이오."

토비어스가 의자 팔걸이를 풀어내고 몸을 세웠다. 창가로 돌아가 정원으로 시선을 되돌렸다.

"아주 강렬하게 당신을 원하고 있어."

그의 존재가 멀어지자 그녀는 드디어 숨을 쉴 수 있었다. 그의 절대적인 확신이 그녀를 묘하게 뒤흔들었다.

"남자들끼리 알 수 있는 일이라면 여자도 알 수 있어요."

그녀가 완고하게 단언했다.

"그건 무슨 뜻이오?"

그녀가 팔걸이를 손가락으로 두들겨대며 적당한 말을 찾으려 노력했다.

"남자가 여자한테 매력을 느낄 때 그 당사자도 알아차릴 수 있단 뜻이에요. 그의 사랑이나 진심까지는 모른다 해도, 육체적인 정열 정도는 느낄 수 있어요. 그런 건 쉽게 숨길 수 있는 게 아니에요."

"요점이 뭡니까, 마담?"

"하워드 아저씨가 날 원한다면, 그건 낭만적인 정열 때문이 아니에요. 그런 거라면 내가 알아차렸을 테니까."

토비어스가 입술을 뒤틀며 돌아보았다.

"확신할 수 있소?"

"틀림없어요."

"난 별로 확신할 수가 없소. 하지만 당신 말이 옳다고 가정한다면, 아주 흥미로운 질문이 하나 생겨나는군."

"그게 뭐죠?"

"그자가 당신을 침대에 끌어들이고 싶은 게 아니라면, 왜 당신을 원하는 걸까?"

"토비어스, 당신은 내가 만난 남자 중에서 믿을 수 없을 만큼 가장 끈질겨요."

그는 그 말을 무시했다.

"허드슨이 당신을 절대적으로 원한다는 걸 확신하기 때문이오, 마담."

15

토비어스는 최근에 익숙해진 습관대로 만족감과 기대감을 느끼며 작은 아침 식당으로 들어섰다. 밖에는 지금 부슬부슬 비가 내리긴 하지만, 이 안은 모든 것이 따뜻하고 안락했다. 커피와 계란과 갓 구운 머핀의 향긋한 냄새에 군침이 돌았다.

에멀린이 우아한 미소를 던졌다.

"안녕하세요, 마치 씨."

"안녕, 에멀린 양."

그의 뒤쪽으로 복도가 비어 있는 걸 알아차리자 그녀의 미소가 다소 흐려졌다.

"싱클레어 씨와 같이 오지 않으셨군요."

"한 시간 뒤에 당신을 데리러 올 거요. 둘이서 뱅스 장원에 조사를 나가야 한다오."

그가 라비니아를 돌아보았다.

"좋은 아침이군요, 마담."

라비니아가 결연하게 서릿발 내리는 표정으로 신문에서 시선을 들었다. 그녀는 멋들어진 주름으로 목덜미를 장식한 자줏빛 빨간 드레스 차림이었다. 빨간 머리를 세련되게 틀어 올려 그 위에 레이스 모자를 올려 썼다. 그는 스틸워터 온실에서의 정사를 생각하며 그녀를 품에 안았을 때의 그 느낌을 되새겼다. 그의 피가 뜨거워졌다. 자신에게 미치는 그녀의 영향력에 익숙해질 날이 과연 언제란 말인가.

그가 미소지었다.

"아침 햇살을 받은 당신의 눈동자가 에메랄드빛 바다 같구려."

"모르시는 모양인데, 지금은 비가 내리고 있어요."

에멀린이 당혹스레 눈살을 찌푸렸다.

"이모, 무례하게 굴 필요 없잖아요. 마치 씨는 이모를 칭찬하신 거예요."

"아니."

라비니아가 신문 페이지를 넘겼다.

"나한테 악의적인 실험을 시도하고 있는 것 뿐이야."

"실험이요?"

"마치 씨는 날 홀려서 나의 일까지 마음대로 명령할 속셈이거든."

에멀린이 설명 좀 해달라는 듯이 토비어스에게 시선을 던졌다.

그는 의자를 끌어내며 찡긋 윙크했다.

"그녀의 우아한 환영 태도로 보건대, 나의 계획이 효과를 발휘하는 것 같소. 이제 내 손 안의 진흙처럼 말랑말랑해졌군."

그가 커피 주전자로 손을 뻗었다.

라비니아가 탁 소리나게 신문을 접었다.

"우린 아침 식사 시간에 방문객을 받지 않아요."

그는 태연스레 머핀에 버터를 펴 발랐다.

"그랬었나? 난 지금쯤 당신이 익숙해졌을 거라고 생각했는데. 음식이 넉넉한 걸 보니 칠튼 부인은 이미 적응한 것 같소."

"당신 때문에 식료품비가 얼마나 많이 들어가는지 알아요? 우리 가계부가 구멍나기 직전이라구요."

"식품 창고가 비었소?"

그는 건포도 잼을 크게 한 스푼 덜었다.

"그런 걱정일랑 마시오. 휘트비에게 채워 놓으라고 할 테니."

"그런 말을 하는 게 아니잖아요."

"그럼 무슨 말을 하는 거요?"

에멀린이 키득키득 웃었다.

"오늘 아침 이모님 기분이 아주 고약해요. 신경 쓰지 마세요, 마치씨."

"알려줘서 고맙소."

그가 머핀을 우물우물 씹어 삼켰다.

"당신이 알려주지 않았으면 모를 뻔했군."

라비니아는 눈알을 굴리며 신문으로 시선을 되돌렸다.

"그보다 앤서니와 제가 해야 한다는 조사가 뭔가요?"

에멀린이 열성적으로 눈을 반짝였다.

"러쉬톤 부인이 하인들의 심문을 허락했소. 뱅스의 금고 열쇠에 누가 접근할 수 있는지 확인해야 하오."

"알았어요. 그들 중 한 명이 도둑질에 가담했다고 생각하세요?"

"가능성은 있소. 하지만 현명하게 접근해야 돼. 자기가 그 일을 안다고 나설 사람은 없을 테니까."

"아, 물론이죠. 아주 신중하고 조심스럽게 접근할게요."

"기록하는 것도 잊지 마시오. 중요하게 생각되지 않는 사소한 일이 때때로 문제의 해결책을 제시하거든."

"빠짐없이 기록할게요."

에멀린이 그를 안심시켰다.

토비어스의 시선이 라비니아에게 향했다.

"당신은 오늘 무얼 할 계획이오, 마담?"

"몇 가지 볼일이 있어요."

계속 신문을 들여다보며 그녀가 애매하게 중얼거렸다.

"도브 부인을 방문해서 새로운 정보가 있는지 알아볼 거예요. 당신은요?"

"난 크랙번과 교활한 잭에게 다시 가볼까 싶소."

토비어스도 똑같이 애매하게 굴 수 있다는 입장이었다.

그녀는 고개를 숙인 채 끄덕거렸다.

"훌륭한 계획이군요."

그거야 당연하지, 그가 생각했다. 라비니아는 오늘 무언가 개인적인 음모를 꾸민 게 틀림없었다. 그 신호를 어찌 그가 모르겠는가.

라비니아와 함께 일하는 가장 큰 어려움은 개별적인 조사를 수행하면서도 그녀에게 눈을 떼지 말아야 한다는 점이었다.

라비니아가 계단을 오르려는 순간 짙은 초록색 문이 열리면서 닥터 다필드의 병원에서 건강하고 쾌활한 표정의 여자 한 명이 빠져나왔다.

"안녕하세요."

라비니아를 지나치며 그녀가 상냥하게 미소지었다.

"날씨가 좋죠?"

"그렇네요."

라비니아가 중얼거렸다.

그 레이디는 닥터 다필드의 치료에 지극히 만족스러운 듯 힘차게 발길을 옮겼다. 라비니아는 러쉬톤 부인의 열렬한 찬사를 생각하며 한동안 그 여자를 지켜보았다.

이 남자의 환자들은 다들 꽤나 만족스러워하는군.

라비니아는 계단을 올라 고리쇠를 두드렸다. 오늘 러쉬톤 부인의 최면술사에게 찾아온 이유를 꼭 짚어서 말할 순 없었지만 어제의 실망감과 관련이 있으리라. 러쉬톤 부인의 최면치료가 실레스트와 어떻게든 연관이 있을 거라 확신한 그녀는 그 실마리를 그냥 놓아버리기가 쉽지 않았다.

곧바로 문이 열렸다. 아주 잘생긴 젊은이가 그녀에게 미소지었다. 갈색 벨벳 코트와 노란 조끼, 그리고 주름 잡힌 바지와 정교하게 크러뱃을 묶은 세련된 옷차림이었다. 금발머리도 아주 정성스럽게 다듬은 듯했다. 자연스럽게 이마로 흘러내린 스타일이었지만 그 스타일을 만들기 위해 적잖은 시간을 거울 앞에서 보냈을 게 틀림없었다.

"안녕하세요. 다필드 선생님을 만나고 싶어요."

"예약 하셨습니까?"

"아뇨, 미처 못했는데요."

그 사내가 문을 닫아버리기 전에 그녀가 재빨리 안으로 들어가 미소지었다.

"오늘 아침에 너무 갑작스럽게 발작 증세가 생겼어요. 즉시 도움을 받지 못하면 신경과민증에 시달릴 것만 같아요."

그 젊은이는 곤란한 표정이었다.

"죄송하지만 오늘은 우리 선생님이 아주 바쁘세요. 내일 다시 오시지요."

"지금 뵈어야 돼요. 제 상태가 아주 심각하거든요. 아주 섬세한 신경조직을 지녔기 때문에……."

"그 점은 이해합니다, 하지만……."

그녀는 기혼 여성과 미망인을 강조했던 광고 문구를 떠올렸다.

"전 오랫동안 미망인이었어요, 세상에 홀로 남겨진 신상삼을 더 이상 감당할 수가 없답니다."

그녀가 손가방을 토닥였다.

"물론 불편을 끼쳐드린 점에 대해서는 보상할 준비가 되어 있어요."

"아, 네."

그가 흘깃 그녀의 손가방을 쳐다보았다.

"선불로 내시겠습니까?"

"물론이지요."

"…대기실에서 기다리시면 제가 장부를 확인해 보겠습니다. 어쩌면 시간을 뺄 수 있을지도 모르겠습니다."

"정말이지 감사드려요."

그 비서는 그녀를 복도 건너편 방으로 안내한 다음 사라졌다. 라비니아는 자리에 앉아서 보닛을 벗고 주의 깊게 주위를 둘러보았다.

일반적으로 최면술 병원의 대기실은 부드럽고 차분한 분위기였지만, 이곳은 좀더 드라마틱했다.

벽에는 로마 목욕탕 장면들을 묘사한 벽화들로 덮여 있었다. 고전적인 기둥들이 물 속에서 흥겹게 노는 거의 발가벗은 여자들 그림의 액자 노릇을 했다.

방구석에는 많은 전신 조각상들이 서 있었다. 모조품이긴 해도 그리스와 로마 신들의 누드상들이 꽤 그럴 듯했다. 극히 잘된 작품이기도 했다. 이탈리아에서 그녀가 팔았던 조각상들에 비할 만한 수준이었다.

창가의 빨간 그리스 화병에는 다양한 자세로 엉켜 있는 연인들의 풍경이 그려져 있었다.

골동품 분야에서 벌거벗은 그리스와 로마 신들에 대한 요구가 많다는 건 분명하지만, 최면술사의 대기실에서 이런 걸 보게 되다니 전혀 뜻밖이었다.

옹기종기 모인 사람들 틈에서 들려오는 낮고 남성적인 목소리 하나가 그녀의 관심을 끌었다. 아마도 환자인 듯한 세 명의 숙녀들이 아까 그 비서보다 더 잘생긴 젊은이 주위에 몰려 있었다. 그는 그 여자들에게 책을 읽어주는 중이었다.

셰익스피어의 관능적인 4행시 중 하나였다. 싯귀절을 들을 수 있다는 기대감에 그녀도 치마를 모아들고 일어나 그 젊은이 가까이로 옮겨가려 했다.

그 순간 대기실 문이 다시 열리며 금발머리의 비서가 라비니아에게 손짓했다.

"선생님께서 지금 만나시겠답니다."

이미 의자에서 일어나 있었던 라비니아는 방향을 바꾸어 문밖으로 나섰다.

비서가 조용히 문을 닫고 계단 쪽으로 고갯짓했다.

"치료실은 위층입니다. 절 따라오시지요."

"고마워요."

사내가 매력적인 미소를 보였다.

"우선 요금을 내주시면 감사하겠습니다."

"아, 물론이지요."

그녀가 손가방을 열었다.

놀라울 만큼 기민하게 거래를 끝낸 다음, 비서가 그녀를 층계로 에스코트했다. 그리고 2층 복도의 어느 문 하나를 열어주었다.

"치료 의자에 앉아 계십시오. 선생님이 곧 오실 겁니다."

어둡게 조명된 방이었다. 창에는 묵직한 커튼이 드리워지고 테이블 위에 양초 하나만이 밝혀졌다. 향긋한 향냄새가 풍겨 나왔다.

그녀는 안으로 들어서서 문을 닫았다. 시야가 어둠에 익숙해지자 특이한 발판과 넓은 팔걸이가 달린 의자가 눈에 들어왔다. 그 옆에는 손잡이가 달린 이상한 기계 장치가 작은 이동식 탁자에 놓여 있었다.

그녀는 보닛을 들고 의자에 다가가서 앉았다. 의외로 매우 편안했다.

그녀가 발판을 살피기 위해 몸을 굽히는 순간 문이 열렸다.

"레이크 부인이십니까? 전 닥터 다필드입니다."

"아."

그녀가 재빨리 상체를 일으켰다.

이국적인 푸른 로브 차림의 커다란 사내가 문 앞에 서 있었다. 진짜 메스머의 수제자처럼 차려 입었다는 게 라비니아의 첫인상이었다. 메스머가 길게 흐르는 로브와 은은한 불빛과 잘생긴 젊은이들이 연주하는 배경 음악을 좋아했다던데. 여자들이 벌떼처럼 치료받으러 몰려들었다는 점도 메스머와 비슷하다고 해야 할까.

세련된 스타일로 깎은 갈색 머리가 다필드의 꿰뚫어보는 듯한 눈동자와 탁월한 옆모습을 돋보이게 했다. 부하 직원들만큼 젊지 않기 때문인지 그들만큼 잘 생기진 않았지만 훨씬 흥미로웠다. 그녀도 이젠 멋들어지게 생긴 젊은 남자들보다 세상 경험을 드러내는 잔주름의 신사들에게 더 끌리는 나이에 도달한 걸까.

그녀는 적당히 감사하는 미소를 지어 보였다. 히스테리 발작 직전에 있는 숙녀처럼.

"이렇게 곧바로 만나주셔서 감사해요."

닥터 다필드가 문을 닫고 방으로 걸어 들어왔다.

"비서에게 당신의 상태가 매우 심각하다는 말을 들었습니다. 응급환자라더군요."

"그래요, 전 최근에 상당히 심한 스트레스를 받고 있어요, 저의 신경 조직이 견뎌내지 못할까봐 걱정이에요. 저의 긴장과 불안을 제발 덜어주세요."

"최선을 다하겠습니다."

다필드가 촛불을 들고 그녀의 의자 쪽으로 이동해왔다.

"저에 대해서는 어떻게 알게 되셨습니까?"

"신문에 난 광고를 봤어요."

러쉬톤 부인의 이름을 언급하고 싶진 않았다.

"그렇군요."

그가 그녀의 맞은편 나무 의자에 앉았다. 무릎이 거의 맞닿을 정도로 가까이 앉아 촛불의 불길 너머로 그녀를 바라보았다. 그의 눈동자가 어둠 속에서 더 날카로워 보였다.

"그럼 다른 고객에게 소개받으신 게 아니로군요?"

"네."

"좋습니다, 그럼 치료에 대해서 잠깐 설명을 드리지요. 당신은 긴장을 풀고 이 불길을 똑바로 쳐다보아야 합니다."

그녀는 최면에 걸릴 마음이 없었다. 부모님도 몇 번 실험을 해보신 후에 적당한 대상이 아니라고 말씀하신 바 있었다. 하지만 한때 능숙한 최면술사로서 무아지경이 어떤 상태로 보여야 하는지는 잘 알고 있었다.

"여성의 신경조직은 섬세합니다. 부드럽고 고상한 감수성을 지니고 있지요."

닥터 다필드의 목소리가 깊고 나지막했다.

"기본적인 남편의 관심을 받지 못하는 미망인의 경우에는 더욱 그러하지요."

그녀는 정중하게 고개를 끄덕이며 성마름을 숨기려 노력했다. 여성적 히스테리라는 이름하에 규격화된 애매 모호한 증상들과 함께 여자들의 신경 불안이 성적인 행위의 부족 때문이라는 게 의료인들의 일반적인 가정이었다.

"불안감, 동요, 우울증, 기타 여성들의 다른 신경쇠약 증상들이 이 치료를 받는 동안 환자의 몸으로 표출됩니다."

"몸으로요?"

"그렇습니다. 의학적으로는 히스테리 발작이라고 표현하지요."

"그런 말을 들은 적이 있어요."

그건 사실이었다. 하지만 그녀는 처음으로 가짜로 최면에 걸린 듯 보이려던 계획에 단점이 있을 수도 있다고 생각했다. 히스테리 발작을 목격한 적이 없었기 때문에 어떻게 보여야 할지 확실치 않았다.

문제는 스타일과 방법에 따라 최면술사들 간에 큰 차이가 있다는 점이었다. 그녀는 부모님에게 기술을 배웠고, 그분들은 발작을 유발하는 일에는 그다지 관심이 없으셨다. 그런 반응이 대개는 단기간의 치료에 불과하다고 말씀하셨다.

"히스테리 발작은 몸의 자연적인 흐름을 막고 있는 응어리를 풀어줍니다. 하지만 걱정할 필요 없습니다. 그 경험이 지나가고 나면 지극히 평화로운 감각이 따라오지요."

"그렇군요."

"자, 이 과정에서 충분한 효과를 보려면 최대한 편안해지셔야 합니다."

그가 몸을 앞으로 기울이더니 그녀가 미처 보지 못했던 의자 옆의 작은 지렛대를 움켜쥐었다. 그것을 앞으로 당기자 발판이 올라왔다. 그녀가 놀라움에 젖어 있을 때 다필드가 일어나서 그녀의 뒤로 움직여갔다.

또 다른 레버를 잡아당기는 소리가 들리자 거의 동시에 의자의 뒷부분이 뒤로 움직였다.

이제 그녀는 누운 듯한 자세가 되어버렸다. 당황스럽긴 하지만 꽤 편안하다는 건 인정해야 했다. 그녀의 시선을 천장으로 옮기는 역할도 했다. 처음으로 그 천장의 그림을 알아차렸다. 노을진 하늘에 솜털 구름과 별들이 흩어져 있었다.

"의자가 아주 특이해요."

"내가 직접 고안했답니다."

닥터 다필드가 의자 옆으로 돌아와 그녀의 귀에 여성적인 체질의 섬세한 특성과 정기적으로 건강하고 왕성한 부부관계를 맺지 못하는 것이 여성에게 얼마나 부자연스런 일인지 계속 설명했다. 많은 기혼 녀들이 남편에게 적절한 관심을 받지 못함으로 인해 이 비슷한 증상으로 고통받는다고도 했다. 그녀는 그 조용하고 권위적인 어조가 가벼운 무아지경으로 이끌어가기 위해서라는 걸 알아차리고는 적절한 표정을 지으려 노력했다.

"이젠 불길을 응시하십시오."

그의 목소리가 부드러우면서도 단호했다.

그는 양초를 그녀의 시야로 옮겨 허공에 느릿한 원을 그리기 시작했다.

"여성의 가장 섬세하고 부드러운 부분에 대해서 생각하세요."

다필드가 속삭였다.

"그곳이 여성들의 신경 불안을 초래하는 곳입니다. 폭발하지 못하고 뭉쳐 있는 그 느낌을 해방시켜주어야 합니다."

양초를 느릿하고 안정된 패턴으로 움직이며 다필드가 불길 뒤쪽에서 강렬하게 그녀를 응시했다.

"나의 치료에 당신을 맡기십시오, 레이크 부인."

그의 목소리에 점점 권위가 더해졌다. 그가 그녀의 팔에 가볍게 로브 자락을 스치며 의자 위로 몸을 굽혔다.

"이제 양초를 내려놓겠습니다."

그는 그녀에게서 시선을 떼지 않은 채로 근처의 탁자에 양초를 내려놓았다.

"눈이 감길 겁니다. 나의 목소리와 나의 손길에 인도를 받으십시오."

그녀는 유순하게 눈을 감았다. 하지만 슬쩍 훔쳐보고 싶은 충동을 억누를 수 없었다.

"오직 그 섬약하고 민감한 육신의 한 부분에 뭉쳐 있는 것만을 생각하십시오."

다필드가 손을 뻗어 라비니아의 의자 쪽으로 기계 장치가 있는 탁자를 끌어당겼다.

"그곳에 모여 있는 긴장감을 느껴보세요. 그걸 억누르지 마세요. 부풀어오르도록 내버려두세요. 내가 곧 당신의 신경을 약화시키는 그 뜨거운 감각을 해방시켜드릴 겁니다."

그녀는 속눈썹 사이로 그의 모습을 지켜보았다. 그가 작은 연고병의 뚜껑을 열자 상쾌한 향기가 새어나왔다. 꽃향기가 나는 오일의 종류인 듯했다.

"내가 이 기발한 장치를 개발했답니다. 전통적인 최면 기술을 개선시키기 위해서였지요. 몸 아랫부분의 뭉침을 해소하는데 대단히 효과적입니다."

그렇지만 라비니아는 기분이 점점 나빠지고 있었다.

다필드가 의자의 또 다른 레버를 잡아당겼다. 발판이 즉시 두 쪽으로 갈라졌다. 그 결과 그녀의 다리가 양쪽으로 벌어졌다. 거의 말을 탄 것 같은 자세였다.

그녀의 머리에 경고성이 울려 퍼졌다. 치맛자락이 발목까지 덮여 있긴 했어도 극도로 어색한 자세인 것만은 틀림없었다.

이 남자는 숙련된 의사야, 이런 치료를 지속적으로 수행해온 전문가야, 그녀가 맘속으로 되뇌었다. 환자들에게 높은 평가를 받는 의사…….

하지만 자신이 언제까지 환자 역할을 할 수 있을지 궁금해지기 시작했다.

닥터 다필드는 좁은 탁자를 앞으로 굴려 그녀의 다리 사이에 놓았다. 그녀는 살짝 뜬 속눈썹 사이로 기계 장치에서 뻗어 나온 긴 막대기에 작은 붓이 매달려 있는 것을 보았다. 다필드가 손잡이를 몇 번 돌려 부드럽게 움직이는지 시험했다.

그 길다란 금속 막대기가 빠르게 돌기 시작했다.

"이제 당신의 몸에 있는 동물적인 자기의 여파를 이 발명품으로 조절해 드리겠습니다. 이 자석의 파동은 폭포수와 같습니다, 폭포수가 댐을 통과하여 평화로운 물웅덩이로 떨어질 것입니다. 이 기계 장치를 당신의 내면적인 흐름을 해갈시키는 도구로 생각하십시오. 이 치료에 당신을 내맡기십시오, 마담. 당신은 지금 의사의 치료를 받고 있습니다."

그가 한 손으로 그녀의 치맛자락을 잡아 무릎으로 끌어올리기 시작했다. 그리고 다른 손으로 기계장치가 달린 작은 탁자를 그녀의 다리 사이로 잡아당겼다. 그녀는 이제야 그 빙빙 도는 붓이 정확히 어디에 닿을 것인지 알아차렸다.

"닥터 다필드, 잠깐만요."

그녀가 다리를 모으며 허겁지겁 일어나 의자에서 뛰어내렸다.

"이 정도면 충분해요."

그녀가 고개를 돌리자 그는 지극히 진지한 표정으로 그녀를 응시하고 있었다.

"진정하십시오, 마담. 정말 극도로 신경 조직이 긴장되어 있으시군요."

"그냥 이대로 둬야될 것 같아요. 당신의 치료법이 마음에 안 들어요. 저 이상한 기계로 치료받을 마음이 전혀 없어요."

"마담, 나의 치료법은 현대과학과 수세기의 의료 시술에 뿌리를 두고 있습니다. 위대한 퍼가뭄의 갤론에서부터 존경하는 쿨페퍼에 이르기까지 모든 저명한 치료인들이 히스테리와 신경 불안을 달래기 위해 여성 해부학적인 그 부분을 마사지하라고 충고하였습니다."

"저한테는 지극히 외설스럽게 들리는군요."

그는 분개하는 표정이었다.

"나의 치료법에는 아무런 하자가 없습니다. 난 오랫동안 의사들이 사용해왔던 구시대적인 기술들을 개발했을 뿐입니다. 이 현대적인 기계 장치가 나의 환자들에게 보다 효과적인 치료를 제공해줍니다."

"효율성은 문제가 안 돼요."

"이 사회에서 제대로 살아남으려면 효율성이 중요합니다. 이 장치를 완성하기 전에는, 환자들의 감정 분출을 유도하기까지 한 시간이나 걸렸습니다. 그게 나에게 얼마나 힘든 육체 노동이었는지 아십니까? 장담컨대 대단히 힘든 노동이었습니다, 마담."

"노동이라구요. 이 직업을 노동이라고 생각하세요?"

"당연하지요. 끝도 없이 이어지는 환자들에게 계속 발작을 일으키는 게 쉬운 줄 아십니까? 팔과 손이 너무나 저리고 뻐근해서 밤에 찜질을 해야 하는 날이 수도 없었습니다."

"나한테 동정을 기대하진 마세요."

그녀가 보닛을 집어들고 문으로 향했다.

"수입은 짭짤하신 것 같던데요."

"웬만큼 벌긴 하지만 큰돈은 아닙니다. 불행히도 아직 사교계의 고급 고객들을 끌어들이지 못했거든요. 진짜 돈이 벌리는 곳이 거기 인데 말입니다."

"그건 맞아요……. 그 탁월한 신문광고로도 고급 고객들이 안 모였다는 건가요?"

그녀가 저항할 수 없는 호기심으로 물었다.

"상류층은 같은 테두리에 있는 사람들의 추천을 중요시합니다."

그녀는 동정을 금할 수 없었다.

"어디 가나 그 추천이 문제로군요."

그의 눈이 가늘어졌다.

"자, 이제 당신의 섬세한 신경으로 주제를 돌릴 수 있다면, 마담, 나의 기계 장치를 사용하도록……."

"사양하겠어요.."

그녀가 부르르 치를 떨며 문을 열어 젖혔다.

"나의 섬세한 신경이 당신의 치료를 견딜 것 같지 않아요. 안녕히 계세요, 닥터 다필드."

그녀는 서둘러 복도를 걸어 계단으로 내려갔다. 금발머리의 비서가 정중하게 현관문을 열어주었다.

거리로 나서면서 최대한 태연한 표정을 지으려 노력했다. 하지만 결코 쉽지 않은 일이었다.

러쉬톤 부인의 최면술사를 조사해보기로 했던 결정이 그다지 현명하지 못했음을 인정할 수밖에 없었다. 그나마 토비어스에게 이 계획을 말하지 않았던 게 다행스러웠다. 최소한 조사 결과를 보고할 필요는 없으니까.

그녀가 힘차게 으슥한 골목 어귀를 지나쳤다. 그 어둠 속에 남자가 서 있다는 걸 알아차리지도 못했다. 옆으로 슬그머니 다가서는 인기척에 그녀가 화들짝 튕겨 올랐다.

"토비어스."

"산책하기 좋은 날이군, 그렇지?"

토비어스가 물었다.

"그렇게 으슥한 곳에 숨어 있으면 어떡해요? 기절할 뻔했잖아요. 대체 무슨 짓이에요?"

"닥터 다필드를 만나봤소? 그자의 최면 치료를 받은 거요?"

"아뇨, 난 최면에 잘 걸리지 않는 편이에요."

"당연히 그렇겠지. 당신의 의지력은 다른 어떤 것에도 굴복하지 않을 테니까."

"당신에게 비할 수는 없겠죠. 내가 상처의 고통을 줄여주겠다고 제안할 때마다 당신이 얼마나 완고했는지를 생각하세요."

"당신이 이따금씩 다른 종류의 황홀한 해방을 제공하고 있잖소, 마담. 난 당신의 치료에 대 만족이오."

"하나도 재미없어요."

그녀가 중얼거렸다.

"여기서 뭐하는 거예요? 맙소사, 날 미행한 거예요?"

"조금 궁금했다는 건 인정하오. 어떻소? 쓸모 있는 거라도 알아냈소?"

"우리의 고객은 최면술사이고, 살해된 희생양도 그 분야의 기술을 갖고 있었어요."

그녀가 뻣뻣하게 설명했다.

"그런데 다른 고객 러쉬톤 부인까지 최면치료를 받는다는 게 마음에 걸렸어요. 우연의 일치를 경계하라고 가르쳐준 건 당신이었어요."

"최면술사한테 치료받는 사람들의 수로 보건대, 러쉬톤 부인이 그런 치료에 의지하지 않았다면 더 놀라울 거요."

그가 심드렁하게 대꾸했다.

"어떻소? 만족스런 결과를 얻었소?"

그녀가 흠흠 목기침을 했다.

"그런대로요."

"다필드가 합법적인 의료인인 게 분명하오?"

"네."

토비어스는 생각에 잠겨 초록문 쪽을 돌아보았다.

"기다리는 동안 저 건물에 들어가는 환자들을 보았는데, 거의 여자더군."

"그는 여성 히스테리 치료의 전문가예요."

"도대체 여성 히스테리가 뭐요? 난 그 점이 자주 궁금해지는군."

"이 분야의 문외한에게 설명하기는 좀 어려워요. 의료인들에게 수익이 되는 병이라고만 해두죠. 환자가 죽지도 않고 병이 낫지도 않거든요. 아주 지속적으로 치료를 받아야 해요."

"러쉬톤 부인의 경우처럼."

"그래요."

그가 그녀의 팔을 잡고 거리를 건너기 시작했다.

"닥터 다필드가 어떻게 치료했소?"

"왜 갑자기 그렇게 호기심이 많아졌어요?"

"그곳에 들어가는 여자들이 아주 열성적인 것 같아서. 러쉬톤 부인도 그의 치료를 극구 칭찬했잖소. 다필드의 치료법이 효과적인 건 물론이고 전혀 아프지도 않은 모양이오."

"맞아요."

그는 그녀를 멈춰 세우고 길 건너편의 초록문을 바라보았다.

"그런데 당신은 도망치듯이 현관 계단을 내려오더군. 한시바삐 떠나고 싶어하는 것처럼."

"바쁘니까 그렇죠. 오늘 오후에 할 일이 많다구요."

"다필드의 치료실에서 무슨 일이 있었지, 라비니아?"

"별 일 없었어요. 당신 짐작대로, 러쉬톤 부인이 여기 찾아온 건 우리 사건과 관련이 없었어요."

"내가 더 알아야 할 일이 정말 없는 거요?"

"토비어스, 당신은 가끔 뼈다귀에 달려드는 개 같아요."

그녀는 손가방에 부착된 작은 시계를 들여다보는 척했다.

"어머나, 시간이 벌써 이렇게 됐나? 쇼핑을 해야 하는데."

"다필드의 치료법에 대해서……."

"신경 쓰지 마세요. 닥터 다필드의 치료 방법은 전통적이고 잘 개발된 의료적 최면실습의 받아들일 만한 경계선 안에 있으니까요."

16

에멀린은 앤서니가 질문하고 있는 정원사를 유심히 지켜보았다. 부엌 한가운데 서서 불안하게 모자를 비틀어대며 짤막하게 쓸모 없는 대답만 늘어놓고 있었다. 앤서니가 부드럽고 예의바르게 구는데도 불구하고, 그는 분명히 불편해 보였다.

"뱅스 경의 응접실로 들어가는 사람을 본 적이 있나요? 한밤중이나 그런 이상한 시간에 말입니다."

"주인님의 응접실은 몰라요. 들어가 본 적이 없어요. 위층에 올라가 본 적도 없어요."

그 정원사는 눈에 보이지 않는 영역을 훔쳐보는 것처럼 천장으로 눈을 올렸다.

"난 17년 동안 여기서 일했어요. 하지만 내가 아는 데는 이 부엌 밖에 없어요."

"맞아요."

러쉬톤 부인이 긴 테이블 상석에 앉아 확고하게 말했다.

"정원사는 부엌말고 다른 곳에 갈 일이 없어요."

앤서니의 턱이 굳어졌다. 짜증이 난 것이다. 러쉬톤 부인이 벌써 몇 번째 끼어 들고 있었다.

오늘 아침의 조사는 에멀린과 앤서니의 열성이 무색하게 전혀 기대에 미치지 못했다. 우선 많은 하인들이 아프다는 핑계로 나타나질 않았다. 에멀린은 그 이유를 짐작할 수 있었다. 하녀와 정원사와 가정부를 이리도 불안하게 만드는 건 죄책감 때문이 아니었다. 러쉬톤 부인이 조사하는 자리에 있겠다고 고집한 것 때문이었다.

앤서니는 정원사에게 고맙다고 말한 다음 에멀린을 바라보며 살짝 고개를 흔들었다. 그녀가 한숨지으며 공책을 덮었다.

"자, 그럼,"

러쉬톤 부인이 입을 열었다.

"다 끝났군요. 도움이 되셨나요, 싱클레어 씨?"

앤서니가 자신만만하게 미소지었다. 그 눈동자에 굳이 숨기지 않은 짜증이 배어 났지만, 러쉬톤 부인은 그걸 알아차리지 못하는 듯했다. 앤서니에게 홀딱 반해버린 모양이었다. 사실 그 여자는 앤서니가 인사를 한 순간부터 에멀린에게 단 한 번도 시선을 돌리지 않았다. 이상야릇한 특별한 표정으로 앤서니만 쳐다보았다.

에멀린은 이성에게 눈독들일 때의 표정을 보면 그 사람이 난봉꾼인지 호색한인지 단번에 알 수 있다고 생각했다.

"나른 자료들과 비교를 해봐야지요. 시간 내주셔서 감사합니다, 러쉬톤 부인."

"별 말씀을요."

러쉬톤 부인이 여전히 앤서니에게 시선을 맞춘 채 자리에서 일어났다.

"팔찌에 대해서 뭔가 알아내면 즉시 나에게도 알려주세요."

"물론입니다."

"당신이 개인적으로 보고해도 좋아요. 당신과는 편안하게 얘기할 수 있을 것 같거든요. 사실 이렇게 건장한 체격의 신사분이 조사를 도와주시니 매우 안심이 돼요."

"믿어주셔서 감사합니다, 마담."

앤서니가 에멀린에게 재촉하는 시선을 보낸 다음 부엌문으로 향했다.

"어떤 식으로든 진전 상황을 알려드리겠습니다. 그럼 이만."

"차 한잔 하고 가시지 그래요?"

러쉬톤 부인이 얼른 제안했다.

앤서니가 대답하려고 입을 벌리는 순간, 에멀린이 눈짓으로 신호를 보내려 애쓰며 일어났다.

그는 그녀의 소리 없는 메시지를 알아차리고는 마지못해 입을 다물었다.

에멀린이 러쉬톤 부인에게 돌아섰다.

"마담, 떠나기 전에 정원사에게 정원을 구경시켜 달라고 한다면 너무 무례한 짓일까요? 정원 가꾸기가 제 취미거든요."

러쉬톤 부인이 망설였다.

"제가 정원을 둘러보는 동안 싱클레어 씨는 여기서 차 한잔 하실 수 있을 거예요."

에멀린이 부드럽게 덧붙였다.

러쉬톤 부인의 얼굴에 미소가 나타났다.

"아, 그럼요. 즐겁게 다녀와요."

"고맙습니다."

에멀린이 펜과 노트를 가방에 넣고 발길을 옮겼다.

앤서니가 그녀에게 애절한 시선을 보냈지만 아는 척하지 않았다.

20분 후, 그들은 마침내 그 음울한 장원에서 벗어났다. 앤서니의 표정이 몹시도 험악했다.

오늘 아침의 조사에서 별다른 소득이 없었다는 사실은 아주 부분적인 이유인 듯했다.

"날 그 끔찍한 여자 옆에 혼자 남겨둔 데에는 그만한 이유가 있었 겠지요?"

그가 으르렁거렸다.

"끔찍하다니요? 어떻게 그런 말을 할 수 있어요? 러쉬톤 부인은 당신에게 호감이 있는 모양이던데. 나한테는 눈길 한 번 주지 않더 군요. 당신의 그 '명백하게 건장한 체격'에 대한 송시라도 쓰고 싶어 하는 듯했어요."

"농담할 기분 아니에요."

그가 우악스럽다 싶을 만하게 그녀의 팔을 잡아 공원 쪽으로 끌고 갔다.

언제나 차분한 앤서니가 성질을 내다니. 처음으로 보게 되는 그의 새롭고 흥미로운 일면이었다.

"맙소사, 당신 화났어요?"

"정원을 돌아본다는 건 뭐였습니까?"

그가 철문을 열어 잡초가 무성한 공원으로 이끌어갔다.

"우린 식물들이나 구경하러 간 게 아니었잖아요."

"우리가 거기 간 이유는 정확히 알고 있어요."

이제 그는 그녀의 보닛이 위험스레 까닥거릴 정도로 그녀를 잡아 끌었다.

"우리는 한심하게 실패했구요."

"그 끔찍한 여자 때문이었어요."

앤서니는 공원을 비스듬하게 가로지르는 오솔길로 접어들었다.

"그 여자가 있는 앞에서 어느 하인이 입을 열고 싶어하겠어요? 주 인 마님 앞에서 입을 잘못 놀렸다가는 추천장 하나 없이 쫓겨날지도 모르잖아요."

"그래요, 그래서 내가 그 가엾은 정원사와 정원을 돌아봐야 했던 거예요."

앤서니가 살피는 시선을 쏘아보냈다. 아직도 화가 끓고 있었지만,

그녀가 변덕스런 충동으로 행동한 게 아니었음을 이해한 듯했다.

"정원사와 무슨 얘기를 했어요?"

그가 물었다.

그녀는 만족스럽게 미소지었다.

"돈에 대해서요."

"빌어먹을."

그의 걸음이 다소 느려졌다.

"그자에게 뇌물을 주겠다고 했어요?"

"수고비 정도죠. 이모한테 배운 거예요. 정보도 일종의 돈으로 살 수 있는 상품이잖아요."

앤서니가 공원의 반대편 쪽문을 열었다.

"토비어스가 그 점에 불평하긴 하지만 효과가 있는 것만은 틀림없는 것 같더군요. 정원사가 당신 제안을 받아들이던가요?"

"모르겠어요."

"그자가 아무 말도 안 했다는 거예요? 설마 들은 것도 없이 돈을 주지는 않았겠지요?"

그들은 문을 통과했다.

"직접적으로 말하기에는 너무 긴장해 있었어요. 러쉬톤 부인이 가까이 있다는 걸 아니까요. 하지만 우리에게 말한 것보다 더 많은 걸 알고 있는 게 분명해요. 난 내 제안이 24시간 동안 유효하다고 말해뒀어요."

"그렇군요."

앤서니가 다시 그녀의 팔을 붙잡았다. 좁은 길에 접어들 때까지 아무 말도 하지 않았다.

"괜찮은 계획이었어요."

그가 마지못해 인정했다.

"고마워요, 나도 영리한 행동이었다고 생각해요."

"하지만 정원사한테 뇌물을 주려고 날 러쉬톤 부인의 희생양으로 바칠 필요까진 없었잖아요?"

"그건 뇌물이 아니라 수고비예요. 당신을 희생시켰다는 면에 대해서는 선택의 여지가 없었구요. 재빠르게 행동해야 했답니다."

"나한텐 핑계처럼 들리는데."

"말해봐요, 러쉬톤 부인과 차 마시면서 어땠어요?"

"내 인생에서 최악의 20분이었어요. 그 여자는 다음에 나 혼자 찾아오게 하려고 수작을 부렸어요. 밤에 찾아와도 좋다고 했어요."

"매우 힘겨운 경험이었던 모양이군요. 당신이 이렇게 동요하는 건 처음 봐요."

"토비어스에게 조수로 받아달라고 했을 때 러쉬톤 부인 같은 고객이 있다는 말은 못 들었다구요."

"그래도 재미있는 직업이잖아요."

그 말에 그의 기분이 다소 살아났다.

"그렇긴 하죠. 토비어스가 내 결정을 아직 못마땅해하긴 하지만 이제는 어느 정도 받아들인 것 같아요."

"라비니아 이모도 그 비슷한 유보 상태예요. 하지만 이해는 해주는 것 같아요."

앤서니가 살짝 인상을 찌푸렸다.

"두 사람 말이 나왔으니 하는 말인데, 당신과 상의하고 싶은 일이 있어요."

"두 분의 개인적인 관계에 대해서인가요?"

"당신도 비슷한 걱정을 했던 모양이군요."

"요즘 들어서 걱정이 되기 시작했어요."

"그들이 꽤, 가까워진 건 분명해요. 사업적인 파트너로서가 아니라."

그녀는 거리 맞은편만 쳐다보았다.

"그분들이 육체적으로 친밀해졌다는 말을 하려는 거겠죠?"

"미안해요, 당신과 같은 숙녀에게 말할 만한 내용은 아니지만 이

상황을 당신과 의논해야겠다고 생각했어요."

"예의범절은 신경 쓰지 마세요. 당신과 나는 전통적으로 자라난 온실 속의 화초가 아니에요. 우리 나이보다 훨씬 풍부한 경험을 하며 살았어요. 그러니 자유롭게 말씀하셔도 돼요."

"사실 토비어스와 레이크 부인이 요즘 자주 싸우는 것 같아서 걱정이에요."

"무슨 뜻인지 알겠어요. 제가 보기에도 두 분의 관계가 다소 삐걱대는 것 같더군요."

"난 두 사람이 사랑에 빠졌다고 생각해요. 최소한 서로에게 정열이 있는 것만은 틀림없어요."

에멀린은 토비어스와 오랫동안 공원을 산책하고 돌아온 후에 이모의 발그레해졌던 뺨과 반짝이는 눈동자를 기억했다.

"그렇군요."

"토비어스가 낭만적인 분야를 잘 모르는 게 문제인 것 같아요. 매형은 숙녀에게 구애하는 방법을 모르거든요. 내가 충고를 해주긴 했는데 그 충고에 따른 것 같지가 않아요."

"그런 문제는 아닐 거예요. 이모가 낭만적인 시를 좋아하긴 하지만 마치 씨에게 바이런의 영웅들 같은 면모를 기대하는 것 같진 않거든요."

"그 말을 들으니 안심이에요, 매형은 세련된 매너에 관심이 없을뿐더러 수용할 마음조차 없는 것 같으니까요. 하지만 그게 문제가 아니라면, 둘 사이가 대체 왜 그런 걸까요?"

"라비니아 이모가 요즘 하는 말로 미루어봐서, 이모는 마치 씨가 공평한 경쟁을 저해한다고 생각하는 것 같아요."

앤서니의 눈썹이 가운데로 모였다.

"맙소사, 왜 그런 생각을 할까요?"

"마치 씨가 정보원들에게 인사시켜주지 않는다는 게 그 이유 중의 하나예요."

"하지만 매형은 거절할 만한 이유가 있었어요. 그 정보원이 범죄자들과 연결되어 있기 때문에 레이크 부인을 소개시킬 수 없다고 생각한 거죠. 나도 그걸 잘못으로 여기지는 않아요."

"정보원들 때문만이 아니에요."

에멀린이 계속했다.

"최근에 마치 씨는 지나치게 자주 청하지도 않은 충고와 지시를 내리기 시작했어요. 이모는 그걸 참을 수 없어해요. 다른 사람한테 명령받는 데 익숙하지 않거든요."

앤서니가 잠시 생각에 잠겼다.

"아무래도 두 명 다 지극히 독립적이고 고집스럽다는 게 문제로군요. 게다가 둘 다 자기 방식을 확신하고 있으니……."

어린아이의 목소리가 그의 상념을 깨뜨리며 뒤에서 들려왔다.

"아저씨, 아줌마. 잠깐만요. 드릴 말씀이 있어요."

몸을 돌리자, 여덟 살이나 아홉 살 정도로 보이는 남루한 차림새의 소년이 좁은 골목 어귀에서 그들에게 손짓하고 있었다. 에멀린은 당장 기대감에 부풀었다.

"정원사의 아들이에요."

앤서니에게 말했다.

"정원을 거닐다가 만났어요. 뱅스 장원에서 아버지를 돕고 있어요."

"우리한테 무슨 볼일일까요?"

"저 아이 아빠가 정보를 일러줬나봐요. 내가 제안한 수고비를 받고 싶었던 거겠죠. 성공할 줄 알았다니까요."

소년이 서둘러 그들에게 달려왔다.

갑자기 요란한 마차 구르는 소리가 들리며 모퉁이로 까만 마차 한 대가 돌아 나왔다. 두 마리 말이 이끄는 마차가 빠르게 내달렸다. 마부가 말들의 엉덩이에 채찍을 휘두르자 짐승들이 더욱 속력을 내기 시작했다.

정원사의 아들이 바로 그 길목에 있었다.

말발굽과 마차 바퀴에 깔려버릴 위험에 직면했다.

"조심해."

에멀린이 소리쳤다.

소년이 그 경고를 들었는지 알 수 없었지만 뒤쪽의 소란을 알아차린 듯 휙 돌아섰다. 한순간 소년의 몸이 마비된 것 같았다.

"비켜, 비키라구."

앤서니가 소리치며 앞으로 뛰어가기 시작했다.

"맙소사."

에멀린이 치맛자락을 잡고 그 뒤로 달렸다.

소년이 마침내 절대절명의 상황을 깨닫고는 경련을 일으키듯이 안전한 곳으로 달아났다.

아이의 모자가 바람에 날려 말들이 달려오는 길 쪽으로 뒹굴었다.

"내 모자."

소년이 거리 한복판으로 되돌아가려 했다.

"안 돼, 안 돼."

에멀린이 소리쳤다.

하지만 소년은 신경 쓰지 않았다. 모자를 찾고 싶을 뿐이었다.

마차의 속력은 여전히 빨랐다. 마부가 꼬마 아이를 보지 못한 게 틀림없었다. 에멀린의 가슴에 무기력한 공포가 치솟았다. 그 아이를 구해낼 수 있을 것 같지 않았다.

"물러나요."

앤서니가 그녀에게 소리치며 앞으로 달려갔다.

그녀는 가장 가까운 골목으로 달려가 숨죽인 채 지켜보았다. 앤서니와 마차가 반대편에서 소년에게 달려들고 있었다.

앤서니가 날 듯한 말발굽보다 몇 초 빠르게 소년에게 닿았다. 한 팔로 소년을 끌어안아 거리 옆쪽으로 몸을 굴렸다.

잠시 후 마차가 빠르게 에멀린의 앞을 지나쳤다. 그 마부가 그녀에게 물건 하나를 던지는 듯하더니 그것이 그녀의 옆벽에 쿵 닿았다가 바닥으로 떨어졌다. 하지만 그녀는 앤서니와 소년에게 어서 빨리 가야 한다는 생각뿐이었다.

마차가 위태롭게 흔들거리며 무서운 속도로 거리 끝의 모퉁이를 돌아 사라졌다.

에멀린이 돌바닥에 웅크리고 있는 두 사람에게 달려갔다. 소년이 위에 누웠고, 그의 초록색 모자는 앤서니의 어깨 옆에 놓여 있었다. 아이가 꿈틀거리며 고개를 들고 일어섰다. 다행히도 충격을 받긴 했지만 다치지는 않은 모양이었다.

"앤서니."

그녀가 그의 옆으로 내려앉았다.

"앤서니. 맙소사, 대답 좀 해봐요."

미쳐버릴 것 같은 공포의 시간이 지나는 동안 그녀는 최악의 상황이 너무나 두려웠다. 앤서니의 크러뱃이 풀어져 목덜미가 드러났다. 그녀는 장갑을 빼고 부들부들 떨리는 손으로 그의 맥박을 확인했다.

그가 한쪽 눈을 뜨고는 씩 미소지었다.

"내가 천국에 와 있군요. 천사의 손길이 닿는 걸 보니."

그녀가 얼른 손가락을 잡아 뺐다.

"다쳤어요? 어디 부러졌어요?"

"아니, 그런 것 같진 않아요."

그가 일어나 앉으며 소년을 쳐다보았다.

"넌 어떠니? 괜찮은 거니?"

"네."

소년이 두 손으로 모자를 잡고 구석구석 살펴보았다. 그리곤 다행스런 표정으로 고개 들었다.

"모자를 구해주셔서 고마워요. 엄마가 지난주에 생일 선물로 주신 거거든요. 이걸 망가뜨렸다가는 그날로 난 모가지예요."

"멋진 모자구나."

앤서니가 바지의 먼지를 툭툭 털며 일어났다. 그리고 에멀린에게 손을 내밀어 가볍게 일으켜 세웠다.

그녀가 소년에게 돌아섰다.

"우리에게 할 말이 있다고?"

소년의 표정이 진지해졌다.

"아빠가 시종과 얘기를 해보라고 하셨어요."

"너희 주인님의 시종 말이니?"

앤서니가 눈살을 찌푸렸다.

"오늘은 안 보이던데. 어디 있지?"

"러쉬톤 부인이 얼마 전에 쫓아냈어요. 월급도 안주고 추천장도 없이요. 피치 씨는 대단히 화가 났어요."

에멀린과 앤서니의 시선이 마주쳤다.

"계속해봐."

"피치 씨가 쫓겨난 그날 아주 이상하게 행동했대요. 낸이라는 하녀가 그날 오후에 리넨 벽장을 정리하고 있었는데, 피치 씨가 넥클로스에 작은 물건을 싸서 주인님 응접실에서 나오더래요. 그걸 가방에 넣고 떠났대요."

"그런데 왜 아침에는 아무 말도 안 했을까?"

앤서니의 질문에 소년이 어깨를 으쓱했다.

"피치가 추천장도 없이 쫓겨났잖아요. 은퇴 자금으로 작은 물건 하나쯤 가져갈 자격이 있다고 생각한 거예요."

"피치가 러쉬톤 부인의 열쇠에 손댈 수 있을까? 복사할 수 있었을까?"

에멀린이 물었다.

소년은 곰곰이 생각한 후에 어깨를 들썩였다.

"못할 이유도 없겠죠. 기회는 아주 많았으니까요."

"기회가 많았다는 건 무슨 뜻이야?"

"위층에서 오후 미팅을 가질 때 말이에요."

에멀린이 눈살을 찌푸렸다.

"오후 미팅?"

"러쉬톤 부인은 장원에 오자마자 피치 씨에게 말했어요, 주인님의 건강과 정신 상태에 대해서 정기적으로 보고를 하라구요. 그래서 일주일에 두세 번씩 위층에 올라가서 같이 있었어요."

에멀린의 얼굴이 빨개졌다. 앤서니의 얼굴을 바라볼 수가 없었다.

"그렇구나."

소년이 당황스레 눈썹을 들어올렸다.

"언젠가 피치 씨가 아빠한테 하는 말을 들은 적이 있어요, 러쉬톤 부인이 뭘 모른다고…… 만족인가 뭘 모른다고 하던데요."

"만족할 줄 모른다고?"

앤서니가 묘하게 무미건조한 목소리로 물었다.

"맞아요."

소년이 맞장구쳤다.

"바로 그 말이었어요. 러쉬톤 부인이 만족할 줄 모른다고 했어요. 남자의 진을 뺀다고도 했구요."

"피치의 주소를 알고 있니?"

에멀린이 얼른 끼어 들었다.

"아빠가 화이트 스트리트의 작은 집에 있을 거라고 했어요."

처음으로 소년의 표정에 걱정이 서렸다.

"이제 돈을 주실 건가요? 아빠가 약속한 수고비를 받아오라고 했는데."

"걱정할 거 없어."

에멀린이 앤서니에게 화사한 미소를 던졌다.

"싱클레어 씨가 기꺼이 내주실 거야."

앤서니가 피식 입술을 뒤틀었지만 소년에게 동전을 내주었다.

소년이 행복하게 미소지으며 달려갔고, 앤서니는 체념적인 표정으로 그 모습을 지켜보았다.

"매형의 말이 기억나는군요, 레이크 부인이 수고비를 주겠다고 할 때마다 어떻게 된 일인지 자기가 지불하게 된다고요. 그쪽 핏줄에 그런 특별한 기술이 유전인가봐요."

"그 문제는 고객에게 요금을 받은 후에 해결할 수 있답니다."

그녀는 조금 전 앤서니의 맥박을 확인하기 위해 빼들었던 장갑을 다시 끼우려 했다. 손가락이 부들부들 떨렸다.

'앤서니가 죽을 뻔했어.'

"에멀린, 괜찮아요?"

맙소사, 이 남자는 마치 별일 없었던 것처럼 행동하잖아. 그녀가 빙글 그에게 돌아섰다.

"지금 내가 괜찮게 생겼어요? 당신이 거의 죽을 뻔했잖아요."

그녀의 큰 목소리가 거리 양쪽 벽들에 메아리쳤다.

"난 괜찮아요."

"그건 알아요. 당신이 그 아이의 생명을 구한 것도 다행이구요, 하지만 하마터면 죽을 뻔했어요."

"에멀린, 난……."

"당신이 그 빌어먹을 마차에 깔렸더라면 어쩔 뻔했어요?"

그녀의 목소리가 거의 비명처럼 높아져갔다.

"난 어쩌라구요. 생각하기도 싫어요, 견딜 수가 없다구요."

"당신 목소리가 두 블록 너머까지 들리겠어요."

"오, 앤서니, 너무나 무서웠어요."

작은 신음을 흘리며 그녀가 그의 목을 끌어안았다.

그의 몸으로 놀라움의 전율이 흘렀다. 하지만 재빨리 정신을 차리고 그녀를 꼭 끌어안았다.

"에멀린, 에멀린."

그의 목소리가 낮고 깊어졌다.

그가 한 손으로 보닛의 끝을 잡아당겨 머리 뒤로 밀어냈다. 그리고 그녀의 얼굴을 들어 아찔할 정도로 격렬하게 키스했다.

그녀에게 남아 있었던 분노가 짜릿한 열기에 밀려 달아났다. 몇 주일 동안 이런 순간을 꿈꿔왔었다. 앤서니에게 키스 받을 때 어떤 느낌일까 상상했었다. 하지만 이 경험은 그녀의 상상에 비할 바가 아니었다.

앤서니의 입술은 다급하고 뜨거웠으며 자극적이었다. 그의 혀가 그녀의 입술에 닿았다. 그녀가 부르르 몸을 떨었다. 맙소사, 키스가 이런 거란 말인가. 그의 두 팔이 그녀의 몸을 있는 힘껏 끌어당겼다. 그의 강인한 몸이 철저하게 느껴질 정도로.

그의 한 손이 그녀의 등줄기를 쓰다듬어 엉덩이까지 훑어 내려가며 둘의 몸은 더 밀착되었다. 이제 그녀는 그의 단단해진 신체의 일부까지 느낄 수 있었다.

2년 전 에멀린은 남자와 여자 사이의 육체적 정열에 대해서 라비니아 이모에게 물어보았었다. 또한 그리스와 로마 화병들의 에로틱한 그림들을 유심히 들여다보기도 했다. 하지만 그녀가 아는 그 무엇도 이 미칠 듯한 짜릿함과 앤서니의 바지 안에서 불룩 솟아오른 형체를 알려주진 못했었다.

그가 입술을 떼어내고 스르르 미끄러져 그녀의 목에 입을 맞췄다. 발 밑의 땅이 푹 꺼져버리는 것 같았다.

"앤서니."

"맙소사."

앤서니가 와락 입술을 떼어내며 고개를 들었다. 그의 숨결이 거칠었다.

"미안해요, 내가 무슨 짓을 한 건지……. 부디 용서를……."

"아니에요."

그녀가 그의 입술에 손을 올렸다.

"지금 미안하다고 하면 절대 용서해주지 않겠어요."

그가 그녀를 살펴보았다. 그런 다음 그의 눈동자에 따뜻한 빛이 서렸다. 그녀의 손바닥 밑에서 그의 입술이 미소를 그렸다.

몇 초 동안 그들은 거리 한복판에서 서로의 눈동자를 응시했다.

"앤서니?"

제대로 숨쉬기가 힘들었다.

"갑시다."

앤서니가 그녀의 팔꿈치를 잡아 골목의 끝 부분으로 이끌었다.

"서둘러야 돼요. 토비어스와 레이크 부인에게 피치의 얘기를 전해야죠."

"네, 물론이지요."

모든 남자가 정열을 내보인 직후에 이렇듯 순간적으로 분위기를 바꿀 수 있는 걸까, 그녀는 그 점이 심히 궁금했다.

혹시 이 남자가 방금 전에 그녀만큼 강렬한 감정을 느끼지 않았기 때문일까? 사실 그녀는 이렇듯 심각한 포옹을 받은 게 이번이 처음이었다. 물론 로마에 있을 때 정원이나 테라스에서 도둑 키스를 받아본 적이 있긴 했다. 하지만 그런 건 일종의 실험적인 사건이었고, 흥미롭긴 했어도 황홀할 정도는 아니었다. 당연히 방금 전의 키스처럼 그녀의 감각에 불을 지르지도 못했었다.

반면에 앤서니는 그녀보다 두 살이 더 많으니 사회 경험도 그만큼 더 풍부할 것이었다. 수많은 여자들과 이렇게 화끈한 키스를 해보았을지도 몰랐다.

아아, 그런 건 생각만으로도 끔찍했다. 앤서니의 품에 다른 여자들이 안기다니……

그 순간 아까 마부가 그녀에게 던졌던 물건이 눈에 들어왔다.

"깜박했어요."

그녀가 멈춰 섰다.

"그 남자가 뭔가를 나한테 던졌는데."

"누구? 그 빌어먹을 마부 말인가요?"

앤서니가 그녀의 시선을 따라가 보더니 인상이 굳어졌다.

"돌멩이 같아요. 나쁜 자식, 당신한테 상처를 입힐 뻔했군요."

"뭐가 묶여 있는 것 같아요."

그녀가 바닥에 놓여 있는 돌멩이 쪽으로 달려갔다. 그 돌에 끈 하나가 묶여 종이 한 장이 매달려 있었다.

"메모예요."

그녀가 종이를 펼쳤다.

앤서니가 그녀의 뒤에 서서 크게 읽었다.

이 일에서 빠지는 게 좋아. 한 사람을 죽인 자는
두 번째 살인도 저지를 수 있다.

17

"처음엔 그 마부가 정원사의 아들을 노린 줄 알았어요, 우리한테 아무 말 못하게 하려구요."

앤서니가 라비니아의 작은 서재에 모인 사람들을 둘러보았다.

"하지만 이제는 꼬마를 보지 못했을 가능성도 있는 것 같아요. 우리한테 경고장을 전달하는 게 목적이었던 거죠."

"경고라."

토비어스가 책상 모서리에 걸터앉아 그 메모를 들여다보았다.

"이 일에 관련된 누군가가 보냈을 거야."

"하지만 그 정도에 겁먹을 우리가 아니죠."

라비니아가 의자에서 입을 열었다.

"그럼요."

에멀린이 힘차게 맞장구쳤다.

"나도 같은 생각이에요."

조앤 도브가 우아한 회색 치맛자락을 무심히 정돈하며 중얼거렸다.

"사실 그건 이 사건을 해결해보고 싶은 사람들의 흥미를 자극할 뿐이죠."

"그래요."

라비니아가 책상 옆의 선반에서 가죽 장정한 책을 꺼내 펼친 다음 펜을 집어들었다.

"이 사건에 관련된 정보와 견해들을 여기에 모두 기록해놨어요. 오늘 일도 적어놔야죠. 에멀린, 자세히 얘기해봐."

에멀린이 상세하게 설명하기 시작했고 라비니아가 빠르게 적어 내려갔다. 조앤이 책상 옆으로 다가와 유심히 귀 기울이며 이따금씩 논평을 덧붙였다.

토비어스는 앤서니를 흘깃 쳐다보았다.

앤서니는 잔뜩 찌푸린 얼굴로 에멀린을 응시하고 있었다. 거리에서의 사건 때문이리라. 더 이상은 이 직업을 자극적인 모험 정도로 생각 못하겠지?

앤서니가 에멀린의 위험에 놀란 건 당연한 일이었다. 하지만 두 젊은이들 사이에 무언가 다른 일이 있었던 듯했다, 숙녀의 안전에 대한 신사의 정상적인 걱정 이상의 무언가가.

에멀린과 앤서니의 밝은 관계에 검은 먹구름이 모여든 것 같다고나 할까.

도대체 무슨 일이지? 나중에 이 문제를 라비니아와 상의해봐야겠다. 이런 종류의 일에는 라비니아가 더 예리하니까 말이다.

"그럼 러쉬톤 부인이 최근까지 뱅스의 시종과 친밀한 관계였고."

라비니아가 열심히 휘갈겨 쓰며 말했다.

"그 후에 어떤 이유로 그를 쫓아낸 거로군."

"사랑싸움일까요?"

도브 부인이 한 마디했다.

"이유는 몰라도, 피치가 도둑질을 할 만큼 화가 났던 건 분명해요. 작은 물건을 크러뱃에 싸서 몰래 떠났다니까."

토비어스가 두 손을 뒷짐지었다.

"피치가 팔아먹기 쉬운 물건 대신 왜 푸른 메두사를 선택했을까? 그건 염두에 둔 구매자가 있었다는 뜻이겠지. 누군가 후한 값을 치러줄 만한 사람이 있었을 거요."

라비니아가 그의 눈을 바라보았다.

"실레스트 허드슨."

방 안에 무거운 침묵이 내려앉았다.

"가능한 한 빨리 피치와 얘길 해봐야겠소. 앤서니, 그자를 찾아봐. 행방을 알아내는 즉시 나한테 알려줘. 내가 만나보겠다."

라비니아가 펜을 내려놓았다.

"푸른 메두사에 대해서도 좀더 알아봐야겠어요. 그 물건에 특별히 관심을 갖을 만한 사람들을 알아내는데 도움이 될 거예요."

조앤이 살짝 미소지었다.

"메두사에 대해서 제일 정확하게 답해줄 만한 사람을 내가 알아요. 기꺼이 말해줄 지는 모르겠지만."

다음 날 아침 라비니아는 조앤과 토비어스와 함께 배일 경의 위풍당당한 서재로 안내되어 들어갔다.

책들이 꽉꽉 들어찬 넓은 방이었다. 커다랗고 고전적인 형태의 창문들에서 빛이 들어오고, 원형 계단 하나가 책장 가득한 위층으로 연결되었다. 소근소근 얘기해야 할 것만 같은 학자적인 우아함이 물씬 풍겨났다.

라비니아는 왠지 앉아 있기가 거북스러워서 방 안을 걸어다니며 책들을 살펴보기 시작했다.

가정부가 차를 따르고 떠난 후에야 배일 경이 의자에 느긋하게 기대어 손님들을 살펴보았다.

"살인과 관련된 일로 날 만나보고 싶다고 했소?"

그가 입을 열었다.

"불쾌해하지 마시길 바래요."

라비니아가 테이블에 펼쳐진 커다란 책에서 시선을 들어올렸다. 다소 불안한 기분이었다. 배일 경 같은 위치의 신사가 살인과 같은 불유쾌한 일에 관련되는 것을 짜증스러워할 가능성은 충분히 있었다.

"괜찮소."

배일 경의 눈에 날카로운 흥미가 번득였다.

"골동품 연구를 즐기는 것만큼이나 가끔은 다른 자극적인 사건에 휘말리는 것도 나쁘지 않소."

"저희를 만나주셔서 감사합니다."

라비니아의 말에, 배일 경이 흘깃 조앤을 바라보았다.

"도브 부인은 나의 친구요. 친구를 돕는 건 당연한 일이오."

그리곤 라비니아에게 시선을 돌렸다.

"로마식 영국 유물 책에 관심이 많으신 것 같군요."

"처음으로 살펴볼 기회가 생긴 탓이랍니다. 굉장히 비싼 책이잖아요."

배일 경이 미소지었다.

"그렇소."

그녀는 얼굴이 빨갛게 달아오르는 기분이었다. 이렇게 부유한 사람이 책의 가격 따위에 신경 쓸 리 없는데.

"이 책의 저자인 라이슨스는 로마식 영국 유물에 나와 비슷한 흥미를 갖고 있소. 원하신다면 언제든 빌려드리겠소, 레이크 부인."

라비니아는 그녀의 앞에 진열된 접시들을 살펴보았다. 사무엘 라이슨스가 글로스터셔의 폐허에서 발굴한 로마식 영국의 유물 중 하나였다. 가볍고 투명한 도금으로 덮여 있는 것이 정교한 예술 작품이라 할 만했다.

라이슨스는 영국식 유물에 지대한 관심 때문만이 아니라, 다소 일상적인 생활 유물에 관심을 가졌다는 면에서도 특별한 사람이었다.

그녀는 다채로운 접시들과 우아한 형태의 몇몇 도자기 그림들을 바라보며 미소지었다.

창가에 선 토비어스가 배일을 쳐다보았다.

"우린 실레스트 허드슨의 살인범을 찾는 중입니다. 그녀가 죽기 직전에 푸른 메두사를 훔쳐냈다고 생각하고 있지요."

"그 살인자가 그걸 갖고 있으리라는 가정하에 메두사를 찾는 거겠군요."

"팔찌와 살인범 사이에 관련이 있을 거예요. 푸른 메두사가 특이한 유물이니, 그 물건에 대해서 더 많이 알면 도움이 될 것 같아요."

토비어스가 라비니아의 말 뒤에 덧붙였다.

"그걸 습득하고자 하는 사람들에 대해서도요. 나이팅게일이 카너서 클럽에 가입하기 위해 그걸 간절히 원하는 수집가들이 있다고 하더군요."

"아, 나이팅게일. 대단히 모험심 강한 사내지요."

배일 경이 차를 홀짝이고 나서 천천히 내려놓았다.

"그 클럽에 가입하고자 하는 수집가들은 그 박물관의 설립자이자 관리인인 내가 영국 땅에서 출토된 유물을 선호한다는 걸 알겠지요. 사실 클럽 박물관에 그런 물건을 제시하는 누구에게든 나는 찬성할 거요."

배일이 자리에서 일어났다.

"푸른 메두사 얘기를 하기 전에 클럽의 박물관을 보여주고 싶소."

그들이 일어나서 서재의 다른 쪽 벽 문으로 그를 따라갔다. 그 문을 열자 계단이 나타났고, 계단 위로 올라 층계참에서 다른 문을 열자 길다란 화랑이 연결되었다.

어마어마하게 길고 넓은 공간이었다. 유리로 된 상자, 커다란 나무 캐비닛, 육중한 서랍장들이 줄줄이 이어졌다.

구석구석 자리를 차지한 조각상들과 고대의 화병, 항아리, 기둥의 깨진 조각들이 진열되었고, 한쪽 벽면에는 여섯 개의 석관들이 쌓여 있었다.

"굉장해요."

라비니아가 가장 가까운 상자로 걸어가 고대 로마의 황제들이 새겨진 금화와 은화들을 살펴보았다.

조앤이 그 상자 앞에 서서 에메랄드가 촘촘히 박힌 금목걸이를 살펴보았다.

"새로 습득한 물건인가요, 배일? 지난번에 왔을 땐 못 봤어요."

"필딩이 죽은 후로 당신이 이곳을 찾지 않았기 때문이지요. 내가 작년에 오랫동안 떠나 있기도 했고. 바스에서 멀지 않은 로마 빌라의 폐허를 탐색하느라 수개월을 보냈지요. 그 모자이크들이 꽤나 놀랍더군요. 그림으로 몇 장 그려두었소."

"그것도 한 번 보고 싶군요."

배일이 미소지었다.

"기쁘게 보여드리겠소."

라비니아는 그의 눈 속에 담긴 초대의 뜻을 알아차렸다. 조앤이 서둘러 다른 진열장으로 옮겨가는 걸 보면 그녀 또한 알아차린 듯했다.

토비어스는 그 대화를 듣지 못한 듯 화병 하나를 유심히 관찰한 다음 배일을 쳐다보았다.

"여기가 클럽의 개별 박물관입니까?"

"그렇소."

배일 경이 제단의 돌 조각을 사랑스럽게 쓰다듬었다.

"이곳에 있는 대부분이 바로 영국에서 발견된 것들이오. 로마와 그리스의 폐허로 여행을 떠나는 게 요즘 젊은이들의 유행이지만, 우리에겐 우리 자체적인 역사 유물들이 있소. 그 유물들을 보존하는 것이 카너서가 헌신하는 일이오."

"영국은 수세기 동안 로마의 영역이었어요. 그러니 그들의 유물이 남아 있는 것도 당연해요."

"그렇소."

그가 라비니아의 옆에서 반짝거리는 물건들을 가리켰다.

"고대의 보석과 금화들이 이 땅에 얼마나 더 묻혀 있을지는 누구도 모르는 일이오."

"그걸 발굴했다 해도 공적으로 보고가 될 것 같지는 않군요."

토비어스가 시큰둥하게 중얼거렸다.

"가난한 농부들이 그런 물건을 발견해서 보고해봤자 아무런 보상도 받지 못합니다. 왕실에 헌납한다 한들 녹아 없어질 뿐이구요."

"맞는 말이오. 하지만 지속적으로 유물이 발굴되는 중이고, 활발한 골동품 시장이 형성되고 있소."

라비니아는 작은 드래곤 모양의 청동 브로치들을 살펴보았다. 그런 다음 보석 반지들 쪽으로 시선을 옮겼다.

토비어스가 정교하게 조각된 석관에 기대어 배일을 바라보았다.

"흥미로운 수집품들이군요. 하지만 이제 푸른 메두사에 대해서 알려 주시지요."

배일이 고개를 끄덕이고 천천히 화랑을 거닐었다.

"그 팔찌는 고대 금 세공인의 탁월한 작품으로 알려져 있소. 하지만 그보다 더 흥미로운 것은 그 안에 박힌 보석이오. 내가 알기로 지난 세기 초반까지 어느 가문을 통해서 전해졌다는데, 그 가문의 씨가 말라붙어 노처녀 고모와 열 다섯살 조카밖에 남지 않았다더군. 그리고 어느 날 아침, 그 고모가 부엌칼에 찔린 시체로 발견되었소."

"세상에."

라비니아가 중얼거렸다.

"그 조카의 흔적은 없었소. 조카와 함께 귀중품들이 여럿 사라졌는데 그 중에 푸른 메두사도 포함되어 있었소. 일 년 반 전 뱅스가 런던의 골동품 가게에서 그걸 찾아내기까지 여러 사람들의 손을 거쳤던 듯하오."

"그 조카는 어떻게 됐습니까?"

"내가 아는 한 그는 영원히 사라졌소. 이름을 바꿨는지도 모르고, 죽었을지도 모르오. 미국이나 대륙으로 떠나버렸는지도 모르고……. 하여튼 아무도 그를 찾지 못했소."

"고모의 살인자일 가능성이 있었잖아요?"

조앤이 물었다.

"이웃 사람들 모두 그 소년을 무서워했소. 동물들의 죽음, 작은 화재 같은 지저분한 사건들에 연루되어 있었던 모양이오. 어차피 그 고모의 죽음을 슬퍼해 줄 일가 친척도 없었고."

"그 보석이 메두사의 형상이라고 하던데요."

토비어스가 말했다.

"그건 평범한 보석이 아니오."

배일 경이 비석들의 끝에 멈춰 서서 그를 바라보았다.

"4세기 영국에서 횡행했던 특별한 사교와 연결돼 있소. 역사상 비밀 조직과 은밀한 종교들이 끊임없이 이어졌지만, 이 사교는 매우 독특했소."

"어떤 면에서요?"

"그 보석에는 메두사의 형상 뿐 아니라 지팡이 같은 것이 달려 있소. 그것이 사교 교주의 인장이자 상징이었고, 두려움의 대상이었지요."

"왜죠?"

배일이 머뭇거리다가 어깨를 으쓱했다.

"믿어지지 않겠지만, 고서에 의하면 그 교주가 최면술 형태를 실행했다고 나타나 있소."

라비니아가 진열장을 둘러보다 말고 휙 돌아섰다.

"최면술이요? 그 옛날에? 최면은 현대 과학이에요."

"동물자기가 인간의 몸에 실제로 있는 힘이라면, 그걸 다스리는 기술이 수세기 전에도 발견되었을 가능성도 분명 있지 않을까요? 문명화된 우리만이 진실에 접근할 수 있다고 생각하시오? 당신은 우리가 고대 사람들보다 더 영리하고 명석하고 똑똑하다고 생각하는 거요?"

라비니아가 움찔했다.

"무슨 말씀인지 알겠어요. 하지만 고대에 성행했던 사교조직이 최면술 같은 진보적인 과학을 수행했다고 생각하기에는 다소 무리가 있어요."

"그것이 과학이라는 건 가정일 뿐이오."

토비어스가 중얼거렸다.

배일이 미소지으며 과거의 유물들 사이로 다시 거닐었다.

"그 책에 의하면 교주가 최면을 사용했는데 그 힘이 막강했다더군요. 대단히 두렵고도 신비스러운 조직이었던 듯하오."

"그런 특이한 조직의 상징으로 메두사가 딱 어울렸겠군요. 메두사는 사람을 돌로 만들어 버리잖아요."

"상징 이상의 의미가 있었소. 팔찌에 박힌 보석이 그 교주가 지닌 힘의 근원이라고 했소. 신도들은 그 돌에서 에너지를 끌어내는 능력을 지닌 사람만이 그걸 다룰 수 있다고 믿었소."

화랑 내에 고요한 정적이 흘렀다.

토비어스는 피식 웃음으로써 불안한 침묵을 흐트렸다.

"푸른 메두사에 대한 당신의 관심이 순수한 학자로서의 관심이리라 믿습니다. 당신처럼 학식이 높고 세상 여러 곳을 둘러보신 분이 보석의 신비로운 힘 따위를 믿지는 않을 겁니다."

조앤이 인상을 찌푸리며 배일 경을 살펴보았다.

하지만 배일 경은 즐거워하는 표정이었다.

"마치 씨, 나에게는 형이상학적인 힘 따위가 필요치 않소. 하지만 똑똑하고 노련한 사람들이 오래된 전설과 이상한 믿음에 빠져드는 경우도 적지는 않지요."

배일 경이 캐비닛으로 걸어가 왼손의 쇠반지를 빼냈다. 자물쇠에 그 작은 열쇠를 끼워 맞추고 나서 문을 열었다.

"예를 들어, 이 고대의 로마 유리를 보시오. 이것 때문에 많은 사람들이 죽었다고 하더군."

그가 정교하게 조각된 유리 그릇 하나를 꺼냈다. 그 물건에 빛이 닿자 열두 가지 호박색의 암영이 아름답게 반짝거렸다. 라비니아가 더 자세히 살펴보려고 다가갔다.

"아름다워라. 이것도 영국에서 출토된 건가요?"

"아니오, 몇 년 전 이탈리아에서 들어온 거요."

조앤도 라비니아의 뒤에 서서 감탄스레 쳐다보았다.

배일이 불가사의한 미소를 띠고 그들을 지켜보았다.

라비니아는 그 커다란 그릇을 꼼꼼히 살펴보았다. 마치 정교한 유리의 그물에서 벗어나려 애쓰는 것 같은 사람의 형상들이 유리 표면에 반사되었다.

"하데스에게 도망치는 페르세포네로군요. 지하 세계의 왕이 그녀를 쫓고 있어요."

"그래서 하데스의 컵이라고 부르오, 혹자는 소유하기에 너무 위험한 물건이라고도 하지요."

배일이 피식 미소지었다.

"내가 그런 헛소리를 믿는 건 아니오. 그럼에도 나는 이 물건을 실제로 소유하지 않도록 조심하고 있소, 단지 클럽 박물관에 안전히 모셔둘 뿐이오."

그는 유리 그릇을 집어놓고 캐비닛 문을 닫은 다음 열쇠 반지로 다시 잠갔다.

"당신의 의견은 잘 들었습니다."

토비어스가 입을 열었다.

"유물의 전설이 자체적인 힘으로 수집가들을 끌어들인다는 거로군요."

"그렇소, 그 중의 어떤 자들은 전설에 너무 집착한 나머지 그 물건을 차지하기 위해 살인까지도 저지를 거요."

라비니아가 두 손을 들어 올렸다.

"일리 있는 말씀이긴 하지만, 그런 식으로는 런던 인구의 반이 용의자 선상에 오를 거예요. 살인에는 그것말고도 또 다른 동기가 있을 거예요."

18

토비어스는 크랙번의 맞은편 의자에 앉아 브랜디 병을 집어들었다.

"또 다리가 말썽인가?"

크랙번이 신문에서 시선을 떼지도 않은 채 물었다.

"방금 전에 나눴던 대화만큼은 아니에요."

토비어스가 유리잔에 술을 따랐다. 그 유리 부딪히는 소리가 하데스 컵의 이미지를 연상시켰다.

"배일 경은 어떤 사람인가요?"

크랙번이 머뭇거린 후에 천천히 토비어스의 모습이 보일 정도로 신문을 내렸다.

"돈 많은 독신, 비밀주의자인데다 배타적인 작은 클럽의 수장이기도 해. 신문에 학구적인 칼럼을 쓰고, 고대 로마의 폐허를 파헤치려고 몇 주일씩 사라지는 습관이 있어."

"그 정도는 저도 압니다. 그 사람이 필딩 도브와 절친했다는 것도 알구요."

토비어스가 브랜디를 꿀꺽 삼키고 의자에 기대앉았다.

"그건 도브가 블루 쳄버의 두목이었다는 걸 그자도 알고 있다는 의미지요. 배일이 그런 활동에 연관되어 있을까요?"

"그가 범죄 조직과 관련되었을 만한 얘기는 들어본 적이 없네."

크랙번이 신문을 접어 내려놓았다.

"물론 그게 연관이 없다는 뜻은 아니겠지. 배일은 전성기 때의 도브만큼이나 위험스럽고 아주 영리한 사내야. 하지만 그의 관심은 다른 곳에 있다고 생각하네."

"골동품 말이군요."

"그래."

"그자가 영국의 고대 사교 조직에 관련된 특별한 유물을 얻어내려고 살인을 저지를 수 있을까요?"

크랙번이 생각에 잠겼다.

"확실히 말할 수는 없네. 그자가 로마식 영국 유물에 집착한다는 소문은 들었어. 하지만 배일이 어떤 이유로 살인을 저질렀다면, 자네가 그 흔적을 찾을 수 있을지는 대단히 의심스럽다네. 그자는 멍청하지 않아. 자기 흔적을 말끔하게 처리했을 거야."

토비어스는 손바닥 사이의 브랜디 잔으로 시선을 내렸다.

"우리가 쫓는 살인자는 그 뒤에 개인 물건을 남겨두었어요. 크러뱃이었죠."

크랙번이 코웃음쳤다.

"배일이 그렇게 부주의했을 리 없어."

"물론 그 빌어먹을 크러뱃으로 우리를 막다른 골목에 몰아넣을 작정만 아니었다면요. 어차피 그건 실레스트 허드슨이 깡패가 아닌 신사에게 살해됐다는 것밖에 말해주는 게 전혀 없습니다."

크랙번은 심각하게 고개를 흔들었다.

"배일이 가짜 실마리를 남겨놓으려 했다면 살인범으로 몰고 싶을 만한 자와 연결시켰을 거야. 하지만 그 크러뱃은 아무하고도 연결이 안 되잖나."

"그러니 배일은 살인자가 아닐 거라고 짐작할 수밖에 없겠군요."

토비어스가 뒤틀린 미소를 지었다.

"논리가 다소 뒤엉켜 있긴 하지만, 저도 동의하는 쪽입니다. 사실 그 귀족을 용의자로 지목하진 않아요. 그렇게 편리한 설명을 하기에는 이 사건이 너무 괴기스럽죠."

"배일의 스타일이 아니야."

크랙번이 브랜디 병을 들어 자신의 잔에 따랐다.

"그를 배제해도 되는 또 다른 이유가 있다네."

"그게 뭡니까?"

크랙번이 명상하는 태도로 브랜디를 홀짝였다.

"배일이 여자를 살해했을 리는 없어. 물론 그자가 성인군자는 아니지. 어떤 환경에서는 꽤나 위험스러울 수도 있는 사내야. 솔직히 자네와 비슷해. 하지만 그가 여자의 목을 졸랐으리라고는 믿어지지 않네. 아무리 귀중한 골동품을 위해서였더라도."

토비어스는 배일이 하데스 컵을 감싸쥐던 그 경건한 태도를 기억했다.

"아무리 특별하고 가치 있는 골동품이라도 말입니까?"

"그자는 교활하고 영리해, 결국에는 자기가 원하는 걸 얻어내지. 하지만 살인이 아닌 다른 방법을 찾아낼 기라구. 자네가 비슷한 환경에서 찾아볼 만한 그런 행동 말일세."

토비어스는 잠시 벽난로의 불길을 응시하며 크랙번의 말을 되새겼다.

"다른 소식은 없습니까?"

잠시 후에 그가 물었다.

"거닝과 노햄프턴에 대해서 흥미로운 소문을 들었다네."

토비어스의 눈썹이 올라갔다.

"뭐죠?"

크랙번은 이 순간을 음미하는 듯 잠시 말을 멈췄다.

"지난 몇 달 사이에 그들의 집에 강도가 들었던 것 같아."

토비어스가 술잔을 탁 내려놓았다.

"강도가 든 것 같다구요?"

"깨진 창문이나 부서진 자물쇠 같은 증거는 없어. 그 물건들이 언제 사라졌는지도 알 도리가 없어. 혹자는 노망기 있는 주인들이 그 물건들을 딴 데 두고 잊어버렸다고 생각하기도 해."

"어떤 종류의 물건입니까?"

"거닝 경의 경우에는, 죽은 아내의 다이아몬드 귀걸이 한 쌍. 노햄프턴의 집에서는 딸에게 물려줄 예정이었던 아주 고급스런 진주와 에메랄드 목걸이가 사라졌다는군."

"빌어먹을. 그 여자가 진짜 보석 도둑이었군요. 홀아비가 된 그 남편도 이 일에 한 몫 했을 겁니다."

"하워드 아저씨, 들어와서 앉으세요."

라비니아가 메모하던 펜을 내려놓고 손님에게 의자를 권했다.

"차 한 잔 드세요."

"고맙구나, 애야."

하워드가 서재문을 닫았지만 자리에 앉지는 않았다. 그 대신 그녀의 책상 앞에 서서 물끄러미 바라보았다.

"오늘 오후에 아주 초조한 기분이라서 산책을 하기로 했다. 그런데 어느새 너의 집 문 앞에 서 있더구나."

"잘 오셨어요."

그녀가 부드럽게 말했다.

"진행 상황이 궁금하셨겠지요?"

"사실 그게 요즘 나의 가장 큰 관심사이긴 해."

그가 주머니에서 시계를 꺼내 무심하게 만지작거리기 시작했다. 그 금시계 줄이 대롱대롱 춤을 추었다.

"사실을 말해다오, 라비니아. 나의 실레스트를 죽인 나쁜 자식을 찾아낼 수 있겠니?"

토비어스가 가능한 한 자주 고객을 안심시켜야 한다고 했어, 그녀가 자신에게 상기시켰다.

"그럼요, 조사는 잘 진행되고 있어요. 마치 씨와 제가 틀림없이 그 못된 살인자를 찾아드릴게요."

"아, 라비니아. 네가 없었으면 내가 어떻게 됐을지 모르겠구나."

시계 줄이 안정된 리듬으로 흔들렸다. 하워드의 목소리도 깊고 묵직해졌다.

"너와 난 공통점이 많아. 우린 좋은 친구야. 대화할 것도 많고 우리가 함께 연구할 수 있는 것도 많아. 나의 친애하는 라비니아."

그의 강렬한 시선과 시계 줄이 그녀의 정신을 분산시켰다. 물론 하워드 아저씨가 이런 음흉한 방식으로 그녀에게 최면을 걸려는 것은 아니리라. 이 사람은 그녀의 오랜 친구인 하워드 아저씨였다. 그녀에게 최면 기술을 이용하려 하진 않을 것이다. 시계 줄의 규칙적인 움직임은 단지 우연일 뿐 고의적인 행동이 아닐 것이다. 아저씨는 그녀의 가족과 오랜 동안 사귀어온 친구였다.

"정말 오랜 친구……."

불현듯 그녀는 시선을 피해야 한다는 걸 깨달았다. 하지만 마음먹은 대로 시선이 떼어지질 않았다. 목에 걸린 은 펜던트를 얼른 손으로 부여잡자 불편한 감각이 다소 사라졌다.

그녀가 다행스러워하며 앞에 펼쳐진 일기장을 내려다보았다.

"마침 잘 오셨어요, 하워드 아저씨. 몇 가지 메모를 하다가 의문사항이 생겼거든요."

"내가 아는 한 무엇이든 말해주마. 나의 친애하는 라비니아."

그의 목소리가 커다란 종소리처럼 울려 퍼졌다.

"알고 싶은 게 무어냐?"

"개인적인 질문이라서 죄송하지만, 실레스트에게 다른 남자가 생긴 걸 어떻게 아셨는지 궁금해요."

"사람들이 흔히 알아내는 방법 있잖니? 작은 신호들 말이다. 그녀가 점점 쇼핑을 자주 다니고 늦게 돌아오더구나. 쇼핑한 물건도 없이 빈손으로. 별 이유도 없이 쾌활하거나 흥분하거나 다급해하는 것 같았던 날도 여러 번이었어. 그녀는 사랑에 빠진 소녀처럼 행동했단다."

라비니아는 자신도 모르게 다시 그 시계 줄을 바라보고 있었다. 이번에 거기서 시선을 떼어내는 일은 숨이 가빠질 정도의 노력을 필요로 했다.

"이 정도면 대답이 되었니, 나의 친애하는 라비니아?"

상상일 뿐이야, 그녀가 생각했다. 하워드 아저씨가 최면을 걸려는 게 아니야. 아마 신경이 불안정해진 탓이리라.

다시 메모에 시선을 돌리며 그녀가 단호하게 자신을 다그쳤다. 물어보고 싶은 질문이 또 있는데……. 그게 뭔지 기억이 나질 않았다.

"실레스트가 훔친 팔찌가 뱅스 경의 물건이었대요. 그분을 만난 적이 있으세요?"

"없단다, 나의 친애하는 라비니아."

금 시계 줄이 부드럽게 까닥거렸다.

"실레스트가 어떻게 그를 만났을까요?"

"그건 나도 모르겠구나. 날 만나기 전에 알고 있었던 사이가 아니라면 말이다."

"아, 그럴 가능성도 있겠군요."

그녀가 잉크병에 펜을 두드렸다.

"그런 경로로 팔찌에 대해서 알게 된 걸까요?"

톡……. 톡……. 톡…….

"그것도 잘 모르겠구나, 나의 친애하는 라비니아……."

그녀는 갑자기 그 펜의 톡톡거림이 대롱거리는 시계 줄의 리듬과 일치한다는 걸 알아차렸다. 그녀가 동작을 멈추고 당황스레 펜을 내려놓았다.

"정말, 나의 실레스트가 어떻게 팔찌에 대해 알게 되었을까?"

라비니아가 일기장을 덮었다. 이번에 시선을 들었을 때는 방 건너편의 벽에 매달린 그림에 초점을 맞추려 했다. 무례하기보다는 애처로워 보이도록 노력했다.

짧은 침묵이 흘렀다. 그 다음에 거의 들리지 않을 만한 한숨을 지으며 하워드가 시계를 주머니에 집어넣었다. 그리곤 서재를 걸어다니기 시작했다.

"아마 애인을 통해서 알게 됐겠지. 그녀의 애인이 그 팔찌의 행방과 가치를 얘기해 주었을 거다."

"하지만 왜 직접 훔치지 않았을까요? 왜 여자에게 위험한 도둑질을 하게 했을까요?"

"내가 이유를 말해주마. 그 빌어먹을 자식은 장원에 침입할 용기조차 없는 겁쟁이였어."

하워드의 목소리가 격한 감정으로 흔들리며 불끈 주먹을 틀어쥐었다.

"그래서 나의 실레스트에게 위험한 짓을 시켰던 거야. 그녀를 이용한 다음 그녀를 죽여버린 거야."

"죄송해요, 이런 얘기가 힘드실 텐데."

"미안하구나. 넌 날 도와주려는 건데, 하지만 아내를 죽인 놈을 생각하면 감정이 북받쳐서 견딜 수가 없다."

"이해해요."

"잠시 마음을 진정시켜야겠다."

그가 불쑥 돌아서서 근처 책장의 책들을 살펴보았다.

몇 초 후 그가 스르르 미소지었다.

"시를 좋아하던 취향은 여전하구나. 넌 항상 시를 좋아했어."

그녀는 이제 하워드의 시선을 피할 필요가 없다는 게 다행스러웠다.

"에멀린은 그게 낭만적인 성격의 징조래요."

"지금까지 낭만에 젖을 기회가 많진 않았겠지?"

"그렇지도 않아요."

그녀는 경쾌한 목소리를 내려 노력했다.

"제 남편이 시인이었잖아요. 그이는 아주 낭만적이었어요."

"네 결혼식 날 만났던 게 기억나는구나."

하워드가 갑자기 빙글 돌아서서 그녀의 시선을 사로잡았다.

"난 그자가 너한테 어울리지 않는다고 생각했어, 하지만 그런 말을 할 수가 없었다. 네가 너무 행복해 보여서."

"행복했어요. 한동안은요."

본능적으로 그녀가 은 펜던트를 다시 매만졌다. 덫에 걸린 듯한 느낌이 다시 한 번 흐려졌다.

"그렇게 금방 세상을 떠나다니 안됐구나. 네가 많이 힘들었을 거야."

"아저씨, 실레스트의 살인자 얘기로 돌아가는 게 낫겠어요. 지금은 회상에 잠길 때가 아니잖아요."

"최면술사로서의 직업이 그립지 않니?"

그가 묘하게 부드러운 어조로 물었다.

"넌 어렸을 때 그 분야에 대단한 재능을 보였어. 놀라울 정도였지. 난 너의 재능이 갈수록 커질 거라고 예상했어. 그런데 왜 그 직업을 포기한 거니?"

"지금은 그런 얘기를 할 때가……."

복도에서 들리는 발자국 소리에 그녀의 말이 끊겼다. 몇 분 후 서재문이 발칵 열렸다. 토비어스가 잠깐 그녀를 쳐다본 다음 하워드에게 시선을 돌렸다.

"개인적인 대화를 방해한 거라면 미안합니다."

하지만 그의 어조는 전혀 미안해하는 것처럼 들리지 않았다. 그녀가 착각하는 게 아니라면 오히려 그는 화가 나 있는 듯했다.

"괜찮소, 우린 사건의 조사에 대해서 얘기하던 중이었소."

하워드가 매끄럽게 대답했다.

"그렇군요."

토비어스가 그녀를 쳐다보았다.

"나와 한 약속을 잊었소?"

"무슨 약속이요? 난 그런……."

그 표정의 무언가가 나머지 말을 꿀꺽 삼키게 했다. 그녀는 애써 전문가다워 보이길 바라는 미소를 지어 보였다. 고객에게 파트너 사이의 균열이 생기는 걸 보여주다니 안 될 말이었다.

"아, 그 약속 말이군요. 내가 깜빡 했어요. 하워드 아저씨, 제가 마치 씨와 함께 조사할 일이 있어요."

하워드가 머뭇거리며 토비어스와 그녀를 번갈아 쳐다보았다. 그리곤 우아하게 고개를 끄덕였다.

"그럼 난 이만 가봐야겠다."

문으로 향하면서 그가 토비어스에게 알 수 없는 시선을 던졌다.

"최대한 빨리 결과가 나오길 바라겠소."

토비어스는 현관문이 열렸다 닫히는 소리가 들릴 때까지 아무 말도 하지 않았다. 그 후에야 라비니아에게 돌아섰다. 서재를 가로질러 그녀의 책상 위에 두 손을 올리고 그녀에게 시선을 고정시켰다.

"약속하시오."

그 표정만큼이나 섬뜩한 목소리로 그가 말했다.

"다시는 허드슨과 단둘이 있지 않겠다고."

"뭐라구요? 도대체 무슨……."

그녀의 놀란 외침이 끝나기도 전에 그가 책상을 돌아와 그녀를 의자에서 일으켜 세웠다.

"무슨 짓이에요? 이 손 놓으세요."

"약속하시오, 라비니아."

"내가 왜 그런 약속을 해야 하죠? 하워드 아저씨는 우리 가족의 오랜 친구예요.”

'오랜 친구, 친애하는 친구'

“난 그자를 믿을 수가 없소.”

“그분은 신사예요.”

“살인자일 수도 있소.”

“절대 아니에요.”

“그자가 살인범이 아니라 해도 난 당신을 바라보는 그 시선이 마음에 들질 않아.”

그녀가 또 다른 변명을 하려 입을 열었다. 하지만 하워드 아저씨가 불가해한 시선으로 쳐다보았을 때의 그 이상한 불편함이 떠올랐다. 이유는 알 수 없지만 그녀 역시 다시는 하워드 아저씨와 단 둘이 있고 싶지 않았다.

“약속하시오, 라비니아.”

“좋아요.”

그녀가 우아하지 못하게 투덜거렸다.

“당신이 이렇게 우스꽝스럽게 굴지만 않는다면 약속할게요. 앞으로 하워드 아저씨와 대화할 때에는 다른 사람과 같이 있도록 하겠어요. 이젠 됐나요?”

“만족스럽지는 않소. 당신이 이 사건을 포기하고 허드슨과 다시는 만나지 않았으면 좋겠어. 하지만 그런 일이 가능할 것 같지 않으니 어쩔 수 없겠지.”

“알았다고 했잖아요.”

그가 그녀를 풀어놓았다.

“헛소리는 이제 그만해요.”

그녀가 치맛자락과 머리를 정돈했다.

그는 시무룩하게 그녀를 응시했다.

“크래번에게 흥미로운 얘기를 들었소. 실레스트가 언급했던 두 명의 신사들이 최근에 귀중한 보석 종류를 잃어버린 것 같소.”

라비니아가 눈살을 찌푸렸다.

"골동품인가요?"

"아니, 적어도 오래된 물건인 것 같진 않소. 다만 가격이 비쌀 뿐이오. 다이아몬드 귀걸이 한 쌍과 보석 목걸이 하나."

"맙소사."

그녀가 천천히 의자에 내려앉았다.

"실레스트가 진짜 도둑이었군요. 왜 그랬을까요? 무슨 이유로 도둑질을 했을까요?"

"훌륭한 질문이오. 흔히 도둑들은 특별한 종류를 전문으로 하는 경향이 있소. 하지만 그건 중요치 않소. 이 정보가 사건의 다른 측면을 제공했다는 게 더 중요해."

"무슨 뜻이에요?"

"허드슨과 그 아내가 파트너로 작업했을 거요."

"뭐예요? 허드슨 아저씨를 보석 도둑으로 지목하는 거예요?"

"가능성이 크다고 생각하오."

"처음에는 살인자라고 하더니 이젠 도둑이란 말인가요? 정말 미치겠어. 이 사건에 당신 개인적인 감정을 포함시키지 말라고 했잖아요."

"하지만 내 생각대로 실레스트와 하워드 허드슨이 파트너였다면, 이제 살인의 또 다른 동기가 생기는 셈이오."

"불화가 생겼다는 건가요? 실레스트가 물건을 혼자 차지하려 해서 살인이 벌어졌다는 건가요? 말도 안 돼요. 하워드 아저씨는 절대로 살인범이 아니에요."

라비니아가 코웃음쳤다.

토비어스는 아무 말 하지 않았다. 한참 동안 그녀를 바라볼 뿐이었다.

"왜요? 이번엔 또 뭐죠?"

그녀가 눈살을 찌푸렸다.

"허드슨의 도둑질에 대해서는 굳이 부인하지 않는군."

그녀가 한숨을 내쉬며 자리에 기대앉았다.

"바스에서 보석이 사라진 게 틀림없어요?"

"증거는 없소. 하지만 크랙번의 정보는 언제나 믿을만하오."

그녀가 펜을 집어들고 무심하게 만지작거리며 객관적으로 사건을 생각하려 애썼다.

"실레스트가 여러 번 도둑질을 한 거라면 최소한 하워드가 무언가 짐작했을 가능성이 높다는 건 인정하겠어요."

"그자가 직접 가담했을 가능성도 있지."

"그런 거라면, 왜 굳이 우리를 고용했을까요?"

"그는 우리를 고용하려 했던 게 아니오, 당신을 고용하려 했소. 메두사 팔찌가 사라졌기 때문에 그걸 찾으려고 고용한 거요. 위험할 것도 없었지. 그는 보 스트리트로 가는 대신 당신에게 찾아왔소. 그자가 살인과 도둑질의 용의자라는 가능성을 생각조차 하지 않을 과거의 친한 친구, 자신을 좋게 기억해주는 오랜 지인에게 찾아왔소."

그녀는 움찔하며 펜을 정확하게 압지 위에 내려놓았다.

"아직은 확신할 수 없어요. 다른 가능성도 충분히 있어요. 아, 가엾은 하워드 아저씨."

"정말 가엾은 하워드요."

토비어스가 나지막이 중얼거렸다.

"당신을 고용하려 했을 때 나까지 덤으로 끼어 들었으니 말이야. 그게 그자의 불행이오."

19

잠시 후 자신의 집으로 돌아가 서재에 앉아 있는 앤서니를 보았을 때에도 그의 험악한 기분은 나아지지 않았다. 옆 테이블에 마련된 연어와 감자 파이가 재빠르게 앤서니의 입으로 사라지고 있었다.

"쓸만한 정보가 있어서 온 거라고 믿으마."

토비어스가 책상 앞의 의자에 털썩 앉았다.

"그 시종을 찾아냈냐?"

"아직요."

앤서니가 파이를 꿀꺽 삼키고 접시와 포크를 옆으로 밀어낸 다음 자신의 윤기 나는 부츠 끝을 내려다보았다.

"동네 사람과 얘기를 해봤는데, 피치가 해고당한 후로 도박소굴에서 거의 시간을 보낸대요. 아침에 다시 가볼 거예요."

"뭘 모르는 모양인데, 이 일에는 시간이 생명이다."

토비어스가 압지를 손가락을 두드렸다.

"최대한 빨리 찾아내야 돼."

"그게 쉽지가 않아요. 집에 들어오지도 않는 데다가, 난 그자의 생김새조차 몰라요."

"머리를 써. 피치를 아는 사람들한테 그의 생김새를 물어보면 되
잖아. 거리에 다니는 애들한테 물어봐라. 피치가 어떤 술집을 좋아하
는지 알아내. 빌어먹을, 탐정의 조수 노릇을 하겠다고 자청했던 건
너야. 열심히 뛰란 말이다."

"오스카 펠링이 만나는 창녀를 찾느라 바빴다구요."

토비어스의 눈이 가늘어졌다.

"알아냈냐?"

"아뇨."

"그건 다시 말해서 양쪽 다 아무 진전이 없다는 거잖아. 그럼 조
사를 계속해. 그게 내 집 음식을 먹어치우는 것보다 훨씬 생산적이
야."

앤서니가 뚱하게 그를 노려보았다.

"대체 왜 그래요? 레이크 부인과 또 싸웠어요?"

"그건 네가 신경 쓸 일이 아니야."

"물론 그렇겠죠. 물어본 내가 잘못이죠."

토비어스가 책상 위로 주먹을 쾅 내리쳤다.

"방금 전에 그 여자 서재에 들어갔더니 허드슨과 단 둘이 있었어."

"아."

"그게 무슨 뜻이겠냐?"

"별 뜻 아니겠죠. 다만 이제야 왜 매형 기분이 고약한지 알겠어요.
이번 고객이 마음에 안 드는 거겠죠?"

"그자를 믿을 수가 없어. 자기 아내를 죽였을지도 모르는 최면술
사야. 라비니아에게 무언가 음흉한 계획이 있는 게 분명해. 그런데도
그 고집불통 여자는 한사코 괜찮다는 거야."

"충고 하나 해드릴까요?"

"사양하겠다. 여자한테 찬사를 늘어놓으라던 네 충고도 완전 실패
작이었어."

앤서니가 흠흠 목을 가다듬었다.

"좋아요, 그럼 나한테 충고 좀 해주시는 건 어때요?"

"무슨 말이냐?"

"내가 여기 온 건 좀더 세상 경험이 많은 현명한 사람, 내가 지금 당면한 혼란스런 문제를 해결하는데 도움이 될만한 사람과 의논을 하고 싶어서였어요."

"빌어먹을, 도박장에 드나들지 않기로 약속했잖아. 돈 문제가 생긴 거면 너 혼자 해결해."

"진정하세요. 도박장에서 돈을 잃은 게 아니에요. 잠깐 잊으셨나본데, 난 하루 종일 탐정의 조수 노릇을 하느라 카드에 손댈 틈도 없었다구요. 그거 모르세요?"

앤서니가 이렇게 날카로운 반응을 보였던 적은 없었다. 그럼 무슨 이유일까?

그가 조용히 물었다.

"무슨 일이냐?"

"에멀린 일이에요."

"젠장, 이럴까봐 걱정이었어."

토비어스는 의자에 등을 기대고 책상에 부츠를 올려놓은 다음 손가락을 모아 세웠다.

"어제 뱅스의 장원을 나선 후에 무슨 일이 있었던 거지, 그렇지?"

"말했잖아요, 빌어먹을 마차 때문에 에멀린이 하마터면 다칠 뻔했다고. 심각한 상처를 입을 뻔했어요."

"그쪽에서는 오히려 너와 꼬마가 위험했다고 생각하던데."

"그녀도 위험했어요, 그런데 그 사실을 몰라요."

토비어스가 손가락 끝을 물끄러미 내려다보았다.

"그 마부의 목적은 살인이 아니라 경고였잖아."

"지금 확실한 게 뭐가 있어요? 그 마부가 무슨 속셈이었는지 어떻게 알겠어요?"

앤서니의 턱선이 강철처럼 단단해졌다.

"그 개자식을 잡을 수만 있다면 전 재산을 바쳐도 아깝지 않을 거예요."

"네 마음은 이해한다."

"어제 새벽녘까지 그 사건을 생각했어요. 도저히 잠잘 수가 없었어요."

앤서니가 손을 흔들었다.

"그 마부가 말고삐를 놓쳤더라면 어땠을까? 에멀린이 그 꼬마아이처럼 공포에 빠졌더라면? 그 꼬마처럼 얼어붙은 채 마차의 앞길에 서 있었더라면? 그랬으면 그녀가 말발굽에 깔려버렸을 거예요."

"에멀린 양은 이모의 대범한 성격을 닮았어. 웬만해서는 두려워하지 않아."

"잠든 후에도 악몽을 꿨어요. 내가 그 달리는 마차의 길목에서 그녀를 제때 빼내지 못하는 꿈이었어요."

토비어스는 라비니아를 만난 후로 이따금씩 꾸었던 악몽들을 생각했다.

"나도 그런 종류의 불쾌한 꿈을 꾼 적이 있다."

"그래서 생각다 못해 오늘 아침에 에멀린에게 얘길 했어요. 이모의 뒤를 이어 이 직업에 종사하겠다는 꿈을 접어야 한다고요."

"네가? 정말 그런 말을 했어?"

토비어스는 책상에서 부츠를 내리고 작은 테이블로 걸어가서 남아있는 연어와 감자 파이를 쳐다보았다.

"그녀의 반응이 어땠을지 가히 짐작이 가는구나."

"엄청나게 화를 냈어요. 내 충고를 생각해볼 필요도 없다고 했어요. 자기 인생에 끼어 들어 이래라저래라 할 권리가 제게 없다고 하더군요."

"넌 아무 말도 못했냐?"

토비어스가 나이프를 들어 푸짐하게 파이 조각을 잘라냈다.

"그게 더 놀랍구나."

앤서니가 험악하게 토비어스를 노려보았다.

"지금 날 비웃는 거예요?"

"진심으로 동정을 표하는 거야."

토비어스가 파이를 한 입 베어 물었다.

"젠장할."

앤서니가 머리를 긁어 올렸다.

"내가 처한 곤경이 재미있는 거죠? 매형한테 그 동안 남녀관계를 충고한 일로 벌받는 거라고 생각하죠?"

토비어스는 말없이 파이만 우물거렸다.

휘트비의 요리 솜씨는 훌륭했다. 그 외에도 그는 거의 모든 일에 재주가 있었다. 집사 겸, 요리사 겸, 시종 겸, 가끔 의사로까지 그의 시중을 들어주는 데다가 사교계 대부분 신사들보다 더 우아하게 차려입을 줄도 알았다. 어떻게 그럴 수 있을까? 이것이 토비어스가 골몰해 있는 생각이었다.

"이제야 나도 알겠어요."

앤서니가 중얼거렸다.

"매형이 레이크 부인의 위험에 왜 그렇게 민감하게 굴었는지."

"이해 받는다는 건 언제나 근사한 일이야."

"나한테 충고 한 마디 안 해주실 거예요?"

"물론 충고해줘야지."

토비어스가 접시를 그에게 내밀었다.

"휘트비의 파이를 좀 더 먹어라. 아주 맛있어. 다 먹고 나서 뱅스의 시종을 찾는 일로 돌아가."

앤서니가 마지못해 접시를 받아들었다. 연금술사의 도가니라도 되는 듯 그걸 빤히 내려다보았다.

"난 에멀린 양 때문에 미쳐버릴 운명인가봐요."

"거의 그럴 걸. 하지만 미치기 직전의 인간이 너 혼자가 아니라는 알면 안심이 될까? 나도 레이크 부인 덕분에 그 비슷한 운명에 처해 있거든."

"왜 그러니, 에멀린?"

라비니아가 펜을 내려놓고 진지하게 에멀린을 살펴보았다.

"어제부터 계속 이상해. 마차 사건 때문에 그래?"

에멀린은 조사 상황을 기록하던 종이를 옆으로 치우고, 심란하게 이모를 바라보았다.

"그렇다고도 할 수 있겠죠."

"아침부터 힘이 없어 보이던데. 잠도 잘 못 잔 거니? 잠자기 전에 셰리주를 좀 마시게 하는 건데 내가 잘못했구나."

에멀린의 입술이 우울하게 휘어졌다.

"오늘 이모가 배일 경에게 간 사이에 앤서니가 찾아왔었어요."

라비니아가 눈살을 찌푸렸다.

"앤서니가 여기에? 집에 들어왔었니? 칠튼 부인은 있었겠지?"

"있었어요, 하지만 집에 들어오진 않았어요. 앤서니가 공원에 산책 가자고 했어요."

라비니아가 바짝 긴장하기 시작했다. 가끔씩 토비어스와 산책 나갔을 때의 일이 생각나자 가슴이 서늘해졌다.

"젊은 남자가 어떻게 그런 제안을 할 수 있니? 도대체 무슨 생각을 한 거야? 그 일 때문에 심란한 거니? 토비어스에게 따끔하게 혼내주라고 할게, 안 되겠구나."

이번에는 에멀린이 인상을 찡그렸다.

"우린 사람들 있는 공원을 잠깐 거닐었을 뿐이에요. 이모와 마치 씨처럼 한두 시간씩 은근슬쩍 사라지지는 않았어요."

라비니아의 얼굴이 이젠 빨갛게 달아올랐다.

"마치 씨와 난 느긋한 산책이 건강에 좋다고 판단했기 때문이야. 나이도 나이니 만큼."

"그렇군요."

라비니아의 눈이 가늘어졌다.

"앤서니와 무슨 얘기를 했길래 그렇게 심란한 거니?"

"앤서니가 마치 씨와 똑같은 양상을 보이기 시작했어요."

"뭐라고? 어떤 식으로?"

"나더러 사설 탐정이 되려는 생각을 재고해 보래요."

"아하."

라비니아가 곰곰이 생각했다.

"앤서니가 왜 그런 말을 했을까?"

"어제 그 마차 건 때문인 것 같아요."

"이상하네. 앤서니가 그렇게 소심했던가? 어제는 그런대로 의젓하고 침착해 보였는데."

"자기가 위험했던 것 때문이 아니에요. 밤새 생각을 많이 했나봐요. 그 결과 내가 아주 위험했었고 크게 다칠 수도 있었다고 결론을 내린 거예요."

"무슨 말인지 알겠다."

"그 사건이 그의 경종을 울려서 내가 다른 직업을 택해야 한다는 결론까지 나아갔던 거예요."

"그렇구나."

"그 후에도 가까운 사람을 두렵게 하면 안 된다는 지겨운 주제로 설교를 늘어놨어요. 숙녀에게 적당한 직업에 대해서도요. 결국 난 인내심을 잃고 참을 수 없다고 말해버렸죠. 인사하고는 나 혼자 집으로 돌아와 버렸어요."

"그렇구나."

라비니아는 책상에 두 손을 기대고 일어섰다.

"셰리주 한잔 하는 게 어떻겠니?"

에멀린의 인상이 찌푸려졌다.

"이모처럼 똑똑하고 노련한 사람은 좀 더 독창적인 충고를 해줄

줄 알았어요. 이모는 세상을 잘 알잖아요. 남자 경험도 있구요. 그런데 이게 최선이에요? 셰리주 한 잔?"

"독창적인 뭔가가 필요하면 셰익스피어 책이나 읽어보렴. 마치 씨와 싱클레어 씨 같은 신사들의 문제라면, 셰리주 한 잔이 내가 제안할 수 있는 최선이야."

"아."

라비니아가 술병을 꺼내 두 잔을 채운 다음, 에멀린에게 한 잔을 건넸다.

"두 사람 다 의도 자체는 좋아."

"알아요."

에멀린이 철학적인 분위기로 셰리주를 홀짝였다.

라비니아도 술을 들이키며 남자들에 대한 자신의 생각을 정리하려 노력했다.

"남자들은 가끔 상황을 완전히 통솔하지 못하는 느낌이 들면 지나치게 오만해지거나 경직되는 경향이 있어. 자기가 일말의 책임을 느끼는 여자가 포함된 상황이라면 더 그래."

"알겠어요."

"완고한 훈계나 거만한 명령이나 기타 성가신 행동들로 그런 긴장감을 풀어내곤 하지."

에멀린이 현명하게 고개를 끄덕였다.

"아주 짜증스러운 습관이군요."

"정말 그래. 하지만 그게 남자의 속성인 것 같단다. 너도 이제 내가 가끔 마치 씨한테 느끼는 딜레마를 이해할 수 있을 거야."

"새로운 눈이 트인 것 같아요."

에멀린이 고개를 절레절레 저었다.

"이모가 왜 자주 싸웠는지 알겠어요. 앤서니와 싸우는 장면이 벌써부터 눈에 선해요."

라비니아가 잔을 들어올렸다.

"건배하자."

"뭘 위해서요?"

"짜증스러운 남자들을 위해서. 최소한 그들이 꽤나 자극적이라는 건 인정하자구."

20

다음 날 오후, 흐릿한 햇살이 도시에 스민 안개에 빠르게 묻혀들었다. 라비니아가 트레들로의 골동품 점에 도착했을 즈음, 그 안개는 서둘러 하루 해를 몰아내고 있었다. 그녀는 가게 앞에 멈춰서 창 틈으로 살짝 들여다보았다. 이상하게 램프가 꺼져 있었다. 내부에 무거운 어둠이 내리 깔렸다.

그녀는 계단을 몇 개 내려서서 위층 창문도 살펴보았다. 늘어진 커튼의 틈 사이로 불빛 한 점 새나오지 않았다.

시험삼아 문을 밀어보았다. 놀랍게도 열려 있었다. 그녀는 부자연스럽게 조용한 가게 안으로 발을 들였다.

"트레들로 씨?"

먼지 낀 조각상과 진열장들 사이로 그녀의 목소리가 공허하게 메아리쳤다.

"당신 연락을 받고 왔어요."

그녀는 한 시간쯤 전에 트레들로의 짤막한 메모를 받았다.

<우리 둘 다 관심 있는 그 물건에 대한 새로운 정보가 있습니다>

그 때 집 안에는 그녀 혼자였다. 칠튼 부인은 생선을 사러 나갔고, 에멀린은 도브 부인의 무도회에 낄 장갑을 사러 나갔다.

낭비할 시간이 없는지라 그녀는 당장 망토와 보닛을 집어들고 출발했다. 어렵사리 마차를 잡아탔지만 불행히도 지독하게 길이 막혔다. 트레들로 가게의 비좁은 거리에 도착하기까지 몇 시간쯤 걸린 듯했다.

그가 기다리다가 문을 닫아버린 걸까? 설마 조금 늦었다고 떠나버린 건 아니겠지?

"트레들로 씨? 어디 계세요?"

고요하기만 한 정적이 이상했다. 트레들로가 가게를 떠났거나 위층 방으로 올라간 거라면 현관문을 잠그지 않았을 리가 없는데 말이다.

에드먼드 트레들로는 젊은 나이도 아니고, 그녀가 아는 한 혼자 살고 있었다. 지난번 보았을 때 건강 상태가 좋은 듯하긴 했어도 그 나이의 남자에게 무슨 일이 벌어질지 알 수 없는 일이었다. 혹시 발작이라도 일으켜서 쓰러진 걸까? 아니면 계단에서 굴러 떨어졌을까?

불길한 예감이 그녀의 등줄기를 타고 흘렀다. 무언가 잘못된 것만은 분명했다. 이젠 철저하게 그걸 느낄 수 있었다.

제일 먼저 찾아봐야 할 장소는 이 가게의 동굴 같은 뒷방이었다. 트레들로가 제일 값나가는 골동품을 비축해둔 곳이니까.

그녀가 서둘러 뒷방 쪽으로 달려갔다. 복도 끝을 돌아서 뒷방 입구를 가리고 있는 무거운 커튼을 옆으로 밀어냈다.

깜깜한 창고의 어둠을 들여다보았다. 좁은 창문의 빛이 기교적으로 부서진 기둥들과 조각상과 석관들의 형태를 어렴풋이 비추었다.

"트레들로 씨?"

아무런 대답이 없었다. 그녀는 주위를 둘러보다가 작은 탁자 위에서 양초 하나를 찾아냈다. 그리고 서둘러 그 양초에 불을 붙였다.

양초를 앞에 들고 뒷방 안으로 걸어 들어갔다. 등줄기로 싸늘한 소름이 돋았다.

커튼 너머의 짙은 어둠 속에서 위층으로 이어진 가파른 계단이 보였다. 트레들로가 이 아래 없다는 걸 확인한 후에 위쪽까지 조사해보아야 하리라.

빽빽하게 쌓인 상자와 돌 조각들이 그녀의 앞에 층층이 버티고 서있었다. 비인간적인 고대 신들의 시선을 소름끼쳐하며 그녀가 어둠속으로 더 깊이 들어갔다. 몇몇 부서진 조각 비석들이 그녀의 앞길을 가로막았다. 그걸 피해 옆으로 옮겨가자 팔 없는 아프로디테상이 눈앞에 들이닥쳤다.

커다란 로마 황제 조각상도 두 개 지나쳤다. 그 험악하고 못생긴 얼굴들이 탄탄하게 단련된 젊은 그리스 운동선수들의 몸을 뚫어져라 노려보는 듯했다. 그 다음으로 이번에는 육중한 돌 장식이 길을 방해했다. 유혈 낭자한 죽음의 풍경에 영원히 갇힌 전사들이 너울대는 촛불 빛을 음산하게 받아들였다. 뒤틀린 시체들의 얼굴이 절망과 포악함으로 일그러졌다.

그녀는 방향을 돌려 잔치풍경이 장식된 항아리와 화병들의 미로를 걸어나갔다. 그 바로 너머에 잠든 허매프러다이트(암수 한몸)가 음탕하게 누워 있었다. 왼쪽으로는 커다란 켄타우루스(반인반마)가 어둠속에서 뛰어다녔다.

열린 문이 보이자 저절로 안도의 한숨이 새어나왔다. 가게를 구경시켜주면서 트레들로는 그곳을 꽤나 자랑스러워했었다. 트레들로는 한때 중세의 건물에 속했던 요새화 된 석실인 이곳을 거대한 금고로 개조해서 가장 귀한 물건들을 비축해 두었다. 내부에 빗장을 걸도록 해놓은 걸로 보아 적들을 피하기 위한 비밀통로의 입구로 건축된 듯했지만 지하의 통로는 커다란 돌로 막혀버린 지 오래였다.

트레들로는 그 문 밖에 무거운 자물쇠를 설치해서 언제나 그 열쇠를 직접 지니고 다녔다.

그 금고실은 잠겨 있어야 마땅했다. 트레들로가 그곳을 열어두었을 리 없으니까, 적어도 자발적으로는.

그녀가 금고실로 향하려 할 때 발끝이 정교하게 로마의 화로를 받치고 있는 세 개의 청동 다리 중 하나에 부딪혔다.

고통스런 비명을 삼키며 그녀가 내려다보았다. 바닥에 검은 얼룩들이 보였다. 으스스하게 번쩍이는 것으로 보아 아직 젖어 있는 상태임을 알 수 있었다.

물일까? 아니면 트레들로가 쏟은 맥주나 차의 흔적일까?

하지만 더 자세히 들여다보기 위해 몸을 굽히면서도 그녀는 그 바닥의 얼룩이 물이나 차가 아님을 알고 있었다. 그녀는 반쯤 말라붙은 핏자국을 보고 있었다.

그 작은 흔적들이 유령의 흔적처럼 이어지다가 석관 끝 부분에서 사라졌다. 뚜껑이 닫힌 그 관의 내용물은 보이지 않았다.

그녀는 그 얼룩으로 장갑 낀 손끝을 뻗었다. 갑자기 천장으로 만들어진 나무 재목들의 삐걱거림이 전해졌다.

충격적인 전율만큼이나 날카로운 두려움이 그녀의 감각들을 공격했다. 너무 급히 일어서는 바람에 균형을 잃어버렸다. 허둥지둥 가까운 곳에 있는 사람 크기의 남자 형태를 붙잡았다. 한 손에 검을 든 석상이었다. 그의 다른 손에 혐오스런 물건이 휘감겨 있었다.

그것은 바로 메두사의 목을 거머쥐고 있는 페르세우스였다.

너무 놀란 나머지 그녀는 한순간 움직일 수가 없었다. 고르곤의 시선에 사로잡혀 돌이 돼버린 듯했다. 그 물건의 부릅뜬 시선이 강렬한 최면 효과를 일으켰다. 메두사의 돌머리 주위에 감긴 뱀 머리카락들이 흔들리는 촛불 빛 사이로 소름끼치게 현실적으로 보였다.

무시무시한 정적 속에서 또다시 나무가 삐그덕거렸다. 발자국. 바로 그녀의 머리 위였다. 누군가 저 위에서 아래층으로 이어진 계단을 향하고 있는 것이다. 에드먼드 트레들로가 아니라는 것만은 확실했다.

더 심한 삐그덕 소리가 들렸다.

그 침입자는 이제 목적지를 정한 듯 움직였다. 발자국 소리가 더 빨라졌다. 그녀의 존재를 알아차린 것이다. 트레들로의 이름을 부르던 그녀의 목소리를 들었던 게 틀림없었다.

또 한 번의 섬뜩한 전율이 그녀를 돌 메두사의 시선에서 풀어냈다. 어서 이곳에서 나가야 한다. 침입자가 곧 층계에 도착하리라. 이곳에 들어서기까지 단 몇 초밖에 남지 않았다. 그러나 침입자가 내려오기 전에 커튼 입구까지 도달할 수 있을 것 같지 않았다.

그렇다면 남은 통로는 하나뿐이었다, 트레들로가 골동품들을 은밀하게 받아들이는 뒤쪽 통로. 그녀는 빙글 돌아서 양초를 높이 들고 주위를 살펴보았다. 우뚝 솟은 청동과 돌 형체와 상자들의 숲 너머로 어렴풋한 까만 벽을 발견했다.

몇몇 비석들로 이루어진 좁은 계곡을 따라 걸어갔다. 목적지의 반쯤 도달했을 무렵 흘깃 뒤를 돌아보았다. 계단 근처의 천장에 불빛이 출렁이고 있었다. 절망적이었다, 침입자가 벌써 이곳에 들어선 것이다. 그녀가 그의 양초 불빛을 볼 수 있다면 그쪽에서도 그녀의 위치를 알아차렸을 것이었다.

뒤쪽 통로까지 뛰어가기에도 이미 늦었다.

유일한 희망은 금고실이었다. 그 안으로 들어가서 육중한 문에 빗장을 걸 수만 있다면 안전할 것이다.

그녀는 작은 방을 향해 달렸다, 이젠 소리가 나든 말든 신경 쓰지 않았다. 금고실의 문지방에 멈춰 그 작은 공간을 보았을 때 그녀의 마지막 용기가 사라지는 듯했다.

그녀는 폐쇄된 공간을 좋아하지 않았다, 사실 그런 곳을 너무나 혐오했다.

하지만 무자비하게 가까워지는 발자국소리가 그녀의 결의를 다그쳤다. 그녀는 마지막으로 다시 한 번 뒤돌아보았다. 석상과 상자들 뒤에 형체가 가려져 있긴 했지만 그의 양초 불빛만큼은 명확하게 볼 수 있었다. 괴물과 신들의 얼굴에 불빛들이 너울거리며 점점 그녀

쪽으로 가까워졌다.

그녀는 깊이 숨을 들이쉰 다음 금고실 안으로 발을 디뎠다. 문의 손잡이를 움켜쥐고 있는 힘껏 잡아당겼다.

그 묵직한 나무문이 닫히기까지 영원의 시간이 걸리는 듯했다. 공포스런 한순간, 그 문이 닫히지 않을 거라는 모든 희망이 사라졌다는 생각이 솟구쳤다.

하지만 다음 순간 섬뜩한 신음소리를 내며 문이 닫혔다. 양초 불빛이 마지막으로 거칠게 튕겨 오르더니 고대의 금속과 유리들을 잠깐 비추고는 순식간에 꺼져버렸다.

즉시 무덤처럼 두터운 어둠이 내려앉았다. 그녀는 떨리는 손으로 더듬더듬 철 빗장을 움직였다. 불길한 찰칵 소리를 내며 그것이 자리를 찾아 들어갔다.

그녀는 눈을 감고 바짝 긴장한 채 나무문에 귀를 기울였다. 이 문을 밖에서 열 수는 없었다. 침입자가 어서 빨리 포기하고 떠나주길 바랄 뿐이었다. 그래야 이 끔찍한 밀실에서 빠져나갈 수 있으리라.

철그럭 철그럭 쇠 긁히는 소리가 들렸다.

그리고 방금 무슨 일이 벌어졌는지를 이해하기까지는 오랜 시간이 걸리지 않았다.

가슴이 철렁 내려앉는 느낌으로 그녀는 침입자가 트레들로의 열쇠로 문을 잠가버렸다는 사실을 알아차렸다.

그자는 그녀를 끌어내려 애쓰지도 않았다. 그 대신 효과적으로 이 작고 깜깜한 공간에, 로마의 고대 석관보다도 크지 않은 이 작은 공간에 그녀를 가둬버렸다.

두 남자가 안개 밖으로 모습을 드러냈다. 검정색의 긴 외투가 반짝이는 부츠에 스칠 정도로 길게 늘어졌고, 넓은 모자챙과 재빠르게 짙어지는 어둠이 그들의 얼굴을 가렸다.

"기다리고 있었소, 피치 씨."

나이든 사내가 부드럽게 입을 열었다. 다소 불편한 듯 걸음을 옮겼지만, 왠지 그 오래된 상처의 흔적이 더 위협적인 분위기를 발산했다.

다른 사내는 말하지 않았다. 몇 걸음 뒤에서 사건의 추이를 지켜볼 뿐이었다. 노련한 스승에게 교육받는 표범 같다고나 할까.

나이든 사내가 더 위험했다.

그 시종의 몸이 두려움으로 뻣뻣해졌다. 필사적으로 탈출구를 찾아 두리번거렸다. 달아날 데가 없었다. 방금 전에 그가 나선 커피숍의 불빛은 골목의 끝 부분에 자리하고 있어 은신처를 제공하기에 너무 멀기만 했다. 길 양쪽으로 이어진 문 앞도 텅 비어 있을 뿐이었다.

"원하는 게 뭐요?"

그는 강한 목소리를 내려 노력했다. 그쪽 방면에는 다소 경험이 있었다. 능숙한 시종은 위엄 있는 분위기를 풍겨야 하는 법이었다.

"당신과 얘길 하고 싶소."

더 위험스러운 사내가 말했다.

피치는 꿀꺽 침을 삼켰다. 노상강도라고 하기엔 그들의 옷차림이 너무 말쑥했다. 하지만 그것으로 안심이 되지는 않았다. 나이든 사내의 싸늘한 눈초리에서 벗어나 줄행랑칠 수만 있다면……. 하지만 소용없는 짓이었다. 그를 따돌린다 해도 젊은 표범의 공격에서 벗어나진 못할 테니까.

"당신 누구요?"

자신의 목소리에 불안감이 가득한 걸 알아차리며 움찔했다.

"내 이름은 마치요, 더 이상 알 건 없고. 당신에게 몇 가지 물어볼 게 있소."

"뭐요?"

"최근까지 뱅스 경의 시종으로 일했지? 예고도 없이 쫓겨났다고 하던데."

피치는 이제 진짜 공포가 치밀었다. 그 도둑질을 알아차리고 그를 잡으러 온 것이다.

입안이 바짝바짝 말랐다. 아무도 모를 거라 확신했는데, 그 빌어먹을 물건이 사라진 게 발각되고 말았다. 비참한 영상들이 눈앞으로 스쳐 지나갔다. 이 나라에서 추방당하든가 아니면 교수대로 끌려갈 것이었다.

"당신이 그 집 밖으로 어떤 귀한 물건을 가져갔을 텐데."

실패했어, 피치가 생각했다. 희망이 없었다. 부인해봤자 소용없었다. 마치는 한 번 붙잡은 먹잇감을 땅 끝까지라도 쫓아갈 위인이었다. 그자의 눈에 그 경고가 담겨 있었다.

유일한 희망은 젊은 표범에게 구해달라고 애원해보는 것뿐이었다.

"그 여자가 임금도 안 주고 날 쫓아냈어요. 추천장도 안 써줬어요."

피치는 난간에 힘없이 기대섰다.

"내가 얼마나 열심히 봉사했는데……. 난 그 여자한테 최선을 다했어요."

"러쉬톤 부인 말인가?"

"그래요. 일 주일에 두 번씩 그 여자 기분이 내킬 때면 더 자주. 길고도 긴 삼 개월 동안 몸이 닳도록 봉사했다구요."

피치는 자신의 기특한 노력을 기억하며 다소 몸을 세웠다.

"그 여잔 아주 끈질겼어요. 그 후에 추천장도 없이 연금 한푼 없이 날 쫓아냈구요. 이게 공평한 일인가요?"

처음으로 젊은 사내가 입을 열었다.

"러쉬톤 부인이 왜 당신을 쫓아냈소?"

"빌어먹을 최면술사에게 치료받으러 다니기 시작하더니 나보다 그 의사 솜씨가 더 좋다는 거예요. 그리고는 더 이상 내 서비스가 필요 없다고 했어요."

"그래서 당신은 그 보상으로 무언가 가질 자격이 있다고 결심했나?"

마치가 물었다.

피치는 손바닥을 올려 말없이 이해심을 호소했다.

"부당한 처사였어요. 그래서 그 담뱃갑을 갖고 나온 거예요. 솔직히 그게 없어진 걸 아무도 모를 줄 알았어요. 뱅스 나리는 지난 일 년간 담배를 거의 피지 않으셨고 다시 피우는 날이 올 것 같지도 않았으니까요."

마치의 눈이 가늘어졌다.

"담뱃갑?"

"그게 나리의 응접실 서랍에 있었어요, 아무도 기억하지 못할 만큼 오랫동안 버려져 있었죠. 그 여자가 그걸 알아차릴 줄 누가 상상이나 했겠어요?"

마치는 그들 사이의 거리를 좁혔다.

"담뱃갑을 가져갔다고?"

"집안 사람들 모두 그 물건이 있다는 것조차 잊어버렸을 거라고 생각했어요."

피치가 슬프게 땅바닥을 내려다보며 가혹한 자신의 운명을 한탄했다.

"그게 없어진 걸 어떻게 알았을까, 대체."

"팔찌는 어떻게 됐지?"

마치가 물었다.

"팔찌라뇨?"

피치가 당황스레 고개를 들었다.

"뱅스 경이 금고에 넣어 두었던 고대의 금팔찌 말이오. 마노 보석이 박힌 것."

"그 낡아빠진 거요?"

피치가 역겹다는 듯 투덜거렸다.

"내가 그걸 왜 가져가요? 그런 골동품을 팔려면 골동품 시장의 누군가와 거래해야 하는 걸. 그런 일에 끼어 드는 건 한심한 짓이에요."

마치는 앤서니와 시선을 교환한 다음 피치에게 다시 초점을 맞추었다.

"그 담뱃갑은 어떻게 했소?"

피치가 유감스레 어깨를 으쓱했다.

"필드 레인에 있는 가게에 팔았어요. 그걸 되팔라고 설득해볼 수는 있지만……."

마치가 갑자기 피치의 멱살을 움켜잡았다.

"메두사 팔찌가 어떻게 됐는지 아나?"

"아뇨."

피치는 다시금 희망이 생겨났다. 이 사냥꾼이 담뱃갑을 찾으려는 게 아닌 모양이었다.

"그럼 그 빌어먹을 물건이 사라졌다는 건가요?"

"그렇소."

마치는 그의 멱살을 풀지 않았다.

"난 그걸 찾는 중이고."

"내가 그 물건에 대해서 아는 걸 말해드리면, 날 놔주실 건가요?"

"합리적인 제안이로군."

"그게 어디 있는지는 몰라요, 하지만 이것만은 말할 수 있어요. 그 집안 하인들이 훔치진 않았어요. 내가 그걸 갖고 나오지 않은 이유와 똑같죠."

"팔기 어려워서?"

"맞아요, 하인들은 그런 물건을 처리할 줄 몰라요.

"누가 가져갔을지 짐작되는 바가 있나?"

"아뇨……."

마치가 살짝 그자의 멱살을 흔들었다.

"그건 모르지만,"

피치가 재빨리 입을 열었다.

"마님이 장원으로 이사오시던 날, 주인님의 금고 열쇠뿐 아니라 집안의 모든 열쇠를 가져가셨어요. 누군가 집 안에 몰래 들어와서 뱅스 나리의 침실로 올라가서 응접실에 숨겨진 금고를 찾아내 자물 쇠를 열고 아무도 몰래 다시 밖으로 나가는 일은 불가능해요. 그 물 건에 손댈 수 있는 사람은 한 사람뿐이에요."

"러쉬톤 부인? 그녀가 왜 조만간 상속받을 물건을 훔쳐내겠나?"

"그걸 내가 어떻게 알겠어요. 하지만 충고 한 마디 해드리죠. 마님 을 얕잡아 보지 마세요, 그 여자는 겉으로 보이는 것만큼 멍청하지 않아요."

그 사냥꾼은 잠시 더 그의 멱살을 붙잡은 채로 이 포로를 어떻게 처리할지 고민하는 듯했다. 피치는 숨을 죽이고 기다렸다.

다음 순간 갑자기 그의 멱살이 풀어졌다. 피치는 균형을 잃고 비 틀비틀 뒷걸음질쳐 난간에 부딪혔다.

마치가 짐짓 정중하게 고개를 기울였다.

"협조해줘서 고맙소."

그리곤 홱 몸을 돌려 빨려들 듯이 안개 속으로 사라졌다. 젊은 사 내도 싸늘한 미소를 던지고는 스승의 뒤로 따라붙었다.

피치는 두 사내가 안개에 파묻힐 때까지 꼼짝 않고 서 있었다. 다 시 혼자만 남았다는 걸 확신하고 나서야 숨을 내쉬었다.

그가 그 사냥꾼의 이빨을 피할 수 있었던 건 순전히 행운이었다. 마치의 진짜 희생양이 누가 될지는 모르지만 필히 무덤을 파둬야 할 것이었다.

21

그녀는 이성의 끝자락을 씹어대는 광기에 굴복하지 않으려고 끈질기게 투쟁했다.

의지력을 모조리 동원해서 부모님이 가르쳐주신 최면 훈련을 떠올리며 어둠의 위협과 끊어질 듯한 감각에 대항했다.

이런 게 여성적 히스테리라는 걸까?

시간이 흘러갔다. 얼마나 흘렀는지 알 수 없었다. 어쩌면 그게 더 나을지도 모른다. 몇 초, 몇 분, 몇 시간을 헤아릴 수 있다면 더 끔찍한 기분일 테니까.

그녀는 차가운 돌 바닥에 앉아 은 펜던트를 움켜쥐고 정신을 집중시켰다.

온갖 노력을 기울여 마음 깊은 곳에 평화와 평정의 연약한 숲을 만들었다. 모든 준비를 마친 그녀는 그 안으로 들어가 너덜너덜해진 신경들을 끌어들였다.

그 후에는 주위의 숨막히는 어둠을 마음의 문밖으로 밀어냈다.

그녀는 내면의 은신처를 형성해준 단 하나의 확신에 매달렸다. 조만간 토비어스가 그녀를 찾아내리라는 믿음이었다.

"빌어먹을, 대체 어디 간 거야?"

토비어스는 라비니아의 안락한 서재로 성큼성큼 걸어가 문을 열어젖혔다.

앤서니가 그의 옆에 멈춰 섰다.

"쇼핑 갔다가 좀 늦는 건지도 몰라요."

토비어스가 복도에서 배회하는 칠튼 부인을 쳐다보았다.

"레이크 부인이 오늘 오후에 쇼핑 간다고 했소?"

"모르겠어요. 제가 아는 건, 생선 가게에서 돌아왔을 때 안 계셨다는 것뿐이에요."

토비어스는 책상으로 다가가 흐트러진 표면을 살펴보았다.

"지금부터 새로운 규칙을 정해야겠어. 이 사건이 해결될 때까지 레이크 부인은 목적지와 돌아올 시간을 정확히 알리기 전에는 아무데도 못 가."

칠튼 부인이 책상 위 종이들을 뒤적이는 토비어스를 비참하게 쳐다보았다.

"레이크 부인이 더 많은 규칙을 받아들이실 것 같지 않아요. 이미 요즘에 날아드는 명령과 지시사항 때문에 화가 나셨거든요."

"그건 지금의 내 기분에 비할 바가 아니오."

토비어스가 커다란 종이의 메모를 흘깃 보았다.

"이건 뭐야? <은밀하고 개인적인 문제를 해결하고자 하시는 고객을 위해 확실한 비밀을 보장해 드립니다>"

"신문에 낼 광고 문구를 적어두신 것 같아요."

칠튼 부인이 말했다.

"신문에 광고를 낸다구요?"

앤서니의 표정에 흥미가 담겼다.

"멋진 생각이에요. 우리도 그 방법을 생각해 봐야겠어요, 토비어스. 현대적인 접근 방법이잖아요.”

“내가 포기하라고 몇 번이나 얘기했는데, 전혀 들어먹질 않는군.”

날렵한 손동작으로 토비어스가 그 종잇장을 책상 뒤쪽의 작은 쓰레기통으로 날려보냈다.

“그런 광고가 온갖 어중이떠중이를 다 불러들일 거라구. 그러니까…….”

그의 시선이 바구니 안의 구겨진 종이쪽지에 정지했다.

“흐음.”

손을 뻗어 그 구겨진 메모를 조심스레 펼쳤다.

“그게 뭐예요?”

앤서니가 책상으로 다가서며 물었다.

“전문적으로는 이런 걸 실마리라고 불러.”

“레이크 부인이 가신 곳을 알겠어요?”

“에드먼드 트레들로에게 온 이 메모를 보고 달려나간 것 같아. 행선지를 다른 사람에게 알려야 한다는 상식 따위는 무시해 버리고 말이야.”

그가 메모를 손으로 구겨버렸다. 나쁜 일이 생긴 건 아니었다. 그의 빌어먹을 신경조직이 예민해져 있을 뿐.

“가장 생각 없고 부주의하고 우아하지 못한 행동이야. 단단히 한마디 일러줘야겠어.”

칠튼 부인이 불안하게 그를 쳐다보았다.

“레이크 부인이 그런 습관에 오랫동안 젖어 있었다는 말씀을 드려야겠군요. 그분은 이 집의 주인이에요. 그분의 행동에 간섭하시는 건 삼가시는 게 좋을 거예요.”

“내 생각과 전혀 다르군, 칠튼 부인.”

그가 문으로 걸어갔다.

“이곳엔 엄격한 새 규칙이 필요해.”

“어디 가시는 거예요?”

"레이크 부인을 찾아서 새 규칙을 알려줘야지."

하지만 잠시 후 트레들로의 가게 문을 열었을 때, 그는 쏘아붙이려던 훈계를 모조리 잊어버렸다. 지난 몇 시간 동안 야금야금 그의 내부를 갉아먹던 두려움이 단순한 신경조직의 쇠약함 때문이 아니었다는 게 분명해졌다.

"라비니아."

그가 작은 랜턴을 들어 가게 안을 둘러보았다.

"빌어먹을, 어디 있는 거야?"

깊은 어둠 속에서 아무런 반응이 없었다.

앤서니가 가게 안으로 들어서서 당혹스레 주위를 둘러보았다.

"영업 시간이 끝났나봐요. 트레들로가 문을 잠그지 않은 게 놀랍긴 하지만요. 가게 주인들은 그런 간단한 절차를 절대로 잊어버리지 않는 법인데."

"맞아."

"레이크 부인이 벌써 떠났는지도 몰라요. 길이 어긋났나봐요. 지금쯤 집에서 차를 마시고 있을 거예요."

"아니."

왜 그렇게 단정짓는지 알 수 없었지만, 분명히 알 수 있었다. 이곳의 무언가가 잘못됐다.

그는 위층으로 오르기 위해 카운터 뒤쪽으로 향했다. 하지만 가게의 일부를 가로막은 묵직한 커튼을 알아차리며 멈춰 섰다.

그 묵직한 커튼을 밀어내고 상자와 조각상들의 미로로 랜턴을 들어올렸다.

"라비니아."

침묵뿐이었다. 다음 순간 그 방의 뒤켠 어딘가에서 나지막한 쿵쿵 소리가 들려왔다. 어디서 들리는지 알 수 없이 그 소리가 방 안에 메아리쳤다.

"빌어먹을."

토비어스는 골동품 사이의 길을 찾아 헤매며 앞으로 달렸다.

"여기 어딘가에 있어. 양초를 찾아서 불을 밝혀. 넌 다른 곳을 둘러봐."

앤서니가 양초 하나에 불을 밝히고 궤짝들 사이로 난 통로를 움직여갔다.

금고실 쪽에서 쿵쿵 소리가 다시 들려왔다.

"내가 왔소, 라비니아."

토비어스가 켄타우루스의 무리들이 있는 곳으로 달려갔다.

"계속 두들겨, 계속해."

메두사의 동강난 머리를 들고 있는 페르세우스의 조각상을 지나치자 참나무로 된 문이 나타났다.

쿵쿵소리가 두꺼운 나무를 뚫고 새어나왔다.

"찾았어."

그가 앤서니에게 소리쳤다.

랜턴을 부서진 돌 제단 위에 내려놓고 문의 자물쇠를 살펴보았다.

"나 좀 내보내줘요."

나무 사이로 라비니아가 소리쳤다.

"열쇠 어디 있는지 알아?"

"몰라요."

앤서니가 화병들 사이를 비집고 나타났다.

"잠겼어요?"

"보면 모르냐."

토비어스가 외투 주머니에서 항상 소지하고 다니는 만능 열쇠를 꺼내들었다.

"문이 잠기지 않았으면 이 안에 갇혔을 리가 없잖아."

앤서니가 그 퉁명스런 대꾸에 눈썹을 들어올렸지만 온화한 목소리를 유지했다.

"그럼 애초에 그 안에는 어떻게 들어갔을까요?"

"좋은 질문이야."

토비어스가 열쇠 하나로 작업을 시작했다. 자물통의 크기는 컸지만 오래된 디자인인데다 복잡하지도 않았다.

"나도 그걸 제일 먼저 물어볼 작정이다."

잠시 후 자물쇠가 풀어졌다. 무덤 속에서 울려나오는 듯한 신음소리를 내며 무거운 문이 열렸다.

"토비어스."

라비니아가 어둠 밖으로 튀어나왔다. 그가 그녀를 품에 끌어당겨 꼭 감싸안았다. 그녀가 그의 외투 깃에 얼굴을 파묻고 부들부들 떨었다.

"괜찮소? 라비니아, 대답해봐. 괜찮은 거요?"

"네, 당신이 와줄 줄 알았어요. 알고 있었어요."

앤서니는 그 작은 공간을 들여다보며 고개를 흔들었다.

"이 안에 갇히다니 끔찍했겠어요."

라비니아는 아무 말도 하지 못했다. 사시나무처럼 떨어댈 뿐이었다. 토비어스가 그녀의 등을 쓰다듬어 주며 그 협소한 공간을 쳐다보았다. 흡사 위로 세워진 관 같았다. 그는 격렬한 분노로 치를 떨었다.

"어떻게 된 거요? 누가 당신을 여기 가뒀어?"

"여기 왔을 때 누군가가 있었어요. 위층 방을 뒤지고 있었나봐요. 그자가 계단을 내려올 때 난 여기 숨었어요. 그자가 날 봤어요. 문을 잠갔어요."

그녀의 몸이 갑자기 뻣뻣해지더니 놀란 신음을 외치며 그에게서 떨어졌다.

"맙소사, 트레들로 씨."

"왜?"

그의 어깨를 움켜잡은 채 그녀가 살짝 몸을 돌려 바닥을 살펴보았다.

"핏자국이 있었어요. 침입자가 그를 죽이고 석관에 시체를 넣어둔 것 같아요. 가엾은 트레들로 씨. 모든 게 내 잘못이에요, 토비어스. 내가 협조를 구하지 말았어야 했어요. 내가 그 사람을……."

"그만."

그가 그녀의 얼굴을 자신에게 돌렸다.

"비난을 돌리기에 앞서서 눈앞의 일을 정확히 알아보자구."

그가 랜턴을 집어 올렸다.

"핏자국이 어디 있었소?"

그녀가 메두사의 목을 든 페르세우스 상으로 다가가 바닥을 가리켰다.

"여기에요. 보이죠? 저기 석관으로 이어져 있어요."

토비어스가 석관을 살펴보았다.

"다행히도 무거운 돌조각으로 된 게 아니군. 뚜껑을 열긴 어렵지 않겠어."

"내가 도와드릴게요."

앤서니가 말했다.

그들이 힘을 합치자 돌 뚜껑이 쉽사리 움직였다. 그 뚜껑이 원래 비스듬하게 얹혀 있었다면 남자 한사람이었다 해도 전혀 어렵지 않았을 듯했다.

돌들이 긁히는 소리가 대단히 귀에 거슬렸다. 토비어스의 눈꼬리에 라비니아의 몸이 움찔하는 게 보였다. 하지만 그녀는 그 안에서 보게 될 광경에서 물러서지 않았다. 그녀가 물러설 거라고 기대하지도 않았다. 지금껏 무슨 일에서건 그녀가 물러나는 걸 본 적이 없으니까. 그녀에게 숙녀다운 섬세한 감수성이 결여되었다고 말하는 사람도 있으리라. 하지만 그는 진실을 알고 있었다. 그녀는 문제와 도전이 닥쳐올 때 그와 똑같았다. 정면으로 그것들을 마주보았다.

돌 뚜껑이 다시 날카로운 비명을 지르며 옆으로 움직여 어두운 실내를 일부 드러냈다.

남자의 시체가 들어 있었다. 고개를 박고 아무렇게나 구겨진 채였다. 누군가 간단하게 던져 넣은 것처럼.

랜턴 불빛이 피로 얼룩진 듬성듬성한 백발을 비췄다. 그의 코트에 더 많은 피가 묻었고, 관 바닥에 작은 피 웅덩이가 고여 있었다.

토비어스는 맥박을 짚어보기 위해 안으로 손을 넣었다.

"가엾은 트레들로 씨."

라비니아가 가까이 다가섰다.

"맙소사, 내가 두려워했던 그대로예요. 침입자가 그를 죽인 거예요. 내가 정보를 얻어내려고 했기 때문에 죽은 거예요."

토비어스가 이리저리 생명의 흔적을 찾는 동안 앤서니가 힘겹게 침을 삼켰다.

"뒤통수를 친 다음에 시신을 여기에 숨겼나봐요."

"살인자는 범죄를 은폐하고 싶어했어요, 거의 성공할 뻔했구요."

라비니아가 속삭였다.

"몇 주일, 몇 달이 지나도록 시체가 버려져 있었을지도 몰라요. 내가 트레들로 씨의 연락을 받지 못했다면, 그를 찾으러 이 금고실 안까지 들어올 생각조차 못했을 거예요. 아아, 내가 조금만 더 빨리 왔더라면……."

"그만하시오."

토비어스가 희생자의 목에서 손을 떼어내고, 석관 뚜껑을 잡아 더 넓게 밀어냈다.

"트레들로의 입장에서 보면 당신이 메모를 받고 달려온 게 다행이었소."

"왜요?"

"아직 살아 있으니까."

22

토비어스는 그날 저녁 늦게 안개와 밤의 기운을 풍기며 응접실 안으로 들어섰다. 소파 발치에 멈춰 조용히 라비니아를 살펴보았다.

그녀는 따뜻한 담요를 머리부터 발끝까지 칭칭 동여매고 몇 단의 베개에 기대어 있었다. 칠튼 부인이 만들어준 아주 뜨겁고 독한 차가 테이블에 올려져 있었다.

그녀가 힘없이 미소지어 보였다.

그는 곧장 에멀린에게 돌아섰다.

"이모님은 어떠신가?"

에멀린이 찻잔에서 시선을 들어올렸다.

"조금 나아지셨어요. 아직 완전치는 않지만요. 이모는 밀폐된 공간에 아주 예민해요. 극도로 불안해하시죠. 게다가 그 끔찍한 곳에 오랫동안 갇혀 있으셨어요."

토비어스가 라비니아를 돌아보았다.

"그래도 곧 정상으로 회복되겠지?"

"그럼요."

에멀린이 그를 안심시켰다.

"조금 쉬고 나면 괜찮을 거예요. 하지만 다른 충격에 견디실 상태는 아니랍니다."

"트레들로 씨는 어때요?"

라비니아가 작은 목소리로 물었다.

"휘트비가 보살피고 있소. 회복되긴 할 텐데 머리를 얻어맞은 충격이 후유증을 남길 수도 있다더군. 침입자와 마주친 순간에 있었던 일을 기억하지 못할 수도 있다는 뜻이오."

"다시 말해서 그에게 유익한 정보를 알아낼 수 없을지도 모른다는 거군요."

"최소한 당신에게 연락한 이유만이라도 기억하길 바래야겠지."

"그러게 말이에요. 하여튼 그 일은 내일 걱정하기로 해요. 오늘은 아무 것도 못하겠어요. 그 끔찍한 곳에서 날 구해줘서 고마워요, 토비어스."

"정말 괜찮은 거요, 라비니아?"

"네."

그녀가 눈을 감고 베개에 머리를 기댔다.

"하지만 내 평생 이렇게 기운 없고 떨린 적은 없었던 것 같아요. 약이라도 먹어야 할까봐요."

그는 소파 옆에서 한참을 머뭇거렸다. 그리곤 에멀린에게 말했다.

"푹 쉬도록 보살펴주시오."

"그럴게요."

그는 계속 소파 옆에서 미적거렸다.

"그럼 이만 작별을 고해야겠군."

"안녕히 가세요."

라비니아가 눈을 감은 채로 속삭였다.

그가 방향을 돌려 문으로 향했다. 복도로 나가 칠튼 부인에게 낮은 목소리로 무언가를 말하는 듯했고, 그 후에는 현관문이 열렸다가 닫혔다.

라비니아의 입에서 안도의 한숨이 새나왔다. 눈을 뜨고 무거운 담요를 옆으로 밀치며 발딱 일어났다.

"밤새도록 미적거릴까봐 걱정했어."

그녀가 말했다.

"아까 마시던 셰리주 어딨어?"

"여기 있어요."

에멀린이 벽난로 선반으로 걸어가 끝부분의 장식 항아리 뚜껑을 열었다. 그 안에 토비어스가 찾아온 걸 알아차린 순간 라비니아가 재빨리 숨겨놓았던 셰리주 잔이 들어 있었다.

"고마워."

라비니아는 에멀린에게 잔을 받아서 길게 한 모금 들이켰다. 그 뜨거운 온기가 몸으로 번질 때까지 기다렸다가 깊이 숨을 토해냈다.

"잘 처리한 것 같아, 그렇지?"

"배우 뺨치는 연기였어요."

"내 생각에도 그래. 물론 마치 씨에게 고맙지 않은 건 아니야. 아까 그 끔찍한 방문을 열어줬을 때 얼마나 감격적이었는지 몰라."

"그랬겠죠."

에멀린이 몸서리쳤다.

"다만 그 후에 지긋지긋한 설교를 늘어놓으려 한다는 게 문제야."

라비니아가 인상을 찡그렸다.

"그 사람은 내가 자기 설교를 들을 상태인지 아닌지 확인하러 왔던 거라구."

"그리고 이모는 신랄한 토론을 견딜 상태가 아니라는 걸 보여줬구요."

"그러지 않았으면 아마 그 인간이 새로운 규칙에 대해 밤새도록 늘어놨을 거라구."

"그걸 어떻게 알았소, 마담?"

토비어스가 응접실 문 앞에서 물었다.

"토비어스."

그녀는 남은 셰리주를 엎지를 뻔하며 서둘러 소파로 돌아갔다.

그가 팔짱을 끼고 어깨를 문틀에 기댄 채 침착하게 그녀를 지켜보았다.

"이렇게 빨리 회복된 걸 보니 기쁘군. 아침까지 기다릴 필요가 없겠어. 바로 오늘 저녁부터 새 규칙을 검토해봅시다."

"빌어먹을."

그녀는 셰리주의 마지막 한 모금으로 울분을 달랬다.

에멀린이 서둘러 문으로 걸어갔다.

"전 이만 실례해야겠어요. 여러 가지 일로 피곤한 하루였거든요."

"그랬겠지요."

토비어스가 말했다.

"민감한 감수성이 당신 가문의 내림인 모양이오."

그가 옆으로 움직여 그녀의 앞길을 비켜주며 우아하게 고개를 숙였다.

"잘 자요, 에멀린 양."

"좋은 밤 되세요, 마치 씨."

라비니아가 조심스레 지켜보는 가운데, 토비어스가 찰칵 문을 닫았다.

"어떻게 알았어요?"

"약을 먹어야겠다는 부분에서 짐작했소."

"난 재치를 발휘한 거였는데."

"너무 지나쳤소."

다음 날 아침 라비니아와 함께 트레들로의 작은 위층 응접실로 향하면서 그는 여전히 부글거리고 있었다.

그나마 그녀에게서 가장 중요한 양보를 얻어냈다는 점을 위안 삼을 수밖에 없었다. 지극히 마지못해 하면서도 그녀는 외출할 때 행선지를 알리겠다고 약속했다. 지금으로서는 그것으로 만족해야 하리라. 라비니아에게는 작은 승리로 만족해야 했다.

휘트비가 죽 그릇에서 시선을 들어올렸다. 어깨에 수건을 걸치고 앞치마를 두른 모습인데도 여전히 말쑥해 보인다는 것이 토비어스의 부러움 섞인 견해였다.

휘트비가 어느 멋쟁이라도 자랑스러워할 만한 태도로 라비니아에게 고개를 숙여 보였다.

"좋은 아침입니다, 마담."

그리고 몸을 세워 토비어스에게 깍듯한 예의를 갖췄다.

"휘트비, 자네의 환자는 어떤가?"

"회복기에 접어들었습니다."

휘트비가 죽을 옆으로 치우고 마른 수건에 두 손을 닦은 다음 침실로 길을 안내했다.

"하지만 기억력이 완벽한 것 같진 않습니다. 머리를 심하게 얻어맞았으니 당연한 일이겠지요."

그들은 환자의 방으로 들어가 노란 잠옷 차림으로 침대에 기대앉은 트레들로를 보았다. 머리 절반을 커다란 붕대로 휘감은 그는 마시던 초콜릿을 내려놓고 안경 너머로 라비니아를 쳐다보았다.

"레이크 부인, 괜찮으십니까? 휘트비에게 당신의 힘겨웠던 경험을 들었습니다."

"당신이 저보다 더 심하게 당하셨잖아요. 머리는 어떠세요?"

그녀가 침대 옆으로 다가섰다.

"아파요, 하지만 차차 나아지겠죠."

트레들로가 토비어스에게 시선을 돌렸다.

"무슨 일이 있었는지 잘 기억을 못 한다던데, 침입자의 인상 착의도 생각이 안 나는 겁니까?"

"그자를 내가 봤는지조차 모르겠습니다. 레이크 부인에게 연락한 후에 식사나 하려고 나갔었죠. 금방 돌아올 생각이었어요. 내가 문을 잠갔는지 열어 두었는지도 모르겠어요."

"그 침입자는 당신이 아예 나간 줄 알고, 가게로 들어갔을 겁니다. 잠시 후 당신이 돌아왔을 때도 계속 거기 있었을 테구요."

"뒷방에서 무슨 소리가 들린 것 같아서 조사하러 갔는데, 그 다음에 기억나는 건 이 침대에서 깨어났다는 것뿐이에요."

라비니아의 입술이 굳어졌다.

"관 속에서 기절해 있었던 게 다행이었어요. 그 속에서 깨어 있었더라면 훨씬 끔찍했을 거예요."

"유쾌한 일은 아니었겠죠."

"왜 나한테 메모를 보내셨는지에 대해서는 기억하시나요?"

트레들로가 얼굴을 찌푸렸다.

"지난 이틀 동안 다른 골동품 가게 두 곳에 침입자가 있었대요. 누군가 푸른 메두사를 찾고 있다는 소문이 돌고 있어요."

라비니아는 토비어스와 시선을 교환하고 나서 다시 트레들로를 바라보았다.

"침입자의 정체를 알 수 있을 만한 사람이 있을까요?"

"내가 알기론 없어요."

트레들로가 대답했다.

23

그 최면술사가 직접 문을 열었다.

"마치, 이게 웬일이오?"

허드슨이 토비어스를 보는 게 그리 즐겁지 않은 듯 조심스럽게 그의 얼굴을 살폈다.

"살인자에 대해서 알아낸 게 있소?"

"당신과 얘길 하고 싶습니다."

토비어스는 허드슨이 길을 비켜줄 수밖에 없도록 앞으로 움직였다.

"들어가도 되겠습니까?"

허드슨의 인상이 구겨졌다.

"이미 들어왔잖소. 따라 오시오."

그가 문을 닫고 길을 안내했다.

그를 따라 복도 끝 방으로 향하는 동안 토비어스는 집의 내부를 살펴보았다. 열린 문틈으로 어두운 응접실이 보였다. 커튼이 죄다 내려진 상태였고, 가구라 할 만한 것도 없이 의자 하나와 테이블 하나가 고작이었다. 집을 장식하는데 전혀 신경 쓰지 않은 듯했다. 실레스트가 가구와 천들을 구입할 수 있기도 전에 죽어버렸든지 아니면 허드슨 부부가 여기에 오래 머물 계획이 아니었든지, 둘 중 하나이리라.

허드슨은 빈약한 서재로 들어갔다.

"앉으시오, 차를 대접하고 싶지만 가정부가 오늘 집에 없소."

토비어스는 그 초대를 무시하고 창가로 걸어가 구름 낀 하늘에 등을 돌렸다. 그리고 그 방을 재빠르게 한 번 훑어보았다. 책장에는 불과 몇 권의 책이 꽂혔고, 그 중 하나는 아주 오래된 것으로 가죽 장정이 찢어지고 헤어져 있었다. 벽에 걸린 그림도 없고, 책상 위를 차지하고 있는 개인적인 물건들 또한 없었다.

"런던에 잠시만 머물 계획이셨나요?"

그가 물었다.

허드슨이 그 질문에 놀랐는지는 모르지만 놀란 기색을 내보이지는 않았다. 그는 우연인지 아니면 일부러인지 햇빛이 닿지 않는 책상 근처의 구석을 선택해서 섰다. 그 어두운 그늘에서 깊은 밤의 우물 같은 눈동자로 토비어스를 바라보았다.

"이 집에 가구가 없어서 묻는 거요?"

그가 주머니의 시계를 자연스럽게 꺼내 들었다. 금시계 줄이 가볍게 출렁거렸다.

"실레스트와 난 이 집을 장식할 시간이 없었소. 그녀가 살해당한 후에는 그나마의 관심조차 다 사라졌소."

"당연히 그랬겠지요."

"무슨 용건인지 물어도 되겠소, 마치?"

허드슨의 목소리가 풍성하고 낭랑했다. 금시계가 부드럽게 흔들렸다.

"내부 장식을 논하러 온 건 아니실 텐데."

"그렇습니다, 거닝과 노햄프턴에 대한 얘기를 하러 왔지요."

시계 줄이 약간 떨려났지만, 허드슨의 그늘진 얼굴에는 정중한 당혹감 이상의 어떤 반응도 보이지 않았다. 그의 눈동자 또한 흔들림이 없었다.

"그들에 대해서 무얼 말이오?"

시계 줄이 안정된 리듬으로 호를 그리며 왔다갔다했다.

"두 사람이 당신의 고객이었지요?"

"그렇소, 거닝은 불면증 때문에 한동안 날 찾아왔었고 노햄프턴은 발기불능 문제였소."

하워드의 목소리가 점점 은은해지고 시계 줄도 계속 흔들거렸다.

"둘 다 그 나이의 남자들이 일반적으로 겪을 만한 문제였소. 그들이 이 사건과 무슨 관계가 있는지 알 수가 없구려."

토비어스는 시계 줄의 움직임이 슬슬 짜증스러워지고 있었다.

"둘 다 당신에게 치료를 받던 기간에 보석을 도둑 맞았더군요."

"이해할 수가 없구려. 나의 실레스트가 그 일과 모종의 관련이 있을 거라는 뜻은 아니겠지요? 어떻게 그런 생각을 할 수 있소?"

하워드의 목소리는 아내의 평판을 방어하면서도 분노가 섞이지 않았다. 오히려 더 강한 울림과 깊이가 더해졌을 뿐이었다.

"그녀는 아름답고 충동적인 여자였소, 하지만 도둑은 아니었소."

"그럴 수도 있고 아닐 수도 있겠지요."

"아름답고 충동적인 여자였소."

하워드가 부드럽게 되풀이했다. 그 반짝이는 시계 줄이 진자처럼 흔들거렸다.

"도둑은 아니었소. 황금처럼 밝은 눈동자를 지녔었지, 내 시계에 달린 작은 공처럼 밝은 금빛이었소. 이 공을 보시오, 귀엽고 사랑스럽지 않소? 예쁘지 않소? 눈을 떼기가 어려울 만큼."

"헛수고 마십시오, 허드슨. 난 최면에 걸릴 기분이 아닙니다."

"무슨 말인지 모르겠구려."

"난 실레스트의 범죄 따위엔 관심 없소. 허드슨 당신이 도둑일 수 있다는 가능성에 흥미가 있을 뿐이지요."

"나?"

허드슨의 목소리가 갑자기 딱딱해졌다. 시계 줄의 움직임도 멎었다.

"감히 날 도둑으로 비난하는 거요?"

"물론 증거는 아직 없습니다."

"당연하지."

"하지만 짐작은 할 수 있습니다."

토비어스가 등뒤로 손을 맞잡고 방 안을 걸어다니기 시작했다.

"당신은 수년간 혼자 일했습니다. 그 동안 법에 저촉되는 일이 한두 번쯤 있었을 테고, 잠시 사라지는 게 현명하다고 판단했겠지요. 결국 영국으로 돌아오기로 결정했습니다. 그리고 돌아와서 바스에 정착했지요."

"그건 전적으로 당신의 추측일 뿐이오."

"그렇습니다, 내가 아주 잘 하는 것 중의 한 가지가 바로 추측이지요. 당신은 바스에서 사업을 시작했습니다. 그곳에서 실레스트를 만났죠, 당신과 똑같은 원칙을 지닌 여자."

"그게 무슨 뜻이오?"

"둘 다 범법 행위를 저지르는데 아무 거리낌이 없다는 뜻이지요."

"그런 망발에 내가 결투를 신청할 수도 있소."

"그럴 수 있지만, 그러지 못할 겁니다."

토비어스가 방의 구석에 멈춰서 하워드를 바라보았다.

"내 사격 솜씨가 더 낫다는 걸 알 테고, 소문이 나봤자 당신 사업에 좋을 리 없으니까요."

"무례하군."

"얘기를 계속하자면, 당신과 실레스트는 팀을 이루었죠. 돈 많고 노망기에 접어들어 실레스트의 매력에 쉽게 혹하는 그런 사내들로 당신이 희생양을 선정했을 겁니다. 그녀는 당신에게 치료를 받아보라고 설득하는 기교를 부렸겠지요. 일단 그들이 치료실에 찾아오면 당신은 최면 기술을 이용해서 그들의 귀중품을 가져오도록 만들었습니다. 그 후에 그들은 당신의 지시대로 그 경험을 까맣게 잊어버렸구요."

하워드는 안간힘을 쓰며 마음을 진정시켰다. 책상 뒤에 꼼짝 않고 서서 메두사와 맞먹을 정도의 시선으로 토비어스를 노려보았다.

"증거도 없이 사람을 매도하는군."

"그런데 이번 일은 처음부터 달랐습니다."

"당신은 정신병자요. 전문적인 치료가 필요하겠소."

"뱅스의 유물을 훔쳐내기로 한 것 말이죠. 처음엔 납득이 안 가더군요. 당신의 전문 분야는 골동품이 아니라 값비싼 보석이었으니까. 메두사 팔찌 같은 골동품은 시장이 제한되어 있어서 다이아몬드 귀걸이나 진주 에메랄드 목걸이를 처리하는 것처럼 쉽지가 않거든요."

하워드는 입을 꾹 다물었다. 기회를 노리는 성난 뱀처럼 그늘진 곳에 서서 노려볼 뿐이었다.

토비어스는 낡은 가죽 장정의 책을 태연스레 집어들었다.

"그래서 난 당신이 메두사 팔찌를 훔치기로 한 이유를 두 가지 가능성으로 압축해봤습니다. 첫째는 팔 수 있다는 확신이 있었을 거라는 점, 후한 값을 쳐줄 만한 사람이 있었을 거라는 점이지요."

"완전히 망상에 빠져 있군, 마치."

토비어스는 선반에서 내린 책을 펼쳐서 제목을 읽었다.

<로마식 영국 시대의 은밀한 종교 의식에 관한 논문>

"두 번째 가능성도 있습니다."

그가 책을 덮어 다시 선반에 돌려놓았다.

"논리적으로 빈약하다는 걸 인정하면서도 왠지 이쪽에 더 마음이 끌리더군요."

허드슨의 입술이 경멸스레 뒤틀렸다.

"두 번째 가능성이 뭐요?"

"당신이 미쳤다는 것이죠."

토비어스가 부드럽게 말했다.

"당신은 메두사 팔찌에 얽힌 전설을 철썩같이 믿었던 겁니다. 그래서 그 빌어먹을 물건을 훔친 건가요? 그 메두사 보석이 당신의 최면 능력을 향상시켜줄 수 있다고 믿었습니까?"

허드슨은 눈꺼풀 한 번 깜박이지 않았다.

"무슨 얘기를 하는 건지 도저히 알 수가 없소."

토비어스는 그 낡은 책 쪽으로 손짓했다.

"당신은 푸른 메두사와 그 능력에 관련된 글을 읽게 됐지요, 어쩌면 바로 이 책에서 읽었을 수도 있고. 하여튼 당신은 그 빌어먹을 물건에 집착하게 됐습니다. 그걸 손에 넣겠다고 실레스트에게 말했고, 둘이서 공모를 하고 런던으로 이사왔던 겁니다."

"어리석기 짝이 없군, 마치."

"하지만 실레스트는 이미 오래 전부터 자기 이득을 챙길 줄 아는 속물이었지요. 이번 도둑질이 위험도에 비해 이득이 적다고 여겼습니다. 어쩌면 당신이 광기에 빠져 들어가는 게 두려웠을 지도 모르죠."

"이 일에 실레스트는 포함시키지 마시오."

"불행히도 그럴 수가 없습니다. 그녀가 죽었던 날 무슨 일이 있었던 겁니까, 허드슨? 처음엔 당신이 그녀의 바람기에 격분해서 죽였을 거라 짐작했지요. 하지만 이젠 그녀가 당신의 광기에 겁을 먹고 동업 상태를 끝내려 했기 때문에 살해당했다는 쪽으로 생각되기 시작합니다."

하워드는 관절이 새하얘지도록 의자를 움켜잡았다.

"나쁜 자식, 난 실레스트를 죽이지 않았소."

토비어스가 어깨를 으쓱했다.

"아직 대답 없는 질문들이 많다는 건 인정합니다. 예를 들어 그 팔찌의 행방이라든지…… 당신 역시 그 행방을 모르는 게 분명해요. 그래서 라비니아를 고용한 거겠지요. 살인자를 찾으려는 게 아니라, 그 빌어먹을 팔찌를 찾고 싶어서 말이오."

"놀랍군."

이전의 감미로운 어조는 온데간데없이 하워드의 웃음이 거칠게 터져 나왔다.

"당신이 모든 해답을 찾아내지 못했다는 게 말이오."

"아직 몇 가지가 남아 있을 뿐이죠. 하지만 그것도 곧 알아낼 겁니다."

토비어스가 문으로 향하기 시작했다.

"라비니아도 당신의 해괴한 추측을 알고 있소?"

하워드가 물었다.

"전부 다는 아니지요, 아직은."

토비어스가 문을 열었다.

"말하지 않는 게 나을 걸. 그 애가 당신 말을 믿지 않을 테니까. 그 애는 당신보다 날 훨씬 더 오래 알았어. 난 그 아이 가족의 오랜 친구요. 우리 둘 중에서 하나를 고르라면 그 애는 당연히 내 편이오."

"라비니아의 말이 나왔으니 하는 얘긴데, 당신에게 충고 하나 해 드려야겠군요."

"미치광이 충고 따위는 듣고 싶지 않소."

"그럼 경고로 받아들이십시오. 만일 라비니아를 실레스트 자리에 끼워 넣을 요량이라면 단념하는 게 좋을 겁니다. 내가 가만있지 않을 작정이거든요."

"그 애가 나보다 당신을 선택할 거라 믿소?"

"그거야 모르죠. 하지만 분명한 건 있습니다. 당신이 라비니아를 데려간다면, 그 승리를 음미할 만큼 오래 살지 못할 겁니다."

그는 밖으로 걸어나가 아주 조용하게 문을 닫았다.

24

그는 굳이 목적지를 생각할 필요가 없었다. 이 순간 가고 싶은 곳은 단 한 곳뿐이었다. 지나가는 마차를 불러 클레어몬트 레인의 작은 집으로 가라고 지시했다.

마차에서 내릴 때 다리가 약간 욱신거렸지만, 그는 그 아픔을 무시하고 계단을 올라 고리쇠를 두드렸다.

대답이 없었다.

지금 그는 유쾌한 기분이 아니었다, 대문 안쪽의 무반응도 그의 성질을 더 고약하게 부채질했다. 아침 식사를 끝내고 나올 때 칠튼 부인에게 오후 세시쯤 오겠다고 일러두었었는데.

최근에 라비니아의 작은 집을 너무 제집 드나들 듯 한다는 생각이 스치긴 했다. 칠튼 부인에게 명령할 권리가 없다는 것도 알았다. 그러니 칠튼 부인이 그의 말을 무시했다 해서 화낼 이유는 없었다. 하지만 칠튼 부인은 분명히 라비니아가 오늘 오후에 집에 있을 거라고 했었다. 그런데 왜 아무런 대답이 없는 거지?

그는 거리로 돌아가서 위층 창문을 살펴보았다. 커튼이 늘어져 있었다. 라비니아는 낮에 커튼을 모조리 열어두는 습관이 있었다. 햇빛을 좋아하기 때문이었다.

왠지 모를 불안감이 싹트기 시작했다. 이 시간에 집이 텅 비어 있다는 게 이상했다. 만약 에멀린과 라비니아가 쇼핑을 나간 거라면 칠튼 부인이라도 있어야 하지 않는가?

약간 이상한 정도가 아니었다. 그는 이제 휘트비의 스케줄처럼 칠튼 부인의 스케줄도 정확히 꿰뚫고 있었다. 오늘은 그녀가 여동생을 만나러 가는 날이 아니었다.

불안한 느낌이 점점 더 강해졌다. 그는 현관문이 잠겨 있으리라 예상하며 문고리를 돌려보았다.

맙소사, 쉽사리 돌아갔다.

어제 트레들로의 가게문도 이렇듯 쉽게 열렸던 기억이 떠오르자 소름이 쫙 끼쳤다.

조용히 현관 홀로 들어가 문을 닫았다. 잠시 그 자리에 서서 분위기를 탐지해 보았다. 별달리 느껴지는 게 없었다.

그는 부츠로 손을 뻗어 작은 단검을 찾아냈다. 오른손으로 단검을 쥐고 응접실 문으로 향했다. 그 방은 텅 비어 있었다.

계속해서 라비니아의 서재 쪽으로 옮겨갔다.

그곳 또한 비어 있었다.

부엌도 마찬가지였다.

그는 계속해서 자신을 위협하는 두려움을 억누른 채 계단을 오르기 시작했다, 발소리를 내지 않으려 조심하면서.

계단 위에서 멈춰 섰다. 문득 이곳에 올라온 게 처음이라는 사실을 깨달았다. 그는 2층의 구조를 알지 못했다.

복도로 난 문들을 살펴보며 예전에 했던 라비니아의 말을 떠올렸다. 자기 방의 창문이 거리 쪽으로 나 있다고 했었다.

조심스럽게 다른 방문들을 흘끔거리며 그 방을 향해 접근했다. 침입자가 들어왔다는 흔적은 없었다. 그것이 조금이나마 다행스러웠다.

라비니아의 방으로 짐작되는 침실에서 작은 소리가 들려나왔다. 그는 벽에 몸을 딱 붙이고 주의 깊게 귀 기울였다.

미약한 소음이 다시 들려왔다. 누군가 방 안에서 움직이고 있는 것이다.

그는 살그머니 문의 옆으로 다가가 비스듬히 방 안을 들여다보았다. 로마 정원 그림이 그려진 스크린이 시야에 들어왔다. 그 반대쪽에 사람이 있었다. 벽난로의 장작 타는 소리와 나직한 물소리를 들을 수 있었다.

우아하게 휘어진 맨발이 스크린 밑으로 나타났다. 그 발이 바닥에 펼쳐진 수건 위에 놓였다. 다시 물 튀기는 소리가 나더니 두 번째 발이 모습을 드러냈다.

그의 내부에 뭉쳐 있던 긴장감이 순식간에 사라지면서 또 다른 종류의 기대감으로 바뀌었다. 그는 단검을 제자리에 돌려놓고 나서 열린 문틈으로 들어갔다.

"목욕하는 걸 기꺼이 도와드리고 싶소, 마담."

스크린 다른 쪽에서 낮은 비명소리가 터졌다.

"토비어스?"

라비니아가 가슴에 수건을 움켜쥐고서 스크린 옆으로 내다보았다. 침실에 서 있는 그를 보자 그녀의 눈이 휘둥그레졌다.

"맙소사, 여기서 뭐하는 거예요?"

그녀를 보는 순간 그의 피가 뜨거워졌다. 그녀의 머리가 위로 틀어 올려져 있었다. 반항적인 잔머리 몇 가닥이 목덜미를 타고 흘러내렸다. 따끈한 물과 불길의 열기로 인해 얼굴이 장밋빛으로 발그레했다. 그녀가 움켜쥔 수건 자락이 작은 발목까지 우아하게 늘어졌다.

"이럴 때 뭔가 시적이고 낭만적인 말을 해야 한다는 건 알겠는데." 그가 중얼거렸다.

"그게 뭔지 도통 알 수가 없군."

그가 문 옆을 떠나 그녀가 서 있는 곳으로 다가섰다. 그녀는 화사하게 눈동자를 빛내며 미소지었다.

그가 손을 내밀자 그녀가 경고했다.

"지금은 젖었어요."

"그것도 환영이오."

그가 그녀를 번쩍 안아들고 침대로 향했다.

"나도 당신한테 폭 젖고 싶으니까."

그녀의 허스키한 웃음소리는 그의 평생에 들어보는 가장 매혹적인 음악이었다.

그녀를 침대에 내리고 수건자락을 붙잡았다. 부드럽게 수건을 빼앗아 바닥으로 던졌다. 이미 충분히 흥분돼 있다고 생각했는데, 그녀의 봉긋한 젖가슴과 허벅지 사이의 보슬보슬한 부분을 보는 순간 그의 하체가 고통스러울 정도로 불타올랐다.

그가 그녀의 허리를 감싸안았다. 그녀의 떨림을 느끼며 그의 입술이 말라붙었다. 그녀의 완벽한 나신을 보는 건 이번이 처음이었다. 그들의 연애 성격상 이런 기회가 흔치 않았다. 지금까지는 옷을 다 벗을 수 없는 장소에서 서둘러 밀회를 했을 뿐이었다.

그의 셔츠와 바지를 벗기는 동작으로 보아 그녀 또한 똑같은 생각을 하는 듯했다.

마침내 그녀의 위로 올라타며 그가 속삭였다.

"처음으로 침대에 함께 눕는군요, 마담."

"나도 그 생각을 하던 참이었어요."

"지루하진 않을 거요. 이런 종류의 일에 관한 한 당신은 새로운 걸 좋아하잖소."

그녀가 미소지으며 그의 목을 끌어안았다.

"침대도 장점이 있군요. 돌 벤치나 마차 안이나 책상 위보다 더 편안해요."

"편안함은 지금 나의 관심사가 아닌데. 하지만 그것도 장점이긴 해."

그가 고개를 들어 그녀의 입술에 깊이 키스했다. 달콤한 굶주림으로 마주 안는 그녀의 느낌이 모든 감각을 황홀하게 달궜다. 하지만 무엇보다도 그녀가 자신만큼이나 절실히 그를 원한다는 사실이 가장 자극적인 마약 같았다. 욕망이 솟구쳤다, 단순한 정열보다 훨씬 더 강렬한 다급함이 치솟았다. 뜨거운 열기가 그의 혈관을 타고 흘러 온몸의 근육을 죄어왔다.

'이 여자를 놔주지 않겠어.'

그가 맘속으로 맹세했다, 허드슨에게건 다른 어느 남자에게건.

그는 그녀의 젖가슴부터 허벅지까지 사랑스럽게 쓰다듬었다. 그녀의 보드랍고 매끄러운 피부는 놀라우리 만치 탄력적이었다. 그녀의 몸이 꿈틀거렸다. 그가 그녀의 속살에 손가락을 살짝 찔렀다.

"촉촉하게 젖어 있군."

그가 그녀의 입술에 대고 말했다.

"완벽해."

그녀가 신음하며 허벅지로 그를 감쌌다. 그녀의 여성스러운 부분이 부풀었고, 그는 그녀의 손톱이 등에 박힐 때까지 그곳을 가볍게 애무했다.

더 이상 기다릴 수 없었다.

그가 그녀의 아늑하고 따뜻한 통로로 천천히 밀고 들어갔다. 그 짜릿한 만족감에 신음이 흘러나왔다.

그녀가 그의 어깨를 깨물며 있는 힘껏 매달렸다. 영원히 떨어지지 않을 것처럼.

앤서니는 다시 뒤통수가 따끔따끔해졌다. 꽃장수가 따라오고 있으니 이상한 일도 아니다. 그는 거대한 회색 보닛의 낯익은 형태를 눈꼬리로 확인했다. 농부의 수레 뒤로 재빨리 사라지긴 했지만, 몇 분 전 광장에서 보았던 그 꽃장수라는 건 의심의 여지가 없었다.

일말의 기대감이 그의 감각을 날카롭게 했다. 온몸의 감각이 훨씬 예리해진 느낌이었다. 주위의 사물과 건물, 그리고 사람들이 더욱 선명하게 시야에 들어왔다.

이런 묘한 흥분감이 토비어스를 사립 탐정의 세계로 끌어들인 매력의 하나일까? 권투 경기를 관람할 때나 내기를 할 때와는 비교가 안 될 만큼 자극적이었다.

하지만 지금은 새로운 직업에 대한 철학을 논할 때가 아니었다. 미행하는 자의 정체를 밝혀내야 할 때였다.

"도와주셔서 고맙습니다, 아가씨."

그가 앞에 선 매춘부에게 동전 몇 개를 건넸다. 기껏해야 열다섯이나 열여섯 살에 불과해 보이는 그 여자는 키득거리며 남루한 옷주머니로 동전을 넣었다.

"별 말씀을요, 도와드리게 돼서 기뻐요."

그녀의 웃음소리가 괜스레 가슴 아팠다. 미래의 희망도 없는 닳고 닳은 매춘부가 아니라 사교계 데뷔를 고대하는 순진한 소녀처럼 말하지 않는가. 그 어떤 슬픈 운명이 그녀를 이 거리의 구석진 곳까지 이끌어왔던 것일까.

그는 정중하게 모자챙을 만지며 작별인사를 했다. 소녀가 또다시 쾌활한 웃음을 터뜨렸다. 자신에게 신사처럼 구는 남자가 꽤나 재미있는 모양이었다.

그는 방금 전의 대화로 인한 우울함을 떨쳐버리고 꽃장수를 좀더 자세히 살필 만한 방법들을 모색하기 시작했다. 사건의 전환점이 찾아와준 것일 수도 있었다. 이 상황을 신중하게 다룬다면 쓸모 있는 정보를 끌어낼 수 있을지도 몰랐다.

자신이 이 직업에 진짜 재능이 있는 것 같다는 생각이 들자 조금쯤 기분이 상쾌해졌다. 정보를 들고 돌아간다면 더 이상 토비어스가 다른 직업을 찾아보라는 등의 잔소리를 하지 못하리라.

그는 구불구불한 골목들의 미로로 재빠르게 움직여갔다. 매춘부들과 얘기를 해보기 위해 이 비참한 동네에 들어선 것이 한 시간 전이었다. 도박장, 선술집, 훔친 장물을 취급하는 전당포들이 이곳의 가장 중요한 사업이었다.

모퉁이를 돌아서자 작은 골목의 으슥한 입구가 보였다. 오물, 썩은 쓰레기, 짐승의 부패한 냄새 등의 오만가지 냄새들이 숨가쁘게 코를 찔렀다. 그는 숨을 조절하며 그 좁은 골목으로 스며들어갔다.

두 명의 소년들이 파이 가게에서 어떻게 파이를 훔칠 것인지 공모하며 그 앞으로 지나갔다. 지팡이에 몸을 의지한 늙은 사내가 그 뒤로 이어졌다.

이제 그만 포기해버릴까 생각하는 찰나, 그 꽃장수가 천천히 시야로 들어섰다. 거대한 회색 보닛으로 얼굴을 가리고, 얼룩진 망토의 풍성한 자락으로 몸매까지 죄다 가리고 있었다. 바구니 속에 든 꽃들은 팔기에 민망할 정도로 시든 상태였다.

여자의 어깨가 구부정했지만, 움직이는 자세의 무언가가 늙은 여자는 아니라는 의심을 불러 일으켰다.

그 꽃장수가 골목 입구에서 멈췄다, 먹잇감의 갑작스런 행방불명에 당황하는 기색이 역력했다. 그녀가 천천히 원을 그리며 사방을 둘러보았다.

앤서니가 앞으로 나가 그녀의 허리를 한 팔로 감싸쥐고는 휙 골목 안으로 끌어당겼다. 그녀를 빙 돌려 벽에다 들이밀었다.

"빌어먹을, 짐작했어야 했는데."

그 커다란 보닛이 펄럭이며 앤서니의 턱에 부딪혔다. 그는 살짝 뒤로 물러나 장애물을 피한 다음 험악하게 에멀린을 쳐다보았다.

"대체 무슨 짓이에요?"

그의 맥박이 펄떡펄떡 뛰었다. 골목의 비위 상하는 냄새에도 불구하고 거칠게 숨을 들이쉬었다. 갑자기 그녀에게 단 한 번 키스했던 그 순간이 떠올랐다. 아주 조심스럽게 그가 그녀를 풀어놓았다.

"당연히 당신을 따라왔죠."

그녀가 몸을 세우고는 망토를 흔들었다.

"그게 아니면 내가 여기서 뭘 하겠어요?"

"미쳤어요? 여긴 지극히 위험한 동네라구요."

"아침에 당신이 비밀스럽게 굴었잖아요. 그래서 모종의 계획이 있겠다 싶었어요."

"그래서 따라왔어요? 맙소사, 그런 무분별하고 멍청한……."

"거리에 있는 여자랑 왜 얘기했어요? 술집에서 일하는 여자였죠, 왜 그 여자랑 얘기했어요?"

그가 그녀의 팔을 붙잡아 골목 밖으로 끌어나갔다.

"설명해 줄게요. 하지만 우선 여기서 빠져나가야 해요. 숙녀는 이런 동네에 오지 않는 거라구요."

그녀는 방금 그와 얘기했던 매춘부를 흘깃 돌아보았다.

"오는 여자도 있어요. 자발적이진 않았겠지만."

"그래요, 자발적으로는 아니죠."

그는 작은 광장으로 바쁘게 그녀를 몰아갔다. 마차 한 대가 달려오는 걸 보자 진심으로 다행스러워하며 한 손을 들어 신호했다.

"앤서니, 난 당신이 여기서 뭘 하고 있었는지 알아야겠어요. 물어볼 권리가 있다고 생각해요."

돌바닥에 말발굽 긁히는 소리가 나며 마차가 멈춰 섰다. 그는 대뜸 문을 열어 거의 던져 넣다시피 에멀린을 안으로 들여보냈다. 앤서니는 마부에게 클레어몬트 레인의 주소를 서둘러 알려준 다음 급하게 마차 안으로 올라탔다.

"설명을 해주세요."

에멀린이 다시 재촉했다.

"토비어스가 몇 가지 조사를 하라고 했어요."

그가 내려앉으며 문을 쾅 닫았다.

"거리의 그 여자, 매춘부였죠?"

"그래요."

"이 일이 메두사 팔찌와 관련돼 있다는 식으로 얼렁뚱땅 넘어가지 않길 바래요."

"알았어요."

"그럼 뭐죠?"

그녀가 회색 보닛을 벗어 정확히 옆자리에 내려놓았다. 그리고 침착하고 조심스런 시선을 그에게 던졌다.

"왜 매춘부와 얘길 했나요? 혹시 그게 당신의 정기적인 습관인가요?"

그는 작게 욕설을 중얼거리고는 좌석에 몸을 기대며 어느 정도를 말해야 할지 고심했다. 하지만 이 사람은 에멀린이었다. 그녀에게 거짓말을 할 순 없었다.

"우선 내 얘기를 당신의 이모님에게 옮기지 않겠다는 약속을 받아야겠어요."

"내가 왜 약속해야 하죠?"

"토비어스가 알리고 싶어하지 않으니까요. 이 도시에 오스카 펠링이 배회하고 있는 걸 그가 매우 걱정하고 있다는 사실 말이죠. 그게 이유예요."

그녀의 눈이 휘둥그래졌다. 그 깊숙한 곳에 안도감이라고 짐작할 만한 감정과 이해심이 뒤섞였다.

"아, 알겠어요. 마치 씨가 그 못된 남자를 주시하고 있는 건가요?"

"그래요, 내가 그 일을 돕고 있어요."

"아주 좋은 생각이에요. 펠링은 믿을 만한 남자가 아니에요. 하지만 그 여자들이 펠링과 무슨 관련이 있나요?"

"펠링이 이 근처 여인숙에 머물고 있어요. 그자가 몇 번 찾아간 매춘부가 있는데, 토비어스가 그 여자를 찾아보래요. 직접 얘기해 보겠다고."

"이해가 안 되네요. 몸파는 여자가 펠링에 대해서 뭘 알겠어요?"

앤서니는 목을 가다듬고 마차 밖의 풍경에 시선을 고정시켰다.

"토비어스의 전문적으로 경험으로 보아, 어떤 여자들은 남자에 대해서 다른 사람이 알지 못하는 것까지 알 수 있다고 하더군요."

"그렇군요."

앤서니의 시선이 그녀에게 돌아갔다.

"날 미행하지 말았어야 했어요. 아주 위험한 일이었어요."

"당신이 사실을 얘기해줬더라면 몰래 따라올 필요도 없었을 거예요."

"에멀린, 내가 무슨 일을 하는지 일일이 보고해야 한다는 법이라도 있나요?"

그녀의 몸이 굳어졌다.

"미안해요, 내가 왜 그랬는지 모르겠군요. 물론 당신은 나에게 일일이 해명할 이유가 없어요. 당신이 무얼 하든 완벽하게 당신 자유예요. 우리는 결혼한 부부도 아닌 걸요."

마차 안에 무겁게 침묵이 내려앉았다.

앤서니는 자신을 다잡기 위해 안간힘썼다. 그리고 아주 낮은 목소리로 입을 열었다.

"그래요, 우리가…… 결혼한 부부는 아니죠."

그들은 영원과도 같은 시간 동안 서로를 바라보았다. 손끝 하나 움직일 수 없는 감각이 앤서니를 뒤덮었다.

에멀린이 불쑥 손을 뻗어 그의 손을 붙잡았다.

"맙소사, 우리가 왜 이러는 거죠? 화내고 싸우고……. 이건 우리답지 않아요. 라비니아 이모와 마치 씨를 닮아가는 것 같잖아요."

그가 그녀의 손을 꼭 붙잡았다.

"그래요, 당신 말이 옳아요. 이러는 건 우리답지 않아요."

"우린 그분들처럼 힘든 방식을 택할 필요가 없어요. 우리만의 길을 찾아야 해요."

그녀가 시험 삼아 미소를 보냈다.

그가 그녀의 손을 더 꼭 쥐었다.

"맞아요."

묵직하던 감각이 붕 날아감과 동시에 그의 영혼은 한없이 날아올랐다.

그는 부드럽게 그녀를 무릎에 끌어당겼다. 그녀가 반항 없이 화사한 미소를 지으며 그에게 이끌려왔다. 그는 천천히 깊숙한 키스를 전했다. 그녀의 입술이 솜털처럼 부드러웠다.

고개를 들었을 때 그의 호흡이 가빠져 있었다. 그녀의 눈동자는 나른하고 유혹적이었다.

그녀를 반대편 자리로 돌려보내기 위해서 그의 의지력을 모조리 동원해야 했다.

그들은 마차가 클레어몬트 레인에 도착할 때까지 말없이 손을 잡은 채였다. 앤서니는 마지막으로 꼭 잡아준 다음 에멀린의 손을 풀어놓고 문을 열었다.

에멀린이 내려서며 거리를 쳐다보았다.

"저기 봐요, 칠튼 부인이에요."

그도 고개를 돌려 허겁지겁 달려오는 가정부를 보았다. 칠튼 부인이 그들에게 미친 듯이 손을 흔들어대고 있었다.

에멀린이 걱정스레 눈살을 찌푸렸다.

"무슨 일이 생겼나요, 칠튼 부인?"

"아뇨, 아뇨, 아직 안에 들어가시면 안 돼요."

칠튼 부인이 헐떡이며 멈춰 섰다.

"지금쯤 끝났을 것 같긴 하지만 두 분이 아직 안에 계세요. 저와 같이 밖에서 좀 기다리셔야겠어요. 저쪽에 경치 좋은 벤치가 있어요."

"뭘 기다리라는 거예요? 무슨 얘긴지……."

에멀린이 고개를 갸우뚱했다.

"에멀린 양, 제가 말했잖아요, 두 분이 저 안에 함께 계신다구요."

에멀린이 현관문을 쳐다보았다.

"누가요?"

"레이크 부인과 마치 씨지 누구겠어요. 조금만 기다리면 될 거예요."

칠튼 부인이 고개를 흔들며 벤치 쪽으로 걸음을 옮겼다.

"무엇 때문에 저리도 오래 걸리는지는 신만이 아시겠지요. 굳이 물어보신다면 그 일에 이렇게 오래 걸릴 이유가 없답니다. 적어도 내가 젊을 때는 안 그랬어요."

"무슨 일에 시간이 안 걸린다는 거예요?"

에멀린은 이제 짜증이 난 목소리였다.

칠튼 부인이 앤서니에게 의미심장한 눈짓을 보냈다.

그는 단번에 그 의미를 알아차렸다.

"칠튼 부인 말이 맞아요."

그가 에멀린의 팔을 붙잡고 서둘러 가정부의 뒤를 따라갔다.

"벤치에 앉아 있기 좋은 날씨잖아요."

"이게 대체 무슨 소란이에요? 칠튼 부인, 무슨 일이냐구요?"

에멀린이 어리둥절한 표정으로 끌려갔다.

"다 제 잘못이에요. 그분들이 너무 가엾어서……. 항상 공원이나 정원이나 마차나 그런데서만 하셔야 했으니 다리도 온전치 않으신 분이 얼마나 힘드셨겠어요. 이맘때쯤에는 날씨도 변덕스러운데."

"날씨가 지금 이 상황과 무슨 상관이에요?"

"마치 씨가 오후 세 시쯤 들르겠다고 하셨더랬죠. 난 푹신한 침대가 있는 따뜻한 집 안에서 함께 할 시간을 조금 드리고 싶었을 뿐이에요."

칠튼 부인이 작은 한숨을 토해냈다.

"일종의 자선 행동 같은 거였죠. 그런데…… 세상에 단 몇 분보다 더 오래 걸릴지 누가 상상이나 했겠어요?"

앤서니는 웃음을 터트리지 않으려고 무진 애를 썼다.

"침대요? 마치 씨와 라비니아 이모님이?"

그제서야 에멀린도 알아차렸다. 그녀는 얼굴을 빨갛게 물들인 채 앤서니를 차마 바라보지 못했다. 하지만 이내 웃음을 터트리고 말았다.

"칠튼 부인, 정말 대단하세요. 이모가 당신의 그 호의를 알고 계신가요?"

"아뇨. 욕조에 들어가셨을 때 건포도 사러 간다고만 말씀드렸죠. 마치 씨가 금방 오실 줄 알았거든요. 그래서 문도 열어놨어요. 거의 한 시간 전에 그분이 도착하시는 걸 봤으니까, 지금쯤은 다 끝났을 거예요."

"당신이 너무 지나치게 편안함을 제공했던 모양입니다."

앤서니가 한 마디했다.

"그러게 말이에요."

칠튼 부인이 늦은 오후의 하늘을 올려보며 한숨지었다.

"비가 오지 않아서 그나마 다행이죠."

"맞아요, 바람이 좀 쌀쌀하긴 하지만요."

에멀린이 낡은 망토 자락을 여몄다.

칠튼 부인이 처음으로 그녀의 옷차림을 알아채고는 눈살을 찌푸렸다.

"어디서 그런 걸레조각을 구하셨어요?"

에멀린이 벤치에 내려앉았다.

"설명하자면 길어요."

칠튼 부인이 그 옆에 내려앉아 구슬프게 작은 집의 닫힌 현관문을 쳐다보았다.

"그래도 설명하시는 게 낫겠어요. 시간이 아직 많이 남은 것 같거든요."

토비어스는 한 팔로 라비니아를 끌어안고 다른 팔을 머리에 괸 채 누워 있었다. 시간이 늦어지고 있다는 건 알았지만, 지금 세상에서 제일 하기 싫은 일이 있다면 이 여자와 이 헝클어진 침대에서 빠져

나가는 것이었다. 이렇게 살아야 하는 건데 말이다…….

"아까 허드슨을 찾아갔었소."

그가 입을 열었다.

라비니아는 잠시 멍해 있다가 팔꿈치로 몸을 일으켜 그를 바라보았다. 그녀의 눈에서 나른한 만족감이 흐릿해지고 걱정이 담겼다.

"하워드 아저씨한테 간다는 말 안 했잖아요? 무슨 얘길 했어요?"

"당신에 대해서."

"나요?"

그녀가 가슴에 이불을 끌어 모으며 똑바로 일어나 앉았다.

"나에 대해서 뭘요?"

그는 그녀의 목에 걸린 은 펜던트를 만지작거렸다.

"그자가 당신을 원하는 것 같다고 했잖소. 그자는 실레스트의 자리에 당신을 끌어들이고 싶어해."

"난 그게 말도 안 되는 소리라고 했을 텐데요."

"이 문제만큼은 날 믿으시오."

"기가 막히는군요. 당신이 날 그 정도로 수치스럽게 만들었단 말이에요?"

그녀가 험악하게 인상을 찌푸렸다.

"정확히 하워드 아저씨한테 무슨 얘기를 한 거죠?"

그는 그녀를 잡아당겨 눕히고는 그녀의 위로 올라탔다. 그녀의 따뜻한 허벅지 사이에 다리 하나를 밀어 넣으며 두 손으로 그녀의 얼굴을 감쌌다. 그리고 입술을 내렸다.

"당신한테 흑심 품지 말라고 했소."

20분 후, 라비니아는 그를 배웅하기 위해 실내복을 걸쳐 입었다. 복도에서 마지막으로 한 번 더 그에게 키스했다.

"어서 가세요, 칠튼 부인이 금방 돌아올 거예요. 사실 칠튼 부인이나 에멀린이 아직까지 돌아오지 않은 게 행운이었어요. 무슨 일로 이렇게 늦어지는지 모르겠군요."

그가 피식 미소지었다. 열린 현관문이나 가정부가 사라져준 것으로 모종의 짐작을 할 수는 있었지만, 자신의 행운이라는 것만은 의심하지 않기로 했다.

"저녁에 봅시다. 무도회에 참석할 준비는 다 돼 있겠지?"

"그럼요, 한 시간 후에 드레스가 도착할 거예요. 조앤의 개인 미용사가 5시에 도착할 거고, 8시 30분에 마차가 올 거예요."

그가 고개를 끄덕였다.

"앤서니는 9시에 등장할 거요. 난 10시쯤 얼굴을 내밀 예정이고. 어떻소?"

"완벽해요."

그녀가 현관 밖으로 그를 밀어냈다.

"이제 어서 가세요."

그리고 그의 면전에 문을 닫았다.

그는 마지못해 계단을 내려서서 마차를 잡기 위해 거리를 걷기 시작했다.

반쯤 걸어갔을 때 옹기종기 모인 낯익은 얼굴들을 알아보았다. 에멀린, 앤서니, 칠튼 부인이 애써 태연한 척 그를 향해 걸어오는 중이었다. 앤서니는 주머니 시계를 꺼내 시간을 확인하는 제스처를 취했다.

토비어스는 그를 무시한 채 에멀린과 칠튼 부인에게 아는 체했다.

"마치 씨."

에멀린이 우아하게 미소지었다.

"만나서 반가워요. 뜻밖이로군요."

"반갑소, 에멀린 양."

그가 멈춰 서서 고개를 기울였다.

"좋은 날씨로군요, 칠튼 부인. 건포도를 사러 나갔다고 들었소."

"마치 씨께서 건포도 잼을 좋아하시잖아요."

그녀가 중얼거렸다.

"당신이 만든 건 무엇이든 맛있소. 게다가, 내가 좋아하는 건포도를 사기 위해서 굳이 오늘 오후의 시간을 택해 나가준 것에 대한 친절에도 감사하오. 앞으로 더 많은 잼을 만들고 싶어지길 바랄 뿐이오."

"그건 날씨에 달렸지요."

"날씨?"

그녀가 책망하는 시선을 던졌다.

"춥거나 비가 오는 날에는 좋은 건포도를 살 수 없어요. 그걸 염두에 두시기 바랍니다."

"꼭 기억하리다."

25

그날 저녁 9시 30분, 크랙번은 천천히 신문을 내리며 토비어스를 바라보았다.

"이번 사건이 잘 풀리지 않는 모양이지?"

토비어스가 벽난로의 선반에 기대서서 불길을 응시했다.

"라비니아가 그렇게 매달리지만 않는다면 그 빌어먹을 사건을 불구덩이에 처박고 싶은 심정입니다."

"어떻게 할 셈인가?"

"이 망할 놈의 사건을 해결해서 허드슨이 살인자라는 증거를 찾아내고 그녀에게 그자의 진면목을 보이는 수밖에는 별달리 할 일이 없습니다."

"오랜 친구가 악당으로 밝혀지는 것을 그녀가 좋아하지 않을 텐데."

토비어스는 클럽을 가로질러 그들 쪽으로 걸어오는 배일 경을 알아차렸다.

"그럴지도 모르죠."

"펠링 건은 어떻게 됐나?"

크랙번이 물었다.

"그 건도 새로운 게 없어요. 앤서니가 펠링의 창녀를 찾으려고 백방으로 노력중인데, 그 여자가 완전히 사라진 것 같단 말이죠. 하지만 여인숙의 마구간지기가 한 말로 미루어 보면, 그냥 볼일 보러 런던에 온 것 같기도 해요."

"그런데도 그자의 존재가 거슬리는 모양이군."

토비어스는 배일에게서 시선을 떼지 않았다.

"라비니아의 과거에서 두 남자가 똑같은 시기에 런던을 찾아왔다는 게 지나친 우연의 일치 같거든요."

"자넨 항상 우연의 일치를 못미더워했어."

크랙번이 지적했다.

"하지만 약간의 논리를 적용해 보자구. 펠링이 라비니아를 찾는 듯한 행동을 한 적이 있던가?"

"아뇨."

"그녀에게 연락한 적도 없었어."

"그렇죠."

"그녀는 팔 몰이라는 아주 자연스런 장소에서 언뜻 본 이후로 그자를 만난 적이 없어."

"그래요."

"그럼 런던에 온 게 아주 일상적인 일일 가능성이 커. 어쩌면 새로운 신부감을 쇼핑하러 나왔는지도 모르지."

토비어스가 눈살을 찌푸렸다.

"그런 가능성은 생각 못했습니다."

배일이 벽난로의 다른 쪽에 멈춰 서서 크랙번에게 고개를 끄덕여 보인 다음 토비어스에게 정중하게 묻는 시선을 보냈다.

"지금 도브 부인의 무도회장에 가려던 참인데 내 마차로 함께 가시겠소?"

토비어스는 어렵사리 놀라움을 숨기며 벽난로 선반에서 팔을 떼어 냈다.

"그래주시면 저야 고맙지요. 이런 안개 낀 날에 마차를 잡으려 고생할 필요가 없으니까요."

"즐겁게들 보내시게."

크랙번이 안경을 걸쳐 썼다.

"양쪽 숙녀들에게 안부도 전해주시게."

"지금으로선 숙녀를 만나게 될 것 같지 않군요."

배일 경이 중얼거렸다.

"상관없다오. 도브 부인과 레이크 부인은 지극히 흥미로운 여성들인 것 같으니까."

크랙번이 대꾸했다.

"흥미롭다는 말은 숙녀를 묘사하기에 다소 이상한 표현이로군요."

"내 나이쯤 되면 흥미로운 숙녀가 가장 매력적인 여성이라네."

크랙번이 신문을 탁 펼쳤다.

"잘들 가시게."

토비어스는 배일과 같이 클럽 밖의 안개 자욱한 밤거리로 나섰다. 매끈한 마차와 우아한 두 필의 말이 기다리고 있었다.

"크랙번은 누구보다 먼저 가장 최근의 소식을 아는 것 같소."

배일 경이 먼저 마차로 올라 자리잡았다.

"경이로울 정도요. 당신에겐 커다란 정보 밑천이 되겠소."

토비어스는 문틀을 붙잡고 다리의 통증을 완강하게 무시하며 마차로 올랐다. 편안한 쿠션에 다행스럽게 내려앉으며 자신의 마차를 갖게 될 날을 다소 황홀하게 예견해 보았다. 라비니아를 태우고 오랫동안 시골길을 달리기도 하고, 은밀하게 커튼을 내리고 몇 시간씩 푹신한 쿠션에서 사랑을 나눌 수도 있으리라.

"때때로 도움이 되긴 하지요."

그가 인정했다.

마차가 안개 속으로 출발했다.

배일 경은 갈색의 벨벳 좌석에 등을 기댔다.

"핵심을 아는 사람이오. 흥미로운 레이디에 대한 말도 그렇고."

"동감입니다. 하지만 내 경험상 흥미롭다는 건 일반적으로 완강하고 고집스럽고 예측이 불가능하다는 뜻이지요."

배일이 기분 좋게 고개를 끄덕였다.

"그 말도 맞는 것 같소."

토비어스는 마차의 은은한 불빛 속에서 그를 살펴보았다.

"이 마차를 태워주셔서 고맙긴 하지만, 오늘밤 조앤의 무도회에 참석하기로 한 이유가 푸른 메두사일지 아니면 도브 부인일지 궁금해지지 않을 수가 없군요."

"난 끈기 있는 사내요, 마치."

배일이 창 밖의 까만 풍경을 내다보았다.

"일 년을 기다려왔소. 그 정도면 충분히 긴 시간이었다고 생각하는데, 그렇지 않소?"

"그건 당신이 뭘 기다렸느냐에 따라 다를 겁니다."

토비어스가 대답했다.

20분 후 그는 배일 경과 같이 웅장한 계단 위에 멈춰 섰다. 우아한 차림새의 손님들을 내려다보며 라비니아의 빨간 머리를 찾아보았다. 수많은 인파들 속에서 그녀를 찾는다는 게 간단한 작업은 아니었지만 저 아래 어딘가에서 흡족해 하고 있으리라는 건 의심의 여지가 없었다. 이 무도회는 그녀의 예쁜 질녀를 위한 또 하나의 성공적인 사교 모임이었다.

무도회장 전체가 커다란 세 개의 샹들리에의 불빛들로 반짝거렸다. 숙녀들의 드레스가 화사한 보석들처럼 어우러졌고, 무도회장의 내부를 아우르는 발코니에서 음악가의 연주가 사방으로 번져나갔다.

댄스 플로어에서 에멀린의 모습이 눈에 띄었다. 그녀는 토비어스가 알지 못하는 남자와 춤을 추는 중이었다. 앤서니가 좋아하지 않겠는 걸.

그렇다면 앤서니는 지금 어디에 있는 걸까. 레모네이드를 가지러 간 거겠지, 틀림없이.

"오늘의 주인공이 우릴 기다리고 있군요."

배일 경이 계단 발치에서 손님을 맞이하는 조앤을 찾아냈다.

"내려가 볼까요?"

토비어스가 흘깃 조앤을 쳐다보았다. 오늘밤 그녀에게는 왠지 다른 분위기가 풍겼다. 하지만 그 이상한 점이 무엇일까 판단하기도 전에 뒤에서 그의 이름을 부르는 목소리가 들렸다.

"토비어스."

돌아서자 앤서니가 발코니를 따라 황급히 다가오고 있었다.

"잠깐만요, 할 말이 있어요."

배일 경이 짐짓 눈썹을 들어올렸다.

"먼저 내려가시지요. 전 나중에 합류하겠습니다."

토비어스의 제안에 따라 그가 고개를 끄덕이고는 조앤을 응시하며 계단을 내려가기 시작했다.

앤서니가 토비어스의 옆에 도착했다. 무도회에 알맞은 옷차림이었지만, 안개 속을 뚫고 달려온 듯 머리카락이 젖어 있었고 그의 눈동자에 흥분이 번득였다.

"지금 온 거냐? 일찌감치 와서 에멀린한테 꼬여드는 사내들을 쫓아내겠다고 했잖아."

"그녀를 찾았어요."

앤서니의 목소리에 흥분과 승리감이 뒤섞였다.

"나도 방금 찾았다. 아래층 댄스 플로어에 있더구나. 앤서니, 오늘밤 도브 부인이 어딘지 이상한 것 같지 않니?"

앤서니의 시선이 잠시 옮겨갔다.

"뭐가요?"

"확실하진 않아. 왠지 달라 보이거든."

"푸른 옷을 입었네요."

"그래, 그건 나도 알아. 그게 내 질문과 무슨 상관이냐?"

앤서니가 씩 웃었다.

"상복처럼 보이지 않는 옷을 처음으로 입었잖아요."

"그렇군, 그래서 배일 경의 기분이 좋아진 거로군."

그가 돌아섰다.

"아까 무슨 얘기를 하려던 거였냐?"

"매춘부 말이에요. 펠링이 런던에서 어울린다던 매춘부. 그 여잘 찾았어요."

"왜 진작에 말하지 않았어?"

토비어스의 감각들이 즉시 날카로워졌다.

"그 여자와 얘기해봤냐?"

"아뇨, 여기 오려고 클럽을 나서려는데 마침 꼬마 하나가 날 기다리고 있더라구요. 내가 만났던 여자들 중 한 명이 연락을 보낸 거예요. 그 여자를 만나고 오느라 늦었어요."

"이런 밤에 일하러 나올 정도면 꽤나 살기 빡빡한 모양이군."

"술집에서 만났는데, 우리가 찾는 여자 이름이 매기라고 하더군요, 주소도 알아냈어요."

앤서니의 인상이 잠시 일그러졌다.

"물론 수고비를 줘야 했지만."

"사는 곳이 어디야?"

"커트 레인이에요. 거길 아세요?"

"알지."

토비어스는 확실하다는 감각이 스멀스멀 기어드는 느낌이었다. 그 바로 아래에서 에너지가 용솟음쳤다. 그가 앤서니의 어깨를 움켜잡았다.

"잘 했다, 넌 에밀린 양과 즐겁게 보내. 난 가봐야겠어."

앤서니의 흥분이 다소 사그라졌다.

"지금 만나려구요?"

"그래."

"나중에 가면 안될까요?"

앤서니가 불안한 표정을 지었다.

"레이크 부인이 기다리실 텐데요. 나를 보면 매형에 대해서 물어볼 테고, 그럼 난 뭐라고 말하냔 말이에요?"

"클럽에서 늦어진다고 말해."

"하지만……."

"걱정 마라, 너한테 캐묻진 않을 거야. 클럽에서 미적거리는 건 신사들이 흔히 사용하는 핑계야. 어떤 경우에든 어떤 상황에서든 먹히는 핑계."

"레이크 부인은 받아들일 것 같지 않은데요."

"걱정도 팔자로구나."

토비어스는 앤서니가 더 이상 반대하기 전에 얼른 문 쪽으로 발길을 옮겼다.

밖으로 나서자 안개가 전보다 더 짙어져 있었다. 그 묵직한 안개가 집의 밝은 불빛들을 빨아들여 꿰뚫을 수 없는 장벽 속에 세상을 가둬둔 듯했다. 광장의 작은 공원조차 분간할 수 없었다.

몇몇 마차가 고급스런 개인 마차들의 행렬 뒤에서 요행을 바라며 대기 중이었다. 그는 그 중 하나를 잡아 최대한 빨리 커트 레인으로 가자고 지시했다.

마차에 오를 때 그의 다리가 심각한 통증을 호소했다. 이렇게 눅눅한 밤이면 항상 지불해야 하는 대가였다. 그는 털썩 좌석에 앉아 문을 닫고 무심히 아픈 허벅지를 문질렀다.

마차가 움직이지 않는걸 알아차리고는 그가 짜증스럽게 지붕을 두드렸다.

갑자기 마차 문이 활짝 열렸다. 짙은 자주색 드레스 차림의 라비니아가 서 있었다. 흡사 복수의 화신 같은 표정이었다. 그의 개인적인 복수의 여신이라 해도 과언이 아니었다.

"손 좀 잡아주세요, 마치. 당신이 어딜 가든 절대로 혼자 갈 수는 없답니다. 우리가 파트너라는 걸 간혹 잊어버리는 습관이 있으신가 보죠?"

26

그녀는 그의 기분이 결코 유쾌하지 않다는 걸 단박에 알아차렸다, 하지만 무시하기로 결정했다. 그녀 또한 그에 못지 않게 불쾌한 기분이었으니까.

그녀가 자리에 앉았고 그가 마차 문을 닫았다. 마차가 앞으로 덜컹 움직이기 시작했다. 토비어스는 좌석에 놓인 담요를 펼쳐 그녀에게 건넸다.

"이거라도 덮으시오. 그 옷은 따뜻한 무도회장에서나 입을 만한 차림이잖소."

"당신이 서두르지만 않았다면 망토를 가지러갈 시간쯤은 생겼을 거예요."

담요가 비교적 깨끗해 보여서 다행이었다. 재빨리 담요를 어깨에 걸치자 고마운 온기가 전해졌다. 토비어스는 구석에 몸을 기대고 가느다란 눈으로 그녀를 지켜보았다.

"난 발코니에서 당신을 기다리고 있었어요."

그의 말없는 질문에 대해 그녀가 대답했다.

"당신과 배일 경이 입장하는 걸 봤어요. 그 다음에 앤서니가 당신을 막아 세우더군요. 잠시 후에 당신이 서둘러 밖으로 나갔죠. 그 즉시 난 당신이 사건의 열쇠를 찾아 떠나는 거라는 걸 알았어요. 어디 가는 거죠?"

"매기라는 이름의 창녀를 만나러."

그가 억양 없이 중얼거렸다.

"한 마디 덧붙이자면, 그녀는 메두사 사건과 아무 관련이 없소."

"헛수고 마세요. 내가 그런 헛소리를 믿을 것 같아요? 그 사건 때문이 아니라면 당신이 왜 이런 밤중에 창녀를 찾아가겠어요……."

그녀가 불쑥 말을 멈추고 입을 떡 벌렸다. 남자가 창녀를 찾아가는 데에는 분명히 한 가지 이유가 있음이 떠올랐던 것이다. 끔찍한 고통이 그녀의 몸 속에 또아리를 푸는 뱀처럼 번져나갔다. 그 후에는 공허한 무감각이 찾아들었다. 그녀는 할 말을 잃은 채 멍하니 토비어스를 쳐다보았다.

"아니, 내가 창녀를 찾아가는 이유는 그게 아니오. 적어도 그 정도는 날 믿어줄 만 할 텐데."

이제 안도감이 몸 속으로 번져갔다. 당연히 토비어스는 창녀와 놀아나지 않는다. 그녀를 배신하지 않을 것이었다. 그런데 그게 왜 중요한 거지? 그녀는 의지력을 모아 산산이 흩어진 감각들을 모아들였다. 여전히 당황스런 감각에 빠져 담요를 움켜잡았다.

"그럼 이유를 말해봐요, 토비어스. 나도 알 권리는 있다고 생각해요."

그는 대답하지 않을 거라고 생각될 만큼 아주 오랫동안 그녀를 물끄러미 응시했다.

"당신 말이 맞소."

마침내 그가 입을 열었다.

"당신은 알 권리가 있어. 간단히 말하자면, 매기라는 여자는 펠링이 런던에 있는 동안 몸을 대주고 있소."

그녀는 입을 떡 벌리고 그를 바라볼 뿐이었다. 이건 매력적인 표정이 아니야, 그녀가 얼른 자신을 추스렸다.

"오스카 펠링 말인가요?"

"그렇소."

"이해가 안 되는군요."

그는 창턱에 한 팔을 기댔다.

"그자가 런던에 있는 동안 눈여겨보는 게 낫다고 판단했소. 앤서니가 알아본 바로는, 펠링이 어떤 창녀를 찾아간다더군. 그래서 내가 그 여자를 만나보려는 거요."

"왜요? 알아내고 싶은 게 뭔가요?"

그가 어깨를 으쓱했다.

"별로 기대하는 건 없소. 하지만 펠링과 허드슨이 동시에 런던에 등장한 게 마음에 걸려."

"단순한 우연이라고 했잖아요."

"당신은 그렇게 확신했지만, 난 그다지 확신이 들지 않소."

"그래서 펠링의 행동을 뒷조사했어요?"

"그렇소."

그녀는 무어라 말해야 할지 알 수 없었다. 토비어스가 이쪽 방면으로 조사중이었다는 걸 말하지 않은 일에 대해 항의해야 한다고 생각했다. 하지만 그는 그녀를 걱정해서 이런 일을 벌인 거였다. 설교는 나중으로 미루는 게 나을 듯했다.

"아직 알아낸 게 없는 모양이군요."

"솔직히 매기에 대해서 약간 걱정스러워지기 시작했소. 펠링과 가까이 하는 여자는 나쁜 결말을 보곤 하잖소. 앤서니가 그 여자를 찾는데도 무진 애를 먹었소."

그녀가 부르르 몸을 떨었다.

"무슨 말인지 알겠어요."

"그 여자가 안전한지 확인해보고 싶소. 펠링이 런던에서 하는 일에 대해서도 몇 가지 물어보고."

그녀가 호기심 어린 시선을 던졌다.

"그자가 날 찾으려한 것도 아니잖아요. 찾을 이유도 없죠. 전에는 아내의 자살을 내 탓으로 돌리고 싶었겠지만, 지금은 나한테 관심이 있을 리 없어요. 오히려 날 피하고 싶어할 거예요."

"그걸 알면서도, 난 이 상황이 마음에 들지 않소."

그녀가 살짝 미소지었다.

"그런 것 같군요."

토비어스가 안개 낀 거리를 내다보았다.

"그게 이 탐정 직업의 아주 짜증스러운 점이오. 계속 바둥거리면서 해답이 나올 때까지 물고 늘어져야 직성이 풀리거든."

"우리 관계랑 비슷하네."

그녀가 조그맣게 중얼거렸다.

그가 고개를 돌렸다.

"뭐라고 했소?"

"별 말 안 했어요. 개인적인 사견이었어요."

그녀는 애써 가벼운 미소를 지어 보였다, 하지만 속으로는 홍겨운 기분이 아니었다. 그들의 관계는 참으로 이상했다. 그들 둘 다 겁쟁이도 아닌데 사적인 관계에서만큼은 구석구석 위험이 도사리고 있는 위험지대를 가로지르려는 것처럼 너무 조심스럽게 굴고 있었다.

하지만 어쩌면 그게 그녀만의 견해일지도 모른다는 생각이 들었다. 그녀가 아는 한, 토비어스는 그들의 관계에 대해서 걱정스럽거나 복잡해 보이지 않았다. 어차피 그는 남자였다. 남자들이 여자보다 감정적으로 더 간단한 듯했다. 비록 그가 장소에 대해서 가끔 불평하긴 하지만, 어쨌든 그는 정기적으로 육체적인 욕구를 해소하고 있었다. 그에게는 그걸로 충분할지 모른다.

그들은 커트 레인에 이를 때까지 말없이 앉아 있었다. 마차가 멈춘 곳은 단 하나의 가스등이 켜진 음침한 골목의 어귀였다. 몇몇 창문에 촛불이 켜졌고, 얇은 커튼 뒤에서 사람의 형상이 꿈틀거렸다.

토비어스가 문을 열고 밖으로 나서서 일단 라비니아의 허리를 잡아 마차에서 내려주었다. 그런 다음 마부에게 동전 몇 개를 던져주었다.

"오래 걸리지 않을 거요. 기다리시오."

"그럽죠."

마부가 동전을 세어보고 나서 만족스러운 듯 재빠르게 주머니로 집어넣었다.

"여기서 기다리겠습니다, 나리."

"들어갑시다."

토비어스가 라비니아의 팔을 잡아 이끌었다.

"매기를 빨리 찾을수록 더 빨리 무도회장으로 돌아갈 수 있소."

그 점에는 반박할 이유가 없었다. 그녀는 숄처럼 담요를 어깨에 두르고 그의 옆으로 따라붙었다.

좁은 통로의 창문들 사이로 이따금씩 랜턴과 촛불 빛이 새어나왔다. 토비어스는 돌문 앞으로 다가가서 고리쇠를 두드렸다. 그 소리가 어둠 속에서 으스스하게 메아리쳤다.

대답이 없었다, 하지만 위층의 창문 열리는 소리가 들리더니 여자 하나가 촛대를 손에 쥐고 목을 내밀었다. 그 작은 불빛이 깊은 우물 속에 빠진 듯하게 날카로운 얼굴의 윤곽과 눈동자를 비추었다.

느슨하게 묶은 실내복 차림으로 옷자락이 벌어져 앙상한 어깨와 빈약한 가슴을 드러냈다. 이 골목에서 흔히 볼 수 있는 풍경이었다.

그 매춘부가 술 취한 목소리로 소리쳤다.

"거기, 놀러 오셨수?"

토비어스가 문에서 한 걸음 뒤로 물러났다.

"우린 매기를 찾고 있소."

"하, 그럼 운이 좋으시네요. 내가 바로 매기예요."

매기가 위태위태하게 창 밖으로 몸을 내밀었다.

"그런데 하나는 여자잖아. 여자들이 하는 걸 보는 취향이신가? 그럼 요금을 더 줘야 하는데."

"당신과 얘길 하고 싶을 뿐이에요."

라비니아가 얼른 입을 열었다.

"물론 시간당 요금은 드릴게요."

"얘기, 얘기라고 했어?"

매기가 한동안 생각하는 듯하더니 어깨를 으쓱했다.

"돈만 낸다면야, 어려울 것도 없지. 올라오세요, 위층 첫번째 방으로."

토비어스의 손놀림에 쉽사리 문이 열렸다. 라비니아는 그의 어깨 너머로 홀끔 고개를 내밀어 좁다란 계단과 복도를 확인했다. 벽의 촛대머리에 희뿌연 양초 하나만이 달랑 꽂혀 있을 뿐이었다.

"부디 과다한 요금을 지불할 생각은 말아주시오. 특히 나한테 돈을 내라고 할 작정이라면."

토비어스가 말했다.

"당신이 낼 수밖에 없죠. 난 오늘밤 땡전 한푼 없는 걸요. 무도회장에 돈을 들고 참석하는 숙녀는 없답니다."

"왠지 전혀 놀랍지가 않군."

그는 그녀를 먼저 들여보내고 문을 닫은 다음 그녀의 뒤를 따랐다.

라비니아가 계단을 오르기 시작했고, 토비어스가 두 계단 아래쯤에서 뒤따랐다. 네 번째 계단을 밟았을 무렵 뒤쪽에서 문이 우지끈 열리는 소리가 들렸다.

깡패처럼 차려입은 남자 둘이 복도로 쳐들어왔다.

그리곤 곧장 토비어스에게 달려들었다. 어둠침침한 불빛 속에서 두 개의 칼날이 소름끼치게 번쩍였다.

"토비어스, 조심해요."

그는 대답하지 않았다. 공격에 대응하느라 정신이 없었던 것이다.

그가 한 손으로 난간을 움켜잡아 몸의 균형을 유지하며 한 발을 냅다 뻗었다.

그 발길질이 첫번째 남자의 가슴을 정통으로 가격했고, 그자가 숨을 몰아쉬며 뒤로 비틀거리다가 뒤쫓아오던 한패와 부딪혔다.

"비켜, 이 멍청아."

두 번째 사내가 그를 옆으로 홱 밀치고는 토비어스에게 날아들었다. 그의 팔이 짧게 원을 그리는 동시에 칼날이 공기를 내갈랐다.

토비어스가 다시 발을 걸어찼다. 두 번째 사내가 뱀처럼 쉭쉭 소리를 내며 잽싸게 공격을 피했다.

"라비니아, 매기 방으로 들어가서 문을 잠가."

토비어스가 뒤도 돌아보지 않고 소리쳤다.

그리곤 가까이 있는 깡패에게 몸을 날렸다. 두 남자가 쿵 소리와 함께 뒤엉켜 계단 발치에 떨어져서 벽에 부딪혀가며 데굴데굴 뒹굴었다.

계단 위의 문이 열리고 촛대를 든 매기의 모습이 나타났다.

"무슨 일이에요?"

그녀가 불분명한 목소리로 다그쳤다.

"이거 봐요, 소란 피우지 말란 말이야."

라비니아가 담요를 내던지고 치맛자락을 모아쥔 다음 위층으로 달려 올라갔다.

"촛대 좀 줘요."

그녀가 매기의 손에서 그걸 빼앗았다.

"뭐 하려고?"

"오, 제발요.."

라비니아가 촛농이 뚝뚝 떨어지는 양초를 빼서 매기의 손에 밀어넣었다.

"앗 뜨거."

매기가 손가락을 입으로 올렸지만, 라비니아는 그 여자에게 신경 쓸 겨를이 없었다. 정신없이 촛대를 움켜쥐고 계단으로 되돌아갔다.

토비어스와 두 번째 깡패가 데굴데굴 구르는 게 보였다. 칼날에 닿은 불빛이 춤을 추었다.

첫번째 깡패가 계단·발치에서 일어나 앉았다. 다소 멍한 표정이었지만, 토비어스의 발길질에서 빠르게 정신을 되찾아 가는 게 분명했다. 그자가 떨어진 단검을 주워들고 난간에 의지해서 일어났다. 그리곤 조용히 엉켜 붙은 사내들을 살펴보았다. 동료를 구할 절호의 기회를 노리는 것이었다.

라비니아는 계단 발치의 남자가 돌아보지 않기를 기도하며 촛대를 높이 들어올렸다.

토비어스와 깡패가 다시 한 번 격렬하게 몸을 굴렸다. 한 명의 신음 소리가 터졌다. 라비니아는 그 고통스런 신음의 주인공이 누구인지 알 수 없었다. 분노와 두려움에 사로잡혔을 뿐이었다.

그녀는 바닥에서 두 번째 계단에 도착하여 있는 힘껏 촛대를 휘둘렀다.

마지막 순간 그 남자가 뒤에서의 공격을 감지한 듯, 확 돌아보며 한 팔로 공격을 막으려 했다.

하지만 이미 늦었다. 촛대가 그 사내의 옆통수를 강하게 스치며 어깨에 섬뜩한 일격을 가했다. 사내가 벽 쪽으로 휘청휘청 물러났고, 단검이 쨍그랑 바닥으로 떨어졌다.

한순간 라비니아와 그 사내가 서로를 노려보았다. 그 후에 그자의 깨진 머리에서 주르륵 피가 흘렀다.

"이년이."

격분한 사내가 두 손을 올리며 그녀에게 달려들려 했다. 하지만 어색하고 불안정한 움직임이었다.

라비니아는 난간을 힘껏 쥐고서 몇 걸음 위로 몸을 올렸다. 다시 한 번 촛대를 들어올려 공격할 태세를 갖췄다. 그 사내가 무기를 보고 머뭇거리는 사이, 토비어스가 계단 밑의 어둠 속에 커다랗게 나타나 그 사내의 어깨를 쥐고 휙 돌려세우고는 그의 턱에 주먹을 박아 넣었다.

사내가 비명을 지르며 비틀비틀 문으로 돌진했다. 두 번째 사내가 그보다 먼저 문을 열고 밖으로 뛰쳐나갔다.

두 명의 형체가 안개 속으로 사라졌다. 타닥타닥 울리는 발소리마저 잠시 후에 사라졌다.

라비니아는 쿵쾅거리는 심장을 진정시키며 토비어스를 머리부터 발끝까지 살펴보았다. 그의 크러뱃이 풀어졌고, 외투 앞섶에 핏물이 묻어 있었다.

"피가 나요."

그녀가 서둘러 계단을 뛰어내렸다.

"내 피가 아니오."

그가 크러뱃 자락을 잡아당겨 옆으로 던져버렸다.

"당신 괜찮아?"

"난 괜찮아요. 당신 정말 안 다쳤어요?"

그녀가 더듬더듬 그의 얼굴을 매만졌다.

"그런 것 같아."

그가 험악하게 인상을 찌푸렸다.

"매기 방으로 들어가라고 했잖소."

"그놈들이 당신을 죽이려 덤벼드는데, 당신이 최후를 맞이하는 동안 나더러 방에 들어가서 조용히 기다리라는 거예요? 다시 한 번 강조하겠는데, 우린 파트너예요."

"빌어먹을. 라비니아, 당신이 다칠 뻔했잖소."

매기가 계단 위에서 키득거렸다.

"내가 보기엔, 여자분 덕분에 사신 것 같은데요."

"당신한테 물어본 적 없소."

토비어스가 투덜거렸다.

"싸움은 나중에 하기로 해요. 잊어버리신 모양인데 우린 여기서 할 일이 있답니다."

라비니아가 씩씩하게 말했다.

그는 조심스럽게 턱을 매만졌다.

"잊지 않았소."

그런 다음 매기에게 시선을 올렸다.

"아까 그놈들이 누군지 아시오?"

매기가 고개를 흔들었다.

"한 번도 본 적 없어요. 강도들이 당신들을 점찍고 따라온 거겠죠. 이리 올라오세요, 아직도 나한테 물어볼 기분이 난다면요."

토비어스가 계단을 오르기 시작했다.

"물론이오, 반드시 물어봐야겠다는 기분이오."

그들은 간이 침대 하나, 세면대, 테이블과 의자 몇 개, 작은 트렁크가 고작인 방으로 매기를 따라 들어갔다. 뚜껑 열린 술병이 테이블에 놓여 있었다.

라비니아는 매기에게 촛대를 돌려준 다음 식은 벽난로 가까운 의자에 자리잡았다. 토비어스는 창으로 걸어가 골목을 내려다보았다.

"오스카 펠링이라는 남자에 대해서 물어보고 싶소."

그가 돌아서지도 않은 채 입을 열었다.

"그자가 지난 며칠 동안 당신의 서비스를 받았다던데."

"펠링, 그 개 같은 자식."

매기가 촛대에 양초를 끼워 테이블에 올리고 나무 의자에 앉아 술병을 집어들었다.

"몇 번 손님으로 받긴 했지만, 다시는 안 받아. 그자식이 한 짓을 생각하면……."

"그자가 무슨 짓을 했는데요?"

라비니아가 물었다.

"날 이렇게 만들어 놨어."

매기가 얼굴이 잘 보이도록 고개를 돌렸다.

"덕분에 며칠 동안 일도 못했다구."

처음으로 매기의 눈두덩이 시퍼렇게 변색된 걸 알아차렸다.

"맙소사, 당신을 때린 거예요?"

"그렇다니까."

매기는 술을 한껏 들이켰다.

"이런 데서 일하려면 웬만한 건 참아야 돼요, 하지만 나도 참을 수 없는 게 있어. 나한테 손찌검하는 놈은 안 받아, 아무리 돈 많은 놈이라도 싫어."

토비어스가 돌아서서 차분한 시선으로 매기를 지켜보았다.

"펠링이 언제 그랬소?"

"마지막으로 나한테 왔을 때."

그녀는 기억을 되살리려는 듯 얼굴을 찡그렸다.

"지난 수요일이었던 것 같은데. 아니, 목요일이었어요. 전에 왔을 때는 그런 대로 얌전하게 굴었죠, 약간 거칠긴 하지만 심하지는 않게. 그런데 지난번에는 발작을 일으키더라구요."

"발작?"

라비니아가 조심스레 되뇌었다.

"완전히 미친 놈 같았어요. 조금 놀려줬을 뿐인데……."

매기가 술잔에 더 가득 따라 부었다.

"이유가 뭐였소?"

토비어스가 물었다.

"음, 평소보다 늦게 왔더랬어요. 난 막 자려던 참이었죠. 문소리가 나서 창 밖을 내다봤는데 슬쩍 봐도 기분이 아주 고약한 것 같았죠. 쫓아버릴까 생각도 했지만 두둑하게 쥐어주는 손님이니 어쩌겠어요. 자기가 부자라고 얼마나 자랑을 해대던지."

그녀가 다시 술을 들이켰다.

"당신이 그 사람을 놀렸다구요?"

라비니아가 부드럽게 본래의 주제를 일깨워주었다.

"난 기분을 풀어주려고 했던 거예요. 그런데 오히려 역효과가 났죠. 날 끔찍하게 두들겨 팼어요, 여자들이 어쩌구 이상한 욕을 해대면서. 머리에 뱀이 달렸다는 둥 그 눈을 보면 돌로 변한다는 둥."

매기가 부르르 몸서리쳤다.

"완전히 미친 새끼였다니까. 내 친구가 내려와 보지 않았더라면 어떻게 됐을지 생각하기도 싫어요."

라비니아는 펠링의 아내 제시카가 최면 상태에서 털어놓았던 끔찍한 폭력을 떠올렸다.

"친구가 제때 와줘서 다행이었군요."

"그래요. 그자식한테 죽을 뻔했어요."

"그 후에 펠링이 어떻게 하던가요?"

"그냥 돌아서서 너무나 태연스럽게 가버리더라구요. 재미 좀 봤다, 이런 식으로. 솔직히 기분이 더 좋아진 것 같았어요. 그 후에는 다시 오지 않았고. 하나님께 감사할 일이죠."

토비어스는 생각에 잠긴 표정이었다.

"어떤 말로 놀렸는지 말하지 않았잖소."

"별 것도 아니었어요."

매기가 코를 찡그렸다.

"그 말에 왜 그렇게 폭발했는지 아직도 이해할 수가 없다니까."

"그 별 것 아닌 게 어떤 내용이었는데요?"

라비니아가 물었다.

"크러뱃에 대한 거였죠."

라비니아는 몸 속의 피가 차갑게 식은 느낌이었다.

창가에 선 토비어스도 꼼짝 하지 않았다. 먹이의 냄새를 맡은 사냥개 같았다.

"펠링의 크러뱃에 대해서?"

"그날 크러뱃을 안하고 왔더라구요. 클럽이나 어디 무도회장에서 방금 나온 사람처럼 제대로 입었더구만, 크러뱃은 안 묶었더라구요."

라비니아와 토비어스의 시선이 마주쳤다.

'맙소사, 어떻게 된 거야?'

"그게 이상해 보였어."

매기가 멍청한 목소리로 말을 이었다.

"시종이 옷을 챙겨주지 않은 것처럼 말이죠. 그래서 날 얼마나 보고 싶었길래 오기도 전에 옷부터 벗기 시작했냐고 놀렸죠. 아니면 오는 길에 크러뱃을 잃어버린 거냐고. 그랬더니 갑자기 미친 사람으로 돌변했다구요."

27

"관련이 있어."

토비어스가 라비니아의 뒤로 마차에 올라 문을 닫았다.

"허드슨과 펠링 사이에 틀림없이 관련이 있어. 당신을 아는 두 남자가 한꺼번에 나타난 것만 해도 너무 지나친 우연의 일치였어."

그의 눈에서 이글거리는 기대감이 그녀를 불편하게 했다. 그녀가 이 남자의 외면 바로 밑에 잠재된 위험스런 부분을 가장 날카롭게 인식할 때가 바로 이런 순간이었다. 그를 두려워하는 것은 아니었다. 그 반대로 그의 안전이 걱정스러웠다. 이렇게 피가 용솟음칠 때면 그는 기꺼이 위험을 감수하는 경향이 있었다.

"천천히 신중하게 접근해야 돼요. 실레스트가 목 졸려 죽은 날 펠링이 크러뱃을 잃어버린 게 너무 이상한 우연의 일치라는 건 인정해요. 하지만 펠링과 실레스트가 어떻게 연결될 수 있겠어요?"

"이유는 모르지만, 펠링도 메두사 팔찌를 찾아다니는 것 같소. 그래서 허드슨 부부에게 그걸 훔치도록 한 거야. 어쩌면 실레스트의 애인이 됐을지도 모르고. 하여튼 그녀는 그날 밤 펠링을 만나러 갔고 그자가 여자를 죽였소. 싸움이 일어났거나 더 이상 쓸모가 없다는 판단을 내린 거겠지."

"그 후에 그녀가 물건을 딴 곳에 숨겼다는 걸 뒤늦게 알아차린 거구요?"

"그게 논리적인 설명이오."

그녀가 한 손을 들어올렸다.

"꼭 그렇지는 않아요. 잠깐 생각해 봐요, 토비어스. 하워드가 펠링에 대해서 알았다면, 펠링이 살인자라는 것도 짐작했을 거예요. 이미 범인을 알고 있었다면 왜 실레스트의 살인자를 우리더러 찾아달라고 했겠어요?"

"죽은 아내의 복수를 위해서라 아니라 그 팔찌를 찾고 싶었기 때문이겠지. 펠링한테 그 물건이 없다는 걸 알고 우리에게 일을 맡긴 거요. 우리가 들쑤시고 다니다가 펠링보다 먼저 그 빌어먹을 골동품을 찾아내길 바라면서."

"그런데 펠링이 도대체 왜 그 팔찌를 원하는 걸까요?"

"그자도 골동품 수집가였소?"

그녀는 제시카 펠링과 나눴던 대화들을 되새겨 보았다.

"글쎄요, 모르겠어요. 그런 얘긴 없었거든요. 확실한 건, 그자가 희귀한 골동품을 사들일 수 있을 만큼 부자라는 것뿐이에요."

"우리 대신 대답해줄 수 있는 사람이 한 명 있겠군."

20분 후, 배일 경과 조앤 도브가 테라스에 도착했다. 토비어스와 라비니아, 에멀린, 앤서니가 모두 모여 기다리고 있었다. 이미 라비니아는 에멀린이 가져다준 망토를 챙겨 입은 상태였다.

배일 경은 슬쩍 토비어스의 헝클어진 모습을 훑어보며 눈썹을 들어올렸다.

"무도회장으로 들어올 상황이 아니라더니, 그 말뜻을 알겠군. 무슨 일이 있었는지 물어봐도 되겠소?"

"아주 길고도 다소 지루한 얘기죠."

라비니아가 토비어스의 팔을 살짝 꼬집었다.

"어떤 자들이 토비어스를 죽이려고 했어요."

"이렇게 살아 있는 걸 보니 성공하지는 못했군. 축하하오, 마치."

토비어스가 라비니아를 홀끔거렸다.

"내 파트너의 공이 큽니다."

배일 경이 라비니아에게 고개를 기울였다.

"아주 훌륭한 팀이로군요."

그의 시선이 토비어스에게 돌아갔다.

"나한테 무슨 볼일이오?"

"펠링이 골동품 수집가인지 아닌지를 여쭤보고 싶습니다."

배일은 즉시 대답하지 않았다. 자신만의 개인적인 논리를 전개하고 있는 듯한 인상이었다.

"내가 알기로는 아니오."

마침내 그가 느릿하게 입을 열었다.

"물론 가능성이 있긴 하오. 내가 영국의 모든 수집가들을 아는 게 아니니까. 하지만 펠링이 고대 유물에 학구적인 관심을 지녔다고는 보지 않소. 카너서에 가입하려고 한 적도 없고."

라비니아의 기대감이 땅 속으로 꺼져 들어갔다. 토비어스의 눈부신 이론에 대한 대답 치고 너무 빈약하지 않은가. 그녀는 그가 이 나쁜 소식을 어떻게 받아들이는지 확인하기 위해 그를 쳐다보았다.

놀랍게도 흔들림이 없는 모습이었다.

"허드슨은 골동품에 대한 학구적인 관심과 전혀 상관없는 이유로 메두사 팔찌를 원하고 있습니다. 펠링 또한 어떤 알 수 없는 이유로 그 물건에 집착할 수 있겠지요."

라비니아가 눈살을 찌푸렸다.

"펠링이 살인을 저지르고 매기한테 찾아왔을 때 제정신이 아닌 것 같다고 했잖아요. 제정신이 아니라면, 그자의 동기를 누구도 이해하지 못할 거예요."

"불행히도 우리에겐 아무 증거가 없소. 허드슨에 대해서 할 수 있는 일도 많지 않소, 하지만 펠링은 살인자요, 그자를 막아야 돼. 배일 경, 당신이 도와주신다면 그자를 함정에 끌어들일 수 있습니다. 두 사람을 증인으로 그자의 죄를 자백 받을 수 있습니다."

"그 증인 중 하나는 나일 테고, 다른 한 사람은 누구요?"

배일이 물었다.

"크랙번."

배일 경이 잠시 생각에 잠겼다.

"효과가 있을 것 같군. 어떤 무대를 설정할 셈이오?"

토비어스가 느릿하게 미소지었다.

"나이팅게일의 협조를 얻어야지요."

배일과 토비어스가 시선을 교환했다.

"운이 따른다면 오늘밤 함정을 설치할 수 있을 겁니다."

테라스의 어두움에도 불구하고, 라비니아는 두 남자의 눈에서 사냥꾼의 차가운 만족감을 읽을 수 있었다.

하지만 토비어스의 약탈자적인 기대감은 금세 무너졌다. 펠링이 머물고 있는 여인숙에 극히 은밀한 경매에 관한 연락을 보냈을 때 즉각적인 대답이 돌아왔다. 오스카 펠링이 어느 틈에 짐을 꾸려서 떠났다는 내용이었다. 그자가 어디로 갔는지 아무도 알지 못했다.

"이 사건의 짜증스러운 면 중 하나는……."

그날 새벽 라비니아가 셰리주를 들여다보며 중얼거렸다.

"계획이 성공하지 못했는데도 나이팅게일이 수고비를 요구할 거라는 사실이죠. 그리고 우리에겐 그 비용을 감당해줄 고객이 없어요."

28

다음 날 아침 토비어스는 주위의 모든 사람을 불길하게 만드는 분위기로 아침 식사 시간에 도착했다.

그보다 더 행복해 보이지 않는 앤서니가 그의 뒤를 따라 식당으로 들어섰다.

그를 만났다는 기쁨에 밝아졌던 에멀린의 표정이 금세 걱정으로 찌푸려졌다.

"또 안 좋은 일이 생겼나보군요."

라비니아가 찻잔을 내려놓았다.

"무슨 일이에요?"

토비어스는 평소에 앉는 의자를 골라 앉고는 커피포트로 손을 뻗었다.

"둘 다 사라졌소."

"둘 다?"

라비니아가 그의 얼굴을 살핀 다음 도움을 청하듯 앤서니를 바라보았다.

"사라진 게 펠링 혼자가 아니에요. 방금 전에 허드슨의 집에 들렀는데, 그 사람도 사라졌어요."

앤서니가 예의바르게 의자를 손짓하며 머뭇거렸다.

"앉아도 될까요?"

"그럼요."

에멀린이 재빨리 대답했다.

라비니아의 눈썹이 위로 들려 올랐다.

"미안해요, 앤서니. 우리가 잠시 에티켓을 잊어버렸어요. 이 집을 너무 편안해하는 토비어스의 매력적인 태도에 익숙해져버린 탓이겠지요. 토비어스는 그런 예의를 차리지 않거든요."

토비어스는 그 신랄한 지적을 못들은 척했다. 스스로 커피를 따른 다음 앤서니에게 커피포트를 넘겼다.

"어젯밤 우릴 공격했던 두 놈이 펠링에게 실패를 보고했던 거요. 그 작자는 우리가 매기를 만날 정도라면 핵심에 접근해간다는 걸 알아차렸을 테고. 허드슨에게도 경고를 전달했겠지. 아니면 그 빌어먹을 최면술사가 스스로 판단해서 떠났는지도 몰라."

에멀린이 그를 바라보았다.

"그들이 어디로 갔을까요?"

"아직은 알 도리가 없소."

토비어스가 희생 공양을 검사하는 성난 미노타우루스처럼 테이블 위의 접시들을 살폈다. 그리고는 계란 요리를 선택했다.

"그들이 예전의 거주지로 돌아올 것 같진 않소. 대륙으로 떠났다 해도 놀랍지 않을 걸. 허드슨은 미국을 선택하지 않았을까?"

"최소한 한동안은 런던에 얼굴을 내밀지 못할 거예요."

앤서니가 만족스럽게 한 마디했다.

"둘이 동시에 사라졌다는 게 그들이 공모자라는 증거요."

토비어스가 말했다.

"꼭 그렇지는 않아요."

라비니아가 계란을 베어 물며 그에게 험악한 시선을 던졌다.

"하워드 아저씨는 지난번 당신이 다그치던 태도 때문에 놀라서 떠났는지도 몰라요. 당신이 어느 정도 위협을 했던 건 사실이잖아요."

토비어스가 어깨를 으쓱했다.

"어느 정도가 아니라 아주 많이였지."

앤서니가 그를 노려보았다.

"허드슨한테 갔다는 말은 안 했었잖아요. 그자와 무슨 얘길 하셨어요?"

"개인적인 일이었어."

토비어스가 계란을 뒤적이며 라비니아의 눈을 응시했다.

칠튼 부인이 방금 요리한 계란 요리를 들고 나타났다.

"오늘 아침엔 손님이 많으시네요. 식료품을 더 준비해야겠어요."

라비니아가 흠흠 목기침을 했다.

"그러려면 돈이 많이 들어요."

"휘트비가 최근에 계란을 쓸 기회가 없다고 투덜거리던데, 여기로 보내라고 하겠소, 칠튼 부인."

토비어스가 상냥하게 말했다.

"그래주시면 감사하지요. 가서 토스트도 더 가져올게요."

칠튼 부인이 문으로 향했다.

"잼도 부탁하오. 또 바닥이 보이는군."

"그러죠."

"당신의 맛좋은 잼 얘기가 나와서 하는 말인데, 건포도는 충분히 있소?"

이건 해도해도 너무해, 라비니아가 생각했다. 이젠 이 남자가 그녀의 부엌까지 장악하려 들고 있었다. 다음에는 리넨 검사와 정원에 심는 허브의 종류까지 일일이 간섭할 게 틀림없었다.

"그런 건 당신이 신경 쓸 일 아니에요. 우리가 다 알아서 해요."

"하지만 갑자기 떨어져버리면 곤란하잖소."

토비어스가 칠튼 부인에게 미소지었다.

"혹시 오늘 오후에 사러갈 필요는 없겠소, 칠튼 부인? 오늘은 날씨가 아주 좋을 것 같던데."

칠튼 부인이 무겁게 한숨을 내쉬었다.

"좀더 사다두는 것도 나쁠 건 없겠지요."

칠튼 부인이 부엌으로 물러나는 동안, 에멀린과 앤서니가 은근하게 눈짓을 교환하고 있었다. 그들이 웃음을 참으려 안간힘 쓴다는 걸 라비니아는 맹세라도 할 수 있었다.

토비어스가 조금 전 식당으로 들어섰을 때보다 훨씬 유쾌해진 표정으로 커피를 마셨다.

라비니아는 언제부터 건포도에 대한 애기가 그의 기분을 저렇게 드높여 주었던가 의심스러웠다. 어쨌든 창고를 채워둔다고 해서 나쁠 건 없겠지만 말이다.

2시가 지난 직후, 에멀린이 보닛을 손에 달랑거리며 서재 문을 살짝 들여다보았다.

"프리실라가 데리러 왔어요. 앤서니와 만나서 본드 스트리트의 화랑을 둘러볼 거예요."

"알았어."

라비니아는 메두사 팔찌에 관한 메모에서 시선을 들지 않았다.

"재밌게 놀다 와."

"아마 6시까지는 못 돌아올 거예요. 프리실라가 새 부채를 사야 한다고 했거든요, 그 후에는 앤서니가 공원을 거닐자고 했어요."

"그래."

"칠튼 부인은 방금 건포도 사러 나갔어요."

"알았어."

라비니아가 잉크에 펜을 담가 새로운 문장을 적기 시작했다.

"일지 쓰느라 바쁘신가 보죠? 그럼 전 이만 나가볼게요."

"잘 다녀와."

현관문이 잠시 후에 닫히고 집 안에 이상한 정적이 내려앉았다. 라비니아는 또 다른 문장을 적은 다음 그 글을 읽어보았다.

…이것이 가장 불만스러운 결론이다. 오스카 펠링이 실레스트 허드슨을 살해했다는 건 확실하다, 하지만 그자가 죄 값을 치르지 않으리라는 것 또한 분명하다. 푸른 메두사는 사라졌고, 이 사건으로 우리가 받기를 기대했던 수고비 또한 함께 사라진 듯하다.

아직 남아 있는 의문도 몇 가지 있다. 나의 좋은 친구 하워드 아저씨가 도둑이라는 걸 난 믿을 수가 없다. 하지만 마치 씨는 그 점에 대단히 부정적이다. 실레스트가 그날 밤 펠링을 만나기 전에 물건을 어디에 숨겼을까?

그 팔찌를 감쪽같이 빼낼 수 있는 사람이 러쉬톤 부인뿐이라는 그 시종의 확신을 잊을 수가 없다. 하지만 그녀에겐 그럴 만한 동기가 없지 않은가.

펜을 내려놓고 정원을 내다보았다. 울적한 기분이 거미줄처럼 몸을 휘감아 그녀에게 극히 드문 우울증으로까지 나아가려 위협해댔다. 일지는 이제 그만 쓰고 시나 읽어야 할까보다.

안 돼, 메두사 사건의 소득 없는 결말을 생각하면 신문에 낼 광고 문구를 작성하는 게 더 나을 것 같았다. 가능한 한 빨리 새 사건을 맡아야 했다. 아직 광고 문구를 세련되게 다듬지 못했다. 추천인의 이름을 한두 줄 덧붙일 수 있다면 좋을 텐데.

아니, 어쩌면 지금 그녀에게 가장 필요한 것은 신선한 공기일지도 모른다. 에멀린과 같이 나가서 그림도 관람하고 부채도 쇼핑할 걸 그랬나?

추천인.

부채.

그 낯익은 단어와 이글거리는 직감이 그녀의 머릿속으로 관통했다. 거의 숨쉬지도 못할 지경이었다. 그녀는 펜을 집어들고 문장으로 적었을 때에도 여전히 일리가 있는지 알아보기 위해 자신의 결론을 휘갈겨 적었다.

한참 동안 허점을 찾아 자신의 문장을 노려보았다. 허점은 없었다. 하지만 확신을 얻을 방법이 있어야 했다. 그 방법은 하나뿐이었다.

뱅스 장원은 여느 때처럼 황량하고 활기 없는 모습으로 우뚝 서 있었다. 장원의 주인만큼이나 혈색 나쁜 가정부가 문을 열었다.

"러쉬톤 부인 계신가요?"

라비니아가 물었다.

"네."

"레이크 부인이 사라진 팔찌의 일로 드릴 말씀이 있어서 찾아왔다고 전해주세요."

그 가정부는 그다지 낙관적이지 않은 표정이었지만 여하튼 주인에게 방문객을 알리러 갔다.

러쉬톤 부인이 음울한 응접실에서 그녀를 맞이했다. 라비니아 혼자 뿐인 걸 보고 그녀는 실망스러운 듯 눈살을 찌푸렸다.

"마치 씨와 같이 오시지 그랬어요, 아니면 젊은 싱클레어 씨라도."

"두 분 다 다른 일로 바쁘세요."

라비니아는 러쉬톤 부인의 맞은편에 자리를 잡았다.

"제가 상황을 보고드릴 게요."

그 소식에 러쉬톤 부인의 얼굴이 다소 밝아졌다.

"내 물건을 찾으셨나요?"

"아직은 아니에요."

"이봐요, 그걸 찾기 전까지는 한푼도 지불하지 않겠다고 했을 텐데요."

"하지만 그게 어디 있는지는 알 것 같아요."

라비니아가 목에 매달린 은 펜던트를 만지작거렸다.

"아니, 그게 있는 곳을 당신이 알 거라고 말해야할지도 모르겠군요."

"내가요? 무슨 헛소리예요? 내가 팔찌의 행방을 알았다면 그걸 찾으려고 당신들을 고용할 필요도 없었잖아요."

"당신이 최면에 걸려 그 팔찌를 어딘가로 가져다 놓았던 거겠죠. 그 물건이 아직 그곳에 있을 거예요, 그러니 되찾을 수 있어요. 하지만 그러기 위해서는 당신의 협조가 필요해요."

"맙소사, 내가 모르는 사이에 최면에 빠졌다는 말이에요?"

"그렇답니다."

라비니아는 은목걸이를 풀어서 펜던트에 빛이 반사되도록 자신의 앞에 들어 보였다.

"러쉬톤 부인, 절 믿으세요. 다시 한 번 최면을 걸 수 있도록 허락해 주세요. 그럼 그 팔찌가 사라졌던 날 일어났던 일들을 알아낼 수 있어요."

러쉬톤 부인이 그 대롱거리는 펜던트를 흥미롭게 쳐다보았다.

"나한테 최면 거는 게 쉽지 않을 텐데요. 난 정신력이 강한 여자에요."

"알아요."

러쉬톤은 부드럽게 흔들리는 목걸이에서 시선을 떼지 않았다.

"당신, 이런 종류의 일을 할 줄 아시나요?"

"러쉬톤 부인, 전 사실 이런 종류의 일에 매우 능숙하답니다."

그녀는 10분 후에 다음 목적지로 향하기 위해 그 볼품없는 장원을 빠져 나왔다. 행운이 따라주었다. 바로 앞쪽 광장에 마차 한 대가 서 있었다.

그녀는 손을 흔들어 마부의 시선을 붙잡았다. 숙녀를 마차에 올려

주는 기본적인 예의조차 모르는 듯 마부가 그대로 앉아 있었지만, 그런 일을 불쾌해 하기에는 마음이 너무 급했다.

마차 문을 열면서 행선지를 알려주기 위해 입을 열었다.

바로 그 때 마차 안에 다른 손님이 타고 있음을 알아차렸다.

매기가 그 안에 있었다, 밧줄로 두 손을 묶인 채. 입을 틀어막은 재갈 위로 그녀의 눈이 공포스레 커져 있었다.

그녀 혼자만이 아니었다. 그 옆에 오스카 펠링이 앉아 있었다. 여자의 목에 단검을 들이대고서.

"타시지."

그가 느물느물하게 라비니아를 바라보았다.

"안 그러면 이 여자를 죽일 거야. 지금 당장. 당신이 보는 앞에서."

29

"난 몇 시간 동안 당신 집을 주시했었소, 레이크 부인. 당신이 팔찌를 찾았다고 여길 만한 행동에 나서길 기다리면서 말이야. 당신이 나의 마지막이자 최선의 희망이었거든. 그 교활함으로 나의 믿음을 확인시켜주었으니 고맙다고 해야겠지."

"무슨 애긴지 모르겠군요."

라비니아가 중얼거렸다.

"사실 당신은 여자라는 족속의 가장 전형적인 인물이야. 거짓말 잘하고 사기에 능하고, 잠재적으로 매우 치명적인 메두사와 같아. 하지만 내가 여자의 속성을 잘 알았기 때문에 오늘 마치보다 당신을 미행해보기로 결정했소. 그자가 당신의 연인이자 당신의 조종에 놀아나는 게 분명했거든. 어서 타."

라비니아는 비좁은 마차 안으로 서서히 올라 매기와 펠링의 맞은편 자리로 내려앉았다. 펠링이 흐뭇한 미소를 지었다. 하지만 그녀는 그 눈 속에 도사리고 있는 광기의 번득임을 알아차리며 몸서리쳤다.

"무슨 근거로 내가 푸른 메두사를 찾을 수 있다는 결론에 이른 거죠?"

그녀가 조심스럽게 물었다.

"그것말고는 뱅스 장원을 다시 방문할 이유가 없거든. 러쉬톤 부인을 만나러 온 거잖아, 당신 두 여자들이 공통으로 관심 가질 일이 푸른 메두사 말고 뭐가 있겠나. 벌써 팔찌를 돌려준 게 아니길 바라겠어. 그런 경우라면 더 이상 당신이 필요 없어질 테니까 말이야."

"매기는 풀어주세요."

"아, 그런 기대는 하지 마."

펠링이 매기의 목에 칼끝을 찔렀다. 피 한 방울이 스며 나왔다.

"이년은 날 배신한 대가를 치러야 돼. 그렇지 않나, 깜찍이?"

매기가 눈을 감고 재갈을 문 채 흐느꼈다.

라비니아는 불안해하는 몸짓으로 보이길 바라며 은 펜던트를 만지작거렸다.

"그녀를 풀어줘야 해요. 더 이상 필요 없잖아요. 살인을 저지르는 건 너무 위험해요."

펠링이 피가 얼어붙을 정도의 시선으로 그녀를 노려보았다.

"나한테 명령하지 마. 처음 봤을 때부터 네가 골칫거리일 줄은 알았어. 그 때 해치워 버렸어야 했는데."

"어리석은 짓이었을 걸요. 당신은 그 직전에 아내를 잃었어요. 그녀를 치료하던 최면술사까지 죽는다면 경찰의 관심을 끌었을 거예요. 지극히 대답하기 곤란한 질문들을 하기 시작했겠죠."

"경찰 따위는 상관없어. 그 때 널 처벌하지 않은 이유는 시간과 수고를 쏟을 가치가 없었기 때문이었어. 사실 너한테 도움을 받기도 했지. 짜증스러운 아내를 제거해주고, 유산을 물려받게 해줬잖아. 그런 상황에서 널 죽이는 건 너무 야박하지."

라비니아가 침을 꿀꺽 삼켰다.

"그래요, 야박하군요. 하지만 지금은 매기 얘기를 하는 거예요."

"매기는 문젯거리가 안 돼."

펠링이 여자의 어깨에 칼등을 두들겼다.

"때가 되면 이년의 목을 자를 거야. 그 때까지 얌전히 있기만 하면 돼. 그렇지, 매기?"

매개의 눈에서 눈물이 흘러내렸다.

"그렇게 간단하지 않을 걸요."

라비니아가 말했다.

"매기의 목에 칼을 들이대고 있는 한, 난 푸른 메두사의 행방을 말해주지 않을 거예요. 당신이 찾는 게 그거잖아요?"

"말하게 될 걸. 안 그러면 매기가 아주 천천히 죽어가는 걸 지켜봐야 할 테니까. 그래도 팔찌의 행방을 털어놓지 않으면, 다음엔 네 차례가 될 거야."

"두 사람을 죽이고도 과연 당신이 무사할 수 있을까요?"

라비니아는 창문의 커튼 옆으로 스며드는 빛이 반사되도록 은 펜던트를 비틀었다.

"너무 위험해요. 매기를 놔주는 편이 나아요. 그녀가 당신에게 무슨 해를 입힐 수 있겠어요? 술고래 창녀를 두려워하기엔 당신은 너무 강하잖아요."

"그만해."

펠링이 매기의 목에서 칼을 떼어 라비니아의 목으로 옮겼다.

"당장 그만둬."

그녀가 움찔하며 쿠션에 등을 기댔다. 하지만 비좁은 마차 안에서 움직일 공간은 많지 않았다. 펠링이 마음만 먹는다면 그녀가 문고리를 잡기도 전에 생선처럼 그녀의 내장을 갈라버릴 수 있을 것이었다.

매기가 눈을 뜨고 체념과 두려움의 표정으로 그녀를 바라보았다.

"네가 무슨 짓을 하려는지 알아."

펠링이 험악하게 뇌까렸다.

"나한테 최면을 걸려는 거지? 하지만 소용없을 걸. 나의 정신이 너무 강하니까 말이야."

"그래요, 당신은 강해요. 너무 강해요."

그녀가 속삭였다.

"실레스트와 허드슨도 나한테 그런 수작을 부리려 했어. 둘 다 실패했지. 그들이 못한 걸 너라고 할 수 있을 것 같아?"

"아뇨."

라비니아는 침착하게 그를 주시하며 펜던트를 매만졌다.

"그들에 비하면 나의 기술은 형편없어요. 게다가 당신은 너무나 강해요. 아주, 아주 강해요. 하지만 날이 저물고 있어요. 이제 곧 어두워질 거예요. 어둠 속에서 두 명의 포로를 간수하기란 어려워요. 매기를 풀어주세요. 그녀는 아무 피해도 끼치지 못할 거예요."

펠링은 아무 말도 하지 않았다.

"당신은 너무나 강해요. 여자 하나 따위는 필요 없어요. 걸리적거릴 뿐이에요. 매기를 거리로 쫓아버리는 편이 나아요. 아무런 피해도 끼치지 못할 거예요. 당신이 너무 강하니까."

그가 깊은 최면에 빠진 것은 아니었다. 하지만 어떤 계획을 구상하는 것처럼 묘하게 가라앉았다. 그자가 당장 매기의 목을 베어내기로 결정하기 않기만을 기도할 뿐이었다. 매기의 눈동자에 이제부터 일어날 일에 대한 공포가 배어 있었다.

갑자기 펠링이 칼자루로 마차 지붕을 툭툭 두드렸다.

마차가 덜커덩 멈춰 섰다.

펠링이 문을 열었다.

열린 문틈으로 안개 자욱한 거리 모습이 살짝 보였다. 한순간 그녀는 최악의 상황을 두려워했다, 펠링이 죽은 시체를 아무한테도 들키지 않고 버릴 만한 장소를 선택한 거라는…….

하지만 근처의 마차 바퀴소리가 그녀를 안심시켰다. 잠시 후 농부의 짐수레가 덜컹거리며 그들의 옆으로 다가왔다.

"더 이상 넌 필요 없어."

펠링이 매기에게 중얼거리며 단검을 들어올렸다.

매기가 몸을 한껏 오므리며 흐느껴 울었다.

라비니아의 숨도 멎었다. 손가락도 얼음으로 변해버린 느낌이었다. 하지만 간신히 달래는 듯한 낮고 안정된 목소리를 끄집어냈다.

"너무 강해요. 당신은 너무 강해요. 그 여자를 죽일 필요는 없어요. 너무 강해요. 위험을 자초할 필요 없어요. 죽이지 않는 게 나아요. 당신이 너무 강하니까. 위험을 자초할 필요 없어요."

펠링이 다시 칼을 움직여 재갈을 잘라냈다. 생선 손질에 도가 튼 사람처럼 능숙한 손놀림으로 두 번 칼날을 내리 그어 매기의 손에 묶인 밧줄까지 잘라냈다.

"꺼져, 네 년 따위는 귀찮기만 해. 난 너무 강해."

그리곤 빨래 뭉치처럼 매기를 밖으로 밀어냈다.

매기가 돌 바닥에 굴러 떨어졌다.

펠링은 문을 쾅 닫고 마부에게 신호를 했다. 마차가 다시 앞으로 달리기 시작했다.

"실레스트에 대해서 말해봐요."

라비니아가 재빨리 입을 열었다.

"왜 죽였어요?"

펠링은 단검을 고쳐 잡아 그녀의 복부에 칼날을 겨누었다.

"그 계집이 날 감히 조종하려 했어. 날 속이려 했어."

"그녀에게 메두사 팔찌를 훔치라고 했나요?"

"달리 방법이 없었어."

펠링의 눈에 분노가 번득였다.

"원래는 여자말고 허드슨을 쓰고 싶었어. 그자가 상류층 고객들의 귀중한 물건들을 빼내곤 했으니까. 보석 같은 거 말이야."

하워드 아저씨가 그럴 리 없어, 그녀가 생각했다. 틀림없이 실레스트가 도둑이었을 것이다. 하지만 지금은 그의 착각을 수정해줄 시간이 아니었다.

"메두사 팔찌를 훔칠 사람이 필요했나요?"

그녀가 조심스레 물었다.

"그래, 난 허드슨에게 후하게 값을 쳐줄 작정이었어. 처음에는 그 자가 흥미를 보이더군. 방법을 연구해 본 다음에 대답해주겠다고 했어. 그런데 내가 다시 찾아가니까 못하겠다는 거야. 너무 어렵고 위험하다고."

"하지만 실레스트의 생각은 달랐던 건가요?"

펠링이 낮게 코웃음쳤다.

"며칠 뒤에 그 여자가 날 찾아왔어. 혼자서. 허드슨이 고서의 글을 읽고 나서 자기가 그 팔찌를 갖겠다고 결정했다더군. 내 일을 거절한 이유가 그거라고 했어."

그녀가 숨을 죽였다. 하워드 아저씨가 그 전설을 믿을 거라던 토비어스의 주장이 맞을지도 몰랐다. 아저씨는 최면술 연구에 대한 집착이 강했다. 더 깊이 연구하고자 하는 열망으로 푸른 메두사를 직접 차지하고 싶어했을 가능성도 분명히 있었다.

"그 멍청이는 보석의 힘을 자기가 조종할 수 있다고 생각했어."

펠링이 역겨운 듯 단검을 휘둘렀다.

"실레스트가 그 일을 맡겠다고 했나요? 자기가 팔찌를 대신 훔치겠다고 했나요?"

"가격만 맞으면. 그 여자는 허드슨을 차버릴 생각이었어. 그 전에 두둑하게 주머니를 채우고 싶었던 거야."

"그렇군요."

"난 달리 방법이 없었기 때문에 그 조건을 받아들였어. 그 후에 여자와 허드슨이 런던으로 이사했어. 난 그 일을 감시하려고 뒤따라왔지. 여자란 절대 믿을 수 없는 동물이거든."

매기는 까진 무릎과 손바닥의 생채기에도 불구하고 돌바닥에서 비틀비틀 일어났다. 치맛자락을 들어올리고 달릴 준비를 했다. 저 소름 끼치는 마차와 최대한 멀리 떨어져야 했다.

마치 씨에게 이 일을 알릴 결심이었다. 그에게 연락할 방법을 찾아야 했다. 소용없는 짓일 것 같긴 했다, 펠링이 레이크 부인의 목을 따버릴 심산인 게 분명했으니까. 그자가 피도 눈물도 없는 살인자라는 건 누구라도 알 수 있었으니까.

하지만 필요하다면 마치도 살인을 감행할 수 있을 것이었다. 직감적으로 그걸 알았다. 그날 밤 싸움이 벌어졌을 때 그의 눈에서 그 흔적을 보았다. 그가 펠링 같은 괴물은 아니었지만, 레이크 부인을 보호하기 위해서라면 철저하게 무자비해질 수도 있을 것이었다.

문제는 그를 찾아서 상황을 설명할 때쯤 레이크 부인이 죽어 있을지도 모른다는 점이었다.

희망이 없었다. 하지만 노력은 해봐야 했다. 자신의 생명을 구해준 여자를 위해 그것이 그녀가 할 수 있는 최선이었다.

갑자기 농부의 수레에서 남자 하나가 내려 그녀의 어깨를 와락 붙잡았다. 그녀가 멍하니 눈을 깜박였다, 그런 다음 싸늘하고 불가해한 눈동자 한 쌍을 알아차렸다.

"마차 안에서 무슨 일이 벌어지는 거요?"

토비어스가 다그쳤다.

"빠짐없이 설명하시오. 어서."

"실레스트는 팔찌를 훔친 다음 텅 빈 창고에서 당신을 만났어요."

라비니아가 은 펜던트를 매만졌다. 이제 펠링이 최면술에 걸리지 않는다는 걸 알았다. 어차피 그는 쉬운 상대가 아니었다. 더군다나 이렇게 까다로운 상황에서는. 다만 그의 정신을 최대한 분산시켜 조금이라도 그의 정신에 영향을 미치려 노력할 뿐이었다. 어떻게든 시간을 벌어야 했다.

"필요성이 없어졌기 때문에 그녀를 죽인 건가요?"

펠링의 눈이 펜던트로 향했다. 다소 당황스러운 듯 시선을 피했다가 다시 돌아왔다.

그녀의 말을 듣는 것 같지 않았다.

"왜 실레스트를 죽였어요?"

그녀가 속삭였다.

"그 여자가 거래 조건을 바꾸고 싶다고 했어."

그의 눈에 다시 한 번 광기 어린 분노가 서렸다.

"그 멍청한 년이 원래 값보다 두 배나 올려 불렀어. 창고에서 메두사와 그 돈을 교환하자고 했어."

"그래서 그녀의 목을 졸랐군요."

"죽어 마땅한 년이었어. 당연히 목을 졸랐지. 나한테 그 빌어먹을 부채를 흔들어대더군. 날 최면에 빠뜨리려고 말이야. 하지만 그 여자가 입을 뻥긋 하기도 전에 내가 죽였어."

"그 다음에 팔찌를 가져오지 않은 걸 알았겠군요. 너무 일찍 그녀를 죽였던 거죠. 당신은 궁지에 빠졌어요. 팔찌가 어디 숨겨져 있는지 몰랐으니까."

"다음 날 아침에 은밀하게 조사를 해봤어."

"하지만 메두사가 사라졌다는 소문만 들었겠죠. 소문이 너무 빠르게 번지기 시작했어요."

"그 후에 허드슨이 마치에게 이 사건의 조사를 맡겼어. 꽤나 기발한 착상이었다는 건 인정해."

"원래 닥터 허드슨이 고용하려던 사람은 나였어요."

그는 그녀의 사소한 수정을 무시하고 자신의 이야기에 몰입했다.

"난 골동품상들을 찾아가 봤어. 실레스트가 더 유리한 거래자를 찾았을지도 모르니까."

그는 러쉬톤 부인이 무의식적으로 자기 물건을 훔쳐낸 사실을 모르는 모양이었다. 실레스트가 메두사를 손에 넣었다는 것뿐, 그 방법에 대해서는 알지 못하는 것이다.

펜던트를 비틀던 라비니아의 동작이 멈췄다.

"트레들로의 가게에서 날 놀라게 했던 사람도 당신이었군요."

"그래, 그 때는 네가 날 보지 못한 게 행운이라고 생각했어. 그 당시에는 널 죽이고 싶지 않았어. 네가 계속 조사하길 바랐거든. 사실 마치와 둘이서 그 물건을 찾아낼 가능성이 있다고 생각했어."

펠링이 미소지으며 단검을 들어올렸다.

"그리고 바로 내 생각대로 일이 진행됐어, 그렇지?"

"그래요."

"메두사 팔찌는 어디 있지, 레이크 부인?"

그녀가 한숨을 토해냈다.

"설마 내가 말할 거라고 생각진 않겠죠? 팔찌를 손에 넣는 즉시 내 목숨이 끝장난다는 걸 잘 아는 걸요."

"말하게 될 걸."

펠링의 눈에 뱀 같은 교활함이 번쩍였다.

"결국에는 그 팔찌의 행방을 말하겠다고 애걸하게 될 거야."

잠시 후에 마차가 정지했다. 라비니아는 비릿한 강의 냄새를 맡을 수 있었다. 문이 열리자 안개에 휘감긴 선착장과 허름한 건물들이 눈에 들어왔다. 쉬쉬 물살 흐르는 소리가 들렸지만, 정작 강물은 회색빛 안개에 쌓여 보이지 않았다. 근처에 사람이 있다는 인기척도 없었다.

그녀는 다음 행동을 생각하려 노력했다.

펠링이 칼끝을 이용해 그녀에게 나가라고 신호했다. 그녀가 조심스럽게 뛰어내려 마부를 올려다보았다. 그의 우락부락한 얼굴을 보는 순간 도움을 청하려는 마지막 희망마저 사라졌다. 마부석 위의 사내는 매기의 집에서 토비어스를 공격했던 그 두 명 중 하나였다.

그는 그녀에게 시선 한 번 돌리지 않고 펠링만을 쳐다보았다.

"이걸로 내 일은 끝난 거죠? 나머지 돈은 어디 있어요?"

"여기."

펠링이 작은 푸대를 그에게 던졌다.

"이젠 가봐."

그 깡패가 푸대 끈을 풀어 안을 들여다보고는 만족스레 고개를 끄덕이고 나서 채찍으로 말들을 내리쳤다.

마차가 신음하듯이 곧장 안개 속으로 사라져버렸다.

짙은 안개가 도움이 될 수도 있겠어, 라비니아가 생각했다. 전속력으로 달리면 펠링의 칼을 피해 어둠 속으로 몸을 숨길 수도 있을 것이었다. 그녀가 치맛자락을 살며시 잡아 올렸다.

"도망칠 생각은 마시오, 레이크 부인."

펠링이 외투 주머니에서 권총을 꺼내 들며 씩 미소지었다.

"칼은 피할 수 있을지라도, 총알에는 도리가 없지. 난 탁월한 총잡이라오."

"그 점은 의심하지 않아요. 하지만 지금 날 죽이면 팔찌가 있는 곳을 영원히 알아낼 수 없을 걸요."

"내가 총알을 박아 넣는다 해도 당신이 죽진 않을 거야. 즉사시킬 수야 없지. 아는 걸 죄다 토해낼 시간은 충분해. 자, 그럼 저쪽 문으로 들어가자구."

그가 칼로 손짓했다.

"빨리 빨리 움직이시오, 레이크 부인. 점점 참기가 힘들어지거든."

그녀가 다시 펜던트를 매만졌다.

"당신은 강한 남자잖아요. 난 힘있는 남자를 존경해요."

그가 펜던트를 흘깃 보았다.

"그 빌어먹을 목걸이 건드리지 마."

"당신의 힘이 두려워서 그래요."

"그거야 당연하겠지."

"내가 왜소해진 기분이에요. 아주 길고 아주 어두운 복도 끝에 멀리 동떨어져 있는 것처럼."

"입 다물어."

그가 힘겹게 펜던트에서 시선을 떼어냈다.

"저 안으로 들어가. 빨리."

"팔찌가 있는 곳을 알아요. 지금 말해드릴까요?"

그가 불편하게 몸을 들썩이며 펜던트를 외면했다.

"그거 어디 있어?"

"실레스트가 잘 숨겨뒀어요."

그녀는 강가에 면한 방파제 쪽으로 한 걸음 물러났다.

"아주 긴 복도의 끝에 있어요. 그 복도가 보이나요? 내가 서 있는 곳과 똑같은 복도예요. 난 그 복도 끝에서 아주 작아 보여요. 당신이 나에게 좀더 가까이 와야 해요."

다시 한 걸음 물러났다.

"그 복도의 끝에 내가 메두사를 갖고 있어요. 나와 그 팔찌를 찾으려면 이 길고 긴 복도를 걸어와야 해요······."

"빌어먹을, 조잘거리지 말란 말이야."

하지만 그가 머뭇머뭇 강 쪽의 안개 속으로 그녀를 따라 발을 내딛었다.

"복도 얘긴 듣기 싫어."

"하지만 메두사를 찾고 싶으면 그 길고 긴 복도를 걸어와야 해요."

그녀가 계속 강가의 회색 안개 장벽으로 천천히 미끄러졌다. 시야 한구석으로 몸을 숨길만한 건물 사이의 골목을 보았다.

"이 복도로 나와 같이 가요. 당신도 알잖아요."

"아니, 아니, 무슨 얘긴지 모르겠어."

하지만 그는 따라왔다, 마치 끈에 묶인 것처럼. 하지만 그 손의 권총은 전혀 흔들리지 않았다.

"여자를 때릴 때마다 이 복도를 걸어왔잖아요. 여긴 당신이 조절할 수 있는 곳이에요. 당신의 힘을 발휘할 수 있는 곳이에요. 이 복도로 들어오면 다른 누구도 당신보다 강해지지 못해요."

"그래."

그가 이젠 좀더 빠른 동작으로 그녀에게 걸어왔다.

"난 강한 남자야."

"여기선 어떤 여자도 당신을 조종할 수 없어요."

"그래, 여기선 내가 주인이야."

그의 목소리가 약간 높아졌다.

"여기선 그 여자 따위 무섭지 않아."

"누구요?"

"메두사 고모."

그 소리에 라비니아는 발을 잘못 딛을 뻔했다.

"메두사 고모요?"

펠링은 장성한 어른이 아닌 어린 소년처럼 낄낄 웃어댔다.

"미란다 고모가 없는 곳에서 내가 그렇게 불렀어. 그 여잔 날 자주 패주면 못된 짓을 못할 거라고 생각했어. 하지만 난 굴복하지 않았어. 내 안에는 악마가 있어, 그 녀석이 날 강하게 만들어줘. 이제 그 여자가 다시는 날 때리지 못하게 만들 거야. 메두사 고모를 죽일 거야."

그녀는 더 이상 물러설 수가 없었다. 바로 등뒤가 강물이었다. 부드럽게, 굶주린 듯 찰싹이는 파도 소리가 들려왔다. 방파제를 따라 걷는 수밖에 없었다. 그녀는 옆쪽으로 움직였다. 텅 빈 창고들이 강을 마주한 단단한 벽처럼 서 있었다.

"이제 그 길고 긴 복도의 반을 걸어왔어요……."

그녀는 돌에 걸려 넘어질까봐, 혹시 이 미약한 최면 상태가 깨져버릴까봐 두려워하며 천천히 조심스럽게 움직였다. 탈출구를 찾기 위해 오른쪽의 닫힌 문들을 흘깃 살펴보았다.

"집에 단 둘이 남았을 때 난 부엌으로 고모를 쫓아갔어. 하인들은 다 떠나버렸어. 모두 날 무서워했거든……."

건물 사이의 좁은 통로가 갑자기 나타났다. 그곳이 그녀의 눈에 들어온 유일한 탈출구였다. 그녀가 달려갈 준비를 하며 멈춰 섰다.

"…내가 조각칼로 메두사를 찔렀어. 피가 사방으로 날아가면서……."

일단 뛰기 시작하면 펠링을 잡아둔 이 약한 최면 상태가 산산이 부서질 터였다. 그녀에겐 딱 한 번의 기회만이 있을 뿐이었다.

"난 가져갈 수 있는 걸 죄다 챙겨서 나중에 다 팔았어, 그 빌어먹을 돌까지. 그 여잔 항상 그 돌에 위력이 있다고 했지만 난 믿지 않았어. 그런데 몇 년이 지난 뒤에 그 말이 사실이라는 걸 알았어. 그 여자가 꿈에 나타나 날 비웃었어. 자기를 쫓아낼 수 있는 게 단 하나라고 했어."

"푸른 메두사 말이군요. 그래서 그걸 찾으려 했군요."

"찾아야 했어. 그 여자가 날 미친놈으로 만들려고 해. 그 여잘 막을 수 있는 건 그 팔찌밖에 없어. 그게 어디 있는지 말해, 말하라구."

그녀가 도망치려는 찰나, 갑자기 그녀의 왼쪽으로 퍼덕거리는 날갯짓이 닿았다. 물새 한 마리가 성난 울음을 울어대며 강 쪽으로 낮게 날아갔다.

펠링이 즉시 정신을 차렸다. 한 번 눈을 깜박이고는 무슨 일이 생겼는지 단박에 알아차리는 듯했다.

"여기가 어디지? 무슨 짓을 한 거야?"

그가 권총을 들어올렸다.

"나한테 사기칠 수 있다고 생각했나?"

"펠링."

그 순간 토비어스의 목소리가 안개 속에서 소름끼치게 메아리쳤다.

"그만두지 않으면 내가 널 쏘겠다."

그 위협이 라비니아에게 최면과도 같은 마력을 뿌렸다. 주위의 세상에 완벽한 침묵과 정적이 내려앉은 듯했다.

펠링이 목소리의 출처를 찾아 홱 둘러보았다.

"마치, 어디 있는 거냐? 망할 자식. 이리 나와. 안 나오면 이 여잘 죽일 테다."

이제 라비니아는 목숨을 걸고 달리기 시작했다. 골목의 제한된 은신처와 무거운 안개의 보호막을 찾아 달렸다. 단 몇 발짝이 생과 사를 갈라놓을 수 있었다.

"안 돼."

펠링이 그녀를 뒤쫓으려 했다.

"나한테 도망 못 쳐, 메두사."

"펠링."

토비어스의 목소리가 다시 들렸다. 마치 운명의 종말을 알리는 목소리처럼.

펠링의 권총이 발사되었다. 섬뜩한 한순간 라비니아는 자신의 등에 총알이 박히는 느낌을 기다렸다. 그런 다음 펠링이 그녀가 아닌 토비어스에게 총을 쏘았다는 걸 깨달았다.

"맙소사."

하지만 총알이 목표물에 명중했을 리 없었다. 이렇게 짙은 안개 속에서 토비어스를 찾아낼 수 없을 것이었다.

"여잘 포기하시지, 펠링."

토비어스가 어디서인지 모르게 사방에서 울리는 듯한 목소리로 명령했다.

"네가 살려면 날 먼저 죽여야할 거다."

라비니아는 제일 가까운 벽에 몸을 찰싹 붙이고 모퉁이를 살짝 내다보았다. 펠링이 빈 권총을 떨어뜨리고 미친 듯이 다른 권총을 꺼내려 하고 있었다.

"이리 나와, 마치."

펠링이 소리쳤다. 권총을 들고 방향을 돌려 토비어스를 찾아 헤맸다.

"어디 있는 거냐, 이 개자식아?"

"뒤쪽이다, 펠링."

토비어스가 마침내 안개에서 빠져 나와 목표물을 향해 성큼성큼 걸어갔다. 한 손에 권총을 쥐고 까만 외투자락이 부츠 위까지 흘러 내렸다. 눈에 보이지 않는 힘이 그의 주위를 감싸 그 위력이 점점 강해지는 듯했다.

어두운 밤의 안개에서 끌어 모은 에너지를 칼처럼 휘두르는 것 같았다.

라비니아는 숨을 죽였다. 전에도 토비어스가 위험스럽게 보인 적이 있었지만, 지금처럼 무시무시했던 적은 없었다.

처음으로 그녀는 그의 야성적인 본능을 감지하며 몸을 떨었다. 그가 최면술사의 직업을 선택하지 않은 것이 천만 다행이었다.

토비어스는 위험한 사내였다. 의식적으로 그 사실을 인정하지는 않는다 해도 자신도 그것을 감지했음에 틀림없었다. 그래서 극도의 자제력을 몸에 익혔던 거였다. 그의 내부에서 활동하는 그 힘을 억누르고 조절하는 능력을 키우지 않았다면 과연 어찌 되었을까?

"거기 서."

펠링이 소리쳤다. 이성을 잃은 듯한 목소리였다.

"거기 서라구."

그가 권총을 들어 발사했다.

"안 돼."

라비니아가 비명을 질렀다.

거의 동시에 두 번째 총성이 안개를 뚫고 울려 퍼졌다.

펠링의 몸이 펄쩍 튕기더니 방파제 너머로 쓰러졌다. 풍덩 물소리가 뒤를 이었다.

"토비어스."

그녀가 뛰쳐나갔다.

"괜찮아요?"

토비어스는 그의 주위를 감싼 듯한 폭풍우 가운데에서 그녀를 바라보았다. 그 눈에 아직 위험스런 에너지의 기류가 남아 있었다.

'너의 상상일 뿐이야. 정신 차려.'

그가 권총을 옆으로 내렸다.

"괜찮소, 그자의 총알이 빗나갔소."

그녀는 시선을 내려 강물 속에 엎어져 있는 펠링을 보았다. 그의 총알이 왜 빗나갔을지 알 수 있었다. 안개를 뚫고 다가서던 토비어스의 모습에 겁을 먹었기 때문이었다.

더 이상의 말없이 그녀가 토비어스의 품으로 뛰어들었다. 그는 그녀를 꼭 끌어안고 한참 동안 그대로 서 있었다.

토비어스가 펠링의 시체를 물에서 끌어내 수레 뒤쪽에 실었을 때, 라비니아는 창고에 대해서 생각하는 중이었다.

"저 안을 살펴봐야겠어요."

토비어스가 말을 풀기 위해 수레 앞으로 걸어갔다.

"왜?"

"펠링이 날 저 안으로 들여보내려 했어요."

그녀가 그 닫혀진 문을 쳐다보았다.

"저 안에 뭐가 있는지 알아보고 싶어요."

그는 망설이다가 고삐를 다시 묶었다.

더 이상 반대하지 않고 그가 창고로 다가가 문을 열었다. 그녀가 어둠에 적응해가며 천천히 안으로 들어갔다.

돌돌 말린 밧줄과 빈 궤짝들, 그리고 선박용 통들이 쌓여 있었다. 그리고 그 구석에 하워드 허드슨이 결박된 채 쓰러져 있었다.

라비니아가 서둘러 달려가 그의 입에 묶인 천조각을 풀어냈다. 토비어스는 손목의 밧줄을 잘라주었다.

하워드가 힘겹게 일어나 앉았다.

"영영 안 오는 줄 알았어."

30

그날 밤, 토비어스가 사건의 진상을 경찰에게 알린 후에 에멀린, 앤서니, 조앤, 배일 경 등 모두가 라비니아의 응접실에 모여 앉았다.

이 많은 손님을 들이기에는 그녀의 서재가 너무 작았고, 이 사건의 수고비도 받지 못했지만, 그럼에도 불구하고 라비니아는 모두에게 아주 커다란 잔으로 자신의 소중한 셰리주를 관대하게 따라주었다. 죽을 뻔했다 살아난 경험이 사람을 자비롭게 하는 모양이라고 생각하면서.

"그 세 사람 다 푸른 메두사를 차지하고 싶어했어요."

그녀가 조앤의 옆자리에 앉았다.

"각기 이유는 달랐지만요. 하워드는 그 팔찌의 전설을 실험해보고 싶어했어요. 실레스트는 상류층으로 옮겨갈 자금을 마련하기 위해서 그걸 팔고 싶어했고요. 그리고 펠링은 젊었을 때 자기가 죽인 고모의 망령을 쫓아낼 수 있을 거라고 생각했죠."

조앤이 몸서리를 쳤다.

"마치 씨가 제때 당신을 찾아낸 게 다행이었어요."

"그래요."

에멀린이 마음을 진정시키기 위해 셰리주를 들이켰다.

"마치 씨가 이모를 따라가지 않았더라면 무슨 일이 생겼을지 상상하기도 싫어요."

배일 경이 맞은편 의자에 앉아 있는 토비어스를 물끄러미 쳐다보았다.

"우연의 일치도 있긴 하군요, 마치. 조앤의 말이 맞소. 당신이 우연히 뱅스의 장원을 찾아가지 않았더라면 레이크 부인이 마차에 오르는 걸 발견하지도 못했을 거요."

모두가 셰리주를 홀짝이는 동안 짧은 침묵이 흘렀다.

토비어스가 손바닥 사이에 잔을 돌리며 라비니아를 바라보았다. 그리곤 씽긋 미소지었다.

"내가 오늘 뱅스의 집에 간 건 행운이나 우연이 아니었습니다. 그녀가 행선지를 적어놓았기 때문에 따라갈 수 있었던 거죠. 우리가 약속했던 대로."

그녀는 그의 눈을 마주보며 자신의 마음과 똑같이 그들이 하나라는 확신을 그의 눈에서 확인했다. 여러 번의 충돌에도 불구하고―그들의 강한 성격상 피할 수 없었던 충돌이었지만―그들 사이에 끈끈한 끈이 형성되었다. 토비어스는 단순한 그녀의 연인이나 일시적인 파트너가 아니었다. 그들 사이의 끈은 이제 영원히 끊어버릴 수 없을 정도로 강해졌다.

"고객이 없어진 건 참으로 유감이에요."

조앤이 동정적으로 말했다.

"허드슨씨는 경제적인 여유가 없어서 지불을 연기했고, 나이팅게일도 거래를 취소했잖아요."

라비니아가 생각에 잠긴 시선을 들어올렸다.

"그래도 아직 한 사람의 고객이 남아 있어요. 러쉬톤 부인이죠."

에멀린이 눈살을 찌푸렸다.

"하지만 그분은 팔찌를 찾아서 팔았을 경우에만 돈을 내기로 했잖아요."

"내일 아침에 제일 먼저 그 지긋지긋한 물건을 처리할 생각이야."

모든 사람의 시선이 그녀에게 쏠렸다.

배일의 눈동자가 반짝거렸다.

"팔찌가 숨겨진 곳을 안다는 거요?"

"그래요, 펠링이 날 가로막았을 때 마침 그걸 찾으러 가려던 참이었어요."

31

라비니아와 토비어스가 사무실로 안내를 받아 들어가자, 닥터 다 필드가 회계장부에서 시선을 들어올렸다. 일전에 보았던 그 이색적인 푸른 로브 차림이 아니라, 사업적으로 성공한 사람답게 세련된 바지와 잘 재단된 코트, 정교하게 묶은 크러뱃 차림이었다.

그는 한참 동안 손님들을 살펴본 다음 장부를 덮고 천천히 일어났다. 그리고 두 개의 의자를 손짓하며 말했다.

"팔찌를 찾으러 오셨군요."

그녀가 치맛자락을 정돈하며 내려앉았다.

"맞아요, 이쪽은 저의 파트너 마치 씨예요. 이 사건의 처음부터 저를 도와주셨어요."

당연하게도 토비어스는 의자를 사양하고 어느 방에서나 가장 좋아하는 위치를 찾아갔다. 창문을 뒤로하고 다필드를 지켜보았다.

다필드는 침착하고도 다소 체념한 표정으로 고개를 끄덕였다.

"펠링이 죽었다는 소식을 들었을 때부터 당신을 기다리고 있었습니다."

그는 책장으로 걸어가 중간 선반의 책을 몇 권 빼내고 벽에 설치된 작은 금고를 열었다. 그리고 까만 벨벳에 감싸인 물건을 꺼내서 책상으로 되돌아왔다.

한 마디도 없이 작은 꾸러미의 끈을 풀어 책상 위에 펼쳐놓았다. 묘한 디자인의 커다란 금 팔찌가 부드럽게 빛을 발했다. 그 중앙에 기이한 모양의 푸른 보석이 박혀 있었다.

라비니아는 살며시 일어나 책상으로 다가갔다. 듣던 대로 금세공은 매우 절묘한 예술 작품이었다. 서로 뒤엉킨 뱀모양의 패턴이 너무나 교묘해서 금속을 가공했다기보다 금 레이스로 만들어진 듯해 보였다.

그녀가 조심스럽게 들어 올렸다. 보기에는 깃털처럼 가벼워 보이던 것이 의외로 무거운 느낌을 전했다.

메두사의 형상은 그 돌의 푸른 색조 안에 기교적으로 조각되어 있었다. 고르곤의 머리에 작은 뱀들이 꿈틀거리고 그 눈동자는 소름끼칠 정도로 강렬했다. 잘라진 목 밑의 작은 지팡이도 흠잡을 데 없었다. 그녀의 등줄기에 소름이 돋게 할 만큼 불길한 분위기를 뿜어내는 물건이었다.

"실레스트는 러쉬톤 부인과 일부러 마주칠 기회를 잡았어요."

그 팔찌에서 시선을 떼지 않은 채로 라비니아가 입을 열었다.

"그 때 최면술을 사용했죠."

"별로 어렵지 않았다고 하더군요."

다필드가 한 마디 거들었다.

"그리곤 당신에게 치료를 받으라고 지시했어요. 뱅스의 금고에 있는 팔찌를 당신에게 갖다 주라는 명령과 함께."

"정확히 맞았소. 물론 그 후에는 전혀 기억하질 못했고. 실레스트가 드러내진 않았지만 사실 최면술에 꽤나 능숙했지요. 그녀는 남자를 믿지 않았어요. 항상 여자가 비밀을 간직하는 게 낫다고 했소."

"그 기술을 가르친 게 당신인가요?"

"그렇소, 난 메스머에게 직접 사사받은 제자에게 이 기술을 배웠소."

토비어스가 눈썹을 들어올렸다.

"실레스트가 왜 당신 대신 허드슨과 함께 일한 거요?"

다필드는 책상 끝에 앉아 생각을 정리하는 듯 잠시 입을 다물었다.

"실레스트는 가게 여점원과 시골 지주의 방탕한 아들 사이에서 태어난 사생아였소. 아버지에게 자식으로 인정받지도 못했소. 그는 이미 그 근처의 넓은 토지를 지닌 집안 딸과 결혼한 상태였거든. 하지만 농사에 관심이 없었던지라 결국 파산에 이르러 그 아들까지 생활전선으로 내몰았소."

라비니아가 팔찌를 조심스럽게 감아쥐었다.

"실레스트는 상류층으로 올라가고 싶어했어요, 그렇죠?"

"그렇소, 비참한 과거를 묻어버리고 사교계로 입성할 돈을 모으는 게 그녀의 야망이었소. 그 목적을 위해 수많은 남자들을 이용했지요."

"그러던 와중에 허드슨을 만나게 됐소."

토비어스가 말했다.

다필드는 그를 흘깃 쳐다본 다음 시선을 돌렸다.

"실레스트는 아주 영리한 여자였소. 그의 부유한 고객들이 보석을 도둑맞았다는 소문을 듣고 허드슨에게 접근했소. 그가 도둑일 가능성이 크다고 결론을 내렸소."

"하워드가 그런 짓을 했을 리 없어요……."

라비니아의 항변을 토비어스가 가로막았다.

"그녀는 보석 도둑질을 배우고 싶어서 허드슨을 유혹했던 거요."

다필드가 피식 미소지었다.

"그의 부유한 고객들에게 접근하고 싶었던 이유도 있었소. 최면기술은 괜찮았지만, 상류층에 접근할 인맥이 없었거든."

그가 한 손을 들어올렸다.

"난 그녀에게 상류 계층을 연결시켜줄 수 없었지요. 사업이 그럭저럭 잘 되긴 했어도 저명한 추천인도 없고, 설사 내가 그런 고객들을 연결시킬 수 있었다 해도 도둑질에 끼어 들지는 않았을 거요. 난 실레스트 같은 배짱이 없거든. 귀중품을 훔치는 건 교수대로 끌려가는 지름길이라는 게 나의 의견이오."

"위험한 직업이긴 하지요."

토비어스가 동의했다.

"어느 날 펠링이 허드슨에게 찾아가 푸른 메두사를 훔쳐달라고 요구했소. 그 나머지는 당신들도 잘 알고 있을 거요."

"하워드는 보석 도둑이기도 했지만 최면술 연구가였기 때문에 메두사를 실험에 사용해보고 싶은 집착에 빠졌소. 그래서 펠링의 제안을 거절하고 직접 보석을 차지하기로 결심했소. 하지만 실레스트는 상류층으로 옮겨가기 위한 자금이 필요했소. 그래서 자기가 그 일을 맡겠다고 펠링과 거래를 했던 거요."

다필드가 고개를 숙였다.

"그게 실레스트였소. 항상 위험한 도박을 걸었지요. 처음에 난 허드슨이 실레스트의 살인범인 줄 알았소. 그래서 당신들이 조사에 착수했을 때 위협해서 떼어낼 작정이었소."

"그래서 앤서니와 에멀린에게 경고장을 날려보낸 거군요."

"그렇소, 하지만 나중에 마음이 변했어요. 조사 상황을 지켜보기로 했지요. 당신이 치료를 받으려는 척 나한테 찾아왔을 때도 일부러 모르는 척했소."

"기다리기로 결정해줘서 다행이에요. 하마터면 무고한 사람을 죽이고 무의미하게 형장으로 끌려갈 뻔했군요."

"당신과 마치 씨가 그런 운명에서 날 구해주었소. 실레스트의 복수도 해주었고."

다필드가 그녀의 눈을 응시했다.

"당신에게 큰 빚을 졌소. 그 은혜를 갚을 수 있는 길이 있다면 언제든 나에게 찾아오시오. 무료로 치료해줄 수도 있고……."

"아뇨, 아뇨, 그건 사양하겠어요."

그녀가 서둘러 대답했다.

"메두사를 돌려주시는 것으로 충분하답니다."

그녀는 또다시 불쾌한 에너지의 흐름이 등줄기로 흘러가는 기분이었다.

'상상일 뿐이야. 아니면 신경이 쇠약해졌는지도 몰라.'

최근에 너무 스트레스 많이 받았던 탓이리라.

그녀는 재빨리 벨벳 위에 팔찌를 내려놓았다. 그 불안하던 감각이 다행스럽게 사라졌다.

"이해할 수 없는 게 한 가지 있어요."

"그게 뭐요?"

"실레스트가 남자를 믿지 않는다고 했잖아요. 그런데도 이 팔찌를 당신에게 맡겼군요. 왜 당신은 다른 남자와 다른 취급을 받았던 거죠?"

"아, 그 부분을 빠뜨렸군요."

다필드는 슬프게 미소지었다.

"그녀의 아버지가 이웃 지주의 딸과 결혼했다고 했었죠? 그 부부에겐 아들이 하나 있었다오, 경제적인 이유로 직업세계에 뛰어들 수밖에 없었던 아들."

"이제야 알겠어요."

라비니아가 부드럽게 말했다.

"그녀가 당신의 누이였군요."

32

삼 일 후, 토비어스가 지극히 즐거운 표정으로 라비니아의 서재에 들어섰다.

"거래가 성사되었소, 우리 수고비를 받아냈소."

라비니아가 펜을 내려놓았다.

"거래요?"

"러쉬톤 부인이 나이팅게일의 협조를 받아 익명의 수집가에게 그 푸른 메두사를 팔았소."

"무척이나 서둘렀군요. 뱅스 경이 세상을 떠난 게 바로 어제잖아 요."

그가 불길 앞의 의자에 앉으며 미소지었다.

"러쉬톤 부인은 타고난 사업가요. 여하튼 그녀가 오늘 아침에 돈 을 받았고, 기쁘게 우리에게도 지불을 해줬소."

"정말 좋은 소식이에요. 그렇게 빨리 판매가 성사될 줄은 몰랐어 요."

그녀가 기분 좋게 웃음지었다.

"그 익명의 수집가가 누군지 짐작할 만하네요."

"한 번 맞춰보시오."

"배일 경이겠죠."

그가 미소지었다.

"잘못 짚었소. 조앤 도브가 그 의문의 수집가라오."

라비니아가 경악스레 그를 쳐다보았다.

"그녀가 골동품에 개인적인 관심이 있는 줄은 몰랐어요."

"새로 찾아낸 취미인 것 같소."

토비어스가 심드렁하게 대꾸했다.

그녀는 조앤이 무도회장에서 입었던 푸른 드레스를 떠올렸다. 그리고 블루 챔버와 연결된 모종의 관계도.

"조앤은 푸른색을 좋아해요. 혹시 그녀가 그 메두사를 개인적인 인장이나 상징으로 사용하려는 걸까요?"

"범죄 조직의 새로운 수장이나 그녀의 선택에 대해서는 깊이 생각하고 싶지 않소."

"배일 경도 팔찌가 다른 사람에게 넘어간 걸 아나요?"

"메두사에 일어난 일을 정확히 알고 있으리라 짐작하오."

라비니아가 더 질문하기 전에 문이 열리며 칠튼 부인이 나타났다. 뭔가 못마땅한 표정이었다.

"닥터 허드슨이 찾아오셨어요, 레이크 부인."

"젠장할."

토비어스가 중얼거렸다.

"지금은 손님을 맞을 수 없다고 전하시오, 칠튼 부인."

라비니아가 그에게 눈살을 찌푸렸다.

"부디 이 집에서 명령하지 말아주세요, 마치 씨."

그 순간 허드슨이 서재로 걸어 들어왔다. 토비어스가 천천히 일어나는 걸 아는지 모르는지 라비니아에게만 시선을 고정시켰다.

"안녕하세요, 하워드 아저씨. 이젠 안정을 찾으신 건가요?"

라비니아가 재빨리 자리에서 일어났다.

"네 덕분이다, 나의 친애하는 라비니아."

그가 방을 가로질러와 그녀의 두 손에 입을 맞췄다.

"마치 씨 덕분이기도 해요."

그녀가 얼른 상기시키며 손을 빼내려 했지만 하워드는 그 노력을 알아차리지 못한 듯 계속 붙잡았다.

"아, 물론 그렇지."

그가 토비어스 쪽으로 흘깃 시선을 보낸 다음 쌀쌀맞게 돌아섰다.

"잠시 작별해야 할 것 같기에 찾아왔단다, 애야."

그녀는 하워드의 눈동자가 묘해지는 걸 의식하며 붙잡힌 손을 잡아당겼다. 이번에도 그는 풀어주지 않았다. 사교적으로 대단히 애매한 순간이었다, 손을 빼내기 위해서는 우아하지 못하게 싸우는 수밖에 없었다. 그녀는 미소를 유지하며 토비어스가 눈치채지 못하기를 기도했다. 지금 제일 피하고 싶은 일이 있다면 이 서재에서 두 남자가 싸움을 벌이는 것이었다.

"런던을 떠나실 계획이세요?"

그녀가 지나치게 밝은 목소리로 물었다.

"그렇단다."

하워드가 그녀의 눈을 깊숙하게 들여다보았다.

"사랑하는 실레스트를 잃은 슬픔에서 벗어날 시간이 필요해, 그녀의 배신을 감당할 시간도 필요하고. 그녀가 전문적인 도둑이었다니 너무나 당황스럽고 비참하구나. 한동안 시골에서 안정을 취하는 게 나을 듯싶다."

"동감입니다, 허드슨."

토비어스가 성큼성큼 다가와 하워드의 어깨를 붙잡았다.

"그 소문이 사라질 때까지 런던을 떠나는 게 탁월한 해결책이겠지요."

상냥한 듯이 붙잡고 있음에도 불구하고 라비니아는 하워드의 눈에 놀라움과 고통이 스치는 걸 보았다. 그가 당장 그녀의 손을 풀어놓았다. 그의 눈에서 묘한 기운도 사라졌다.

하워드가 이를 악물고 토비어스를 노려보았다.

"비록 실레스트가 보석 도둑이었다 해도, 내가 그녀의 계획에 동조했다는 식의 악의적인 소문에 신경 쓰이는 건 사실이오."

"그렇겠지요. 나도 오늘 아침 클럽에서 직접 그 소문을 들었습니다."

토비어스가 희생양을 풀어주었다.

하워드가 흥분한 목소리로 대꾸했다.

"증거가 없잖소. 난 실레스트의 범죄를 전혀 알지 못했소."

"그렇다 해도 당신이 그 방면으로 의심스럽다는 소문이 가라앉기는 힘들 겁니다. 그 소문이 사교계에 떠도는 동안에는 아마 상류층 고객을 잡기도 힘들겠지요."

그의 미소는 전혀 동정하는 것 같지 않았다. 오히려 고소함을 금치 못하는 늑대 같았다. 그런 생각을 하며 라비니아가 재빨리 하워드에게 시선을 돌렸다.

"어디로 가실 거예요?"

"아직은 결정 못했단다. 나의 연구와 실험을 계속할 수 있는 곳이어야겠지."

"성과가 있으시길 바랄게요."

"고맙다."

그가 문으로 걸어가다가 문득 멈춰 서서 그녀에게 오랫동안 아쉬운 시선을 던졌다.

"하지만 걱정 말거라, 우린 다시 만나게 될 거다. 오랜 친구 사이잖니. 난 언제나 우리 사이가 연결돼 있다고 느꼈어. 운명의 변덕이나……."

그가 차갑게 토비어스를 바라보았다.

"스쳐 지나가는 다른 사람의 견해로 끊어지지 않는 연결 말이다."

토비어스는 하워드의 목을 졸라버릴 지에 대해서 아주 심각하게 고려하는 듯한 표정이었다. 라비니아가 재빨리 두 사람 사이로 끼어들었다.

"안녕히 가세요, 아저씨. 잘 지내시길 바래요."

하지만 손을 내밀지는 않았다.

"잠시 동안의 작별이란다."

그가 마지막으로 미소지어 보인 다음 문밖으로 나섰다.

그 후 서재에 짧은 정적이 흘렀다. 하워드가 칠튼 부인의 안내를 받아 현관문을 나선 후에야 라비니아가 입을 열었다.

"당신이 말한 그 소문 말이에요, 하워드 아저씨가 최면 기술을 이용해서 고객의 귀중품을 훔쳤다는."

토비어스가 적당히 예의바르게 묻는 시선을 던졌다.

"그게 뭐?"

"혹시 누가 그 소문을 퍼뜨렸는지 아시나요?"

그는 그 노골적인 비난에 상처 입은 표정을 보이려 노력했다.

"내가 그런 저급한 소문을 전달했다고 비난하는 거요?"

"그래요, 정확히 맞았어요."

그녀가 신랄하게 그를 쳐다보았다.

"하워드 아저씨가 런던을 떠날 수밖에 없도록 당신이 일부러 그런 비난을 퍼뜨렸나요?"

"날 그 정도로 형편없이 여기다니 너무하는군."

그가 그녀의 어깨를 붙잡으며 살짝 그녀의 눈썹에 키스했다.

"난 거짓된 소문에 참여한 바가 없소."

"하지만 그 소문을 사실로 생각한다면⋯⋯."

"그럼 난 소문이 아니라 진실이라고 얘기했을 거요."

그가 그녀의 코끝에 키스했다.

"토비어스, 누가 이런 소문을 퍼뜨렸는지 알고 싶어요."

"뻔하지 않겠나, 난 근거 없는 스캔들을 퍼뜨리는 사람이 아니니까."

그녀가 더 질문하려 입을 벌렸지만 그가 그 순간을 골라 그녀의 입술에 키스했다.

'조만간 이런 식으로 말싸움에서 이길 생각 말라고 분명히 해줘야겠어.'

그 생각을 마음에 다지면서 그녀가 부드럽게 입을 열었다.

조앤은 커다란 서재의 창가에 서서 고풍스런 팔찌를 햇빛에 들어 올렸다. 새로 습득한 이 골동품은 진실로 범상치가 않았다. 금세공의 섬세함도 놀라울 뿐 아니라 노려보는 메두사의 시선이 실제로 사람을 돌로 만들어버리는 능력이 있다고 믿어질 정도였다.

집사가 문 앞에 나타났다.

"배일 경이 오셨습니다, 마담."

은은한 홍분이 그녀의 몸으로 흘러갔다.

"모셔와요."

잠시 후 배일이 서재로 들어섰다. 창가로 걸어와 우아하게 그녀의 손을 잡고 고개 숙였다.

"당신의 연락을 받는 즉시 달려왔소."

"당신이 나의 새 수집품을 감상하고 싶어하실 것 같았어요."

그녀가 미소지으며 그에게 건네주었다.

"이런 물건에 지대한 관심이 있으시잖아요."

그는 그 물건을 받아 한참 동안 말없이 물건을 살펴보았다.

마침내 그의 시선이 조앤에게 돌아갔다.

"축하하오, 마담."

"고마워요. 사실 이번 경매에서 최소한 다른 한 사람과 경쟁해야 할 거라 생각했는데, 나이팅게일이 나밖에 입찰한 사람이 없다고 하더군요. 다른 고객이 내가 나선 걸 알고 물러났다면서."

배일이 미소지으며 다시 팔찌를 살펴보았다.

"당신이 나이팅게일의 다른 고객이었죠, 그렇죠?"

그녀가 부드럽게 물었다.

"이 환상적인 물건의 소유자로 당신만큼 적당한 사람이 없다고 생각했소."

그가 팔찌를 돌려주었다.

"이것은 매우 특별하오. 당신처럼."

"고마워요."

그녀는 메두사를 바라보며 그가 비밀 경매에서 물러서는 것이 얼마나 힘들었을지 생각했다.

"나도 요즘 골동품에 관심이 생기기 시작했어요. 카너서 클럽의 회원으로 가입하고 싶어요……. 여자도 받아들여 준다면요."

"내가 클럽의 운영자요. 규칙은 내가 정하오."

그가 느릿하게 미소지었다.

"그리고 난 숙녀의 가입에 전혀 반대하지 않소."

그녀가 미소지으며 팔찌를 그에게 다시 건넸다.

"이게 나의 신청서예요. 푸른 메두사를 클럽의 개별 박물관에 기증하겠어요."

"박물관의 관리인으로서 당신의 신청을 받아들이겠소, 마담."

그가 그녀의 손을 잡고 입술로 들어올렸다. 그런 다음 고개를 들어 그녀의 눈을 들여다보았다.

"관심이 있으시다면, 오늘 저녁에 그 박물관을 안내해드릴 수도 있소."

"즐거운 시간이 되겠군요."

33

2주일 뒤, 햇살이 따뜻한 목요일 오후 토비어스는 칠튼 부인보다 앞장서서 직접 서재 문을 열었다. 라비니아가 벽난로 앞의 커다란 의자에 앉아 책을 읽는 중이었다. 창문으로 쏟아지는 햇살이 그녀의 머리를 불꽃처럼 보이게 했다.

"안녕하시오, 손님이 찾아왔소."

그가 말했다.

그녀는 화들짝 놀라며 항상 시를 읽을 때마다 짓는 멍한 표정으로 시선을 들었다.

문 앞에 서 있는 그를 보고는 시선이 또렷해졌다.

"토비어스, 웬일이에요? 새로운 일감이라도 생겼어요?"

"새로운 건 아니오. 예전 사건의 결론이라고 해야겠지."

"도대체 그게 무슨 말이죠?"

"당신과 얘기하고 싶어하는 사람이 있소."

그가 뒤로 물러나 다른 손님을 위해 문을 잡아주었다. 키 큰 여자가 서재에 반쯤 들어와 멈춰 섰다.

"안녕하세요, 레이크 부인. 이런 상황에서 다시 만나게 되어 얼마나 기쁜지 모르겠어요."

라비니아는 동그래진 눈으로 입을 헤 벌린 채 쳐다보았다.

토비어스는 그 표정을 마음껏 음미했다. 라비니아의 얼굴에서 놀라움과 기쁨이 뒤섞인 그 매력적인 표정을 볼 기회가 그리 많은 건 아니었다.

"펠링 부인…… 제시카."

라비니아가 책을 떨어뜨리며 펄쩍 일어나서 달려갔다.

"살아 있었군요."

"당신 덕분이에요."

제시카가 미소지었다.

"사실 자살극을 연기한 날 이후로 제시카 펠링이라는 이름은 쓰지 않았어요. 지난 2년간 주디스 팔머였답니다."

"그래서 시신을 찾기가 어려웠던 거요."

토비어스가 창가로 걸어갔다.

"당신 얘기를 들은 후에 내가 몇 군데 편지를 보냈었소. 훌륭하게 흔적을 지우셨더군요, 펠링 부인."

"최선을 다했어요. 내 생명이 달려 있었으니까요. 오스카는 점점 미쳐가고 있었고, 더 자주 발작을 일으켰어요. 난 도망쳐야 한다는 걸 알았어요. 당신의 충고를 받아들였답니다, 레이크 부인."

"나조차도 당신이 죽었다고 믿을 정도였으니 아주 탁월한 솜씨였어요. 난 펠링이 당신을 죽인 건지 당신이 스스로 목숨을 끊은 건지를 놓고 고민했었답니다."

"당신에게 진실을 말하지 못해서 정말 미안해요. 논리적으로 판단해주길 바랄 뿐이었죠."

"시신을 찾지 못한 게 약간의 희망이 되긴 했지만, 확신이 서질 않았어요."

그녀가 토비어스에게 시선을 돌렸다.

"편지를 보내다니 그게 무슨 말이에요?"

그는 태연스레 한 손을 흔들었다.

"예전의 동료 몇 명에게 편지를 썼을 뿐이오. 이 나라 전역에 퍼져 있거든."

"아, 당신의 동료 스파이들 말이군요. 정말 영리해요, 당신."

"크랙번의 친구들 도움도 많이 받았소. 제시카가 평균치보다 키가 크고 특이한 가문의 반지를 지니고 사라졌다는 당신 설명이 많은 도움이 됐소."

라비니아가 감탄스레 미소지었다.

"제시카가 새로운 생활을 위해 그 반지를 팔았을 거라고 짐작했군요. 그래서 그 흔적을 찾아보았군요."

"2년 전 갑자기 실종된 여자라는 점도 있었소. 그리고 드디어 더 싯의 숙녀 학교를 운영하는 한 사람과 모든 면이 맞아떨어진다는 소식을 받았소."

제시카가 뒤틀린 미소를 지었다.

"오스카가 당신을 고용해서 날 찾지 않은 게 천만 다행이었어요."

토비어스가 고개를 저었다.

"그자는 당신을 찾을 마음이 없었소. 소위 당신의 자살이 그에게 아주 유리하게 작용했으니까 말이오. 그자가 당신의 유산을 차지했소."

"그 직후에 메두사 팔찌를 찾는 데 전념했죠."

라비니아가 말했다.

"어렸을 때 고모를 죽인 후에 그걸 팔았대요. 하지만 나중에 고모의 악령을 무찌르기 위해서 팔찌를 되찾아야 한다고 믿었답니다."

제시카가 몸서리를 쳤다.

"그 사람이 미쳐버릴 줄 알았어요."

"당신을 만나게 돼서 얼마나 기쁜지 몰라요."

라비니아가 새삼스레 미소지었다.

"펠링 부인의 생존 소식에 기뻐한 건 당신만이 아니오. 펠링의 변호사도 크게 기뻐하더군. 제시카는 이제 공식적인 미망인이자 아주 부유한 부인이 되었소."

"그 돈은 좋은데 쓰여질 거예요. 숙녀 학교를 운영하는 게 만만치 않거든요."

"런던에는 어떻게 오셨어요?"

라비니아가 물었다.

"마치 씨가 오스카 펠링이 죽었다는 기쁜 소식을 보내셨답니다. 런던에 오는 경비를 대주시겠다면서 당신에게 내가 살아 있는 걸 보여달라고 했어요. 당신을 놀라게 해주고 싶었나봐요."

라비니아가 토비어스에게 미소를 보냈다. 그녀의 온몸으로 따뜻함이 번졌다. 기쁨과 깊은 확신도 새록새록 샘솟았다.

"마치 씨는 자기에게 낭만적인 재능이 없다고 생각하죠."

라비니아가 제시카에게 말했다.

"하지만 사실 나를 감동시킬 줄 아는 아주 놀라운 능력을 지니고 있답니다."

34

다음 날 오후, 라비니아는 광고문구를 마무리지었다.

그 문장을 크게 읽어보려는 순간, 서재 문이 열리며 토비어스가 안으로 들어왔다.

'가끔 이 사람의 타이밍은 소름끼칠 정도야.'

그녀가 조심스럽게 그를 바라보았다.

"여긴 웬일이에요?"

"당신의 따뜻한 환영은 언제나 내 기분과 나의 하루를 밝게 해줘."

"오늘 크랙번과 투자 건을 상의한다고 했잖아요."

"크랙번은 언제든 만날 수 있소. 아무 데도 가지 않으니까. 클럽을 절대 떠나지 않는다고 했잖소."

그가 그녀의 앞에 있는 종이를 내려다보았다.

"이건 뭐요?"

"방금 광고 문안을 끝냈어요. 한 가지 유감스러운 점은 '매력적인' 이라는 단어를 사용할 방법이 없다는 거죠. 하지만 오늘 신문에 이 걸 보낼 생각이에요. 들어 보실래요?"

"내 충고를 무시하기로 결정한 거요?"

"그래요, 물론이죠."

그녀가 목을 가다듬고 광고 문구를 읽었다.

개인적이고 사적인 성격의 조사를 목적으로
전문가를 고용하고자 하시는 분은
아래 주소로 연락을 주십시오.
요구하신다면 특급 추천인들을 말씀드릴 수 있습니다.
절대적으로 비밀을 보장합니다.

"흐음."

애매하게 턱을 만지작거리는 토비어스를 응시하며 그녀의 눈이 경고의 뜻으로 좁아졌다.

"비평할 생각 말아요. 난 아주 전문적인 느낌이 난다는 점에서 대만족이에요. 당신 의견엔 관심 없어요."

"확실히 전문적으로 들리긴 하오. 하지만 파트너와 함께 일한다는 언급이 빠졌다는 걸 지적하지 않을 수 없군."

"당신은 신문 광고에 반대적인 입장이잖아요. 그런데 왜 그게 문제가 되죠?"

"이건 자존심 문제요. 우리가 일시적인 파트너이긴 하지만 그 광고를 보면 항상 당신 혼자서 일하는 것 같잖소."

"그거야……."

"꼭 광고를 내야겠으면 당신이 제공하는 독특한 서비스의 질에 관심을 끄는 게 좋지 않을까. 개인적인 조사를 목적으로 전문가를 고용하고 싶어하는 사람은 그 분야의 전문적인 경험을 제공받을 수 있다고 믿어야만 마음이 동할 거요."

'정곡을 찔렀어.'

"그럼 그 점을 다시 생각해봐야겠군요."

"좋았어."

그가 종이를 그녀의 손에서 낚아챘다.

"내가 기꺼이 도와주겠소. 내일 아침 식사시간에 새로운 문장을 상의해봅시다. 시간이 걸리긴 하겠지만 우리가 함께 하면 대단히 매력적인 광고가 나올 거라 확신하오."

"그렇게까지 수고하실 필요 없어요. 제발 참아주세요."

그녀가 다시 그 종이를 빼앗아간 다음 차갑게 미소지었다.

"약간의 변화만 가하면 완벽해질 거예요. 난 오늘 수정작업을 마쳐서 신문사에 보낼 거예요."

"젠장할, 라비니아……."

그의 뒤에서 문이 열렸다. 그가 말을 멈추고 칠튼 부인을 노려보았다.

라비니아는 과할 정도로 반가워했다.

"무슨 일이에요, 칠튼 부인? 손님이 오셨나요?"

"아니에요, 마담."

칠튼 부인이 애매한 시선으로 토비어스를 바라보았다.

"에멀린 양은 싱클레어 씨와 외출하셨고, 지금 전 건포도를 사러 나갈 참이에요. 잠시 나갔다 온다는 말씀을 드리러 왔어요."

"건포도를 또요?"

라비니아가 눈살을 찌푸렸다.

"그렇게 금방 떨어졌을 리가 없는데. 최근엔 왜 그렇게 건포도를 많이 먹는 거죠?"

"잼 때문이에요."

칠튼 부인으로 복도로 되돌아나갔다.

"맛있는 건포도 잼을 만들려면 건포도가 많이 필요해요. 전 이만 나가볼게요. 세 시쯤 돌아올 거예요."

그녀가 문고리를 잡은 채 토비어스에게 날카로운 시선을 던졌다.

"더 늦지는 않을 겁니다."

토비어스가 느긋하게 미소지었다.

"천천히 다녀오시오, 칠튼 부인. 서두를 필요 없소."

칠튼 부인이 확실하게 문을 닫고 나갔다. 라비니아는 틀림없이 그녀의 웃음소리를 들은 것만 같았다.

"이 작은 집에서 무슨 건포도가 그렇게 많이 필요한 거야?"

라비니아가 중얼거렸다.

토비어스가 그녀를 품으로 끌어당겼다.

"잼에 대해서는 칠튼 부인이 전문가요. 그 결정은 그녀에게 맡기시오."

"그래야겠죠. 하지만……."

"당신과 난 다른 분야의 전문가고, 그렇지 않소?"

그가 나직하게 속삭였다.

반박을 계속하려다가 그녀는 문득 알아차렸다. 그가 방금 자신을 전문가로 칭해주었다. 그가 그녀의 전문적인 기술을 인정해준 적이 과연 몇 번이었던가. 사르르 마음이 녹아 내리는 느낌이었다.

"맞아요."

"우린 파트너이기도 하오."

그가 그녀의 입술에 살며시 입술을 부볐다.

"이제 우리의 협력관계를 좀더 상세하게 상의해볼 시간인 것 같소."

"어떻게 상세하게요?"

그의 눈동자가 유능한 최면술사처럼 그녀를 사로잡았다.

"이 순간 가장 다급한 문제는 내가 당신을 사랑한다는 거요, 레이크 부인."

처음에 그녀는 잘못 들은 것이라고 생각했다. 그 후에는 자신의 상상력이 너무 지나치다고 생각했다. 그 후에는 황홀한 행복감이 마음속에서 꽃을 피웠다. 이 남자야말로 그녀를 진정으로 매료시킬 수 있는 유일한 남자였다.

그녀가 그의 목에 팔을 둘렀다.

"대단히 다행스런 사건 전개로군요, 마치 씨. 나 또한 당신을 사랑하는 것 같으니까요."

그가 천천히 미소지음으로써 말 한 마디 더하지 않고도 철철 넘치는 매력을 뿌렸다.

"쉽지는 않을 거예요."

그녀가 다소 불안하게 중얼거렸다.

"우린 자주 싸우는 경향이 있는 데다 사업적인 측면도 복잡하고, 앞으로 수많은 문제가 생길 거라는 예감이……."

그는 그녀의 입술에 손가락을 올렸다. 그리고 다시 미소지었다.

"당신과 나는 절대로 쉬운 길을 택하지 않소."

그의 입술이 서서히 내려왔다.

'아, 광고 문구는 나중에 써야겠어.'

그녀가 생각했다. 지금은 아주 훨씬 더 중요한 일이 있었다.

<끝>

로맨스 계의 떠오르는 샛별, 수잔 앤더슨

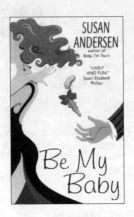

로미오, 나의 로미오

줄리엣이 그녀의 로미오, 보를 만났을 때!

뉴올리언스 경찰 보는 10년 동안 세 여동생을 키우느라 노심초사,
제대로 청춘을 즐겨 본 적이 없었다. 이제 마지막 동생이 독립을 해나가자
독신 남성의 즐거움을 한껏 만끽하겠다고 꿈에 부풀어 있는데……
밉살스런 경찰서장대리가 상류사회의 거만한 숙녀 줄리엣을 보디가드하라는
명령을 내린다. 애보기는 이제 그만! 보는 줄리엣이 직접 보디가드를 바꿔
달라고 말하게 하려고 이상야릇(?)한 곳으로 데리고 다니는데…….
키스를 한 게 문제다! 가슴도 크지 않은 그녀가 세상에서
가장 섹시해 보이다니.

새침떼기 천상 숙녀 줄리엣 로즈 로웰은 새로운 호텔을 단장하는 동안
보디가드가 필요 없었다, 특히 더할 나위 없는
마초 경찰 보 듀프리는 절대절대 사절이었다. 그는 너무 크고,
너무 뻔뻔하며, 너무 사내다운 데다…… 어쨌든 그의 전부 다가 너무 크다.
하지만 그의 굶주린 눈길이 그녀의 주의 깊게 갈고 닦은 얼음 같은 태도를
뒤흔들어 놓았다. 그녀의 마음 깊숙한 곳의 반항심을 끌어냈다!

로맨스의 여왕, 산드라 브라운

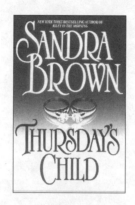

목요일의 아이

목요일의 아이는 길을 떠난다, 사랑을 찾아…….

일란성 쌍둥이임에도 불구하고 앨리슨과 애니는 마치 낮과 밤처럼 달랐다.
쾌활하고 거품처럼 가볍게 톡톡 튀는 애니에 비해
언제나 딱딱하고 고지식했던 과학자인 자신이 애니인 척해야 하다니…….
비록 붉은머리에 외양적으로 너무도 닮은 외모지만
그들은 더 이상 다를 수 없을 정도로 달랐다.
그러나 평상화를 가는 끈 샌들로, 안경은 콘택트 렌즈로, 실험실 가운은
시퐁 드레스로 갈아 입고는 앨리슨은 최선을 다해 보기로 결심한다.
그녀의 첫번째 도전은 애니의 피앙세와의 저녁 데이트,
그러나 앨리슨은 함께 나온 그의 친구 스펜서에게 마음을 빼앗기고 만다!
누군가와 첫눈에 사랑에 빠진다는 것은 너무도 비논리적이라
절대 있을 수 없는 일이라 생각했던 앨리슨,
하지만 그럼 지금 이 감정은 어떻게 설명해야 할까?
검은머리에 파란 눈의 이 미스터리 맨은
앨리슨의 야성적이면서도 환상적인, 그리고 깊고 깊은 욕망을 자극했다.
그렇지만 그가 내 진짜 정체를 알고 실망하면 어떡하지?